ULLSTEIN

Das Buch

Greg Fuller sitzt ganz schön in der Klemme: Zwar ist er Mitinhaber einer hippen Londoner Werbeagentur, aber bei seinem derzeit wichtigsten Projekt, einem Werbespot für einen neuen Autoreifen, geht so ziemlich alles schief. Rebecca Richards und Joe Shirer, die Shootingstars aus Hollywood, hatte er verpflichtet, als sie noch das Traumpaar schlechthin waren – jetzt sind sie zerstritten und möchten am liebsten nichts mehr miteinander zu tun haben. Keine Idealbesetzung für eine prickelnde Liebesszene. Aber Rebecca kann erst mal sowieso nicht zum Set, weil sie am Flughafen wegen Drogenbesitzes verhaftet wird… Auch die anderen Beteiligten machen Greg das Leben nicht unbedingt leichter: Der Regisseur hält sich für den neuen Spielberg und benimmt sich wie eine Diva, der Auftraggeber hat dämliche, völlig undurchführbare Sonderwünsche und ständig sitzt Greg die smarte Produzentin Toddy im Nacken und macht Druck. Da bietet es auch wenig Trost, dass Greg mit Toddy eine heiße Affäre hat, denn seine Frau hat davon Wind bekommen und macht ihm zu Hause die Hölle heiß…

Der Autor

Matt Beaumont war Werbetexter und wurde von einigen der wichtigsten Londoner Werbeagenturen gefeuert. Er fährt einen blauen Saab mit beigefarbener Innenausstattung aus Leder. Er raucht und lebt mit seiner Frau und zwei Kindern in London.

In unserem Hause ist von Matt Beaumont bereits erschienen:

E-Mail an alle

Matt Beaumont

GUMMI

Roman

Aus dem Englischen
von Peter Beyer

Ullstein

Besuchen Sie uns im Internet:
www.ullstein-taschenbuch.de

Umwelthinweis:
Dieses Buch wurde auf chlor- und säurefreiem Papier gedruckt.

Ullstein Verlag
Ullstein ist ein Verlag des Verlagshauses Ullstein Heyne List GmbH & Co. KG.
Deutsche Erstausgabe
1. Auflage Januar 2004

Titel der englischen Originalausgabe: *The Book, the Film, the T-Shirt*
(HarperCollins Publishers, London)
Übersetzung: Peter Beyer
Redaktion: Lothar Strüh
Umschlaggestaltung: Thomas Jarzina, Köln
Titelabbildung: Mauritius, Mittenwald
Gesetzt aus der Stempel Schneidler
Satz: KompetenzCenter, Mönchengladbach
Druck und Bindearbeiten: Clausen & Bosse, Leck
Printed in Germany
ISBN 3-548-25797-6

1

Clown Pipo, Tampons, Drogen

Officer Judith Ottle, Zollbeamtin Ihrer Majestät: In meinem Job wird man Prominenten gegenüber gleichgültig. Am Terminal vier geht's manchmal zu wie bei Madame Tussaud's, und ich habe oft genug die Taschen von Stars durchwühlt, um zu begreifen, dass sie Schlüpfer und Slips mit Durchgriff tragen wie jeder andere auch. Aber als es hieß, *sie* käme gleich hier durch, war ich doch freudig erregt. Dean, mein Ältester, flippte nämlich regelmäßig aus, wenn es um sie ging. Ich denke mal, es lag an seinen Hormonen, zum Teil dürfte aber auch dieses Poster schuld gewesen sein: Wer sie mit Seifenschaum bedeckt und ihr einen Luffaschwamm zum Herumspielen in die Hand drückt, verlangt der Vorstellungskraft eines Fünfzehnjährigen nicht allzu viel ab.

Während ich also in der Zollabfertigung stand und auf sie wartete, stellte ich mir den Ausdruck auf Deans Gesicht vor, wenn ich ihm ihr Autogramm überreichte. Außerdem hoffte ich, dass ich nichts finden würde. »Ich verhafte Sie wegen des Verdachts auf unerlaubte Einfuhr harter Drogen – und ach ja, könnte ich ein Autogramm von Ihnen bekommen?« würde sich nicht gut anhören, egal, wie ich es formulierte.

Sie kam mit der Mittagsmaschine aus L. A. Wir hatten einen anonymen Hinweis erhalten, dass sie Koks dabeihatte. Allzu ernst nahmen wir das nicht – aber wir konnten den Tipp auch nicht ignorieren. Und mich hatte man ausgesucht, sie beiseite zu nehmen. Anscheinend hielt man mich für feinfühlig genug, etwas sanfter mit ihr umzugehen als üblich. Die ganze Sache sollte ja schließlich nicht zum Bumerang werden.

Von wegen!

Als sie in die Halle kam, sah sie aus wie im Fernsehen. Sie hatte eine Frisur, wie sie keine normale Frau hinkriegt, ohne einen Monatslohn dafür hinzublättern (weiß Gott, ich hab's versucht), und ein Make-up, das auch nach elf Stunden Flug noch perfekt war (nach einer zehnminütigen Busfahrt sieht meins so aus, als hätte ich Clown Pipo damit beauftragt). Sie trug nur eine kleine Tasche, reiste jedoch nicht allein; in ihrem Gefolge befand sich eine pummelige junge Frau, die einen Gepäckwagen schob, auf dem sich Louis-Vuitton-Koffer stapelten.

»Entschuldigen Sie, Madam«, rief ich, »würden Sie bitte zu mir kommen?«

Aus der Nähe wirkte sie gestresst. Welche Entschuldigung sie dafür hatte, weiß ich nicht, denn sie war erster Klasse geflogen. Ich hätte sie gern mal in einen vollen Charterflug nach Lanzarote gesteckt, zusammen mit drei zankenden Kindern und einem nichtsnutzigen Gatten – danach hätte sie gewusst, was Stress ist.

Ich bat sie um ihren Pass; es war immer noch ein britischer, obwohl sie in Amerika groß herausgekommen war. Während ich ihn durchblätterte, fragte ich sie: »Was ist der Zweck Ihres Aufenthalts, Miss Richards?«

»Arbeit. Ich drehe einen Werbespot.«

»Haben Sie Ihre Koffer selbst gepackt?«

(Als ob.)

»Äh ... nein, das hat meine Assistentin erledigt.«

»Darf ich dann bitte mal einen Blick hineinwerfen?«

In diesem Moment meldete sich die Alte neben ihr zu Wort.

»Hören Sie, Lady«, meinte sie, »ich weiß ja, dass Sie Ihren Job tun müssen, aber ist das wirklich nötig? Wir stehen extrem unter Zeitdruck.«

Sie erinnerte mich an eine Lehrerin, die ich mal auf der Schule gehabt hatte – klein und sittsam, mit einem Anflug von Bösartigkeit. Wenn ich mich nicht erinnern konnte, wann die Schlacht von Waterloo stattgefunden hatte, steckte sie mir einen Bleistift ins Ohr und drückte mir den Kopf auf die Bank. Ich musste mir vor Augen halten, wie begeistert Dean sein würde, um ihr gegenüber nicht schroff zu werden.

»Dürfte ich Sie bitten, beiseite zu treten, Madam? Es geht schneller, wenn ich dabei nicht unterbrochen werde«, sagte ich so höflich wie möglich.

»Ich trete nicht beiseite, solange Sie mir keinen guten Grund für diese Schikane nennen.«

Ich zeigte mich von meiner besten Seite, und sie ließ mich klingen wie die Gestapo. Oder eine Schülerlotsin.

»Ich versichere Ihnen, dass Miss Richards behandelt wird wie jeder andere auch«, sagte ich.

Das war gelogen. Es war zwar ein Grundsatz, alle gleich zu behandeln – egal, ob es sich um Cliff Richard oder eine arme Nigerianerin mit jeder Menge Heroin im Hintern handelte. Ich jedoch behandelte Rebecca Richards mit Samthandschuhen.

»Sagen Sie mir sofort Ihren Namen!«, forderte die Alte.

»Officer Judith Ottle«, erwiderte ich ruhig.

Jetzt wandte Rebecca Richards sich ihr zu. »Freddie«, fauchte sie, »hör auf damit. Ich will nicht den ganzen Tag hier festhängen.« Die Alte fuhr zurück.

Mittlerweile hatte sich ein Stau gebildet. Normalerweise können die Leute gar nicht schnell genug durch den grünen Durchlass kommen, doch als sie Rebecca Richards entdeckten, konnten sie der Versuchung nicht widerstehen, sie anzugaffen. Sie wurde unsicher. Und ich auch. Ich überlegte verzweifelt, wie zum Teufel ich sie um ein Autogramm bitten konnte, während halb Heathrow uns zuschaute.

Tyrone Edwards, unbeteiligter Passant: Ich rolle gerade mein Gepäck in die Zollabfertigung und schwitze. Ich hab so was zwar schon eine Million Mal gemacht, aber dieses Mal ist es übel. Ehrlich, so viele Zollfuzzis hab ich noch nie gesehen, und bestimmt kriegen sie mich dran. Scheiße, denke ich, die haben dein Fahndungsfoto, Tyrone, die sind schon seit Jamaika an dir dran. Interpol, das FBI, die CIA, MI5, das SAS, alle sind sie dir auf die Schliche gekommen. Ich bleib mit meinem Gepäckwagen stehen und denke nach. Dreh dich einfach um, stell den Koffer auf ein Gepäckband, und niemand wird was mitkriegen. Also mach ich auf dem Absatz kehrt, gehe los und denke, nee, das kannst du jetzt nicht bringen, die sehen doch alle, dass du in die verkehrte Richtung läufst wie ein Volltrottel. Und außerdem kannst du den Koffer nicht einfach abstellen, weil da doch die Polaroids drin sind – du am Strand mit dieser weißen Zicke.

Also dreh ich wieder um, hol ein paarmal tief Luft und gehe durch die grüne Tür. Komm schon, Tyrone, das hast du doch schon x-mal gemacht, sage ich mir. Da kriege ich mit, dass die Meute sie anglotzt. Die kenn ich doch von irgendwoher, denke ich, aber von wo? Aus New Cross jedenfalls nicht. Wir haben zwar auch ein paar echt scharfe Bräute, aber die hier ist Erste Liga. Dann fällt's mir wieder ein: Sie ist diese Maus aus der Glotze, Rebecca, deren Haarschnitt sogar schwarze Tussis nachmachen. Und die Titten – die versuchen sie auch nachzumachen.

Ich habe ein Piece Kolumbianer mit, das so groß ist wie ein Ziegelstein. Eigentlich sollte ich hier nur so durchschweben, weil sich der Zoll einen Scheißdreck um mich kümmert. Tue ich aber nicht. Ich bleib stehen und glotze mit. Sie kriegen Rebecca Soundso aus dem Fernsehen dran, live und in Farbe – das kann ich mir doch nicht entgehen lassen, oder?

Officer Judith Ottle: Auf meine Bitte öffnete sie den ersten Koffer. Da war kein einziges Stück drin, auf dem nicht ein Designerlabel gewesen wäre, das so viel sagte wie: »Mich kannst du dir nicht leisten, du unterbezahlte Beamtin.« Sogar ihre Tampons steckten in einer wunderschönen kleinen Gucci-Handtasche. Das war dann doch etwas, das wir gemeinsam hatten – Monatsblutungen, nicht die Gucci-Handtasche.

Ich ging so schnell wie möglich ihre Sachen durch. Ich glaubte sowieso nicht, dass ich etwas finden würde. Für solche Sachen bekommt man ein Näschen – und ihr Gepäck roch nach der Parfümabteilung von Harvey Nichols. Schließlich war nur noch ihre kleine Umhängetasche übrig. Doch als ich sie darum bat, umklammerte sie das Ding plötzlich ganz fest.

»Das sind persönliche Sachen.«

»Tut mir Leid, aber ich muss einen Blick hineinwerfen.«

Widerwillig überließ sie mir die Tasche. Es war tatsächlich nur Persönliches drin. Eine Brieftasche, Schminkzubehör und ein Adressbuch. Ich blätterte es kurz durch und sah die Namen Kate Hudson, Ben Stiller und fünf verschiedene Nummern von Warren Beatty. Außerdem war da ein kleines, ramponiertes Lederbuch mit diesen Plastikblättern für Fotos drin. Ich warf kurz einen Blick hinein – meist Familienfotos, aber ein oder zwei Aufnahmen von Joe Shirer waren auch noch mit dabei.

»Die gehen Sie nichts an«, brauste sie auf und wollte sie mir entreißen.

Da hatte sie Recht – das gingen sie wirklich nicht. Ich gab ihr das Buch zurück, und plötzlich fiel etwas heraus.

Mist, dachte ich.

TYRONE EDWARDS: Ich stehe vielleicht vier, fünf Meter weit weg, aber mit geübtem Auge erkennt man so was. Ich kann nicht fassen, was da aus dem Büchlein fällt. Extragroße Rizla-Blättchen. Rebecca bringt sich Dope mit. Wissen Sie, was mir da durch den Kopf geht? Wenn wir erstmal draußen sind und ich mit ihr sprechen kann, mache ich einen Deal. Keine Ahnung, was für einen Shit sie in Hollywood raucht, aber das, was ich zu bieten habe, hat sie garantiert noch nicht gehabt. Das ist die große Nummer, Mann. L. A., mach dich bereit – Tyrone kommt!

Officer Judith Ottle: Extragroße Rizlas sind zwar nicht illegal, aber alle Welt weiß, dass sie nur für das eine benutzt werden. Ich war mit den Nerven runter. Da so viele Kollegen zuschauten, konnte ich auch nicht so tun, als hätte ich sie nicht gesehen. Es bedeutete, dass ich sie abtasten musste – eine Leibesvisitation.

»Würden Sie bitte mit mir kommen, Miss Richards?«, sagte ich.

Sie folgte mir, ohne ein Wort zu sagen. Sauer war sie aber schon. Filmstars lieben die Blicke, wenn sie am Abend der Oscarverleihung über den roten Teppich spazieren. Auf dem Weg zu einer Leibesvisitation sind sie nicht so versessen darauf. Beim Weggehen höre ich, wie die Alte zu einem Kollegen sagt: »Habt ihr Idioten eigentlich keine richtigen Drogenschmuggler, die ihr schnappen könnt?«

Tyrone Edwards: Also stehe ich da und seh zu, wie dieser Knackarsch abgeführt wird. Ich bin fix und fertig: Mein Hollywood-Deal geht mir durch die Lappen. Da spüre ich eine Hand auf der Schulter. Scheiße. *Game over*. Jetzt bist du reif, Tyrone. Warum hast du dich nicht verkrümelt, als es noch ging? Dann meint dieser Zollfuzzi zu mir: »Was glauben Sie eigentlich, was das hier ist? Ein Kabarett? Gehen Sie bitte weiter, Sir.« Ich sage gar nichts. Könnte ich aber schon. Da, wo ich gerade herkomme, kriegt so mancher für weniger die Kehle durchgeschnitten. Ich weiß eben, wann ich besser die Schnauze halte. Also nichts wie raus hier.

Officer Judith Ottle: Wir gingen in den Vernehmungsraum, wo ich sie bat, ihre Jacke abzulegen. Ich durchforstete die Taschen. Nichts. Dann fing ich mit der Durchsuchung an. Ich hasse das. Manche Leute verstecken ihre Sachen an Stellen, in die man wirklich nicht seine Finger stecken will.

Ich bat sie, die Arme seitlich auszustrecken, und als ich an sie herantrat, merkte ich, dass sie weinte. In diesem Moment hätte ich am liebsten aufgehört und gesagt: »Es war alles ein furchtbarer Irrtum. Es tut mir Leid. Aber bevor Sie gehen … Es ist für meinen Sohn.« Das tat ich aber nicht. Ich überprüfte ihre Arme und glitt an ihren Rippen hinunter, dann wieder hoch zum BH. Ich legte die Hände auf ihre Brüste und tastete. Man findet häufig diese oder jene Kleinigkeit in BHs, aber in ihrem war nichts versteckt, außer vielleicht ein paar Pfund Silikon. Ich hatte Artikel gelesen, in denen behauptet wurde, ihr Busen wäre natürlich, aber dafür war er viel zu fest – wunderschöne Brüste, aber tut mir Leid, Dean, mit Sicherheit käuflich erworben.

In diesem Moment verlor sie die Nerven. »Nehmen Sie Ihre Hände von mir!«, schrie sie und trat einen Schritt zurück. Ich ging auf sie zu. Sie hielt die Hände hoch, um mich aufzuhalten, und sagte: »Sie haben ja gar keine Ahnung, was ich hinter mir habe – und jetzt das. Ich fliege nach Hause und werde behandelt wie ein gottverdammter Junkie!«

Mittlerweile war sie echt am Heulen. Ich wusste nicht, was ich sagen sollte, also machte ich mich einfach wieder an die Arbeit. Ich bat sie, die Schuhe auszuziehen, und schaute hinein – nichts. Dann fuhr ich mit den Händen an den Beinen hoch, befühlte ihre Hose. Mein Gott, dachte ich, dieses Gestell nimmt ja gar kein Ende mehr. Endlich war ich an ihren Oberschenkeln angekommen. Immer noch nichts. Ich war fast am Ziel – nur wenige Zentimeter trennten mich noch von ihrer Möse und einem »Würden Sie das hier bitte für mich unterschreiben, Miss Richards?«.

Und da passierte es. Ich weiß wirklich nicht genau, ob sie bloß wild mit den Armen herumfuchtelte oder mich absichtlich schlug. Jedenfalls erwischte sie mich voll im Gesicht. Es war eigentlich gar nicht so fest, aber der riesige Saphir an ihrem Mittelfinger sorgte dafür, dass ich blutete wie ein Schwein.

Ich fand zwar nichts bei ihr, hatte aber keine andere Wahl, als sie der Polizei zu übergeben. Nun lag die Sache in deren Händen. Und während sie in der Zelle schmorte, würde sie in

Ruhe nachdenken können – zum Beispiel darüber, dass sie sich nicht so dämlich hätte anstellen sollen und nur einen klaren Kopf hätte bewahren müssen. Dann hätten die Zeitungen am nächsten Tag den üblichen Mist über die *East Enders* oder das Königshaus gebracht anstatt über ihren rechten Haken.

Und mein Dean hätte sich nicht eingeschnappt in sein Zimmer verzogen, als hätte ich höchstpersönlich ihre Exekution angeordnet.

2

Marrakesch, Affen, Benny aus Crossroads

Greg Fuller, Creative Director, Fuller Scheidt Advertising: Ich war gerade ins Büro gekommen und hatte mich noch nicht einmal gesetzt, als Lola mit einem Arm voll Boulevardzeitungen hereinkam.

Nancy Stark, Persönliche Assistentin von Greg Fuller: Bevor wir loslegen, will ich eines klarstellen. Ich heiße gar nicht Lola. Nur einer hat mich jemals Lola genannt, und das war Greg Fuller. Seit meinem ersten Tag bei Fuller Scheidt nennt er mich so – offenbar mein Pornostarname. Hätte man ihn an seinen Stuhl gefesselt, ihm eine Pistole an den Kopf gehalten und gedroht abzudrücken, wenn er nicht mit meinem richtigen Namen rausrückt, gehe ich jede Wette ein, dass sein Gehirn auf dem Schreibtisch gelandet wäre, weil er sich gar nicht an ihn erinnert hätte.

Danke, dass ich das klarstellen durfte.

Greg Fuller: »Muss das sein, Süße?«, fragte ich sie, während sie die Zeitungen zu einem ansehnlichen Fächer anordnete. »Dieser Schreibtisch kostet an die fünf Riesen, und du überdeckst ihn mit Einwickelpapier.«

»Sei doch froh«, meinte sie. »In dem Omnibusdepot, in dem mein Dad arbeitet, wurde jemand gefeuert, weil er zwischendurch die Sportzeitung las. Und du kriegst auch noch Geld dafür.«

Sie hatte nicht ganz Unrecht. An einem besseren Tag wäre mir womöglich aufgegangen, dass das eine ziemlich coole Art war, seine Brötchen zu verdienen. Dieser spezielle Freitag war jedoch alles andere als ein besserer Tag. Als Lola wieder ging, bestätigte mir das ein flüchtiger Blick auf die Schlagzeilen.

»REBECCA RICHARDS FESTGENOMMEN« – der *Mirror*.

»REBECCA – TÜTEN, TREFFER, TEMPERAMENTE« – die *Sun*.

»REBECCA AM ENDE?« – der *Express*.

»VOM ZOLL BEFUMMELT – BUSEN-BECCA MIT DROGEN AUFGEFLOGEN« – der *Star*.

Will man den Kern einer Story erfahren, sollte man sich an den *Star* halten – aber eigentlich kam keine der Zeitungen auch nur annähernd an den verdammten Kern heran. Dafür hätten sie eine andere Schlagzeile bringen müssen, zum Beispiel: »REBECCA RICHARDS' VERHAFTUNG WAHRSCHEINLICH LETZTER SARGNAGEL FÜR WERBEFACHMANN GREG FULLER, DESSEN EINST GLÄNZENDE KARRIERE SICH KEINEN WEITEREN RÜCKSCHLAG ERLAUBEN KANN UND DESSEN PRIVATLEBEN SICH EBENFALLS IN HEILLOSEM CHAOS BEFINDET – WIR SIND DEM UNTERGANG GEWEIHT, WIRKLICH, DEM UNTERGANG, SAGT FULLER.« Aber bis dato wurde nicht einmal mein Name erwähnt.

Lassen Sie mich meine ziemlich verwickelte Beziehung zu Rebecca Richards erläutern. Ich bemühe mich auch, es kurz zu machen. Ich hatte einen TV-Werbespot geschrieben. Er war komplett aus meiner eigenen Feder geflossen, und ohne jetzt großartig zu prahlen, darf ich Ihnen sagen, dass er sehr gut war. Er handelte von einem Jungen und einem Mädchen bei einem Blind Date, zu dem sie zufällig ein Kleid aus Gummi trägt – okay, nicht gerade die übliche Aufmachung für ein Blind Date, aber schließlich geht es hier um Werbung.

Der Spot war für Blackstock Tyres, zeigte aber keinerlei

Reifen – bloß einen cleveren jungen Mann und ein vulkanisiertes Date.

Haben Sie Geduld, ich komme schon noch auf den Punkt.

Kunde sah Manuskript. Kunde mochte es. Kunde meinte, er würde nur allzu gern tonnenweise Geld lockermachen, um es zu drehen. Zu dem Zeitpunkt hätte ich noch zwei Unbekannte casten lassen können. Tat ich aber nicht. Ich fühlte mich zu Höherem berufen und griff nach den Sternen.

Wäre es nicht wunderbar, dachte ich, ein Promipaar zu casten, sagen wir Lenny Henry und Dawn French oder Neil und Christine Hamilton? Na gut, die vielleicht nicht gerade, aber wie wäre es denn mit Rebecca Richards und Joe Shirer aus diesem sensationellen weltweiten TV-Renner *All Our Lives Before Us*? Die waren sowohl im Film wie auch privat ein Paar, und es verging kaum ein Tag, an dem sie nicht irgendwo in den Schlagzeilen landeten. Gegen die beiden sahen Posh und Becks aus wie Mauerblümchen. Klar, sie waren teuer, aber den Kunden musste ich erst noch kennen lernen, der nicht insgeheim geil auf Promis gewesen wäre.

NANCY STARK: Greg gehörte zu denen, die sich an Promis aufgeilten. Einmal hat er einen Bier-Spot für Sheridan Morley geschrieben, nur weil er mit ihm im Groucho zu Mittag gegessen hatte. Sheridan Morley in einer Bierwerbung? Ich bitte Sie.

In Wirklichkeit hatte Greg schon danach gelechzt, Rebecca Richards in einem Spot unterzubringen, seit er bei einem seiner Kreativteams hereingeplatzt war, das sich gerade ihr Aerobic-Video anschaute. Später erzählten sie ihm, bevor sie berühmt geworden war, hätte sie angeblich in einem Pornostreifen mitgewirkt. Zwar hatte kein Mensch den Film je gesehen, aber irgendjemand in Romford schwor, er habe jemandem ein Auto abgekauft, der Bauarbeiten für den Kerl übernommen habe, dessen Bruder der Kameramann gewesen sei. Danach war es nur noch eine Frage der Zeit, bis er ein Skript verfasste, das »genau richtig« für sie war.

GREG FULLER: Der Kunde, Bob Bull, war der promigeilste Schleimer von allen. Als ich Shirer und Richards vorschlug, fing er regelrecht an zu sabbern.

Aber kaum war die Tinte auf ihren Verträgen getrocknet, ging im richtigen Leben Ihre Beziehung in die Brüche – und zwar alles andere als gütlich.

Egal, tröstete ich mich, im Fernsehen sind sie immer noch die heißeste Zweierkiste; in den nächsten Folgen sollen sie sogar heiraten. Die sind doch Profis, dachte ich, die kommen einfach her, verhalten sich wie Schauspieler und holen sich dicke Schecks ab. Nie hätte ich erwartet, dass einer von ihnen hier einfliegt und als Erstes einer Zollbeamtin einen Schwinger verpasst.

Statt in einer Zelle zu hocken, hätte sie jetzt in Soho sein, sich mit Talkum bestäuben und in den Gummirock gleiten sollen. Die Kostümprobe war wichtig, denn am kommenden Montag sollten wir laut Zeitplan mit dem Dreh beginnen, und Gummi war ja nun nicht gerade Polyester, wenn es um Änderungen in letzter Minute ging – jedenfalls hatte man mir das erzählt.

Rebeccas Einbuchtung war jedoch nicht das einzige Problem an diesem Freitag. Während ich noch den Schaden in der Presse untersuchte, platzte mein Partner Max Scheidt in mein Büro, um mir all die andere Kacke unter die Nase zu reiben, die noch am dampfen war.

NANCY STARK: Jeden anderen hätte ich daran gehindert, unangemeldet in Gregs Büro zu marschieren, denn die Bewachung seiner Tür stand in meiner Jobbeschreibung. Aber Max konnte man niemals daran hindern, irgendwo reinzumarschieren.

GREG FULLER: »Warum zum Teufel liest du Zeitung? Hast du Paul und Shaun noch nicht aufgetrieben?«, bellte er. Max bellte ständig. Ich glaube, ein Geburtsfehler machte es ihm unmöglich, die Stimme zu senken, so dass es nicht einmal unbedingt bedeutete, dass er schlechte Laune hatte. An diesem Morgen allerdings war seine Laune übel.

»Morgen, Max«, sagte ich weit ruhiger, als mir zumute war. »Schon gehört, was unsere First Lady angestellt hat? Und da soll noch mal jemand sagen, Vinnie Jones wäre der einzige Irre, den wir nach Hollywood exportiert haben.«

»Und was hast du vor? Hingehen und sie mit einer Dynamitstange aus dem Knast bomben? Wir sind doch hier nicht *Die Profis*. Kümmere dich um die beschissenen Probleme, die du lösen kannst. Finde Paul und Shaun.«

»Lola ist schon dabei«, log ich.

NANCY STARK: Max war noch keine halbe Minute drin, als die von ihm ausgestrahlte Hitze durch die Fensterscheibe drang, die mich von Greg trennte. Ich hielt es für besser, den Kopf ins Büro zu stecken, bevor die Temperatur kritische Werte annahm. »Kaffee, Max?«, fragte ich forsch-fröhlich.

GREG FULLER: Ganz die Meisterin des spaßigen Timings, meine Lola.

»Paul und Shaun?«, brüllte Max sie an.

»Ich glaube, sie könnten in Marrakesch sein«, erwiderte sie. Max sah mich mit hochgezogenen Brauen an.

»Das ist das, was wir gehört haben, Max«, bekräftigte ich. Bekräftigung schien mir in diesem Augenblick die beste Taktik zu sein.

NANCY STARK: Keine Ahnung, wie ich auf Marrakesch kam. Ich wusste nicht einmal genau, wo das lag, geschweige denn, ob es die Art von Ort war, an den Paul und Shaun sich zurückziehen würden, um ihre Wunden zu lecken.

GREG FULLER: Mir ging auf, dass Lola möglicherweise ins Schwarze getroffen hatte. Marrakesch war genau das einstmals schicke Ein-Stern-Dreckloch, in das sich die beiden flüchten würden.

An diesem Punkt ist eine weitere Erklärung vonnöten. Paul

und Shaun, mir nur als Pickel und Schweiß geläufig, waren ein Kreativteam in meiner Abteilung. Sie gehörten zu den untalentiertesten Duos in der weiten Welt der Werbung. Warum ich sie dann auf der Gehaltsliste meiner coolen, sexy und sagenhaft erfolgreichen Werbeagentur duldete? Ich sag's Ihnen mit drei Worten: Universe of Sofas.

Mag es auch keine von ihnen an die große Glocke hängen, so besitzt doch jede profitable Agentur ein Universe of Sofas – einen Werbeetat, für den sie sich Woche für Woche Scheiße aus den Fingern saugt und im Gegenzug Zaster scheffelt.

Bei Fuller Scheidt hatten wir das Original von Universe of Sofas. Es war ein Unternehmen, dessen Hallen aus Stahl und Beton bis an die Dachsparren mit hässlichen Möbelversuchen voll gestopft waren, die man sofort mitnehmen durfte, aber erst irgendwann im nächsten Jahrtausend zu extrem günstigen Zinsbedingungen zu bezahlen brauchte. Vielleicht sollte ich lieber sagen, sie standen in dem Ruf, einen dafür zu bezahlen, dass man ihnen ihre Scheiße aus der Hand riss.

Universe of Sofas verließ sich auf uns, wenn es darum ging, ihre unschlagbaren Angebote auf atemberaubende Weise der Nation zu präsentieren.

Wir verließen uns auf sie, wenn es darum ging, einen selbstmörderisch hohen Prozentsatz unserer Einnahmen abzudecken.

Und ich verließ mich auf Pickel und Schweiß, wenn es darum ging, Anzeigen zu verfassen, bei denen zweitklassige Models auf drittklassigen Möbeln saßen und ihren Zweck erfüllten.

Jedenfalls bis vor kurzem. Ein paar Tage vor Rebeccas Verhaftung hatte ich sie gefeuert.

Ich wusste schon, dass es ein Fehler war, als mir die Worte »Ihr seid das traurigste Idiotenpaar, das mir je das Büro besudelt hat, und ihr seid gefeuert« über die Lippen kamen. Es war ein Augenblick puren Wahnsinns. Ehrlich, normalerweise bin ich nicht so blöd. Aber falls die Tatsache, dass ich sie Pickel und Schweiß nannte, als Hinweis noch nicht genügt: Ich hasste sie.

Nancy Stark: Er hasste Paul und Shaun wirklich, obwohl es an ihnen gar nichts Hassenswertes gab. Von Shauns Körpergeruch abgesehen, waren sie ziemlich unauffällig. Vielleicht war das ja ihr Verhängnis. Greg hatte seine Abteilung mit jeder Menge Surferkleidung, gepiercten Brauen und farbigen Barnets-Schuhen gefüllt. Paul und Shaun standen dagegen eher auf Levi's 501, Sweatshirts von Gap und vernünftige Turnschuhe – Sie wissen schon, solche, die wirklich wie Turnschuhe aussehen. Die beiden ruinierten die Ästhetik.

Sie mochten Greg ihrerseits auch nicht und begingen den Fehler, es sich anmerken zu lassen. Sie waren erfahren genug, um zu wissen, dass es für Ehrlichkeit in der Werbung keinen Platz gibt, verbrachten jedoch gut vier Jahre damit, Universe of Sofas in den Arsch zu kriechen, und hielten sich für unantastbar.

Greg liebte es, Leute eines Besseren zu belehren – selbst wenn er damit sein eigenes Todesurteil unterschrieb.

Greg Fuller: »Für das, was ihr für mich tut, könnte ich genauso gut Affen einstellen, verdammt noch mal!«, teilte ich ihnen mit. Allerdings wussten sie genau, dass ich von ihnen abhängig war, und kaum waren sie aus der Tür, rieben sie mir das auch unter die Nase. Sie riefen den Kunden an und erzählten ihm, was ich gerade getan hatte. Dass irgendein Paar Affen ihren Job hätte machen können, zählte nicht, da die Marketingleiterin von Universe of Sofas meine ehemaligen Affen zufälligerweise ins Herz geschlossen hatte. Sie rief umgehend Max an und fragte ihn, was zum Teufel wir vorhätten. Er wusste leider von nichts und wollte sofort von mir wissen, was zum Teufel ich vorhätte.

Im Grunde tat er mir Leid. Es war eine beschissene Zeit von seinem profitabelsten Geschäftspartner mit der Kündigung bedroht zu werden. Wir standen nämlich mitten in Verhandlungen mit einem Käufer. Gruppo Tigana, eine italienische Agenturgruppe, hatte ein Angebot für unsere Anteile von Fuller Scheidt gemacht. Max und ich hatten die Firma vier Jahre zuvor mit einer kühnen Philosophie gegründet: Wir wollten eine radikal andere Werbeagentur aufbauen und ein Umfeld schaffen, in dem sich individuelle Visionen verwirklichen ließen, ohne dass uns die Geldsäcke dabei in die Quere kamen. Das war natürlich Schwachsinn. Im Grunde hatten wir uns mit einem einzigen Wunschtraum ans Werk gemacht – dass nämlich eines Tages ein Unternehmen wie Gruppo Tigana daherkommen und uns, sagen wir, achtundzwanzig Millionen Pfund bieten würde.

NANCY STARK: *Achtundzwanzig Millionen Pfund!* Na gut, Fuller Scheidt mochte hip gewesen sein, aber achtundzwanzig Millionen Pfund hip? Und Greg würde ein Viertel davon einstreichen. Ich hörte ihn schon über die Kapitalertragssteuer stöhnen, die er würde blechen müssen. Der arme Schatz.

GREG FULLER: Die Italiener wollten uns, weil wir sexy waren, Preise einheimsten und sie mit uns ein Standbein in Großbritannien haben würden. Vor allem aber wollten sie uns, weil wir sehr, sehr profitabel waren. Ich habe ja schon erwähnt, wie viel das mit Universe of Sofas zu tun hatte, so dass Max' Reaktion auf die Entlassung von Pickel und Schweiß keiner weiteren Erklärung bedarf.

Er ging mit der Situation auf die ihm eigene Weise um – er belog den Kunden. Er machte der Frau weis, Paul und Shaun seien echte Scherzkekse. Selbstverständlich sei ihnen keinesfalls gekündigt worden. Stattdessen seien sie in eine abgeschirmte Fünf-Sterne-Zuflucht geschickt worden, um sich mal rundum verwöhnen zu lassen. Von dort kämen sie bald mit einer Kampagne für Universe of Sofas zurück, die alle bisherigen Kampagnen für Universe of Sofas in den Schatten stellen würde. Bis Montag nächster Woche stünde sie definitiv auf den Beinen.

Meine Aufgabe (und mir blieb nichts anderes übrig, als sie anzunehmen) bestand nun darin, in gut sieben Tagen die versprochene Kampagne aus dem Ärmel zu schütteln. Und dann meine Sherlock-Holmes-Mütze aufzusetzen und Pickel und Schweiß aufzutreiben, damit sie sie präsentieren konnten. Ach ja, und wo ich schon einmal dabei war, eine durchgeknallte Hollywoodschauspielerin aus dem Knast zu holen, um einen demnächst prämierten und daher potentiell lebenswichtigen Spot zu drehen. Und, falls ich das möglicherweise auch noch einschieben konnte, meine brüchige Ehe zu kitten.

Von meiner brüchigen Ehe habe ich Ihnen noch nichts erzählt, oder?

NANCY STARK: Gerade als ich mit einer Kanne Kaffee reinkam, stürmte Max aus Gregs Büro.

»Sind sie in Marrakesch?«, wollte Greg wissen.

»Keine Ahnung. Ich weiß bloß, dass sie nicht zu Hause sind.«

»Tja, dann sollten wir sie mal lieber auftreiben.«

»Keine Sorge, werden wir schon. Was hat du in Sachen Rebecca vor?«

»Mein Gott, Stress, Stress und nochmals Stress.«

»Ich glaube, dafür wirst du bezahlt, Greg«, sagte ich. »Und nicht fürs Zeitunglesen.«

GREG FULLER: Liest man die Biographien großer Männer – Generäle, Staatsmänner, milliardenschwere Softwaremogule –, dann laufen sie erst unter Stress zur Höchstform auf. Mir persönlich geht Stress auf den Wecker.

NANCY STARK: Dann sagte er zu mir: »Ich mache hier die Hölle durch, Lola. Bis auf weiteres keine Anrufe oder Besucher.«

Da ich seit drei Jahren bei ihm war, wusste ich, was die Stunde geschlagen hatte. Ich zog seine Jalousien herunter, holte ihm sein Evian aus dem Kühlschrank und machte die Bürotür hinter mir zu.

Gregs Hölle sieht folgendermaßen aus: Er sitzt im abgedunkelten Büro und trinkt Evian aus der Flasche, während er versucht, einen Ausweg aus dem Schlamassel zu finden, in dem er sich gerade befindet. Normalerweise legt er dann etwas Beruhigendes auf, Klassik zum Beispiel, oder, falls er sich auf eine irgendwie hippere Art gestresst fühlt, eine dieser Ibiza-Chill-out-CDs.

Hätte er sich die Mühe gemacht, mal den Kopf aus seiner Tür zu stecken, hätte er eine ganz andere Art Hölle zu Gesicht bekommen: eine One-Woman-Neuschöpfung der dreißigminütigen Anfangssequenz von *Der Soldat James Ryan*. Hier draußen herrschte der totale Krieg. Es floss Blut, Gliedmaßen und Körper wurden durchtrennt, und alles würde erst dann ein Ende finden, wenn Greg sich endlich sammelte und bereit war, sich seinem Publikum zu stellen.

Ich musste die Invasionsarmeen abwehren, die alle verzweifelt danach trachteten, ihn zu sprechen. Dafür versuchten sie es mit allen Tricks, waren zu jedem Opfer bereit. Aber um es zu schaffen, mussten die Mistkerle erst einmal an mir vorbei. Dafür hassten sie mich, und ich hasste diesen Teil meiner Arbeit für Greg – aber wie schon gesagt, Wächter an den Pforten der Unterwelt stand in meiner Jobbeschreibung.

Normalerweise waren mir ein paar Minuten Frieden vergönnt, bevor es losging, aber an diesem Morgen setzten die Angriffe in der Sekunde ein, in der ich hörte, wie er *Ibiza Illusions, Volume III* auflegte.

Das Telefon klingelte. Es war Carrie, die Ehefrau des Mannes, der in diesem Moment gerade in der Hölle schmorte.

»Tut mir Leid, Carrie, er ist in einem Meeting ...« (Wenn du nicht lügen kannst, geh nicht ans Telefon – ich bin sicher, das hat irgendein berühmter Werbefuzzi gesagt.) »Ich hab keine Ahnung, wann er wieder frei ist. Hier geht's hektisch zu.«

»Wann tut es das nicht, Nancy? Sobald du kannst, frag ihn bitte, ob wir ihn an diesem Wochenende zu sehen bekommen, ja? Wenn er seine Anwesenheitsquote nicht erhöht, wird er das Baby, das ich austrage, erst bei der Taufe zu sehen kriegen.«

Carrie war im sechsten Monat schwanger mit ihrem und Gregs drittem Kind.

»Wie geht es dir?«, fragte ich.

»Willst du das wirklich wissen?«

»Natürlich.« Das war nicht gelogen. Ich mochte sie, und außerdem faszinierte mich die Schwangerschaft auf eine Mein-Gott-eines-Tages-könnte-ich-das-sein-Art.

»Aufgedunsen. Wie ein Elefant. Das reicht für den Anfang. In Wirklichkeit ist mir zumute, als wäre ich Maggie Thatcher und versehentlich zusammen mit den schlanksten und schönsten Frauen aller Zeiten in die Miss-World-Endausscheidung geraten.«

»Wie meinst du das?«, fragte ich. Sogar als Schwangere hätte man Carrie nie mit Margret Thatcher vergleichen können.

»Dass Greg die nächste Woche damit verbringt, einen Spot mit Rebecca Richards zu drehen, bringt mein Selbstwertgefühl auch nicht gerade auf Touren.«

»Tja, vielleicht kommt es ja gar nicht dazu. Hast du die Zeitung gelesen?«

»Auch wenn du mich für selbstsüchtig hältst, aber von mir aus könnten sie den Schlüssel wegwerfen.«

Das war Musik in meinen Ohren.

»Ich muss Schluss machen, Carrie – ein anderer Anruf.«

Es war Toddy Gluck, Chef-Producerin bei Fuller Scheidt und Produzentin des Spots für Blackstock Tyres.

»Nancy, wo zum Teufel steckt Greg? Er sollte längst hier sein.«

»Wo ist hier?« Ich wusste zwar genau, wo »hier« war, spielte Toddy gegenüber jedoch gern das Dummchen.

»French Films.« (Kevin French war der Starregisseur beim Blackstock-Spot.) »Ich komme mir vor wie ein Vollidiot, ihn ständig entschuldigen zu müssen. Kannst du ihn denn nicht anständig organisieren?«

»Unter den gegebenen Umständen ist er davon ausgegangen, dass die Kostümprobe abgesagt würde, Toddy.«

»Natürlich ist sie abgesagt worden. Aber es gibt eine Million Sachen zu besprechen – nicht zuletzt die Frage, was wir tun, wenn diese dämliche Kuh nicht bald aus dem Knast kommt.«

»Hör zu, ich versuche, ob ich ihn irgendwann hier aus seinem Meeting loseisen und zu eurem schicken kann.«

»Tu das. Und erinnere ihn daran, dass Kevin French viel zu wichtig ist, als dass man ihn so behandeln kann. Ich rufe in einer Viertelstunde wieder an.«

Noch bevor ich den Hörer auflegen konnte, kam eine E-Mail rein. Sie war von Max' persönlicher Assistentin Mandy.

Nancy – MM* will einen Statusbericht über den Aufenthaltsort von P&S. Abgabetermin: vor 5 Minuten. Hinhaltetaktik negativ. Code Rot – Mands.

Ich hatte keine Zeit, mich darum zu kümmern, weil das Telefon erneut klingelte. Diesmal war es Bob Bull, Gregs Ansprechpartner bei Blackstock.

»Ich muss ihn sofort sprechen. Nicht zu fassen, dass er mich nicht angerufen hat.«

»Es tut mir wahnsinnig Leid, Bob, aber hier jagt ein Meeting das nächste – Sie wissen ja, wie das freitags so ist. Sobald ich ihn kriege, sorge ich dafür, dass er Sie anruft.«

Ja, Sie haben Recht: Das war jetzt meine Kundenstimme.

»Sollte er auch. Die ganze Sache gerät phänomenal aus den Fugen. Erinnern Sie ihn einfach daran, dass ich von Anfang an schwerwiegende, nein, phänomenale Bedenken in Bezug auf diese Richards hatte. Ich bin sicher, das steht auch irgendwo in einem Besprechungsbericht, und wenn nicht, dann will ich es jetzt in dem Bericht stehen haben.«

Ich glaube, ich konnte ihn regelrecht schwitzen hören.

»Greg macht sich genauso viel Sorgen wie Sie, Bob. Ich weiß aber, dass er sich in diesem Augenblick mit dem Problem beschäftigt«, sagte ich. Dabei hörte ich, wie Gregs Kühlschrank geöffnet wurde, also beschäftigte er sich in Wirklichkeit gerade mit seiner zweiten Flasche Evian.

---

* Übersetzung: Mad Max

Bobs Fassade brach zusammen. »Um Himmels willen, was soll ich denn dem Aufsichtsrat in Ohio erzählen? All unsere Kugeln sind auf dem Schießstand und warten darauf, am Spieß gebraten zu werden.«

Das hätte Greg wohl eine übel zugerichtete Metapher genannt – deutliches Zeichen für einen verzweifelten Kunden.

Während ich mich verabschiedete, jagte ich eine schnelle Antwort auf Mandys E-Mail raus – wer an der Front überleben wollte, musste in der Lage sein, zwei Dinge auf einmal zu tun.

Mands – sag MM, ich bin dabei, P&S in ihrem Hotel in Marrakesch zu lokalisieren. Hoffentlich bald gute Nachrichten – Nancy

Ich klickte auf »Senden«, und schon ging wieder das Telefon. Es war Toddy.

»Hi, Toddy, war das jetzt echt eine Viertelstunde?«

»Komm mir nicht frech. Dafür bin ich nicht in der Stimmung.«

Das war sie allerdings nie.

»Er hängt noch immer in diesem Meeting fest«, sagte ich, während ich hörte, wie Greg die Trance Music gegen eine beruhigende Arie eintauschte. Beruhigend – was für ein Witz: Der trällernde Sopran in einem Ohr und die kreischende Toddy im anderen verursachten mir Kopfschmerzen.

»Er sollte sich lieber beeilen, Darling.« Nur Toddy Gluck konnte das Wort »Darling« so aussprechen, dass einem ein Schauder über den Rücken lief. »Unser Regisseur wird sich nicht mehr viel gefallen lassen. Außerdem *müssen* er und ich uns noch um einiges andere kümmern.«

Das glaube ich gern, dachte ich. Sie und Greg wussten nicht, dass ich wusste, dass sie seit anderthalb Jahren miteinander vögelten. Als Carrie dahinter gekommen war, kurz bevor sie schwanger wurde, hatte Greg einen kläglichen Versuch unternommen, das Ganze zu beenden. Nein, hinter das mit Toddy war sie nicht gekommen. Nur hinter die Sache mit der jungen Maskenbildnerin bei einem Dreh. Von der wusste nicht einmal

Toddy was, und Greg wiederum hatte keinen Schimmer, dass ich Carrie unfreiwillig dabei geholfen hatte, es rauszukriegen. Die Maskenbildnerin kam bei der Preisverleihung gleich nach der Headhunterin, im Marketingseminar aber kurz vor der Juniorberaterin. So gut wie sicher wussten Maskenbildnerin, Headhunterin und Juniorberaterin nichts voneinander. Juniorberaterin und Maskenbildnerin wussten nichts von Carrie oder Toddy, doch die Headhunterin wusste definitiv von Carrie – sie war mal in Gregs Haus zum Dinner gewesen. Allerdings hatte die Headhunterin keine Ahnung von Toddy. Ich glaube, Toddy hatte die Headhunterin im Verdacht, konnte ihr aber nie was nachweisen. Greg wusste, dass ich von der Headhunterin wusste, glaubte jedoch, mich bezüglich der Juniorberaterin genarrt zu haben.

Verwirrt? Das ging mir häufig so.

Und ich war absolut dagegen. Nicht, dass ich grundsätzlich was gegens Herumvögeln habe. Greg hätte von mir aus ein noch verworreneres Sexleben haben können (falls so etwas physisch möglich ist) und es wäre mir völlig gleichgültig gewesen – wenn da nicht Carrie gewesen wäre.

Ich mochte sie wirklich gern.

Und verdammt noch mal, sie war schwanger.

Aber was konnte ich tun? Ich war doch nur die Wächterin an der Pforte der Unterwelt.

Was mich wieder zum Telefon bringt. Dieses Mal war es Letitia Hegg, oben erwähnte Headhunterin.

»Greg hat unser *petite luncheonette* doch wohl nicht vergessen, Liebste, oder?«

Nenn mich nicht »Liebste«, du alte Forelle, dachte ich, sagte es aber nicht. Schließlich war ich nicht gehässig. Selbst Greg nannte sie »Britney Spears im Schafspelz«. Ich wusste, dass er sie gevögelt hatte, aber Kerle sind eben so – alles, was atmet. Eigentlich fand ich ihn nicht besonders wählerisch.

»Tut mir Leid, Letitia, aber ich fürchte, er wird einen neuen Zeitplan aufstellen müssen. Hier herrscht das reinste Chaos.«

»Ich bin fix und fertig, mein Engel. Du machst dir ja keine

Vorstellung, wie viel Stress ich hatte, um einen anständigen Tisch im Opium zu bekommen.«

Das konnte ich mir bildhaft vorstellen. Wahrscheinlich war der Stress so groß gewesen, dass sie vor dem Oberkellner in die Knie gegangen war – was ihr nicht allzu schwer gefallen sein dürfte, da sie Übung darin besaß.

Bevor sie auflegte, sagte sie noch: »Sag ihm, ich will unbedingt mit Andrew Cracknell arbeiten. Der lässt für mich immer alles stehen und liegen.«

Cracknell war ebenfalls Creative Director, und auch das konnte ich mir vorstellen.

Mir blieb keine Zeit, ihren Nachgeschmack aus meinem Mund zu entfernen, weil das Telefon schon wieder läutete. Dieses Mal unternahm der Feind einen letzten Selbstmordanschlag.

»Nancy, setz deinen Arsch jetzt sofort in Bewegung und sag Greg, wenn er nicht auf der Stelle herkommt, haben wir Montag keinen Regisseur. Das ist keine Bitte, das ist ein Befehl, verdammt noch mal!«

Mit Toddy an seiner Seite hätte Hitler den Krieg wahrscheinlich nicht verloren.

TODDY GLUCK, CHEF-PRODUCERIN BEI FULLER SCHEIDT ADVERTISING: Sie können sich gar nicht vorstellen, unter welchem Druck ich stand. Ich weiß nicht, wie oft ich Gregs dämlicher Assistentin sagen musste, dass man Kevin French nicht warten lässt. Er war mittlerweile Hollywood. An diesem Morgen hörte ich, wie er seinem Agenten am Telefon sagte, er solle den Lunch mit Kevin Spacey absagen. Entschuldigen Sie – *Oscarpreisträger Kevin Spacey,* meine ich natürlich.

Na gut, Kevin French und Greg hatten eine gemeinsame Geschichte. Sie waren beide einundvierzig und in der gleichen Branche groß geworden. Doch Kevin hatte es weiter gebracht. Das konnte jeder sehen. Er hatte eine Vision, die sich von dreißigsekündigen Werbespots nicht einschränken ließ.

Sein erster Streifen war ein Riesenerfolg gewesen – ein Actionfilm namens *Body Matter.* Überhaupt nicht mein Ding, viel zu sehr Hollywood. Ich schaute ihn mir schlichtweg nur deshalb an, weil er von Kevin French und ich von ihm überwältigt war. Er hatte dem Film etwas gegeben, was man sonst bei dieser Art Film nicht zu sehen bekommt. Kevin hatte eine so prägnante Art, Bildeinstellungen festzulegen, und ein Gespür dafür, wann eine Szene zu Ende war. Wohlgemerkt, derlei Feinheiten dürften für die Scharen pickeliger Teenager zu hoch gewesen sein, die herbeiströmten, um sich den Film anzugucken.

NANCY STARK: Toddy und ich schauten uns *Body Matter* ungefähr zur gleichen Zeit an. Sie war bei einer Privatvorführung mit Champagner und Häppchen gewesen. Ich hatte mich mit meiner Clique beim UCI-Kinopalast in Edmonton in die Schlange gestellt. Nachher erzählte sie mir davon. Nach zwei Sätzen blendete ich mich aus ihrer Rezension aus. Ergriffenheit war nicht so mein Ding, und ich hatte auch keine Ahnung, wann eine Einstellung zu Ende (am Ende?) war.

Irgendwann unterbrach ich sie und meinte: »Weißt du, was mir am besten gefallen hat? Als Joe Shirer mit dem Arm um dieses Kind aus dem Fenster hing – fandest du das Kind nicht auch toll? – und der Hubschrauber nicht nahe genug an ihn rankommen konnte, dass er hätte springen können. Ich dachte schon, sie müssen sterben. Als er es dann doch schaffte, war das ganze Kino begeistert. Offenbar hat er alle Stunts selbst gemacht. Er muss verrückt gewesen sein. Und sah er nicht riesig aus in seiner Calvin-Klein-Unterwäsche in dem Motel?«

Sie sah mich an, als hätte ich chinesisch gesprochen.

»Wahrscheinlich hast du ihn nicht verstanden, Toddy«, sagte ich. »Er hatte doch keine Untertitel, oder?«

TODDY GLUCK: *Body Matter* war ein weltweiter Hit, und als Kevin mit der Arbeit an unserem Spot begann, konnte er sich vor Angeboten kaum noch retten. Um ehrlich zu sein, hegte er wohl Bedenken, den Blackstock-Dreh machen zu müssen, und trotz des fabelhaften Skripts, das Greg für ihn geschrieben hatte, konnte ich ihn verstehen.

Aber er stand zu seinem Wort und machte mit.

Er tat es aus Loyalität gegenüber Greg und wegen seines aktuellen Übereinkommens mit Joe Shirer – nicht gerade mein Typ, aber Kevin hatte ihn in *Body Matter* glänzen lassen.

Nancy Stark: Ich war diesen Quatsch leid, von wegen Kevin French mache den Dreh aus Loyalität. Er machte ihn für fünfunddreißig Riesen am Tag. Für so viel Geld würde ich fragen: »Wie loyal hätten Sie mich gern?«

Toddy Gluck: Aber da Rebecca Richards im Gefängnis saß und Greg in seinem Büro in »Meetings«, verlor Kevin rasch die Geduld.

»Ist mir scheißegal, wie viele Filme er und ich zusammen gedreht haben, Toddy«, meinte er irgendwann. »Ich gebe ihm fünfzehn Minuten, hier aufzukreuzen, dann sitze ich im Flieger nach L.A. Ich hatte letzte Woche ein persönliches Treffen mit Jerry Bruckheimer, und *er* hat auf *mich* gewartet.«

An dem Punkt rief ich Nancy an und brüllte sie so lange an, bis sie Greg eigenhändig in ein Taxi verfrachtete. Ich fürchte, dass eine laute Stimme das Einzige war, was sie verstand. Gott weiß, warum Greg sie erträgt.

Ich liebte den Mann, aber manchmal brachte er mich zur Verzweiflung. Dass er eine Platzverschwendung wie Nancy ertrug, war das eine, aber dass er mit seiner Frau zusammenblieb, war mir ein absolutes Rätsel. Wahrscheinlich war seine Treue liebenswert, aber ich hatte nicht die leiseste Ahnung, was er in ihr sah. Sie war zwar furchtbar süß, spielte aber nicht in seiner Liga. Sonst wäre er schließlich nicht mit mir zusammen gewesen – ich erfüllte offenkundig Bedürfnisse, die sie nicht erfüllen konnte. Carrie plagte sich mit den Kindern ab, wo sie sich doch weiß Gott ein ganzes Haus voller Kindermädchen hätte leisten können. Sie hätte sich den Lebensstil zunutze machen sollen, den Greg ihr durch seine unermüdliche Arbeit ermöglichte. Sie hätte ausbrechen und etwas unternehmen sollen – sich anständige kosmetische Gesichtsbehandlungen gönnen, ihre Garderobe sortieren, eine Fremdsprache lernen oder irgendetwas tun, um ihn zu Hause mit etwas Anregendem zu begrüßen.

Sie tat mir wirklich Leid. Na ja, sie war eben Lehrerin gewesen, als sie sich kennen lernten. Mein Gott, verstehen Sie mich jetzt nicht falsch, das ist sicher ein furchtbar wichtiger Beruf. Aber Hand aufs Herz: Sie begegnen auf einer Party jemandem, der zugibt, Lehrer zu sein, und was tun Sie als Erstes? Genau. Sie halten über seine oder ihre Schulter Ausschau nach jemand Verheißungsvollerem.

Ich wollte unbedingt, dass er sie verließ, aber nur zu seinem eigenen Wohl. Er hätte es so viel besser haben können. Ich machte mir zu viel aus ihm, als dass ich ihm nicht das Beste gewünscht hätte. Meine eigenen emotionalen Bedürfnisse standen mit Sicherheit hintenan. Es gab da zwar so ein gemeines Gerücht, ich wäre bloß wegen des Angebots der Italiener mit ihm zusammen, aber nichts hätte abwegiger sein können.

NANCY STARK: Greg war ein intelligenter Mann, aber wenn es um Toddy ging, wurde er zu Benny aus *Crossroads*.

Hier ein paar Fakten, wie ich sie erlebt habe.

Fakt Nummer eins: Ein Freund eines Freundes war Immobilienmakler mit einem tuntigen Laden in Knightsbridge. Er erzählte mir von einer Kundin, die in sein Büro gekommen war. Sie war um die dreißig, schlank und so ziemlich die hinreißendste Frau, die er je gesehen hatte, seit er Liz Hurley ein umgebautes Kutscherhäuschen verkauft hatte. Er weiß nicht mehr, warum er sich daran erinnert, aber sie trug Ungaro. Sie fragte ihn nach Details über eine Wohnung in der Nähe der Sloane Street. Preis: 1,4 Millionen Pfund.

Fakt Nummer zwei: Auch ich kannte zu der Zeit eine schlanke, etwa dreißigjährige, Ungaro tragende und (ich hasse es, das zugeben zu müssen) hinreißende Frau. Sie verdiente gutes Geld, aber auf keinen Fall genug, um sich eine so hohe Hypothek leisten zu können.

Was soll's, sagen Sie jetzt vielleicht, in London wimmelt es doch von teuer gekleideten, attraktiven Frauen. Okay, Klugscheißer, hier also Fakt Nummer drei: Beide Frauen hörten auf den Namen Toddy.

Und von denen kriegt man hier nicht allzu viele zu sehen, wie der Breitmaulfrosch zum Krokodil sagte.

TODDY GLUCK: Als Greg an jenem Morgen endlich erschien, verrauchte Kevins Wut. Er stand wie immer drüber. Man schlug sich auf die Schulter und klatschte sich ab. Kevin ließ Kaffee holen und wir kamen zur Sache. Endlich ein Meeting, dachte ich. Ich liebe Meetings.

YASMIN FISH, RUNNER BEI FRENCH FILMS: Wenn man die Arbeit bei Homebase in meinen Sommerferien und das Aushelfen bei Mum und Dad in ihrem Obst- und Gemüseladen nicht mitzählt, war French Films mein erster richtiger Job. Ich war erst eine Woche dabei und servierte Kevin French Kaffee. Hätten Sie mich einen Monat vorher nach ihm gefragt, hätte ich keine Ahnung gehabt, wer er ist. Wer achtet denn schon darauf, was im Ab- oder Vorspann unter »directed by« steht? Aber *Body Matter* hatte ich gesehen, und der war großartig. Und plötzlich servierte ich dem Regisseur dieses Films Kaffee und würde vier Tage mit seinem Star *und* Rebecca Richards in einem Filmstudio verbringen.

Sie halten das jetzt vielleicht für keine große Sache, für mich war es das aber. Ich meine, schauen Sie sich doch mal meine ganzen Bekannten an. Kerry hatte einen festen Job bei Homebase, Tyler, mein Freund, war arbeitslos (stellte aber gerade seine Band zusammen), Michelle arbeitete bei Carphone Warehouse, Jules war Friseurlehrling bei Turning Hedz an der Streatham High Street und Andie (Androulla) arbeitete für ihren Dad (Steuerberater).

Und ich war beim *Film*. Na ja, ich war Produktionsassistentin. Einer der Kerle dort meinte: »Nein, das bist du nicht, du bist Runner.« Ich fragte ihn, was der Unterschied sei, und er sagte: »Du assistierst nicht, du rennst. Vor allem zu Valerie's in der Old Crompton Street, um Kevin seine speziellen Brioches zu besorgen.« Aber das war mir egal. Als ich Kevin French sein Kaffeetablett brachte, warf ich einen Blick auf die Producerin der Werbeagentur. Sie sah einfach toll aus, und ich dachte: Eines Tages werde ich deinen Job machen. Ich wusste nicht mal genau, was eine Producerin eigentlich so tut, aber es musste gut sein, wenn man sich kleiden konnte wie aus der *Vogue*.

TODDY GLUCK: Kevin brachte den Stein ins Rollen. »Ich hatte es zwar schon mit Talenten zu tun, die nicht aus ihrem Wohnwagen kommen, aber noch nie mit einer Schauspielerin, die nicht aus dem Gefängnis kommt. Was zum Teufel machen wir mit ihr?«

Greg bekam keine Gelegenheit zu antworten, weil in diesem Moment der weibliche Runner den Kaffee brachte. Das Mädchen fing an einzuschenken, aber Kevin unterbrach sie.

»Ist das Alta Rica, Baby?«

»Äh«, erwiderte sie aufgeregt, »das ist Kaffee.«

Wo treiben die bloß solche Leute auf?

YASMIN FISH: Ich wusste nicht, was er von mir wollte. Na schön, heute weiß ich es. Aber damals glaubte ich, Kaffee sei Kaffee – eben Nescafé und dann das Zeug, das man in Maschinen schüttet. Ich muss wie eine Idiotin ausgesehen haben, und Kevin rastete aus.

»Vergiss den Scheißkaffee. Hol mir Tee. Aber nicht diese Teebeutel-Pisse.«

Abgesehen von dem Moment, als ich mich im Wohnzimmer von Tylers Mum und Dad übergeben habe, als ich ihnen zum ersten Mal begegnete, war das mit Sicherheit der schlimmste

Moment meines Lebens. Bis jetzt.

TODDY GLUCK: Sie ergriff die Flucht wie ein geprügelter Hund und Kevin nahm den Faden wieder auf. »Selbst wenn sie sie wieder entlassen, ist sie die Hinterletzte für einen Dreh. Die ganze Westküste sagt, dass diese Zicke die Birne voller Neurosen hat. Und wenn ich in Hollywood was gelernt habe, dann das: Am Set musst du knallhart sein. Beim kleinsten Muckser macht sie einen Abflug.«

Musik in den Ohren einer Producerin.

»Wenigstens brauchen wir uns um Joe keine Sorgen zu machen«, fuhr Kevin fort. »Er ist der Wunschtraum eines Regisseurs. Gib dem Jungen seinen Text, richte die Kamera auf ihn, und du hast die Sache nach zwei, maximal drei Aufnahmen im Kasten. Elf Wochen Außenaufnahmen bei *Body Matter*, und da draußen in Utah war der Hund begraben. Aber Joe hat sich nicht ein Mal beschwert.«

GREG FULLER: Die nächste Stunde verbrachten wir damit, uns Geschichten von Kevin und Joe anzuhören. Die Kameradschaft. Der gegenseitige Respekt. Die Blutsbrüderschaft.

Ich kannte Kevin schon seit über zehn Jahren, und das hier war der fünfte Commercial, den wir zusammen drehten. In seinem früheren Leben hatte er wahrscheinlich Obst und Gemüse am Albert Square verscherbelt oder mit der Kray-Bande gespielt. Oder vielleicht beides. Bei ihm bekam man so ziemlich das, was man sah, und der ganze Scheiß der Werbewelt hatte ihn erfrischend kalt gelassen.

Ich hoffte nur, dass er sich in seinem Eifer, den Job für *Body Matter II* zu ergattern, nicht den noch wesentlich bösartigeren Hollywoodvirus eingefangen hatte.

3

Blumen, Farrah, Dennie

TISH WILKIE, ASSISTENTIN VON REBECCA RICHARDS: Rebecca Richards!

Die Rebecca Richards!

Der schönste Star in *ganz Hollywood!* Na gut, außer Cameron. Und Jennifer. Und Julia. Und Angelina (aber die ist so ein bisschen komisch und lesbenmäßig, wenn Sie mich fragen, aber lassen wir das). Und Gwyneth. Vielleicht. Nein, Gwyneth nicht. Jedenfalls war Rebecca absolut eine der schönsten. *Definitiv!*

Und die berühmteste Frisur *aller Zeiten!* Okay, wenigstens seit Farrah Fawcett, und die war lange vor meiner Zeit.

Und *ich* war ihre Assistentin. Rebeccas, nicht Farrahs.

Ich meine, wer hätte das gedacht?

Das ging mir durch den Kopf, als ich ihr Gepäck durch Heathrow rollte. Ich sah sie von hinten, und sie ging so, wie nur ein *echter* Star gehen kann. Ich kann das nicht erklären. Es war so … ich weiß nicht … starmäßig wahrscheinlich. Sagen wir mal so, wenn ich ein Top-Filmproduzent gewesen wäre, was ich nicht war, und sie eine Cocktailkellnerin, was sie nicht war, und ich gesehen hätte, wie sie mit meinem Tom Collins oder so was auf mich zukommt, hätte ich sie *definitiv* in meinem nächsten Multi-Multi-Millionen-Mega-Film haben wollen.

Aber es war *so* schrecklich. Nur ein paar Minuten, nachdem ich so was Schönes gedacht hatte, wurde sie wie ein Crackdealer behandelt. Irgendwie war das so *total* falsch. Ich hätte am liebsten geschrien. Ich wollte schreien: »Hey, ich hab alle ihre Sachen gepackt, und da findet ihr nichts außer den schönsten, *tollsten* Designersachen, mit denen ihr mal besser *ganz* vorsichtig seid, weil ich weiß, dass die meisten für euch *echt total* unerschwinglich sind.«

Aber ich habe nichts gesagt. Ich hielt es für das Beste, den Mund zu halten. Und ich geb's nicht gern zu, aber mir kam der Gedanke, wenn sie *doch* was fanden, was natürlich *total* unmöglich war, und ich zugab, dass ich für sie gepackt hatte, auf wen würden dann alle mit dem Finger zeigen? *Exactomundo.*

VERONICA D, FRISEUSE VON REBECCA RICHARDS: Ich konnte nicht glauben, was Freddie da auf dem Flughafen anstellte. Wir hatten ein Problem, und sie machte es noch zehnmal schlimmer. Ich stand neben Rebeccas Leibwächter Grant und ihrer neuen Assistentin Tish (Was ist das für ein Name? Klingt, als ob jemand niest) und beschloss, nicht aufzufallen. Grant machte einen Schritt nach vorn, aber ich fasste ihn am Arm. Was hatte er vor? Wollte er die alle zusammenschlagen? Dann spürte ich, wie Tish vorrückte. Ich flüsterte ihr zu: »Schätzchen, bleib hier. Freddie hat einen Haufen mehr Erfahrung als du, und sie baut einen Riesenmist.« Ich verstand nicht, warum Rebecca Tish eingestellt hatte. Sagen wir mal so – ich hab schon Schlauere gesehen.

TISH WILKIE: Ich arbeitete erst seit ein paar Wochen für Rebecca. Ich konnte immer noch nicht glauben, dass ich den Job gekriegt hatte, aber es kam mir so *perfekt* vor. Zunächst mal hatten wir viel gemeinsam. Hier ist eine Liste unserer Gemeinsamkeiten (ich *liebe* Listen, und die *persönliche* Assistentin eines Topstars – und das war ich ganz sicher – kommt gar nicht ohne aus):

1. Wir kommen beide aus Essex – sie aus Chelmsford und ich aus Loughton, das immer noch schön ist, obwohl da so viele Fußballer wohnen.

2. Wir sind beide Jungfrau – sagt das nicht *alles* über uns?

3. Wir sind beide nach L. A. gegangen, um unser Glück zu machen. Okay, ich hab meine Freundin Kryztal besucht (sie heißt eigentlich Carol, aber das klingt nicht nach L. A.) und hatte tausend blöde Jobs, bevor ich bei einer Produktionsfirma landete, während Rebecca mit *All Our Lives Before Us* zum Megastar wurde. Trotzdem war der Unterschied nicht *so* groß.

4. Unsere Muttis heißen beide Katie. Ist das nicht unheimlich?

5. Es wird noch unheimlicher. Als wir klein waren, waren wir beide in Dennie von den New Kids on the Block verknallt.

6. Und nun raten Sie mal, wie wir beide unsere Katzen nannten? *Dennie!* Verstehen Sie, warum wir *total* zusammengehörten?

VERONICA D: Nachdem ich Tish kennen gelernt hatte, nahm ich Rebecca beiseite.

»Schätzchen, dein Leben steckt in einer Krise«, sagte ich. »Du brauchst erfahrene Leute um dich, Leute mit Know-how. Guck sie doch bloß mal an. Sie hat ihre Katze nach Donnie Wahlberg genannt.«

»Ich auch.«

»Ja, aber du hast sie nicht *Dennie* genannt.«

»Ich weiß, Veronica, aber sie ist aus England. Ich hatte wohl Heimweh, als sie sich vorstellte.«

»Hör zu, Anthea hat dich sehr verletzt. Ich möchte nicht, dass du so was noch mal durchmachen musst.«

Sie warf mir einen Blick zu, und ich hob nur die Hände und sagte: »Hey, ich mach dir nur deine Frisur, zufällig die berühmteste und am meisten kopierte Frisur der Welt. Hör gar nicht hin, wenn ich was sage.«

TISH WILKIE: Es war so *affengeil*, wie ich den Job gekriegt hab. Ihre letzte Assistentin hat sie ganz plötzlich verlassen. Und danach dem *National Enquirer* ihre Insiderstory verkauft. Ist das nicht total abstoßend, wenn jemand in so einer Position zum absoluten Judas wird? Vertrauen ist in diesem Job wirklich *alles.*

Ich war bei der Produktionsfirma, die die Fernsehserie *All Our Lives Before Us* gemacht hat, und jemand von Rebecca kam und sagte, sie brauchten eine neue Assistentin, ganz fix, und ob jemand das schon mal gemacht hätte? Ich riss die Hand hoch. Ich war noch nie Assistentin, aber ich wusste, ich würde es schaffen. Das ist das Tolle an L. A. – es hat mich irgendwie *total* aktiv gemacht.

Kryztal meinte, ich wäre verrückt. »Du bist zu nett, Tish. Sie wird dich *total* zerstören. Wenn du mit ihr nach England gehst, kommst du nicht wieder.«

»Unsinn«, sagte ich. »Das ist meine große Chance. Deshalb bin ich nach L. A. gekommen. Ich wette, sie ist sehr nett.«

Kryztal lachte bloß. »Sie spinnt, Tish. Hast du nicht gelesen, was ihre vorige Assistentin im *Enquirer* erzählt hat?«

»Ich wette, das ist alles gelogen.«

»Okay, aber guck dir mal an, wie sie seit der Joe-Shirer-Sache drauf ist.«

Ich musste zugeben, dass ihr Leben etwas unruhig war. Die Joe-Shirer-Sache! Am besten erzähle ich sie in Form einer Liste:

1. Rebecca und Joe spielten beide in *All Our Lives Before Us* mit – das hab ich schon erzählt, oder?

2. Sie spielten die Hauptrollen *und* waren in der Serie zusammen.

3. In der Staffel, die gerade zu Ende war, hatte Joe ihr einen Heiratsantrag gemacht. Es war die Folge, in der er ein großes Radrennen gewann und in seinen Lycrasachen ganz toll und schweißglänzend aussah, und er kniete nieder, und Rebecca weinte, und dann sagte sie ja, und dann weinten sie beide und fielen sich in die Arme, und die Sonne ging hinter ihnen unter, und die Musik war eine Supernummer von Christina Aguilera, oder war es Mariah, jedenfalls war es das *absolut* Schönste, was ich je in meinem Leben gesehen hatte.

4. Sie waren auch im richtigen Leben zusammen, und es sah so aus, als wären sie das *perfekteste* Paar aller Zeiten. Jedenfalls seit Tommy und Nic vor ihrer tragischen Scheidung.

5. Dann spielte Joe in dem Actionfilm *Body Matter,* und er war absolut *brillant* und machte anscheinend *alle* Stunts selber, auch diesen *total* wahnsinnigen, wo er einen kleinen Jungen oder ein Hündchen von einem Turm rettet, und der Film war ein Megahit und Joe plötzlich der heißeste Star im Biss-niss seit Keanu nach *The Rock* oder *Die Mumie kehrt zurück* oder so.

6. Also war er jetzt ein Mega-Mega-Action-Star, obwohl er noch in *All Our Lives Before Us* war, und er und Rebecca entfernten sich voneinander.

7. In *All Our Lives Before Us* spielte auch ein Mädchen namens Greta Bastendorff mit, und sie war wirklich hübsch und süß – aber nicht halb so schön wie Rebecca, wenn Sie mich fragen.

8. Und sie hatte nicht solches Haar.

9. Jedenfalls fing Joe an, mit ihr auszugehen.

10. Und Rebecca kriegte es raus.

11. Und es gab einen *riesigen,* echt heftigen Krach im Spago.

12. Und Rebecca ließ ihn sitzen.

13. Oder Joe ließ sie sitzen.

14. Ist ja auch ganz egal – jedenfalls waren sie *finito.*

15. Aber Rebecca kam nicht drüber weg und ertrug es nicht, Joe und Greta zusammen im Studio zu sehen. Das muss so *total* schlimm für sie gewesen sein, dass ich immer noch weinen muss.

16. Dann kam dieses Gerücht über Joe im *National Enquirer.* Sie wissen schon, wegen seinem Ding. Okay, ich erzähl's ausführlich. Es hieß, sein Dingsda wäre nicht so groß, wie es in der Lycrahose in *All Our Lives Before Us* aussah.

17. Und Joe dachte wohl, Rebecca hätte das Gerücht ausgestreut.

18. Sie hat es natürlich bestritten, und ich glaube ihr das *absolut,* total 110-prozentig.

19. Und dann mussten sie beide nach England für diesen blö-

den Werbespot, den sie angenommen hatten, als sie noch verliebt waren, und Rebecca wollte nicht, aber sie musste, und von da an bin ich dabei.

Ist nicht alles *viel* einfacher, wenn man es als Liste aufschreibt?

Veronica D: Man braucht bloß zwei Sachen über Joe Shirer und Rebecca Richards zu wissen. Erstens: Joe war eine Ratte und genauso billig wie jedes andere Stück weißer, schwarzer oder brauner Müll, das je aus einer Wohnwagensiedlung in Jerry Springers Talkshow gekrochen kam. Zweitens: Egal, wie sehr er sie verletzt hatte, Rebecca war zu anständig, um über sein Wiener Würstchen zu quatschen.

Tish Wilkie: Der Flug nach England war schrecklich für Rebecca. Wir saßen nicht zusammen. Sie saß in der ersten und ich in der Touristenklasse mit ihrem Leibwächter Grant und ihrer Friseuse Veronica D (Ich wollte wirklich fragen, was das D bedeutet, aber ich hatte ein bisschen Angst vor ihr). Freddie saß neben Rebecca. Ich glaube, sie hatten einen kleinen Knatsch, denn als wir ausstiegen, haben sie kaum miteinander geredet. Die arme Rebecca war schrecklich schwach und nicht in dem Zustand, sich durchsuchen zu lassen. Ich bin 110-prozentig davon *überzeugt*, dass sie diese schreckliche Zollfrau nicht geschlagen hat, aber wenn doch, und ich bin *ganz* sicher, dass sie's nicht getan hat, hätte ich ihr keinen Vorwurf gemacht. Gewöhnliche Menschen wissen einfach nicht, unter welchem Druck ein Star steht.

Veronica D: Nach ihrer Festnahme hab ich mir gedacht, wenn ich Rebecca kenne (und da ich ihr seit vier Jahren die Haare machte, ging ich mal davon aus), hat sie der Kuh eins verpasst. Vielleicht hat sie's drauf angelegt, vielleicht auch nicht. Jedenfalls hat Rebecca sie geschlagen. Es war genau die Art von dämlichem Ausrutscher, zu dem sie sich hinreißen ließ, wenn sie schlecht drauf war. Zwei Minuten später tat ihr's dann immer schon Leid.

Wir machen alle ab und zu was Blödes, aber aus zwei Gründen ist es nicht so wichtig. Den meisten von uns ist egal, was die Welt über uns denkt – aber für eine Schauspielerin gibt es *nichts Wichtigeres* als das, was die Welt über sie denkt, ob's ihr passt oder nicht. Zweitens: Auch wenn es uns nicht egal wäre, würde sowieso keine Zeitung ein Exklusivinterview von uns haben wollen, in dem wir der ganzen Welt haarklein erklären, was wir so tun.

Wie ich schon sagte, Rebecca bedauerte ihr schlechtes Benehmen immer sofort, nachdem es passiert war. Ein paarmal spielte sie im Studio bei *Lives* die Diva und trat Leuten auf den Schlips. Wissen Sie, was sie dann immer machte? Sie lief ganz aufgeregt zu mir und sagte: »Scheiße, Veronica, ich hab's wieder getan.« Dann sauste sie los und bestellte Blumen für alle. Ich konnte richtig hören, wie ihre Gehirnzellen rotierten und ihr dann befahlen: »Hast-was-Dummes-gemacht-musst-Blumen-kaufen.«

Ich glaube nicht, dass irgendjemand Tish gesagt hatte, sie müsse einen guten Floristen finden und seine beste Freundin werden.

Rebecca war noch ein großes Stück von dem Karriereabschnitt entfernt, den nur ganz wenige Stars erreichen – dem Abschnitt, wo so viele Leute ihnen sagen, sie können nichts falsch machen, dass sie meinen, sie könnten sich wie ein hundertprozentiges Arschloch aufführen, ohne dass es ihnen schadet.

Zum Beispiel Tom Cruise oder Will Smith. Zum Beispiel Puff Daddy, Eminem oder irgendein anderer Typ, der gerade über eine Million Rap-Alben verkauft hat.

Und nicht zu vergessen Joe Shirer.

Joe war erstaunlich – ein echtes Hollywood-Phänomen. Mit einem einzigen Hit verwandelte er sich in ein Rund-um-die-Uhr-Arschloch. Selbst Cruise hatte dafür bis zu *Mission Impossible II* gebraucht.

Joe war der Grund, warum Rebecca nach dem Flug so schlecht drauf war. Wir unterhielten uns nach der Landung, und sie sagte mir, was Freddie ihr erzählt hatte. Joe war zum leitenden Produzenten von *Lives* aufgestiegen und wollte Rebecca rausschmeißen. Nach *Body Matter* brauchte Joe die Serie nicht mehr. Rebecca dagegen hatte nichts anderes – sie brauchte *Lives* um jeden Preis. Warum stieg Joe also nicht einfach aus, wurde der neue Cruise und gönnte ihr ihre kleine Fernsehserie?

Warum musste er diese Hundert-Prozent-Arschloch-Nummer durchziehen?

Warum lecken sich Hunde die Eier?

Weil sie es können.

TISH WILKIE: Am Freitagvormittag war ich nach unserer Ankunft im Hotel Dorchester, wo die Agentur uns einquartiert hatte. Die arme Rebecca saß immer noch hinter Gittern. Sie hatte die ganze Nacht im Knast verbracht, was ihr wirklich wie eine *Ewigkeit* vorgekommen sein muss. Ich stellte mir vor, sie würde von den ganzen hässlichen Prostituierten und Junkies in ihrer Zelle fertig gemacht, und hatte *totale* Schuldgefühle, weil ich nichts tun konnte, um ihr zu helfen. Freddie hatte aber Veronica und mir gesagt, wir sollten dableiben, während sie mit Grant zum Polizeirevier fuhr, um die Sache zu klären.

Ich ließ die Zeitungen in unsere Suite hochschicken, und sie hatten alle eklige, *total* falsche Sachen geschrieben, aber ich las sie trotzdem. Dann bestellte ich ein richtiges englisches Frühstück für Veronica und mich. Ich hatte einen Riesenhunger und aß meins auf, aber Veronica trank nur ihren Grapefruitsaft – so richtig demonstrativ, wenn Sie mich fragen. Dann sah ich Rebeccas Sachen zum x-ten Mal durch.

VERONICA D: Tish streifte durch die Suite, auf der Suche nach einer Beschäftigung. Sie langweilte sich und ging mir auf die Nerven.

»Tish, wie oft hast du jetzt ihre Sachen durchgecheckt?«,

fragte ich. »Seit du das letzte Mal geguckt hast, sind sie doch nicht rumgewandert.«

»Ich will, dass alles an seinem Platz liegt, wenn ihre Unschuld endlich bewiesen ist und sie rauskommt.«

»Das Letzte, woran sie dann denkt, ist, ob du ihre Schlüpfer in die oberste oder die unterste Schublade gelegt hast. Sie wird zu viel an diesem Mist zu kauen haben«, sagte ich und hielt eine Zeitung hoch. »Diese Typen sind widerlich. Man käme nicht drauf, dass Rebecca auch aus England ist.«

»Isst du das nicht?«, fragte Tish und mit einem Blick auf mein Frühstück.

»Bestimmt nicht. Mein Magen wacht erst mittags auf.«

Ich las weiter, während sie mein Frühstück aß – meine Fresse, die konnte was verputzen. Dann stand ich auf und fragte: »Wie wär's, wenn du mir ein paar Geschäfte zeigst?«

»Nein, danke, ich bleibe lieber hier. Wenn Rebecca zurückkommt, braucht sie mich.«

Na klar – ungefähr so dringend wie ein Loch im Kopf, dachte ich.

»Na, ich denke mal, wenn ihre Unschuld bewiesen ist, will sie sich nicht als Erstes die Haare machen lassen. Ich zieh los.«

TISH WILKIE: Ich war wirklich froh, als Veronica weg war. Sie ging mir auf die Nerven. Zum Beispiel war sie so superschlank. Ich meine, ich konnte schon verstehen, dass Rebecca auf ihre Figur achtete, sie war ja ein Star, und man *erwartete* das von ihr. Aber Veronica war bloß *Friseuse.* Und wen hatte sich Rebecca als *persönliche* Assistentin ausgesucht? *Exactomundo.*

Mein Gott, verstehen Sie mich nicht falsch, ich bin *total* politisch korrekt und absolut für Multikultidingsbums. Was denn auch sonst? Ich lebe doch jetzt in Kalifornien. Denken Sie also nicht, ich hätte was gegen Farbige, Verzeihung, »Afroamerikaner«. *Absolut nicht.* Ich bin echt mit *Tausenden* von Afroamerikanern befreundet. Wenn ich also sage, Veronica ging mir auf die Nerven, hat das absolut nichts damit zu tun, dass sie Afroamerikanerin ist, womit ich *echt*, 110-prozentig kein Problem hatte.

Als sie weg war, rief ich meine Eltern in Loughton an. Ich hatte ihnen noch nichts von meinem neuen Job erzählt. Meine Mum war am Telefon.

»Tagchen, ich bin's!«, sagte ich.

»Tish? Da drüben muss es doch mitten in der Nacht sein. Ist was passiert?«

»Ich bin nicht drüben, Mum, ich bin *hier*, im Dorchester.«

»Du hast gar nicht erzählt, dass du zurückkommst. Warum wohnst du nicht bei uns?«

»Es ist mein neuer Job – es ist *so* aufregend.«

»Du arbeitest im Dorchester, sehr schick … Maurice, Tish arbeitet im Dorchester«, rief sie meinem Dad zu.

»Nein, ich arbeite für einen *Star*«, sagte ich. »Ich bin ihre *persönliche* Assistentin. Ich mache absolut alles für sie und wir sind richtig befreundet. Es ist *supertoll.*«

»Wer ist sie denn?«

Ich hatte beschlossen, das noch nicht zu erzählen. Mein Dad las den *Express*, und der war wirklich eklig mit ihr umgesprungen. Es hätte meine Eltern nur beunruhigt. Ich würde sie irgendwann damit überraschen. Wenn die beiden sie erst kennen lernten, würden sie sie *total* nett finden.

»Sie ist superberühmt, Mum«, sagte ich. »Sie ist in einer Fernsehserie. Wir drehen nächste Woche einen Werbespot in Hounslow. Kommt doch mal zum Dreh, dann stell ich euch vor. Du wirst sie *total* mögen, und ich weiß, sie ist *ganz wild* darauf, dich kennen zu lernen.«

Ich erzählte ihr, ich würde einen Wagen vom Studio vorbeischicken, um sie beide abzuholen, und sagte tschüs. Ich freute mich wirklich *total*. Sie hatten sich *solche* Sorgen gemacht, als ich nach L.A. ging. Ich wusste, sie würden begeistert sein, dass ich jetzt eine richtig erfolgreiche Top-Assistentin in Hollywood war.

Meine Stimmung wurde noch besser, als ich den Fernseher

anmachte und durch die Kanäle zappte. Rebecca war auf Sky News! Sie stand umringt von Kameras auf der Treppe eines Polizeireviers. Grant schob die Fotografen beiseite und half ihr ins Auto. Arme Rebecca, dachte ich. Sie sah aus, als hätte sie kein Auge zugetan. Wie denn auch, wenn die ganzen dreckigen Junkies nach ihren Spritzen jammerten?

Ich schaltete den Fernseher aus. Ich wusste *genau*, was sie brauchte, und ließ ihr schnell ein schönes Vollbad ein. Das Dorchester hatte süße Körbchen mit dem *tollsten* Badeschaum und Hautöl hingestellt.

4

Jaguar, BMW, Electrolux

Carrie Fuller, Werbestrohwitwe: Die Kinder hatten ihre Jacken an, und ich hatte den halben Inhalt der Picknick-Theke von Waitrose in einen Korb gepackt. Die Highgate Woods erwarteten uns. Es war der erste sonnige Samstag im Mai und ganz sicher der erste Tag im Jahr, an dem die Fullers einer annähernd glücklichen Familie ähnelten, mit zwei Elternteilen, und zwar leiblichen. Wir waren fast zur Tür raus, als das Telefon klingelte.

»Der AB kann es speichern«, sagte ich.

»Ich geh besser mal ran«, antwortete Greg und ging zurück ins Haus, bevor ich noch was sagen konnte.

Ich wartete mit Ryan und Hope im Auto und er kam nach ein paar Minuten zurück. Er hatte diesen Gesichtsausdruck, der besagte: »Arbeit – was kann ich da machen?«

Greg Fuller: Was konnte ich da machen? Der Anruf kam von Toddy. Sie sagte, Rebecca habe uns eine halbe Stunde, nicht länger, für die Kostümprobe gegeben. Wir wurden in fünfundvierzig Minuten im Dorchester erwartet. Was sollte ich sagen? »Entschuldige mich, Toddy. Sag ihnen, ich spiele Frisbee in den Highgate Woods, ein verspäteter Versuch, meine Ehe zu retten?« Nein, dachte ich, Carrie musste warten, weil Rebecca Richards das offensichtlich nicht tun würde.

Carrie Fuller: »Es ist Samstagmorgen«, protestierte ich schwach, als er mir von Kevin Frenchs Anruf erzählt hatte. »Warum ruft der Regisseur überhaupt dich an? Ich dachte, dafür habt ihr Produzenten?«

»Wie du schon sagtest, es ist Samstag. Jobbeschreibungen gelten am Wochenende nicht.«

»Normalerweise hat man am Wochenende frei, Greg.«

»Tut mir Leid, aber ich ärgere mich genauso wie du. Diese Kostümprobe sollte schon gestern sein.«

»Wie lange bist du weg? Sollen wir warten?«

»Besser nicht. Wir brauchen zwei bis drei Stunden mit unserem Star, und danach will Kevin noch das Drehbuch mit mir durchgehen. Ich bin wahrscheinlich nicht vor sechs oder sieben zu Hause. Soll ich dich anrufen?«

»Sei so gut.«

Er verabschiedete sich erst von den Kindern, die noch bedrückter aussahen als ich, und dann von mir. Als er in den Wagen stieg und wegfuhr, trat mich das Baby heftig in den Bauch. Es sagte mir: »Schlag zurück. Lass nicht zu, dass er uns wieder so behandelt.«

»Tut mir Leid, Baby«, antwortete ich. »Wegen dieser verdammten Schwangerschaft bin ich zu schwach zum Kämpfen.«

Offensichtlich verlor ich den Verstand. Ich hab schon davon gehört, dass man zu seinem ungeborenen Kind eine emotionale Bindung aufbauen soll, aber ich führte mit meinem inzwischen lange Gespräche. Da ich meinen Mann kaum sah, musste ich schließlich mit irgendwem reden. Wir unterhielten uns über alles: Fernsehen, neue Farbideen für das Wohnzimmer – einmal diskutierten wir hitzig über die Justizpolitik der Regierung (Baby war für Null-Toleranz).

Als wir zurück ins Haus gingen, fragte Hope: »Warum muss Daddy weg?« Sie war sechs und verstand noch nichts von der grausamen Welt der Werbung.

»Wegen seinem Beruf, Schatz, er hat keine Wahl.«

»Warum?«

»Weil er zusehen muss, wie die schönste Frau der Welt in ein Gummikleid steigt.«

»Würde er nicht lieber mit uns in den Park gehen?«

»Natürlich«, log ich. »Welcher Mann würde das nicht lieber tun?«

TODDY GLUCK: Kevin und ich warteten im Foyer des Dorchester mit der Garderobiere. Weiß der Himmel, was Greg machte. Es war das zweite Mal in zwei Tagen, dass er Kevin warten ließ, und alles wegen seiner wundervollen Familie.

»Warum fangen wir nicht ohne ihn an?«, schnaubte Kevin und schaute auf die Uhr. »Ich hab für diesen Mist einen Lunch sausen lassen.«

»Nur noch ein paar Minuten, Kevin«, bat ich.

»Fünf Minuten – dann sitze ich im Flieger nach L. A. Ich trödele hier nicht rum.«

Greg kam zwanzig Minuten später.

»Tut mir Leid, aber ich hatte einen kleinen Unfall an der Hyde Park Corner«, sagte er. »Ein schwarzer Typ ist mir mit einem BMW hinten reingefahren. Der großmäulige Blödmann hat mir nicht mal Namen und Versicherungsnummer gegeben. Er hat mir bloß einen Zwanziger hingeknallt und ist weggefahren.«

»O Gott, ist alles in Ordnung, Greg?«, fragte ich. »Er hat doch kein Messer gezogen, oder? Man hört so viele Geschichten.« Ich machte mir wirklich Sorgen – wenn ihm irgendwas passiert wäre, wäre ich einfach am Boden zerstört gewesen.

»War ziemlich langweilig, Toddy. Kein Messer, nicht mal 'ne Uzi. Mir geht's gut. Tut mir Leid, dass ihr warten musstet.«

»Macht nichts, Kumpel«, sagte Kevin. »Die Richards hat uns über 24 Stunden warten lassen. Jetzt ist sie dran. Sie soll sich bloß nicht beschweren – die Kuh hat mich schon einen Lunch gekostet.«

»Mit wem denn?«, fragte Greg.

»Keine große Sache, bloß Sid Pollack. Er ist gerade ein paar Tage in Europa und sieht sich Drehorte an.«

Er versetzte *den* Sidney Pollack. Kevin French hatte es wirklich geschafft.

CARRIE FULLER: Greg hatte mir nicht mal einen Wagen dagelassen – der andere war in der Werkstatt –, also veranstalteten Ryan, Hope und ich das Picknick im Garten. Die Kinder erholten sich schnell. Sie waren Enttäuschungen in letzter Minute gewöhnt. Während sie spielten, dachte ich daran, wie vollkommen meine Ehe bis vor sechs Monaten gewesen war.

Was erzähle ich da für einen Unsinn! Sie war nicht vollkommen gewesen. Zunächst mal hatte ich nicht viel von Greg gesehen, seit er vor vier Jahren Fuller Scheidt gegründet hatte. Immer wenn ich mich beschwerte, sagte er, er tue es nur für uns.

»Wer ist ›uns‹?«, fragte ich.

Männer errichten keine Firmenimperien, um für »uns«, ihre Familien, zu sorgen. Sie tun es aus denselben Gründen, aus denen Schuljungen ausprobieren, wer höher pinkeln kann – ich war früher Lehrerin und weiß Bescheid. Es hat mit dem Ego zu tun. Manchmal stellte ich mir Greg und Max in der Firmentoilette vor, wie sie immer noch versuchten, wer am höchsten kam.

Seine häufige Abwesenheit war nicht das Einzige gewesen, was ich ihm vorwarf, aber insgesamt war mir die Lage nicht allzu bedrohlich erschienen. Außerdem gab es wohl kein Paar, das völlig ohne Vorwürfe auskam. Es war also keine vollkommene Ehe gewesen, aber immer noch ziemlich gut.

Das alles änderte sich an dem Tag, als ich schwanger wurde. Es war derselbe Tag, als ich die Sache mit der Maskenbildnerin rauskriegte.

TYRONE EDWARDS: Ich bin erst zwei Tage aus Jamaika zurück und mein Leben geht den Bach runter. Diese Nummer beim Zoll war einfach zu schön, um wahr zu sein. Samstagmorgen lieg ich in der Kiste und hör Yvonne schreien. Ich denk, die Bullen wollen mich hochnehmen – Scheiße, ich muss den Stoff im Klo runterspülen. Ich renn ins Wohnzimmer, aber Yvonne ist allein, und da fängt sie an, mich zu schlagen, reißt mich an den Locken und kratzt mich. Sie arbeitet im Nagelstudio, deshalb sind ihre Krallen echt gefährlich. Ich beruhige sie ein bisschen und frag, was los ist. Da zeigt sie mir die Polaroids. Scheiße. Sie hat die Fotos von mir am Strand gefunden. Mit der weißen Zicke. Tyrone, sag ich zu mir, sie hätten dich in Heathrow hops nehmen sollen, dann wären deine Eier jetzt in Sicherheit.

CARRIE FULLER: Ich hatte jahrelang zugesehen, wie die Ehen unserer Freunde wegen Affären zerbröselten. Ich hatte immer mein Mitgefühl ausgedrückt, war aber innerlich ein bisschen selbstzufrieden gewesen – Greg und mir würde so etwas nicht passieren.

Dieser Mistkerl. Wie konnte er es wagen, mich selbstzufrieden zu machen? Ich hasse Selbstzufriedenheit.

Als ich es rauskriegte, machte ich keine Szene, aber nur, weil ich allein war und kein Publikum hatte. Ryan hatte an dem Tag einen Schulausflug und brauchte Geld. Mein Portemonnaie war leer, also schaute ich in Gregs Schreibtischschublade nach, wo meist Geld lag. Ich fand einen Zehner für Ryan und eine Quittung. Er hatte immer Quittungen und sammelte sie, bis er sie irgendwann Nancy wegen der Spesen gab. Ich achtete nie besonders darauf. Ich weiß heute noch nicht, warum ich sie mir ansah. Sie war für ein Zimmer im Charlotte Street Hotel. Das kapierte ich einfach nicht. Greg blieb nie in der Stadt, egal, wie lange er arbeitete. Wir wohnten in Primrose Hill und irgendwann kam er immer nach Hause. Ich schöpfte nicht gleich Verdacht – vielleicht hatte er die Rechnung für einen Kunden bezahlt –, aber ich war neugierig.

Ich überprüfte das Datum – voriger Donnerstag. Ich öffnete mein Tagebuch und kam mir vor wie Inspektor Fuller von Scotland Yard. Donnerstag: Ryan zum Zahnarzt; Hope nach der Schule zur Theatergruppe; gegen 20 Uhr kommt Clara. Sie ist meine beste Freundin und leistete mir Gesellschaft, weil Greg in Wales übernachtete – zweitägige Dreharbeiten, aus denen drei wurden. Er hatte mich Donnerstagabend angerufen und mir von der Verzögerung berichtet. Er meinte, er wäre Freitag am späten Abend zurück.

Aus Neugier wurde Verdacht. Warum war er in einem Hotel im West End, wenn er mir erzählt hatte, er wäre 250 Kilometer weit weg? Greg war erstaunlich intelligent, aber das Beamen hatte er noch nicht erfunden.

TYRONE EDWARDS: Du verdammter Idiot, denke ich, warum hast du die Scheißfotos nicht weggeschmissen? Du hättest sie nicht aufheben dürfen – denn so toll war die Zicke nun auch wieder nicht. Bist du verdammt noch mal lebensmüde, Tyrone?

CARRIE FULLER: Ich konnte es nicht erwarten, dass Greg an diesem Abend nach Hause kam, da ich ihn zur Rede stellen wollte. Ich rief ihn an. Wie üblich war Nancy dran und sagte wie üblich, er sei in einer Besprechung.

In meiner Rolle als Inspektor Fuller fragte ich: »Hat Greg übrigens was gesagt, dass er seine schwarze Lederjacke letzten Donnerstag in Wales vergessen hat? Ich kann sie nirgendwo finden.«

»Letzten Donnerstag war er wieder im Büro. Meinst du vielleicht Mittwoch?«

Bis dahin war ich bereit gewesen, eine Erklärung von der Sorte »Er-hat-nur-die-Rechnung-für-einen-Kunden-bezahlt« zu akzeptieren.

TYRONE EDWARDS: Yvonne dreht wieder durch, haut mir über den Kopf, und ich sage: »Süße, es ist nicht, was du glaubst, echt nicht«, und sie schreit: »Wenn's nicht das ist, was ich glaube, warum befummelst du dann diese dreckige weiße Schlampe?« Ich sag: »Okay, es war das eine Mal, Schatz, ich geb's zu, höchstens zweimal, aber es hat mir nichts bedeutet. Ich schwör's beim Leben meiner Mutter.«

Carrie Fuller: An dem Tag holte ich Ryan und Hope von der Schule ab und brachte sie direkt zu meiner Mutter. Dann befahl ich Greg, früh nach Hause zu kommen – etwas, was ich davor noch nie getan hatte. Ich fragte mich, ob Nancy ihren Fehler bemerkt und ihm davon erzählt hätte. Ich stellte mir vor, wie er nach Hause fuhr und sich eine Geschichte ausdachte. Er wusste aber noch nichts. Zuerst versuchte er es abzustreiten, aber nach einer Weile kapitulierte er.

Sie hieß Mew (*Mew*) und machte das Make-up bei den Dreharbeiten. Er war ihr nie zuvor begegnet. Am zweiten Abend schliefen sie miteinander. Am Donnerstag war er gierig geworden und mit ihr zum Rückspiel ins Charlotte Street Hotel gegangen.

Ich fühlte mich zerstört. Absolut am Boden. Ich hatte das Gefühl, ihn gar nicht zu kennen. Ich überdachte alles, was er mir je erzählt hatte, und wusste, dass ich mich anstrengen müsste, ihm künftig noch irgendetwas zu glauben.

Ich schrie ihn an und warf einen Kaffeebecher an die Wand. Dann heulte ich. Dann heulte er. Er sagte, sie würde ihm nichts bedeuten, es sei noch nie vorher passiert und würde auch nie wieder passieren, er liebe mich, nur mich, das müsse ich ihm einfach glauben.

Als ich mich beruhigte, meinte er, es sei einfach so passiert. Ich antwortete, das sei Quatsch. Nichts passiere einfach so. Ryan fiel nicht einfach so hin. Er machte Unfug und fiel *deshalb* hin. Hope wurde nicht einfach so schlecht. Sie aß ein Dutzend Mini-Milky-Way, *deshalb* musste sie kotzen. Genauso wenig stießen Greg und Mew (*Mew*) zufällig im Bett zusammen wie zwei Atome.

»Carrie«, flehte er wieder, »es war der größte Fehler meines Lebens. Es wird nie wieder passieren. *Du musst mir glauben.*«

Ich wollte es so sehr.

Tyrone Edwards: Sie hört auf, mich zu schlagen, aber sie schreit mich immer noch an, also denk ich, knips mal den alten

Tyrone-Charme an, Alter. Es hat früher geklappt, warum nicht jetzt? Also sag ich: »Yvonne, du weißt, du bist die Einzige. Ich tu alles für dich, Baby, du musst mir glauben«, und sie beruhigt sich ein bisschen. Mann, Tyrone, du hast es immer noch drauf. Dann nehme ich sie in die Arme, und sie wird weich, und ich denke, Zeit für ein bisschen Sexual Healing.

CARRIE FULLER: Ich kann immer noch nicht glauben, dass wir an dem Abend Sex hatten. Genau in der Küche, wo wir uns gestritten hatten.

Früher habe ich Mathe und ein bisschen Naturwissenschaften unterrichtet, aber ich brauchte kein Examen, um zu wissen, dass ich schwanger war.

Danach gab Greg sich wirklich Mühe. Er kam früher nach Hause. Wir hatten sogar ein paar Wochenenden ohne Unterbrechung. Ich versuchte ihm zu vertrauen und machte mir Gedanken, was ich tun könnte, um eine Wiederholung zu vermeiden. Aber allmählich schliff sich alles wieder ein. Max und Greg fingen an, mit den Italienern zu verhandeln, und es gab mehr Arbeit als je zuvor.

Als die Dreharbeiten für den Blackstock-Spot kamen, war nichts geklärt. Ich hatte zwar keinen Beweis für weitere Fehltritte – und es gab keine Tasche, Schublade oder E-Mail-Adresse, die ich nicht durchsucht hätte –, aber wir waren nicht über *Mew* hinausgekommen.

TYRONE EDWARDS: Hinterher sagt Yvonne: »Tyrone, wenn es mit uns funktionieren soll, musst du dein Leben auf die Reihe kriegen. Kein Rumvögeln mehr.«

»Ich schwör's dir«, sage ich, und sie fuchtelt mir mit dem Killernagel vor der Nase rum, und ich mein's ernst, Mann.

»Und besorg dir einen richtigen Job. Keine Flüge nach Jamaika mehr. Bis jetzt hast du Glück gehabt, aber irgendwann ist Schluss. Früher oder später kommst du in den Knast, und ich warte bestimmt nicht, bis du aus Brixton wieder rauskommst.«

»Ich weiß, Schatz. Ich besorg mir schon einen Job, mach dir keine Sorgen.«

»Ich meine *jetzt,* Tyrone, nicht irgendwann oder nie. Und du suchst dir keinen Job, wo andere Frauen sind, verstehst du?«

»Klar, Schatz.«

»Keine weißen Frauen, keine schwarzen Frauen, gar keine Frauen. Ich will, dass du da arbeitest, wo ich anrufen kann, ohne dass irgendeine Schlampe abnimmt und sagt: ›Tyrone ist gerade beschäftigt, Schätzchen.‹«

»Klar.«

Also denke ich, wenn ich einen Job suchen soll, brauche ich einen neuen Anzug, und wenn ich mir einen Anzug kaufe, brauch ich Geld. Ich hab noch nichts von – den Namen lass ich besser weg – für das Kilo gekriegt, das ich letzte Woche dabeihatte, aber Ashley in Shepherd's Bush schuldet mir noch 300 von einem Deal vor ein paar Wochen. Also besuch ich meinen Bruder Cedric in Camberwell und leih mir seine Karre: einen 88er BMW 635 mit Einspritzer, anthrazit, Ledersitze, getönte Scheiben, Alpina-Felgen, *top* in Schuss. Ich fahr nach Westen und bin ein neuer Mensch. Das ist der neue Tyrone, denke ich, Yvonne wird stolz auf dich sein.

Und in dem Moment fahr ich an der Hyde Park Corner in diesen vornehmen Wichser mit dem brandneuen Jaguar XK8 rein.

GREG FULLER: Wir hätten eine halbe Stunde, nicht länger, hatte ihr Drachen von einer Agentin zu Toddy gesagt. Eine Frau wie Rebecca Richards macht ihre Termine nicht selbst. Ich vermute, sie geht nicht mal auf den Topf, ohne vorher einen Rechtsanwalt zu fragen und sich hinterher komplett neu schminken zu lassen.

Wenn ihr Terminplan so eng war, warum warteten wir dann seit über einer Stunde in ihrer Suite? Irgendwas stimmte hier nicht. Wir hörten sie im Schlafzimmer mit ihrer Agentin reden. Manchmal wurden die Stimmen lauter, und wir verstummten, um etwas mitzukriegen – es war nicht schön.

Irgendwann steckte die Agentin den Kopf zur Tür rein, knipste ein Lächeln an und sagte, Rebecca sei in zwei Minuten fertig. Vierzig Minuten später kam sie herein. Kevin rutschte unruhig hin und her und starrte mit einem drogenverstärkten Schmollmund vor sich hin. In einer Branche, die durch Chemie funktioniert, mit oder ohne Rezept, war Kevin seit langem eine Symbolfigur. Ein Regieassistent sagte mal: »Dem Typ sollte man VORSICHT, GEFÄHRLICHE CHEMIKALIEN auf den Hintern tätowieren.«

»Er sieht gar nicht gut aus«, flüsterte Toddy mir zu. »Meinst du, ich soll ihn kurz mit an die frische Luft nehmen?«

»Lass ihn«, antwortete ich. »Wenn er sich von selbst entzündet, haben wir eine Diva weniger zum Rumärgern.«

»Hör auf, Greg, er ist dein Freund«, zischte sie. Dann wechselte sie das Thema. »Haben wir hinterher ein bisschen Zeit füreinander? Es gibt ein paar Dinge zu besprechen. *Ausführlich*. Wir könnten zu mir gehen, uns auf der Terrasse entspannen, Pinot Grigio, Krabbenpastetchen, danach vielleicht eine kleine Vögelei …«

»Gern, Gänseblümchen, sobald wir hier fertig sind.«

Mein Gott, wie mir das zum Hals raushängt, was ich noch alles besprechen muss, dachte ich. *Ausführlich.*

Max wollte ein ausführliches Gespräch über Universe of Sofas. Am Freitagnachmittag hatte er Lolas Marrakesch-Bluff auffliegen lassen. Er hatte es aus Mandy rausgepresst, wahrscheinlich mit Daumenschrauben, und einen Tobsuchtsanfall gekriegt. Ich hatte Lola versprochen, ihr zwei ganze Wochenenden Überstunden gutzuschreiben, wenn sie Pickel und Schweiß am Samstag auftrieb.

Die Italiener wollten am Sonntag in Max' Landhaus aufkreuzen, wo ich an einer ausführlichen Besprechung über unsere weitere Zusammenarbeit mit der Agentur nach der Übernahme teilnehmen sollte. Ich hatte Carrie noch nichts von dem Lunch erzählt.

Mein Ansprechpartner bei Blackstock, Bob Bull, wollte

»einen offenen, ehrlichen Plausch, bei dem jeder einzelne Stein umgedreht wird«, über die »potentiellen Konsumentenreaktionen auf das Medienecho nach Rebecca Richards' Festnahme«. Frei übersetzt hieß das: »Hilfe, ich scheiß mir in die Hose.« Sein Chef, der neue Vorstandsvorsitzende Roger Knopf, war gerade aus Akron, Ohio, eingeflogen und mochte unsere Filmidee nicht. Außerdem war er wahrscheinlich Gemeindemitglied der Bereut-oder-bratet-im-Fegefeuer-Adventisten Alabamas und würde deshalb Rebeccas Faustkampf ganz bestimmt nicht goutieren. Bob hatte allen Grund zur Angst. Egal, wie es ausging – ich gab ihm zwei Monate Zeit, bis er seinen Schreibtisch räumen und Bewerbungen verschicken würde.

Carrie wollte nichts besprechen; sie wollte unser altes Leben zurück. Ich musste sie aber permanent auf die Warteliste setzen, weil ich in Arbeit ertrank. Ehrlich gesagt auch deshalb, weil ich die harte Arbeit, die ein Wiederaufbau unseres Lebens bedeutet hätte, lieber noch etwas vor mir herschob.

Und dann war da noch Toddy, die über das genaue Datum sprechen wollte, an dem ich Carrie sagen würde, dass ich sie verließ – und hatte sie mir übrigens schon den Grundriss der süßen kleinen Wohnung in der Nähe der Sloane Street gezeigt, die für einskommanochwas Millionen absolut geschenkt war?

Ich weiß nicht, warum ich es mit Toddy so weit kommen ließ. Lola, mein Gewissen, hielt sie für oberflächlich, habgierig und mehr oder weniger den Feind alles Guten und Wahren.

So wirkte Toddy auf die meisten Menschen – es war der Preis für ihren verzweifelten Ehrgeiz. Sie war eine gute Producerin, aber statt sich von ihren Talenten nach oben tragen zu lassen, hatte sie sich eine Rakete umgeschnallt, an der sich jeder verbrannte, der dem Feuerschweif zu nah kam. Drei Monate vor dem Blackstock-Spot war unser TV-Chef gegangen. Bevor Max und ich eine Chance hatten, über seine Nachfolge nachzudenken, sprang Toddy in die Bresche. Sie verkaufte sich phänomenal. Max, der vorher immer nur ihre Beine bemerkt hatte, war beeindruckt. Ich ebenfalls, aber ich wollte die Entscheidung nicht treffen – ich hatte mehr als ihre Beine gesehen und hielt mich nicht für objektiv. Ich überließ es Max.

Ich hatte gedacht, wenn sie den Topjob erst in der Tasche hätte, würde sie das Tempo etwas zurücknehmen. Wahrscheinlich hatten Stalins Genossen dasselbe über ihn gedacht: »Jetzt, wo er sich seinen Traum erfüllt hat und das Politbüro kontrolliert, wird Genosse Josef uns auch seine nette Seite zeigen.« Sie lagen völlig daneben, genauso wie ich. Nachdem sie eine ihrer Assistentinnen in ein schluchzendes Etwas verwandelt hatte, schlug ich ihr vor, etwas lockerer zu werden.

»Verstehst du das denn nicht?«, fragte sie. »Ich bin erst neunundzwanzig. Ich muss *beweisen*, dass ich es kann. Sie müssen mich respektieren.«

»Toddy, sie haben Angst vor dir.«

»Siehst du, es funktioniert schon, Greg.«

Worauf ich hinauswill, ist, dass das, was Lola und die anderen als angeborene Bosheit sahen, in Wirklichkeit Toddys aufrichtiger Versuch war, alles richtig zu machen. Sie strengte sich bei allem, was sie tat, maximal an.

Bei allem.

Zum Beispiel hieß es doch mal: Nichts saugt so wie ein Electrolux. Doch dann kam Toddy.

TODDY GLUCK: Es war so frustrierend, dasitzen und warten zu müssen. Greg saß direkt neben mir auf dem Sofa – so nah und doch so fern. Man konnte das Knistern zwischen uns spüren. Wir wollten nichts anderes, als irgendwo ungestört zu sein und einander die Kleider vom Leib zu reißen – na ja, bei mir vielleicht nicht *reißen.* Ich trug so ein *himmlisches* kleines Prada-Kostüm.

GREG FULLER: Kevin schaute etwa alle dreißig Sekunden auf die Uhr. Er stand kurz vor der Explosion. Plötzlich sprang er auf und erklärte: »Die Kuh will uns wohl verarschen. In drei Stunden geht ein Flug nach L. A., und ich sitze drin.«

In diesem Moment ging die Tür zum Schlafzimmer auf und Rebecca erschien. Es war die Art von Auftritt, auf die sich ganze Karrieren gründen. Toddy war die letzte Frau, die bei einer anderen irgendwas bewundern würde, aber sogar sie hielt den Atem an.

TODDY GLUCK: Ich persönlich verstand nicht, was die Aufregung sollte. Ihr Donna-Karan-Modell sah viel besser an Victoria H aus, als sie es zu meiner Geburtstagsparty in der Met trug.

GREG FULLER: Rebecca ignorierte Toddy und mich. Sie wusste, wo die Macht war, und schoss wie eine hitzeempfindliche Rakete darauf zu.

»Kevin, endlich lernen wir uns persönlich kennen«, flötete sie. »Ich kann's gar nicht glauben, dass wir zusammen drehen. Ich *liebe* deine Arbeit.«

(Seine »Arbeit« bestand aus ein paar Werbespots und einem Actionfilm – nicht gerade eine Konkurrenz für Scorsese, aber lassen wir das.)

»Rebecca, Baby, Bobby Zemeckis hat gesagt, er kann es nicht fassen, dass ich dich ihm weggeschnappt habe.«

(Das passte nicht ganz zu seiner früheren Aussage: »Als Schauspielerin ist sie nicht so toll – mehr Jessica Rabbit als Jessica Lange«, aber lassen wir das.)

Bussis wurden ausgetauscht, dann drehte Kevin sich um und stellte uns vor. Nett von ihm, dass er sich an uns erinnerte.

VERONICA D: Rebecca war wirklich eine Nummer, das musste man ihr lassen. Ich hatte mit Tish im anderen Schlafzimmer gewartet, während sie mit Freddie redete – sie besprachen den Ärger mit *Lives*. Ich hörte sie durch die Wand, und es war nicht schön. Rebecca hatte Freitagabend mit mir darüber gesprochen, und es brachte sie um, nicht zu wissen, ob sie noch einen Job hatte. Im Gefängnis hatte ein Polizist ausgeplaudert, die Durchsuchung sei keine Routine gewesen – es habe einen Tipp gegeben. Sie war am Ende.

Als die Leute am Samstag wegen der Anprobe kamen, ging es ihr nicht besser, aber sie marschierte raus und machte es. So war sie immer: Sie konnte schreien, toben und bis zum Hals voller prämenstrualer Spannung stecken, aber wenn sie den Star spielen musste, war es, als ob sie auf einen Knopf drückte – alle *Phaser* auf Betäubung.

Sie krochen vor ihr zu Kreuze, als wäre sie Lady Di. Ich hörte den Typ namens Greg sagen: »Ich finde *All Our Lives Before Us* toll. Im Zentrum der Serie steht das Versprechen der Jugend, und *Sie sind* die Serie.« Ich konnte mir nicht vorstellen, dass ein Mann von mindestens vierzig seinen Videorekorder für eine Highschool-Soap programmiert, aber na ja.

Wir gingen mit der Garderobiere wieder ins Schlafzimmer, und ich machte Rebecca das Haar, während sie das Kleid anzog. Es war etwas Ziehen und Quetschen nötig, aber das war es wert. Scharf? In dem Kleid hätte es ihr der Papst im Vatikan im Stehen besorgt.

GREG FULLER: Als sie in dem Gummikleid auftauchte, erinnerte ich mich, warum ich in die Werbebranche gegangen war. Nennen Sie mir irgendeinen anderen Beruf, in dem man eine Wunschliste schreiben und dann verwirklichen kann. Sie wollen Sonne? Schreiben Sie einen Werbespot, der so anfängt: »Schwenk über Palmenstrand«. Sie haben den unerfüllten Drang, XY (setzen Sie den Namen Ihrer Lieblingsmasturbationsfantasie ein, männlich oder weiblich) mitzuteilen, wie viel er oder sie Ihnen bedeutet? Schreiben Sie zum Beispiel: »Linda Evangelista gießt sich etwas Öl auf den nackten Bauch.« Das tat ich, als sie auf der Höhe ihres Ruhms war. Jemand wettete mit mir, ich würde es nicht schaffen, einen Bratöl-Spot mit einem Supermodel zu machen. Ich gewann 100 Pfund und die goldene Erinnerung an eine eingeölte Linda.

Jetzt saß ich in der Suite eines der besten Hotels der Welt und sah zu, wie Rebecca Richards quietschende Geräusche in einem Gummikleid machte. Mir fielen die Worte »glücklich, Schwein und heilige Scheiße« ein, und ich klopfte mir selber auf die Schulter, weil ich der schlaue Junge gewesen war, der die Idee gehabt hatte.

Carrie Fuller: Es fing an zu regnen, also holte ich die Kinder ins Haus. In meiner zynischen Stimmung empfand ich es als bittere Ironie, dass Greg im Dorchester saß und nicht ich. Zur Erklärung muss ich ein Gespräch wiedergeben, das wir vor etwa zehn Monaten geführt hatten. Fuller Scheidt bemühte sich um den Blackstock-Etat, und etwa fünf Tage vor dem Meeting kam Greg schlecht gelaunt nach Hause. Als ich ihn fragte, was los sei, sagte er: »Blackstock.«

»Was ist daran so schwierig?«

»Es geht um Reifen – das ist das Allerlangweiligste an einem Auto.«

»Warum geht ihr dann überhaupt von einem Auto aus?«

Er wirkte verärgert. Da rang er mit seiner Kunst, während ich Geschirr spülte oder Blumen arrangierte – oder was immer er glaubte, was ich zu Hause tat –, und nun spielte ich seine Anstrengung herunter, indem ich so tat, als sei es ganz einfach. Tut mir Leid – es kam mir eben einfach vor.

»Was soll das heißen?«, fauchte er.

»Wie wär's damit? Reifen sind langweilig, also denk nicht dran. Denk daran, woraus sie bestehen. Gummi ist ganz interessant. Ich habe mal in der Schule eine Stunde darüber gegeben, wofür der klebrige Saft aus den Bäumen alles verwendet wird.«

»Erzähl weiter«, sagte er. Er war immer noch ein bisschen gereizt, aber ich bemerkte ein vages Interesse.

»Na, zum Beispiel Radiergummis, Kondome, okay, das vielleicht nicht. Squashbälle, Regenmäntel, Furzkissen, Linoleum, Gummihandschuhe …«

»Führt das irgendwohin?«

Ich hatte keine Ahnung, aber ich redete weiter. »Es gibt eine eigene sexuelle Welt, die sich nur darum dreht.«

Jetzt spitzte er die Ohren – eine instinktive männliche Reaktion.

»Hey, wäre es nicht witzig, wenn ein Mädchen, so eine Art Vamp, zu einem Blind Date mit einem Mann geht, der bei Blackstock arbeitet – so einem langweiligen Wissenschaftler. Sie missversteht sein Interesse für Gummi und taucht in einem Fetischkleid auf. Keine Ahnung, wie du von da aus zurück zu den Reifen kommst. Wahrscheinlich eine blöde Idee.«

Der Rest, wie man so schön sagt, ist Geschichte.

Greg Fuller: Nach zehn Minuten war es vorbei. Alle waren sich einig, dass Rebecca in dem Kleid atemberaubend aussah – ganz sicher völlig anders als je zuvor. Außer vielleicht in dem angeblichen Porno, den niemand je gesehen hatte und den ich mit Bedauern unter »Moderne Märchen und Mythen«« abgelegt hatte, mit einem Querverweis zu Hollywoodmythen.

Toddy Gluck: Wie sie aussah? Ich habe in Shepherd Market Nutten mit mehr Klasse gesehen. Wenigstens passte ihr das Ding. Musik in den Ohren einer Producerin. Als es vorbei war, schnappte ich mir Greg und schlug vor, wir sollten sofort mit unserem »Meeting« beginnen.

Carrie Fuller: Um kurz nach neun kam Greg nach Hause.

»Wie sah sie aus?«, fragte ich beiläufig.

»Ganz gut.«

Soso, dachte ich. »Bloß ganz gut?«

»Es hat jedenfalls gepasst.«

»Wie war Kevin?«

»Mein Gott, der kann vielleicht nerven. Den ganzen Nachmittag und den halben Abend haben wir über den verdammten Storyboards und Aufnahmelisten gehangen. Können wir nicht über was anderes reden? Heute war ein totaler Scheißtag für alle Beteiligten. Tut mir Leid.«

»Mir auch«, sagte ich. »Clara und Sam kommen morgen zum Lunch. Was soll ich kochen?«

»Doch nicht morgen? Ich muss nach Henley, Max hat die Spaghettis eingeladen. Das hab ich dir schon vor ein paar Tagen erzählt.«

Vielleicht glauben Sie keiner Frau, die verrückt genug ist, sich mit ihrem ungeborenen Kind zu unterhalten, und vielleicht glauben Sie auch an die Geschichte, dass eine Schwangerschaft Gehirnzellen abtötet, was zu Vergesslichkeit führt – aber nein, er hatte mir nichts erzählt.

Ich protestierte, aber es war sinnlos. Ich hatte genauso wenig eine Chance gegen die italienische Firmenarmee und ihre achtundzwanzig Millionen Pfund wie vorher gegen Rebecca, die Gummigöttin.

5

Mariah, Britney, George Clooneys Socken

TIM LELYVELDT, ASSISTENT VON JOE SHIRER: Ich saß in der Business Class der Maschine von New York nach London und war ganz froh, dass es nicht die erste Klasse war. Da saß nämlich Joe, und obwohl es Sonntagmorgen Londoner Zeit war, war er immer noch genauso wütend wie Freitagabend Ostküstenzeit.

VERONICA D: »Hast du das gesehen, Süße?«, fragte ich und warf die Sonntagszeitungen auf Rebeccas Bett. »Diese Engländer sind echt heftig. Du wirst sie lieben.«

»Was ist los?«, fragte sie schläfrig.

»Shirer ist Freitag aus der *Letterman Show* rausgerannt.«

»Wieso? Was ist passiert?« Jetzt wurde sie langsam wach.

TIM LELYVELDT: Bevor Joe einwilligte, in die Show zu kommen, musste die übliche Armee von PR-Leuten die Fragen mit CBS absprechen. Alles Routine, aber eins betonten sie ganz besonders: Unter keinen Umständen dürfe Letterman die Story aus dem *Enquirer* ansprechen, die auch unter dem Stichwort »Cocktailwürstchen« bekannt war. »Ach Quatsch, David würde nicht im Traum daran denken«, versicherten ihnen Lettermans Leute.

Also zeichneten sie die Show auf, und Joe war an der Reihe. Letterman machte Witze über seine Stunts in *Body Matter* und fragte, ob er in der Fortsetzung mitspielen werde. Dann fragte er, ob Joe in *Lives* bleiben würde.

»*All Our Lives Before Us* war wunderbar, es war wie eine Familie für mich, David«, antwortete Joe. »Ich hab seit *Body Matter* ein paar unglaubliche Angebote gekriegt, aber ich …«

Er war noch nicht fertig, als Letterman sich vorbeugte und ruhig fragte: »Dann verraten Sie uns doch mal, was Sie sich in die Hose stecken, Joe? Eine Salami, eine Fleischwurst oder doch lieber die guten alten zusammengerollten Socken?«

Das war's. Joe sprang auf, und es hieß »Zeit für die Werbung«.

VERONICA D: »Ist das nicht toll, Becca? Die reißen ihn in Stücke.«

»Es ist fies, Veronica. Ich meine, es ist so persönlich. Ich weiß, dass wir im Scheinwerferlicht stehen, aber bitte Hände weg von unseren Genitalien. Das geht keinen was an.«

»Du bist zu nett zu ihm. Wird Zeit, dass ihn die Haie fressen.«

»Nein, ich hasse ihn vielleicht, aber er tut mir auch Leid«, sagte sie. »Es war richtig von ihm, dass er rausgegangen ist.«

»Hey, was weiß ich schon? Ich mach dir bloß die Haare. Jedenfalls hat David Letterman dich von den Titelseiten geschubst. Wenigstens dafür könntest du ihm dankbar sein.«

TIM LELYVELDT: Nach *Letterman* versteckte sich Joe. Er schloss sich in einer Suite im Paramount ein und kam nicht mehr raus, bis es Zeit war, zum Flughafen zu fahren. Das war mir ganz recht. BITTE NICHT STÖREN bedeutete, ich brauchte mich nicht um ihn zu kümmern.

Seit dem *Enquirer*-Artikel über *seinen* »Artikel« war Joe sauer. Als er den Artikel gelesen hatte, wollte er die Autorin umbringen, eine Frau namens Erika Mack. Das Einzige, was ihn davon abgehalten hatte, war die Tatsache gewesen, dass mit ihr auch der Name ihrer Quelle gestorben wäre. Seitdem war sein Zorn abgeflaut und erst wieder ausgebrochen, als Letterman erneut ein Streichholz an die Lunte hielt.

Doch sogar gut gelaunt war Joe ein schwieriger Boss. Er machte weniger bei den großen Sachen Terror, aber um die brauchte ich mich sowieso nicht zu kümmern – dafür hatte er sein Management und seine Anwälte. Für mich blieben die Details, und bei denen konnte Joe wirklich nerven.

Ich musste dafür sorgen, dass in der Schale mit organischen Weingummis in seiner Garderobe keine lilafarbenen waren. Ich musste seine Jeans zu *Denim Doctor* bringen und das Größenschildchen einer schlankeren Größe einnähen lassen. Bei den Dreharbeiten zu *Body Matter* musste der Wassertank seiner Dusche mit Mineralwasser gefüllt sein. Und ich musste zu Tiffany's gehen, um den Saphir auszusuchen, der seine unsterbliche Liebe für Rebecca ausdrücken sollte.

VERONICA D: Als wir die Zeitungen gelesen hatten, bestellte ich Saft beim Zimmerservice und fragte sie dann, was ich schon seit ein paar Tagen fragen wollte: »Auf dem Flughafen – Sie haben dich nicht angeklagt, aber hast du's getan?«

»Was, sie geschlagen? Leider ja. Ich hab's in dem Moment bedauert, als meine Faust durch die Luft flog, aber es war zu spät. Ich hab nicht dran gedacht, wie viel Schaden das Ding anrichten kann.« Sie hielt ihren Saphirring hoch. Dieser Ring hatte nur Unheil angerichtet, seit Joe ihn ihr geschenkt hatte.

»Und wer hat dich verpfiffen? Doch nicht Joe«, sagte ich.

»Nein, Joe würde nicht so tief sinken«, erwiderte sie. »Dafür hat er Lelyveldt.«

TIM LELYVELDT: Vor kurzem musste ich den britischen Zoll anrufen, um ihm mitzuteilen, dass Rebecca Richards außer teuren Kosmetika und Designeraccessoires noch anderes dabeihaben könnte. Warum tat er das, oder besser, warum sollte ich das tun? Aus Rache. Er war überzeugt, dass sie hinter der *Enquirer*-Geschichte steckte. Ich persönlich glaubte nicht, dass sie so tief sinken würde – egal, wie sehr er sie verletzt hatte –, aber ich stritt mich nie mit Joe über die Einzelheiten.

Joe war von dem Ergebnis begeistert. Er saß gerade in der Künstlergarderobe von CBS, als einer der Assistenten reinkam und erzählte, sie sei verhaftet worden. »Arme Becca«, meinte er. »Das ist ja schrecklich. Tim, schick ihr einen Blumenstrauß, den schönsten. Du weißt doch, sie liebt Blumen.«

O ja, er war begeistert.

Diesmal hatte ich alles richtig gemacht, aber wehe, wenn ich mich bei einem winzigen Detail in Joes Leben irrte. Das Mineralwasser im Duschtank? An meinem ersten Tag nahm ich die falsche Marke – fast wäre ich den Job gleich wieder los gewesen.

Ich war nicht der Einzige, der zu leiden hatte. Ich kannte eine Assistentin, die gefeuert wurde, weil sie den Unterschied zwischen normaler und fettarmer *latte* nicht kannte. Eigentlich kannte sie ihn, aber sie hatte einfach nicht gedacht, dass es ihrem Boss, einem Macho-Studioboss, *so viel* ausmachen würde. Als ich ihr zum ersten Mal begegnet war, war sie überzeugt gewesen, die nächste Sherry Lansing zu werden. Hinterher arbeitete sie wieder zu Hause in Sioux City in einem Einkaufszentrum. Das war der Preis für einen Irrtum beim Kaffeekauf, und es sagt viel aus über den Job als Assistent.

Für jeden von uns, der in einem Einkaufszentrum in Sioux City endet, gibt es tausend andere, die gern an unsere Stelle treten – so groß ist die Anziehungskraft des Ruhms. Als Assistent läuft man mit einem Adrenalinflash durch die Gegend, von dem einen selbst wiederholte Misshandlung nicht runterbringen kann. Was gibt es Schöneres, als alten Collegefreunden zu erzählen, man habe George (wie in Clooney) beim Sockenkaufen geholfen?

Jeder, der es in Hollywood nicht schafft (und das sind die meisten von uns), will sich an jemanden hängen, der es schafft. Erfolgreiche Schauspieler, Produzenten und Regisseure sind wandelnde ABM-Manager. Es funktioniert in beiden Richtungen. Genau wie die Leute Schlange stehen, um Promis den Arsch zu küssen, heißen die Stars uns mit offenen Brieftaschen willkommen. Sie *brauchen* das Gefolge – je größer, desto besser.

Ein Gefolge sagt etwas aus. Da es noch nicht in Mode ist, dass ein Star seinen Schwanz aus der Hose nimmt und in der Sky Bar auf den Tisch legt, muss er sich darauf beschränken, seinen Hofstaat zu präsentieren. Wenn die Gerüchte über Joe stimmten (und ich schwöre, ich hatte keine Ahnung), hatte er allen Grund, sich auf seine Clique als Penisersatz zu verlassen. Joes Clique war *groß* – wenn sie ein Lümmel gewesen wäre, hätte sie ihm zwischen den Knien gebaumelt.

Joe brauchte vielleicht sein Gefolge, aber auf der Reise nach London brauchte ich es auch. Ich konnte mich darin verstecken. Es war nicht so groß wie die Hollywood-Mannschaft, eher die etwas kleinere Reiseversion. Alle Spesen übernahmen die außergewöhnlich großzügigen Leute von Blackstock.

VERONICA D: Tish hatte sich den Tag freigenommen, um ihre Familie zu besuchen, also hatten Rebecca und ich etwas Ruhe. Sie bestellte uns eine Massage in der Suite. Während wir auf unseren Liegen durchgeknetet wurden, fragte ich sie: »Was meinst du, wen Joe alles mitbringt?«

»Ich weiß nicht. Muss ich darüber nachdenken?«

»Natürlich musst du. Wir reden über Gefolge. Größe ist alles. Du bist doch ein Starlet, Süße. Du weißt das.«

Sie wusste das. Es gab einen Wettkampf bei *Lives*, wer die meisten seiner Leute unterbringen würde. Die Crew schloss Wetten auf den Sieger ab. Bei Rebecca kam der Druck wohl von Freddie. Es war ein Schwindel – sie versuchte, überflüssige Leute aus ihrer Agentur beim Fernsehsender unterzubringen. Rebecca beschwerte sich jedoch nie darüber.

TIM LELYVELDT: Ich werde sie Ihnen aufzählen. Zuallererst sein Manager Morton Newman. Morton war ideal in seinem Beruf: clever, flexibel, parteiisch, kaum dreißig, aber er versuchte verzweifelt, den Für-immer-einundzwanzig-Look zu pflegen, den *Lives* populär gemacht hatte. Es war das ideale Alter – alt genug zum Trinken und Vögeln, aber jung genug, um zu skaten und sich von Mom und Dad durchfüttern zu lassen.

Veronica D: »Er bringt auf jeden Fall Short Mort mit. Wie oft ist der eigentlich schon geliftet?«

»Ich hab nur von einem Mal gehört.«

»Ach Quatsch, der ist doch straffer gespannt als ein Schlagzeugfell.«

Tim Lelyveldt: Dann sein Koch. Joe ging nirgendwo hin ohne Roland Shen. Er ging auch nirgendwo hin ohne seinen Leibwächter. Ich wusste von keiner Bedrohung, aber er war sehr unsicher. Nicht wegen dem, was ein durchgedrehter Fan tun könnte, sondern weil er das Gefühl hatte, allmählich der einzige Star ohne das ultimative Accessoire zu sein – einen eigenen Stalker. Er war sauer, dass sogar Britney einen hatte – »Das ist doch getürkt. Wer will die denn schon verfolgen?« Es gab in Hollywood keine Agentur, die Stalker an Stars vermietete (wenn ich drüber nachdenke, gehört es auf meine Liste von Geschäftsideen, wenn ich genug davon habe, Assistent zu sein). Joe konnte jedoch den Schutz mieten, der wenigstens den Eindruck erweckte, er würde bedroht. Der Mann, der Kugeln für ihn aufhalten sollte, hieß Chris Shave.

Veronica D: »Er wird Shave dabeihaben«, fuhr ich fort.

»Ich habe Grant. Ein Leibwächter ist selbstverständlich.«

»Ja, aber Grant kann auf sich aufpassen. Shave ist verloren, wenn er nicht wie Rambo bewaffnet ist.«

»Dann ist er hier wirklich verloren. Wir Engländer haben komische Ansichten über Schusswaffen.«

»Hey, meinst du, er bringt Jake mit? Nein, vergiss es. So dämlich kann nicht mal Joe sein.«

Tim Lelyveldt: Ohne Joes Chauffeur Jake wäre die Gruppe nicht komplett gewesen. Er hätte auch einen Fitnesstrainer, einen Tennislehrer oder eine Maniküre mitbringen können. Alle hätten ihm in London mehr genützt als ein Typ, der nie weiter östlich als Las Vegas gekommen war und ohne Karte nicht mal von einem Parkplatz herunterfand.

Joe brachte auch sein Privatleben mit. Glenn, Waverly und Danton waren von Beruf seine Freunde. In L.A. wuchs ihre Zahl auf neun oder zehn an, aber das hier war ja die Reiseversion. So wie Freunde sein sollen, waren sie immer für ihn da – eine rund um die Uhr auf Abruf bereite Party. Sie waren aber auch Profis und würden sofort verduften, wenn es mit Joes Karriere bergab ging.

Wie schon gesagt, brachte Joe weder seinen Fitnesstrainer noch seinen Tennislehrer oder seine Maniküre mit. Auch nicht seinen Haarstylisten, seinen Astrologen, seinen spirituellen Berater, seinen Therapeuten, seinen Viktimologen, seinen Schauspiellehrer oder seinen Poolreiniger.

VERONICA D: »Ich glaube, ich sollte dich auf das Schlimmste vorbereiten, Süße: Vielleicht bringt er *sie* mit«, flüsterte ich. Ich sah, wie der Masseur die Ohren spitzte.

»Nach London wegen vier Tagen Dreharbeiten für einen Werbespot? Glaub ich nicht, Veronica. Außerdem hab ich gehört, sie hat nächste Woche Probeaufnahmen für den Farrelly-Film.«

»Ich dachte, sie hätten dich deswegen gefragt.«

»Haben sie ja. Immer dasselbe. Und dann hab ich noch gehört, sie fliegt zurück nach Dallas, um sich die Nase machen zu lassen.«

»Ich würde dem Biest gern noch was anderes machen als nur die Nase. Mach dich trotzdem drauf gefasst, Becca.«

TIM LELYVELDT: Fast hätte ich den wichtigsten Teil im Gefolge eines Stars der Kategorie A minus vergessen: die Star-Freundin. Joe brachte Greta Bastendorff mit, die seit sechs Monaten nicht von seiner Seite wich. Sie war ein elfengleiches Wesen und genauso liebreizend, wie sie aussah – wenn man den Zeitungen glaubte.

Und natürlich brachte er auch mich mit. Tim Lelyveldt, leitender Angestellter für Weingummis.

Veronica D: »Lelyveldt wird er auch dabeihaben«, sagte Rebecca.

»Der Himmler für Joes Adolf.«

»Er ist richtig gut, oder? Als Anthea wegging, kam mir der Gedanke, ihn anzuheuern.«

»Na ja, es ist noch nicht zu spät, ihn gegen Tish einzutauschen. Wenn du dich an Joe rächen willst, wird sie garantiert *sein* Leben versauen.«

Tim Lelyveldt: Schließlich kamen wir am Dorchester an. Ich sage »schließlich«, weil Joe darauf bestand, dass Jake die erste Limousine fuhr. Er legte eine Deluxe-Stadtrundfahrt hin, bevor wir endlich ankamen.

Wir gingen durchs Foyer, als Joe mich am Arm packte.

»Sie ist hier«, zischte er.

»Wer?«

»Sie hat ihre verdammte Friseuse mitgebracht.«

Ich schaute auf und sah Veronica D in einem Fahrstuhl verschwinden.

Da Rebeccas legendäres Haar rund um die Uhr gepflegt werden musste, damit es so blieb, war ich nicht überrascht, aber Joe wandte sich zu Morton und fauchte: »Warum hast du mir keinen Friseur ausgehandelt, zum Teufel?«

Morton suchte nach einer Antwort. Ich wollte schon einspringen und ihm helfen. Ich hätte gern gesagt: »Weil du keinen Friseur brauchst, Joe. Du hast kaum mehr Haare als Bruce Willis. Die einzige Pflege besteht darin, dass irgendein Depp, meistens ich, dir einen Klecks Gel im Haar verreibt und es ein bisschen hin und her strubbelt. Dauert bloß fünf Sekunden.« Ich tat es aber nicht. Erste Regel für Assistenten: Du musst wissen, wann du die Klappe zu halten hast.

Nach einem kurzen Moment fasste sich Morton und sagte:

»Hab ich völlig übersehen, Joe. Ich weiß nicht, wo ich meinen Kopf hatte. Ich kümmere mich morgen früh als Erstes drum.« Genau das hätte ich an seiner Stelle auch gesagt.

Ach ja: Vielleicht fragen Sie sich, was Veronicas »D« bedeutet. Bei den Dreharbeiten zu *Lives* war sie als Veronica Denknichtmaldran bekannt – ihre Standardantwort, wenn jemand so dumm war, sie zu fragen.

Ich begleitete Joe in seine Suite und packte seine Sachen aus. Er sah erschöpft aus, aber ich wusste, dass er nicht schlafen würde, egal ob er am nächsten Tag um sieben aufstehen musste oder nicht. Er litt nicht unter Schlaflosigkeit. Nicht schlafen war seine neueste Masche. Er hatte auf einer Party mal Madonna getroffen, und sie hatte ihm erzählt, Schlaf sei eine Schwäche und sie brauche nur vier Stunden pro Nacht. Dann las er ein Interview mit Mariah. Sie sagte, weil sie sich so viele Gedanken mache, stehe sie nachts auf, schreibe Songtexte, übe Tonleitern, bade ihren Shi-Tzu oder sonst was. Schließlich habe sie es geschafft, mit drei Stunden auszukommen. »Die beiden Tussen können einpacken«, sagte Joe, der sich nie von ein paar simplen Diven übertreffen ließ. »Mir reicht eine Stunde.«

Als ich die Suite verließ, sagte er: »Tim, stell deinen Wecker auf zwei und weck mich.«

»Joe, du wirst total hinüber sein«, sagte Greta.

»Schlaf ist was für Schwuchteln, Baby.«

Wenn er wollte, konnte er sehr zielstrebig sein. Oder ein absolutes Arschloch. Kam auf den Standpunkt an, der wiederum davon abhing, ob man von ihm bezahlt wurde oder nicht.

6

Das Skript, von dem Yasmin Fish nicht glauben konnte, dass sie je etwas damit zu tun haben würde

YASMIN FISH: Wenn ich aufgeregt bin, kann ich nicht schlafen, wie in der Nacht, bevor ich die Spice Girls sah (da war ich erst dreizehn, okay?), der Nacht, bevor Tyler und ich es zum ersten Mal tun wollten, der Nacht danach (ich dachte, ich wäre schwanger) und der Nacht, bevor Ashley Cole eine Rede gegen Drogen an meiner Schule hielt (ich hasste Fußball, aber ich fand Ashley toll). Und in der Nacht, bevor die Dreharbeiten an dem Blackstock-Spot anfingen, machte ich auch kein Auge zu.

Am Freitag hatte ich eine Liste mit Namen und Jobbezeichnungen gekriegt. Rebecca Richards und Joe Shirer standen unter »Cast«. Ich stand auch drauf – Yasmin Fish: »Runner«. Okay, es waren noch so etwa vierzig andere Leute vom Team drauf, und mein Name stand nicht auf derselben Seite, weil die Liste fünf Seiten lang war, aber ich war auf jeden Fall dabei.

Um zwei Uhr früh starrte ich immer noch drauf – Rebecca Richards, Hollywood, Joe Shirer, Hollywood, Yasmin Fish, Streatham. *Wow.* Hinten war ein Skript angeheftet. Ich hatte noch nie eins gesehen und beschloss, es zu lesen.

FULLER SCHEIDT ADVERTISING / TV-Skript

KUNDE	Blackstock Tyres	**AC. GROUP**	Halley
PRODUKT	Firmenwerbung	**KREATIV-TEAM**	Greg Fuller
JOB Nr.	BS-001		
TITEL	Blind Date	**PRODUCER**	Toddy Gluck
LÄNGE	120 Sekunden	**FASSUNG Nr.**	3

Szene eröffnet mit DOUG (JOE SHIRER), der in einer amerikanischen Single-Bar in einer Nische sitzt. Er wirkt ängstlich, während er auf seine Verabredung wartet. Er prüft seine Zähne in der spiegelnden Glasplatte des Tisches und nestelt an seiner Krawatte. Dann schaut er auf, und seine Augen weiten sich, als ROXIE (REBECCA RICHARDS) in der überfüllten Bar erscheint. Sie trägt ein schwarzes Gummikleid und Fetischschuhe. Sie stolziert durch die Menge und gleitet auf den Sitz gegenüber von Doug. Sofort schnippt sie mit den Fingern nach einer vorbeigehenden Kellnerin, die ein Zeichen macht, dass sie sofort zurückkommt, um die Bestellung aufzunehmen. Doug kann offensichtlich nicht fassen, dass er mit dieser Frau verabredet sein könnte.

DOUG: Hallo ... äh ... Roxie?

ROXIE: Doug, schön, dass wir uns endlich kennen lernen. Denise hat mir so viel von dir erzählt ...

Von ihren ersten Worten an merken wir, dass Roxie gewöhnt ist, in solchen Situationen die dominierende Rolle zu spielen. Sie beugt sich zu ihm vor und senkt die Stimme.

DOUG: ... unter anderem, dass du auf Gummi stehst.

Er schaut verlegen zu Boden.

DOUG: Wirklich?

Sie legt beruhigend ihre Hand auf seine.

ROXIE: Schon gut. Ich finde das sogar aufregend.

DOUG: Ja? Die meisten Frauen …

ROXIE: Ich weiß, Süßer, die laufen schreiend davon. Aber ich bin nicht die meisten Frauen. Ich will alles von dir wissen. Ich will wissen, was dich in Wallung bringt.

Sie ist aus einem Schuh geschlüpft. Ihr nackter Fuß mit lackierten Zehennägeln ist in seinem Hosenbein verschwunden.

DOUG: Tja, wo soll ich bloß anfangen? Ich glaube, ich habe Gummi schon immer geliebt.

ROXIE: Erzähl weiter.

DOUG: Ich mag sein tiefes Schwarz, seine Elastizität, seine Stärke. Ich finde es toll, wie griffig es ist, so stark wie kein anderes Material.

Beim Erzählen über seine Leidenschaft wird Doug selbstbewusster. Roxies Fuß steckt zwischen seinen Oberschenkeln.

ROXIE: Das klingt richtig scharf.

DOUG: Ich wollte immer was richtig Aufregendes damit machen – etwas, wovon die ganze Welt spricht.

ROXIE: Mmmm, Dougie, du bist ja ein ganz böser Junge.

Doug lehnt sich mit triumphierender Miene zurück.

DOUG: Letzte Woche … letzte Woche hab ich den Durchbruch geschafft.

Roxie drückt leidenschaftlich seine Hand und schnurrt fast beim Reden.

ROXIE: Erzähl's mir, Tiger.

DOUG: Es heißt GoFlat. Das bedeutet, nichts kann dich mehr aufhalten, nicht mal ein Plattfuß.

Sie schaut etwas verwirrt, aber nicht weniger interessiert.

ROXIE: Echt?

Jetzt kommt Doug in Fahrt. Er kann nicht glauben, dass er endlich einer Frau begegnet ist, die seine Obsession teilt.

DOUG: Ja, du kannst mit einem geplatzten Reifen noch nach Hause fahren, und das mit bis zu achtzig Stundenkilometern. Vergiss den Ersatzreifen. Die anderen Typen in der Entwicklungsabteilung arbeiten schon seit Jahren dran, aber ich …

ROXIE: Baby, redest du von dem, von dem ich glaube, dass du davon redest?

DOUG: Vom GoFlat-Reifen von Blackstock. Mein Gott, es gibt nichts, was wir mit Gummi nicht machen können! Keinen Wagen und keine Fahrsituation, für die wir keinen Reifen herstellen können. Wir können …

Ein eisiger Schleier legt sich auf Roxies Gesicht, als sie das Ausmaß ihres Missverständnisses erkennt. Abrupt richtet sie sich auf.

ROXIE: Wart mal kurz, Doug, ich parke in zweiter Reihe. Ich kann mir nicht schon wieder einen Strafzettel leisten.

Sie steht auf und verlässt hastig die Bar. Doug bleibt niedergeschlagen sitzen. Die Kellnerin erscheint, um die Bestellung aufzunehmen.

KELLNERIN: Was hast du ihr gesagt? Hat sie rausgefunden, dass du pervers bist oder so was?

Abblende und Rolltitel:

DIESER WERBESPOT IST VICTOR BLACKSTOCK GEWIDMET, DEM ERSTEN GUMMIBESESSENEN. OHNE IHN WÄRE UNSERE SEIT 104 JAHREN ANDAUERNDE LIEBESAFFÄRE MIT DIESEM ERSTAUNLICHEN MATERIAL NICHT MÖGLICH GEWESEN.

Schnitt zu Doug in der Sitzecke. Er nimmt einen kleinen schwarzen Gummiball aus der Tasche und lässt ihn auf dem Tisch aufspringen. Sein Gesichtsausdruck wechselt von bedrückt zu aufgeregt:

DOUG (zu sich selbst): Selbstaufblasende Reifen!
EINBLENDUNG: BLACKSTOCK (Logo)

Als ich durch war, las ich es noch mal von vorn. Es fiel mir schwer, mir vorzustellen, wie aus den ganzen Wörtern ein Werbespot werden sollte. Ich konnte es nicht erwarten, ihn im Fernsehen zu sehen, und malte mir aus, wie ich meinen Freunden erzählte, dass ich was damit zu tun gehabt hätte (ich wusste nicht genau, was, und wahrscheinlich würde es auch nicht viel sein, aber allemal besser, als bei Homebase zu arbeiten).

7

Barrymore, Gardner, Zackenbarschöl

NORMAN DER KOCH: Connery, Kubrick, Cruise, Kidman, Caine, Ciccone – und das sind bloß die mit C. Hunderte von Top-Filmleuten müssen schon meine Schinkenbrötchen gegessen haben.

Wir heißen »Check the Plate« und machen Film-Catering. Wir, das sind ich und Wendy alias Mrs Norman. Beim Kochen ist sie eine Niete. Wenn das Zeug nicht von Marks & Spencer kommt und keine Anweisungen auf der Rückseite tätowiert hat, ist sie aufgeschmissen. Vielleicht ist sie ja Ava Gardner im Schlafzimmer, aber sie ist leider auch Ava Gardner in der Küche. Nur weil sie völlig unfähig war, irgendwas außer Fertiggerichten zu kochen, bin ich in dieser Branche gelandet.

Ich hab zu Hause gekocht und rausgekriegt, dass ich Talent hab. Erst hab ich einfache Sachen gemacht – ein schönes warmes Frühstück oder mal eine Bolognese. Dann wurde ich mutiger. Wenn du mich fragst, ist Kochen ein Lacher. Du nimmst ein Stück Fleisch, machst ein bisschen dran rum, und zack – fertig ist ein *Gratinée* dies oder ein *Provençal* das.

Früher hab ich für den Lee-Beleuchtungsservice gearbeitet. Bin mit dem Laster hin und her gerauscht und hab die Scheinwerfer für die Dreharbeiten abgeladen. Dann kam ich mal mit dem Typen ins Quatschen, der für *Brideshead Revisited* das Catering machte, und da hab ich mir gedacht, das kannst du auch.

Also hab ich mir einen Kredit besorgt, einen alten Bedford-Laster gekauft und Wendy zum Fahren angestellt – meine Knie wollten nicht mehr. Seitdem ging's nur noch aufwärts.

Egal wer, wir haben schon alle gefüttert. James-Bond-Filme, Fernsehen, Pop-Videos. *Ein Käfig voller Narren* war echt aufschlussreich. Was mich angeht, soll jeder so leben, wie er will, aber zehn Takes von zwei Kerlen beim Knutschen, während ich in ihrem *Coq au Vin* rühre, muss ich echt nicht haben.

Aus meiner Klappe an der Seite von meinem Laster krieg ich fast alles mit.

Sie ist 2 x 1 Meter groß, und wenn ich rausgucke, seh ich die Welt in Cinemascope. Ich denke mal, ich hab einen der besten Plätze im Filmgeschäft.

Für Filmleute zu kochen ist eine heikle Angelegenheit. Auf der einen Seite gibt's den typischen Strippenzieher. Er will zum Frühstück Spiegelei und Würstchen und zum Mittag Cottage Pie mit Erbsen und hinterher was Süßes. Dann gibt's die Künstlertypen. Er oder sie haben ganz andere Vorstellungen von gutem Essen, und irgendwie kommen immer Auberginen drin vor. Also reicht mein Repertoire von einem schönen Stück Schweinebauch mit Gemüse bis zu Cajun-Irgendwas mit Ratatouille und irgendwelchem Zeug mit Thaigewürzen.

Wie ich schon sagte: eine heikle Angelegenheit. Aber es gibt immer einen Vielfraß mit Werkzeuggürtel, der sich den in Zitronensaft marinierten Thunfisch von den Künstlern neben Steak-and-Kidney-Pie mit Pommes packt.

Was meine Filmstudio-Soziologie völlig über den Haufen wirft.

Meine Kumpels fragen immer, wie's so ist beim Film. Wisst ihr, was bisher das Schärfste war?, frag ich die Jungs. Kein Bond, kein Robby-Williams-Video, nicht mal *Eyes Wide Shut* mit Kubrick. Nee, das Seltsamste war ein Werbespot fürs Fernsehen. Eigentlich sollten wir gar nicht dabei sein. Die drehten im Studio, und die großen Studios haben alle Kantinen. Aber irgendein Schwachkopf in der Küche in Hounslow hatte nicht auf die Friteuse aufgepasst. Es brannte, und sie mussten Check the Plate anheuern. Der Spot war für Blackstock-Reifen.

Bob Bull, Leiter Marketing, Werbung und Promotion (Europa, Naher Osten & Nordafrika, mit Ausnahme Libyens), Blackstock Tyres: Was für ein Kick – Rebecca Richards und Joe Shirer aus *All Our Lives Before Us* in meinem Spot. Ein phänomenaler Coup, absolut phänomenal.

Außerdem ein wirklich innovatives Mega-Skript. Man brauchte Nerven aus Stahl, um es dem Vorstand in Akron, Ohio, zu verkaufen, aber ich habe ihnen ganz klar gesagt: «Sie haben mich geholt, um Blackstones Sexappeal zu steigern. Großaufnahmen von Reifenprofilen törnen niemanden an. Rebecca Richards und Joe Shirer schon.«

Zuerst schrien die alten Trottel Zeter und Mordio, aber ich rechne es ihnen hoch an, dass ich schließlich doch den Ball nehmen und allein den ganzen Weg zur Tryline laufen durfte.

Norman der Koch: Wenn ich mich recht erinnere, hatte ich Blackstock-Reifen auf meinem ersten Bedford. Auf der Rückfahrt von Dreharbeiten in den Mendips ist uns ein Reifen geplatzt. Wendy konnte den Wagen zwar auf der Straße halten, aber es war eine Riesensauerei. Hinten im Wagen sah's aus wie in einem Splatter-Film – überall Sauce Provençale. Danach habe ich Dunlop gekauft. Ich hätte von Anfang an englische nehmen sollen. Blackstock hat eine Fabrik in Liverpool? Na, wennschon. An jeder verdammten Hauptstraße gibt's McDonald's, deshalb ist es noch lange keine britische Firma, oder?

Bob Bull: Ich glaube nicht, dass es viele andere Marketingprofis gibt, die das geschafft hätten. Man muss sich unbedingt an die Kreativen halten, eine Bindung zu ihnen aufbauen. Greg Fuller und ich verstanden uns von Anfang an. Wir hatten phänomenal viel gemeinsam. Zum Beispiel standen wir beide total auf Status Quo.

NANCY STARK: Kaum war ich in der Firma, rief Greg aus den Studios in Hounslow an.

»Schon was rausgekriegt, Lola?«, fragte er.

»Wegen Paul und Shaun? Ich hab's den ganzen Samstag probiert. Tut mir Leid. Nicht mal Shauns Vater weiß, wo sie stecken.«

»Lola, ich erklär dir mal, wie dieser Job funktioniert. Du wirst dafür bezahlt, mir zu sagen, was ich hören will, so wie ich dafür bezahlt werde, Leuten wie Bob Bull zu sagen, was sie hören wollen. Mein Gott, du solltest seine Klamotten sehen. Jedenfalls hab ich ihn die letzten zehn Minuten eingeseift mit: ›Machen Sie sich keine Sorgen, Bob, Rebeccas Festnahme ist schon vergessen. Gucken Sie sich die *Sun* von heute an: EDWARD INSTALLIERT KAMERA AUF PALASTKLO‹ und ›Status Quo? Eine der wenigen Bands, die immer besser werden.‹ Aber ›Tut mir Leid, Greg, ich kann sie nicht finden‹ war nicht das, was *ich* von dir hören wollte, Lola. Beim nächsten Mal erzähl mir gefälligst was Positives.«

»Ich glaube, das hättest du mit halb so viel Worten sagen können«, erwiderte ich, aber er hatte schon aufgelegt. Wahrscheinlich ein guter Job.

BOB BULL: Meine Beziehung zu Greg ging über das Berufliche hinaus. Es war nur eine Frage der Zeit, bevor er, Carrie und die kleinen Fullers die Ferien mit den Bulls verbringen würden. Ich sah es schon vor mir. Wir beide tranken Frascati auf einer toskanischen Veranda, während Carrie und Jane die Zwerge badeten.

Die Tatsache, dass wir mit keinem geringeren Regisseur als dem großen Kevin French an dem arbeiten sollten, was ganz sicher ein Phänomen des neuen Jahrtausends werden würde, werbemäßig gesehen, festigte unsere Bindung nur noch.

Greg war begeistert von meiner Satin-Bomberjacke, einer seltenen Foreigner-Tourjacke. Erstklassiges Outfit ist absolut entscheidend. Ich hatte lange über meine Kleidung nachgedacht und freute mich, dass Greg es bemerkte. Ich erzählte ihm, dass die Jacke einer der Preise eines Promo-Wettbewerbs war, den ich mal veranstaltet hatte. Es war schon eine tolle Erfahrung, in Earl's Court mit dem Sieger hinter die Bühne zu gehen, um die Band kennen zu lernen – phänomenale Jungs, lebende Rocklegenden.

Ich hatte bereits einen Platz in meinem Büro für das gerahmte Foto von mir mit Joe und Rebecca ausgesucht. Es sollte einen Ehrenplatz zwischen Foreigner und Michael Barrymore erhalten. Ich hab mal eine Supermarktreklame mit ihm gemacht, und die Crew hat sich drei Tage lang über ihn totgelacht. Ich will kein Wort gegen ihn hören – ob er nun vom anderen Ufer ist oder nicht.

O ja, mit Stars auf Tuchfühlung zu sein war für mich nichts Neues. Trotzdem war es immer noch was ganz Besonderes, als unser Traumpaar auftauchte. Ein echter Kloß-im-Hals-Moment.

NORMAN DER KOCH: Als Shirer und Richards aufkreuzten, drehten die Fans völlig durch. Überrascht mich nicht – seit der Begräbnisszene im *Paten* hab ich nicht mehr so viele Limousinen gesehen.

TISH WILKIE: Es war so … so *total cool.* Ich kann das Gefühl nicht beschreiben, wie es war, mit Rebecca Richards reinzugehen. Alle Augen waren auf uns gerichtet. Ich wollte rufen: »Ja, ich gehöre zu Rebecca. Ich bin ihre *persönliche* Assistentin.« Ich fühlte mich fast so, wie Marilyn Monroe sich gefühlt haben musste, als sie in der großen Ballszene in *Vom Winde verweht* die Treppe runterging.

TODDY GLUCK: Niemand schenkte Joes und Rebeccas Ankunft besondere Aufmerksamkeit. Kevin hielt uns viel zu sehr auf Trab. Er hatte das ganze Aufnahmeteam zusammengetrommelt, und ich beschloss, die Ohren aufzusperren. Ich gehörte nicht zum Team, also war ich eigentlich nicht eingeladen, aber ich nahm meinen Job verdammt ernst und wusste, ich würde was dabei lernen. Ich wollte gerade gehen, als mich ein kleiner Amerikaner aufhielt, der sich als Joes Manager Morton Feldman vorstellte.

»Es gibt da ein paar Dinge, Toddy. Kleine Sachen, die dazu beitragen, dass Joe in Topform ist.«

»Natürlich, Morton, raus damit«, sagte ich – ich hielt es für das Beste, mit einem so wichtigen Mann von Anfang an auf gutem Fuß zu stehen.

»Bitte glauben Sie nicht, er wäre unzufrieden, aber Joe hat das Gefühl, dass die Werbeagentur ein kleines bisschen nachlässig war.«

»Die Weingummis!«, rief ich. »War keine Folie drüber?«

»Das Weingummi war in Ordnung, Toddy. Es geht um den Friseur.«

»Welchen Friseur?« Ich war verwirrt.

»Genau. Joe hat das Gefühl, man hätte ihm einen zur Verfügung stellen sollen.«

»Wirklich?« Ich wusste nicht, was ich sagen sollte. In Zusammenhang mit Joe hatte ich nie an Haare gedacht, also hatte ich auch nicht nachgefragt. Ich schlug mein Filofax auf und schrieb FRISEUR auf ein leeres Blatt. »Denkt Joe an jemand Bestimmtes?«, fragte ich. »Es gibt in London ein paar wunderbare Stylisten.«

Ich dachte sofort an meine kleine Fouzia bei Nicky Clarke. Ich wollte sie schon erwähnen, als Morton sagte: »Joe würde sich mit jemandem aus L.A. wohler fühlen.« Er gab mir ein Blatt mit drei oder vier Namen. Als ich darauf schaute, fügte er hinzu: »Außerdem hätte Joe gern ein Bett.«

»Wie bitte?«

»Ein Bett. In seiner Garderobe.«

Tim Lelyveldt: In Joes Garderobe herrschte Panik. Der Einzige, der nicht wie ein kopfloses Huhn umherrannte, war Joe selbst. Es war, als spiele er die Hauptrolle in *Koma.* Eine Mischung aus Post-*Letterman*-Stresssyndrom, Jetlag und seiner Schlafverweigerung führte dazu, dass er hinter seiner Sonnenbrille kaum noch die Augen offen halten konnte. Er schlief auf dem Sofa ein. Niemand wusste, ob er fit genug zum Arbeiten sein würde. Dann kam Greta die Idee mit dem Bett.

TODDY GLUCK: »Er hat einen zweitklassigen Kurzhaarschnitt. Wozu braucht er einen Friseur?«, fragte Greg, als ich es ihm erzählte.

»Es kommt noch schlimmer. Er will einen aus L. A.«

»Herrgott, wir haben noch nicht mal die erste Szene im Kasten, und schon geht's los. Tu's einfach. Um die Frage, wer bezahlt, kümmern wir uns später.«

»Das ist noch nicht alles. Er will ein Bett.«

Greg fing an zu lachen.

»Das ist nicht komisch. Sein Manager sagt, es wäre der neue Trend in L. A. Anscheinend haben alle Stars welche in ihren Garderoben. Er nannte es karmafördernde Tageslicht-Schlaftherapie. Ich begreife nicht, wie wir das übersehen konnten. Normalerweise bin ich bei so was doch immer auf dem Laufenden.«

»Wo ist das Problem? Du bist Producerin. Produzier eben ein Bett.«

»Okay, okay, ich mach's ja, aber mein Vormittag ist jedenfalls total im Eimer. Ich wollte so gern zu Kevins Meeting gehen.«

»Dann geh hin, Toddy. Ich besorg das Bett.«

»Du bist ein Goldstück. Und danke, dass du gestern auf dem Rückweg von Max noch vorbeigeschaut hast«, fügte ich flüsternd hinzu. »Zweimal an einem Wochenende. Womit hab ich dich verdient?«

YASMIN FISH: Ich musste unbedingt Tyler per Handy anrufen und ihm erzählen, dass ich Joe und Rebecca wirklich gesehen hatte. Er lag noch im Bett und tat so, als wäre ihm das scheißegal, aber ich wusste, er war eifersüchtig. Ich hab nicht erwähnt, dass Greta Bastendorff auch da war. Auf die stand er total. Sie war hübsch und erst siebzehn, genauso alt wie ich.

Ich hatte *Heat* gelesen und wusste alles über Joe, Rebecca und Greta. Rebecca tat mir Leid. Ich dachte daran, wie ich mich gefühlt hatte, als Tyler und ich ein paar Wochen auseinander waren, weil er sich »über alles klar werden wollte«, und dann kreuzte er im Ministry auf, zusammen mit dieser eingebildeten Ziege Bridget Farmer.

Ich hatte ein Funkgerät bekommen und fühlte mich wie Sigourney Weaver in *Alien*. Ich wusste nicht genau, was ich damit sollte. *So* groß war das Studio auch wieder nicht. Hätten wir einander nicht einfach was zurufen können? Ich versuchte gerade rauszukriegen, wie es funktionierte, als Kevin ein Meeting einberief.

TODDY GLUCK: Kevin hatte vielleicht eine raue Schale, aber sobald er auf dem Regiestuhl Platz genommen hatte, war er nur noch wunderbar. Zunächst mal sagte er allen, was Sache war.

»Manche haben noch nicht mit mir gearbeitet, also erzähl ich euch was über mich. Guy Ritchie hält sich vielleicht für einen harten Knochen, aber ich bin das Original. Ich bin in Poplar aufgewachsen, bevor die Schlipsträger aus der City eine Scheißweinbar daraus gemacht haben. Meine Schule war Mist, und ich bin mit sechzehn abgegangen, aber eins hab ich gelernt: Lass dir nichts gefallen. Das ist auf dem Spielplatz so, wenn irgendein großer Wichser dir das Geld abnehmen will, und es ist im Filmstudio so. Es ist mir scheißegal, ob ich einen Hundert-Millionen-Dollar-Spielfilm oder eine Bierreklame drehe. Ich bin immer ein Schwein. Ich bin knallhart am Set, verdammt noch mal knallhart.«

Musik in den Ohren einer Producerin.

YASMIN FISH: Ich stand neben zwei Strippenziehern. Eigentlich sind sie so was wie Elektriker – im Grunde drehen sie Birnen ein. Der kleinere flüsterte dem anderen zu: »Ich hab mit ihm den Estée-Lauder-Spot in Portugal gedreht. Knallhart am Set – so ein Quatsch. Der hatte doch null Durchblick.«

Toddy Gluck: Dann beschrieb er seine Vision. »Falls jemand hier noch nicht Bescheid weiß, wir drehen hier keinen Reifen-Spot …«

Yasmin Fish: »Ist mir neu«, flüsterte der kleine Strippenzieher. »Auf meinem Zettel steht Blackstock Tyres.«

Toddy Gluck: »… wir machen Kunst. Und ich bin der verdammte Künstler. Ich habe eine Vision hier drin«, sagte er und tippte sich an den Kopf, »und ich werde in den nächsten vier Tagen einen Film daraus machen. Wer mir im Weg steht, wird in den Hades geschickt, und zwar ohne Rückfahrkarte. Noch Fragen?«

Einen Augenblick herrschte andächtige Stille, aber es gibt immer irgendeinen Idioten, nicht wahr?

Yasmin Fish: Ich stieß den kleinen Strippenzieher an und fragte: »Was meint er denn damit?«

»Das ist kompliziert, Schätzchen«, flüsterte er. »Am besten fragst du ihn selber.«

Ich hielt die Hand hoch und sagte: »Entschuldigung, ich wollte nur fragen, wo der Hades liegt.«

Da explodierte er. Es war schrecklich. Der absolut schlimmste Moment meines Lebens seit der Kaffee-Geschichte. Der Strippenzieher bepisste sich vor Lachen.

»Mit wem zum Teufel arbeite ich denn hier?«, brüllte Kevin. Dann sah er sich um und zeigte auf den kleinen Strippenzieher. »Sag du's ihr.« Da hörte der Arsch auf zu lachen. Kevin fragte noch drei oder vier andere, bevor einer meinte: »Hades – das ist doch die Insel neben Mykonos, oder? Da hat doch der Typ eine kleine Taverne aufgemacht, der mal Ridleys Lieblingskulissenschieber war.« Offenbar die falsche Antwort, denn Kevin sprang von seinem Stuhl runter und stürmte raus.

NANCY STARK: Eine halbe Stunde später rief Greg an.

»Paul und Shaun – ich arbeite dran«, begann ich, bevor er etwas sagen konnte.

»Danach hab ich nicht gefragt. Ich will, dass du so schnell wie möglich ein Bett ins Studio schicken lässt. Joe Shirer braucht eins in seiner Garderobe. Anscheinend so eine Art Beverly-Hills-Therapie.«

»Ich bin bloß Sekretärin. Auf der Schule hatten wir Steno und Terminplanung, keine Betten. Wo krieg ich eins her?«

»Universe of Sofas hat diese Ausziehsofas. Sag irgendwem, der an dem Auftrag arbeitet, der Kunde soll eins rüberwachsen lassen. Wenn sie sich zieren, sagst du, es wäre gute PR für sie drin. Die haben ein Lager in Ealing – bis Mittag sollte es da sein.«

»Ist so was nicht Toddys Job?«

»Sie ist in einem Meeting«, sagte er ein bisschen zu defensiv.

Natürlich war sie in einem Meeting. Toddy verbrachte vielleicht nicht ihr ganzes Leben in Meetings, aber damit, sie zu planen, zu verlegen oder, falls sie gerade schlief, in ihrem seidenbezogenen Sarg in Holland Park davon zu träumen.

»Sonst noch was?«, fragte ich, bevor ich auflegte.

»Sag meiner Abteilung, sie soll heute Abend dableiben. Ich komme ins Büro zurück, um zu sehen, wie weit wir mit dem Universe-of-Sofas-Auftrag sind.«

Er hatte alle seine Kreativteams darauf angesetzt. Es war offiziell: Universe of Sofas war der Ernstfall.

»Wann kommst du zurück?«, fragte ich. »Manche von denen haben nämlich Familie.«

»Keine Ahnung, wann ich zurück bin. Und ich scheiß auf ihre Familien. Meinst du, ich hab meine in letzter Zeit oft gesehen?«

CARRIE FULLER: Am Sonntag war Greg gegen elf Uhr abends vom Lunch bei Max zurückgekommen. Ich hatte den Fernseher an, guckte aber nicht richtig hin – er sollte mich nur davon abhalten, mich mit dem Baby zu unterhalten. Ich hatte den Lunch mit Clara und Sam abgesagt und es war ein mieser Tag gewesen.

»Wenn du dich wie eine Fußmatte benimmst, wirst du auch wie eine behandelt«, hatte Clara gesagt, als ich sie anrief.

»Greg kann nichts dafür. Er hat noch nie so viel zu tun gehabt«, erwiderte ich. Ich hatte keine Ahnung, warum ich ihn verteidigte – wahrscheinlich aus Gewohnheit.

Als ich seinen Schlüssel hörte, sagte Baby: »Deine Freundin hatte Recht mit der Fußmatte. Auf deiner Stirn ist BITTE SCHUHE ABTRETEN eintätowiert.« Genau der Antrieb, den ich brauchte: Greg und ich begannen zu streiten, bevor er sein Sakko ausgezogen hatte.

Er setzte alles ein, was er hatte: den Druck, unter dem er stand, die Italiener, Universe of Sofas, Blackstock, die Tatsache, dass ich jede seiner Bewegungen verfolgte, ihm permanent misstraute und außerdem kein Interesse mehr hatte.

»Lässt du dir das einfach so gefallen?«, fragte Baby und trat mir zur Bekräftigung in die Rippen. »Deine verdammte Blase sollte sich über den Druck beschweren, so groß wie ich jetzt bin. Und was das Misstrauen angeht: Wer hat denn hier die Maskenbildnerin gevögelt? Und was ist mit unseren Bedürfnissen? Meinst du, es wird mir Spaß machen, in meinem Kinderstuhl zu sitzen und dir zuzusehen, wie du durchs Haus schleichst und dich ›unausgefüllt‹ fühlst? Los, zeig's ihm!«

Ich tat es. Es war nicht schön. Als Greg die Tür zuknallte und rauf ins Gästezimmer stürmte, meinte Baby: »Das lief doch ganz gut. Wollen wir jetzt ein bisschen fernsehen?«

Jetzt erst fiel mir auf, dass eine Wiederholung von *All Our Lives Before Us* lief – die Folge, in der der Joe-Typ zur Rebecca-Tussi sagt, wie froh er sei, sie zu haben: Sie sei so etwas Besonderes, so schön, und sie könne jeden Mann haben, den sie wolle.

Einschließlich meines Ehemanns, dachte ich voller Selbstmitleid.

VERONICA D: Als Rebecca am Abend vor den Dreharbeiten schlafen ging, war sie völlig aufgelöst, weil ich Greta im Foyer gesehen hatte. Ich konnte es ihr doch nicht verschweigen, oder? Montag früh schafften wir es, sie vor Joe aus dem Hotel zu bringen, damit sie nicht mit ihm reden musste. Als wir ankamen, umringten wir sie und schoben sie rein, während Joe und seine Clique am Zaun Autogramme gaben und für die Reporter posierten.

Arschlöcher.

Egal, wie mies Rebecca sich fühlte, ihre Garderobe war ihre Zuflucht. Sobald wir drinnen waren, fühlte sie sich sicher. Obwohl sie mit Joe arbeiten musste und Greta auch da war, kam sie mir irgendwie glücklich vor. Sie war zu Hause. Zum ersten Mal seit ihrem Durchbruch in *Lives* drehte sie in England. Es war ihr Revier, nicht Joes.

So stellte ich mir das jedenfalls vor, aber was wusste ich schon? Ich war bloß das Mädel, das ihr die Haare machte, nicht ihre Therapeutin.

Jedenfalls war es da drinnen ruhig. Ich fing mit meiner Arbeit an, Dennis, der englische Maskenbildner, machte ihr die Nägel, und wir hörten eine Destiny's-Child-CD.

Dann platzte Tish rein und zerstörte das Karma.

»Hey, hört mal, ich hab eine Liste gemacht«, schnatterte sie.

TISH WILKIE: Ich konnt's einfach nicht glauben, dass Joe so viele Leute bei sich hatte. Ungelogen *Millionen* mehr als Rebecca. Es war *so* unfair. Ich musste diskret sein, damit keiner merkte, was ich vorhatte, aber ich schaffte es trotzdem, alle aufzuschreiben.

1. Kleiner Mann mit Anzug. Agent/Manager/Anwalt?

2. Großer Mann, auch mit Anzug. Macht wohl Bodybuilding. Leibwächter?

3. Chauffeur

4. Greta Bastendorff

(Allerdings hielt ich es für besser, sie zu streichen, bevor ich Rebecca die Liste zeigte.)

5. Assistent

(Das wusste ich, weil er sich vorgestellt hatte – er schien wirklich nett zu sein.)

6. Chinese – wahrscheinlich Koch.

(Ich hatte ihn im Dorchester getroffen und bildete mir ein, ihn mal in einer Sendung auf Discovery Home and Leisure gesehen zu haben. Ich hasse Kochen, aber ich *liebe* Kochsendungen.)

7. Drei Männer in Freizeitsachen. Sind immer zusammen. Kann ihre Identität nicht feststellen. Möglichkeiten: Surflehrer, Rockmusiker – will Joe eine Band gründen wie Keanu?

Die arme Rebecca war fast ganz allein. Wir waren nur vier und Veronica machte ihr bloß die Haare.

VERONICA D: Gleich nach Tish kam Freddie. »Rebecca, ich hab mit Morton Newman gesprochen. Er hat *zufällig* erwähnt, dass Joes Garderobe 4,40 x 5,70 Meter groß ist, also 25,08 Quadratmeter. Er hat das nicht nur so erzählt. Er muss wissen, dass Joe die größere Garderobe hat. Also hab ich deinen Vertrag überprüft, Süße, und darin steht, dass du ein Anrecht auf ein Minimum von dreiundzwanzig Quadratmetern hast.«

Sie zog ein Bandmaß aus der Tasche, das sie jemandem vom Filmteam geklaut hatte, schob Tish beiseite und maß den Raum aus.

»Ich wusste es – 4,40 x 5,00 Meter.« Sie zog einen Taschenrechner hervor. »Bloß zweiundzwanzig Quadratmeter – diese verdammten Gauner. Wir verklagen die Kerle auf Schadensersatz.«

Becca bremste sie. »Freddie, eben hat Tish sich schon wegen der Größe von Joes Gefolge aufgeregt. Jetzt kommst du mit der Größe der Garderobe. Ist das denn so wichtig?«

»Es sind vielleicht nur ein paar Quadratmeter, aber es schafft einen sehr gefährlichen Präzedenzfall. Und gut, dass du's ansprichst – Tish hat ganz Recht.«

»Freddie, ich lass nicht mehr Leute einfliegen, wenn du das meinst«, erwiderte Becca.

»Okay. Ich halte das zwar für einen Fehler, aber du entscheidest. Wir können aber was wegen ...«

»Und ich lasse dich auch keine Bauarbeiter hier reinschicken, damit sie meine Garderobe erweitern.«

GREG FULLER: Es war elf Uhr, und wir waren noch lange nicht bei der ersten Szene, Rebeccas großem Auftritt in der Bar. Kevin hatte die Kulissen als Fünfzigerjahre-Musical gestaltet – als er den Job übernahm, hatte er mir verraten, dass er sich was von der Art »Die Herrin mit der Peitsche trifft Doris Day« vorstellt. Es war völlig überdreht. Die Bar war riesig und sollte von fast hundert Statisten bevölkert sein. Er ließ auch einen Außenraum bauen – ein Stück Straße, das man durch die Fenster der Bar sah. Noch mehr Statisten sollten dort auf Rollerblades hin und her rollen oder Designertölen spazieren führen.

Bob Bull fiel die Kinnlade bis zum Boden, als er das Ganze sah – vielleicht, weil es in der Tat eindrucksvoll war, aber wohl eher, weil er es bezahlen musste.

»Keine Sorge, was du da siehst, ist der allerbeste Gegenwert für dein Geld«, redete ich ihm ein. »Jeder Cent wird in dem Spot zu sehen sein.«

Ich hoffte, er würde nicht darauf zu sprechen kommen, dass die Handlung vor allem aus Großaufnahmen von Joe und Rebecca bestand – so dass man in der Endfassung kaum noch einen von den Rollschuh fahrenden Pekinesenbesitzern sehen würde.

Kevin gab den Statisten die Anweisung, sich vor Rebecca wie das Rote Meer zu teilen, aber es sah mehr nach Rumstolpern als nach Busby Berkeley aus. Ich verkrümelte mich in eine Ecke und suchte fieberhaft nach einer Idee für Universe of Sofas. Ich kam nicht von der Stelle. Einzelhandelsmist ist nicht meine

Stärke. Dafür hatte ich Pickel und Schweiß, die verdammten kleinen ... Ich weiß schon, es war ganz meine Schuld.

Deshalb war ich froh über die Unterbrechung, als Toddy hereinrauschte.

»Das ist ein *totaler* Alptraum«, jammerte sie.

»Was denn, Süße?«

Das Sofa war eingetroffen, in Begleitung des Geschäftsführers der Filiale in Ealing und eines Fotografen, den er von der Lokalzeitung organisiert hatte. Sie hatten uns ihr Luxusmodell geschickt, einen Dreisitzer in lachsrotem Dralonplüsch in Form einer Muschelschale. Das gute Stück war mit ihrer besten Schaumstoffmatratze, Modell Suite-Dreemzzz™ ausgestattet, und sie hatten noch eine Garnitur schlüsselblumengelber Nylonbettwäsche in Kottonesque™-Ausführung spendiert.

Leider kam es nicht zu dem Foto, das der Geschäftsführer sich erhofft hatte. Zunächst mal war Joe nicht der Typ für Lachsrot, Schlüsselblumengelb und Muschelform – ein Blick auf sein zerrissenes Unterhemd und die Lederjeans in *Body Matter* hätte genügt, um das herauszufinden. Dazu machte er sich nicht viel aus Kunstfaser, wie aus der Einkaufsliste, die sein Manager Toddy gegeben hatte, klar hervorging.

Bett: Futon aus ungebleichter reiner Baumwolle.

Bettwäsche: Ebenfalls reine Baumwolle mit einer bestimmten Webdichte (ich zweifelte nicht daran, dass sie die Maschen nachzählen würden).

Decke: Gänsedaunen. Nicht irgendwelche, sondern nur von einer seltenen Art, die an einem einzigen See in Alaska brütete.

»Na ja, die werden wohl nicht von dir verlangen, dass du persönlich nach Anchorage fliegst und sie rupfst, Toddy«, tröstete ich sie.

Das munterte sie nur wenig auf. »Ich hätte dir das niemals überlassen dürfen«, fauchte sie und verschwand, um sich selber darum zu kümmern.

Ich fragte mich, ob das derselbe Joe Shirer war, mit dem Kevin so toll im total toten Utah gearbeitet hatte. Vielleicht gab es zwei. Ich ging raus zum Parkplatz, um etwas Ruhe und frische Luft zu tanken, aber ich hatte kein Glück. Norman der Koch hatte gerade einen Tobsuchtsanfall.

Norman der Koch: Es war ein ruhiger Vormittag gewesen. Nach dem Frühstück hatte ich ein paar Wettkonten eröffnet. Wendy mag das nicht, aber ich habe noch kein Filmteam gesehen, das nicht gerne wettet. Der *Letterman*-Skandal war in allen Zeitungen gewesen, deshalb nahm ich Wetten an, was Joe sich vorn in die Hose steckte:

Quote eins zu eins – das reine Naturprodukt, 100% saftiges Fleisch.

Zwei zu eins – Socken.

Vier zu eins – irgendeine Maßanfertigung. (Ich kannte einen Modellbauer, der eine für einen führenden britischen Schauspieler gemacht hatte. Ich bin zu diskret, um seinen Namen zu nennen, aber er hat ein paar Preise der britischen Film- und Theaterakademie eingeheimst.)

Zehn zu eins – der gute alte Polsterschaumstoff.

Ich nahm auch Wetten an, wem Rebecca zuerst eine verpassen würde. Nach ihrer gemeinsamen Vorgeschichte war Joe ganz klar der Favorit, dicht gefolgt von Greta. Nach der Nummer auf dem Stuhl setzten die Profis aber auf Kevin French.

Es hatte ein bisschen Aufregung wegen eines Sofas gegeben, aber sonst blieb es ruhig.

Jedenfalls, bis der Chinese aufkreuzte. Gegen halb elf rollte noch eine Großraumlimousine auf den Parkplatz und er hüpfte raus. Ich kannte ihn nicht und dachte mir nichts dabei. Er lud ein paar Kartons aus dem Kofferraum und trug sie zu meinem Wagen. Dann hüpfte er auf die Stufe vor meiner Klappe. »Hi, ich bin Roland Shen«, meinte er und streckte die Hand aus. »Ich glaube, Sie haben mich schon erwartet.«

Er klang kein bisschen chinesisch – perfekter amerikanischer Akzent.

»Eigentlich nicht«, sagte ich vorsichtig.

»Ich bin Mr Shirers persönlicher Metabolismus-Therapeut.«

»Ach so.« Jetzt wusste ich, was er wollte. »Das Studio ist da drüben, Kumpel. Wenn du ihn massieren willst oder so was, mach's besser in seiner Garderobe. Siehst du die ganzen Fans am Zaun? Wenn du ihn hier einölst, drehen sie durch.«

»Das ist ein Missverständnis«, sagte er. »Ich will seine Ernährungstherapie für heute Mittag vorbereiten.«

»Du bist sein verdammter Koch?«, fragte ich.

Genau das war er, und er wollte meinen Wagen benutzen, um was zu kochen, pardon, um die Ernährungstherapie vorzubereiten. Kam nicht in Frage. Ich hatte alles genau so eingerichtet, wie ich's wollte, und kein chinesischer Kurpfuscher würde mir da reinfunken.

Wenn Sie meinen, ich hätte übertrieben, will ich's mal so sagen: Van Gogh pinselt gerade fröhlich seine Primeln im Atelier, da stürzt Picasso rein und fragt, ob er ein Plätzchen haben kann, um einen seiner beknackten Vögel zu malen. Ach ja, und ob er ihm auch gleich ein paar Pinsel und ein bisschen Himmelblau borgen könnte? Meinen Sie, Vince hätte sich gefreut? Von wegen – der hätte ihm ordentlich was erzählt.

Tim Lelyveldt: Als ich zum Parkplatz kam, war das Schlimmste schon vorbei. Norman, der englische Koch, schwang noch sein Fleischermesser, aber ein Typ, der sich als Greg Fuller vorstellte, war eingeschritten und hatte die Wogen geglättet. Er nahm Norman beiseite und ich sah Geldscheine den Besitzer wechseln. Als sie zurückkamen, willigte Norman ein, Roland ein Plätzchen in seinem Wagen zu überlassen.

Er zeigte auf eine Ecke in seinem sowieso schon voll gestopften Wagen und warnte uns: »Ich will nicht, dass er meine Sachen anfasst. Manche von den Messern sind in den Händen von Amateuren tödlich.«

So wie Roland mit dem Finger über die Arbeitsfläche fuhr, nahm ich aber an, dass er so wenig wie möglich anfassen würde.

Norman der Koch: Eine Menge Künstler kreuzen mit ihrem eigenen Küchenchef auf, meistens so ein Fünf-Sterne-Wichser, aber das ist mir wurscht. Wenn ein Star mein Futter nicht mag, muss ich mich um einen weniger kümmern. Aber der Chinese war die absolute Krönung. Es fing schon damit an, dass er sich nicht Koch nannte.

»Was ist eigentlich ein Metabolismus-Therapeut?«, fragte ich.

Er laberte was davon, die Biowellen seines Kunden zu studieren, sie mit seinem Meridiandings zu kombinieren, auf die kosmischen Einflüsse zu achten und dann mit irgendwelchem Hokuspokus auf einen Ernährungsplan zu kommen, der das Essen mit den geistigen und körperlichen Bedürfnissen harmonisierte. Im Grunde machte er also dasselbe wie ich – er nahm irgendwelches Zeug und machte ein bisschen dran rum.

Jedenfalls in der Theorie. Als er mit Shirers Lunch fertig war und ihn auf einen Teller packte, guckte ich drauf und sagte: »Davon wird ja nicht mal 'ne magersüchtige Ameise satt. Was ist das?«

»Tofu, Kürbissamen und Zackenbarschöl. Mr Shirers Biorhythmen müssen nach dem Trauma der veränderten Zeitzonen wieder synchronisiert werden.«

»Damit wird's wohl gehen«, sagte ich. »Als Wendy und ich aus Orlando zurückkamen, hat's aber auch mit einem schönen Kotelett mit Pommes und einem Cadbury-Riegel geklappt.«

Bevor er ging, schenkte er mir noch ein T-Shirt: ROLAND SHENS WEG ZUM NATURNAHRUNGS-NIRWANA.

In XXL.

Blöder Wichser.

8

Die in der Mitte bei Destiny's Child

Bob Bull: Als eifriger Schüler des kreativen Filmprozesses hatte ich am Vormittag das Team beobachtet. Nach den langen, anstrengenden Monaten der Vorbereitung war es sehr aufregend, endlich am Set zu sein – der Geruch der Scheinwerfer, die Schminke, der ganze Krempel.

Wahrscheinlich lag es an meiner Fähigkeit, mich so intensiv in die kreative Psyche einzufühlen, dass künstlerisch begnadete Leute wie Greg so gern mit mir zusammenarbeiteten.

Während der Mittagspause klingelte mein Handy. Ich erkannte es sofort – die Wilhelm-Tell-Ouvertüre. Es war mein Vorgesetzter Roger Knopf, der gerade aus Akron, Ohio, eingetroffen war. Roger ist ein phänomenaler Bursche und ich habe gewaltigen Respekt vor ihm, aber er kannte die Abläufe in Europa noch nicht und hatte Bauchschmerzen wegen des Skripts. Also bereitete ich mich seelisch darauf vor, ihm während des ganzen Prozesses das Händchen zu halten.

»Roger, was kann ich für Sie tun?«, fragte ich.

Carrie Fuller: Zum Mittag nahm ich den Rest Quiche aus dem Kühlschrank und setzte mich in die Küche. Ich dachte an gestern Abend. Ich hatte ein paar fiese Sachen zu Greg gesagt und war vielleicht unfair gewesen. Er stand unter Druck, und das hätte ich berücksichtigen sollen. Vielleicht war die Maskenbildnerin wirklich ein Einzelfall gewesen, und ich durfte nicht alles und jedes, was er tat, auf die Goldwaage legen. (Es genügten die Worte: »Carrie, ich hol grad mal die *Sunday Times*«, damit ich durchdrehte: »Ich wusste es – Mrs Nawaz vom Zeitungsladen. Diese *Hure*. Kein Wunder, dass sie ihren Mann ständig zum Großmarkt schickt. Wie konnte ich nur so blind sein?«) Vielleicht hatte der vom Wunder der Schwangerschaft ausgelöste Hormonschwall eine paranoide Neurotikerin aus mir gemacht, die unter dem schlechten Einfluss ihres unflätigen ungeborenen Kindes stand.

Früher waren Greg und ich glücklich gewesen. Ich konnte mich erinnern, dass ich ihn mal für den witzigsten Mann der Welt gehalten hatte, nicht für einen nervigen Klugscheißer. Ich erinnerte mich auch, dass ich seinen Charme mal für echt gehalten hatte und nicht für einen Trick, um mich zu bequatschen oder irgendeine Make-up-Tussi ins Bett zu kriegen.

Er hatte mich nicht immer aus seinem Leben ausgeschlossen. Früher nahm er mich mit zu den Kundenpartys und Preisverleihungen und tat so, als wäre er stolz auf mich, obwohl ich kein Medienhäschen war. Und Blackstock war nicht das einzige Mal, dass ich mit seiner Arbeit zu tun hatte. Ich will ja nicht angeben, aber bei ein paar Werbespots hatte ich schon die Hand im Spiel. Immer, wenn er nicht mehr weiterwusste, redeten wir darüber und fanden eine Lösung. Mehr als ein Mal hatte er mir schon gesagt, ich solle doch was Kreativeres tun.

Ich nahm ihn beim Wort und schrieb ein Drehbuch. Er brauchte endlos lange, bis er dazu kam, es zu lesen, und war danach nicht besonders ermutigend. Allerdings hatte er zu der Zeit anderes im Kopf – zwei Weiber gleichzeitig oder so was.

An diesem Punkt erwachte Baby. »Du hast mir gar nicht erzählt, dass du ein Drehbuch geschrieben hast. Was soll das heißen, der Scheißkerl war nicht ermutigend?«

»Halt den Mund und schlaf weiter«, sagte ich entschieden. »Ich gebe Greg eine Chance. Wir werden unsere Ehe retten, und du wirst mich nicht davon abbringen.«

Schweigen.

Die Babyratgeber haben Recht. Zeig dem kleinen Miststück, wer der Boss ist, und du wirst nie Probleme haben.

Greg Fuller: Toddy erzählte mir von ihrem schrecklichen Vormittag, aber ich hörte nicht zu. Ein paar Meter weiter aß eine Statistin ihren Lunch. Die Art, wie sie Erbsen in ihren Ausschnitt fallen ließ, ließ mich erkennen, was dem englischen Fernsehen seit dem Tod von Benny Hill fehlte. Ich wurde unterbrochen, als Bob Bull sich mit einem Teller Cottage Pie, Pommes frites und Chicken Curry zu uns setzte.

»Greg, Sie und Toddy reden sicher über wichtige kreative Fragen, aber wir müssen was besprechen. Ich glaube, das Skript braucht vielleicht eine winzige Änderung.«

Jetzt geht's los, dachte ich und bat Toddy, uns eine Minute allein zu lassen. Sie verpasste ungern *irgendein* Meeting, zog aber gehorsam ab.

»Verstehen Sie mich richtig«, fing er an, »ich stehe zweihundertprozentig hinter dem Spot. Er ist phänomenal innovativ. Ich finde bloß, wir nutzen vielleicht manches nicht ganz aus.«

Das kannte ich. Übersetzung: »Knopf hat mich angerufen und gesagt, er versteht nicht, welcher Teufel mich geritten hat, diesen Scheißspot zu kaufen.«

»Ich finde, wir sollten ein paar Reifen zeigen«, fuhr er fort. »Der GoFlat wird sogar im Skript erwähnt. Warum zeigen wir ihn nicht? Und was ist mit dem AquaTrak 6000? Phänomenales Produkt. Alle unsere Umfragen zeigen, dass die Konsumenten unglaublich positiv auf reifenbasierte Bildsprache reagieren.«

Übersetzung: »Okay, ich weiß, die Umfragen zeigen eigentlich, dass die Käufer einen Reifen nicht vom anderen unterscheiden können, aber Knopf sagt, wenn in unserem Spot nicht ein paar atemberaubende Großaufnahmen von Reifenprofilen vorkommen, prügelt er mich mit einem spitzen Stock von hier nach Ohio.«

»Überlassen Sie die Sache mir, Bob«, beruhigte ich ihn. »Ich werde Kevin sagen, er soll einen Wagen mit Blackstock-Reifen am Set parken.«

»Super«, meinte Bob. »Ich weiß, es ist bloß ein Detail, aber es könnte entscheidend sein.«

Er vergaß hinzuzufügen: »... dafür, dass ich meinen Job behalte.«

NANCY STARK: Kurz nach der Mittagspause stieß ich auf die erste richtige Spur zu Paul und Shaun. Es war eine E-Mail.

Nancy – 1 von meinen Fotografen hat Villa in Andalusien. P&S waren schon mal da und dürfen sie unbegrenzt benutzen, wenn sie ihm gute Aufträge geben. Habe Adresse. Würde sie nie verraten, kannst aber versuchen, mich zu überzeugen – Olly xxx

PS – Das hast du nicht – wiederhole: *nicht* – von mir.

Olivia del Monte (die von sich behauptete, sie sei entfernt mit den Obstsalatleuten verwandt) hatte eine Fotoagentur. Sie wäre vor nichts zurückgeschreckt, um Jobs für ihre Jungs und/oder eine Einladung zum Lunch zu ergattern. Jetzt verriet sie einen ihrer eigenen Leute, und das überraschte mich nicht im Geringsten. Greg kann sie nicht ausstehen.

Ich antwortete sofort.

Wie wäre Lunch m/Greg im Ivy? – Nancy

Ich konnte ebenso tief sinken wie sie, und der Zweck heiligte die Mittel, denn sechzig Sekunden später klingelte das Telefon.

»Hast du was zu schreiben?«, fragte sie.

YASMIN FISH: Rebecca war schon den ganzen Tag in der Garderobe. Die ganze Zeit bloß wegen der Haare. Bei Turning Hedz, wo meine Freundin Jules arbeitete, kriegte man eine Rebecca-Frisur in einer halben Stunde.

Veronica D: Rebecca brauchte immer Stunden für die Haare und das Make-up. Wenn sie mal maulte, sagte ich: »Schätzchen, die meisten Frauen würden dreihundert Dollar für das zahlen, was ich umsonst mache, also sei still.«

Yasmin Fish: Gegen drei war Kevin so weit abzudrehen (mit dem Drehen anzufangen – es war wie eine neue Sprache), und der Erste schickte mich, um sie zu holen (d.h. der erste Regieassistent, wahrscheinlich eine Art Vorarbeiter: Seine Aufgabe war es, jeden anzuschreien, wenn Kevin es gerade nicht tat). Das war mein großer Augenblick. Auf jeden Fall aufregender als damals, als ich Ashley Cole um ein Autogramm gebeten und er gesagt hatte: »Kein Problem, Süße.« Ich ging zu ihrer Garderobe und klopfte an die Tür. Niemand antwortete, also klopfte ich stärker. Eine wunderschöne schwarze Frau (sie erinnerte mich an die in der Mitte bei Destiny's Child) steckte den Kopf aus der Tür.

»Ja?«

»Alles fertig für Miss Richards.«

»Na endlich. Wir haben hier so lange rumgesessen, dass wir auch *Pearl Harbor II* hätten drehen können. Becca, mach hin, es geht los.«

Tish Wilkie: Ich hatte so eine *total riesige* Ehrfurcht, als sie zum Set ging. Sie sah einfach absolut *hinreißend* aus. Ich machte sofort eine Liste.

WARUM ICH SO GERN FÜR RR ARBEITE

1. RR ist 110 Prozent schöner als Greta.

(Die im Vergleich total unscheinbar war, auch wenn sie nicht Stunden für Haare und Make-up brauchte.)

2. RR ist die absolut schönste Frau der Welt.

(Außer Julia R. in *Wedding Planner,* dem tollsten Film aller Zeiten, und vielleicht noch Callista in *Ally McBeal* – aber nur manche Folgen, bestimmt nicht die, wo sie bloß schlecht drauf ist, auf dem Sofa hockt und Eis isst.)

3. RR hat ES.

(Die meisten Leute meinen, das bedeutet Einkommensteuer. Wir vom Film wissen aber, es bedeutet Starqualität.)

4. RR ist echt mitfühlend – sie setzt sich besonders für rumänische Aids-Babys und den Schutz von Pandas/Berggorillas/irgendwas ein.

(Den letzten Punkt habe ich mit auf die Liste genommen, weil die Zeitungen wirklich fies zu ihr gewesen waren und die Leute vergaßen, dass sie absolut ein Herz aus Gold hatte.)

Yasmin Fish: Sie musste in dem Gummikleid ganze Eimer voll geschwitzt haben, aber als sie für ihre erste Szene vor der Bartür stand, sah sie toll aus. Sie probte es ein paarmal und machte sich dann bereit für die Aufnahme. Der Erste brüllte: »Alles auf die Plätze … Ruhe bitte … Kamera … uuund Action!«

Rebecca ging so sexy wie noch niemand vor ihr in die Bar, die Menge teilte sich, alles lief super, da – plötzlich machte es »piep, piep«.

Mein Handy mit einer SMS von Tyler.

Kevin schrie: »Welcher Vollidiot war das?«

Absolut mein schlimmster Augenblick seit dem letzten.

Toddy Gluck packte mich am Arm und kreischte: »Keine Handys am Set. Niemals! Hast du nichts in der Schule gelernt?«

Ich hätte gern gesagt: »In Mathe oder Englisch ist es nie drangekommen« – aber ich könnte ein ganzes Buch füllen mit den Sachen, die ich gern mal gesagt hätte.

Toddy Gluck: Kevin war sehr nett. Er hätte ein Exempel statuieren und sie sofort feuern sollen. Ich nahm sie beiseite und stauchte sie zusammen. Glauben Sie mir – so was wird ihr nicht mehr passieren.

Aber das war auch der einzige Ausrutscher. Kevin hatte sein Team so gut im Griff, dass alles wie am Schnürchen lief. Dann kam Rebeccas und Joes erste Szene. Es dauerte eine Ewigkeit, ihn aus der Garderobe zu kriegen. Gott weiß, was da drin los war.

TIM LELYVELDT: Joe war wach, aber er wollte nicht raus.

»Kevin hat mich nicht besucht«, knurrte er. »Verdammt, wir haben den drittgrößten Film des letzten Jahres zusammen gemacht, und er kann nicht mal vorbeikommen und hallo sagen. Was ist los? Hat die Kuh ihn bequatscht? Wenn er bei *BM II* Regie führen will, sollte er sich entscheiden, auf wessen Seite er steht.«

Keiner von uns erwähnte, dass Kevin zweimal da gewesen war, während Joe gepennt hatte. Stattdessen stimmten wir zu, dass die Kuh, alias Rebecca, ihn bestimmt bequatscht hatte. Wer Joe erzählte, was er hören *sollte*, anstatt das, was er hören *wollte*, war nicht lange dabei. Jakes Vorgänger als Chauffeur hatte sich mit Joe über den Weg zu irgendeinem neuen Club gestritten. Der Chauffeur behielt Recht – verlor aber seinen Job.

Joe brauchte eine halbe Stunde, um richtig wach zu werden.

TODDY GLUCK: Kevin war die Ruhe selbst. »Kein Problem«, meinte er. »Die Crew bei *BM* hat ihn Ein-Take-Joey genannt. Er kann so spät kommen, wie er will, und ich wette, wir sind trotzdem früher fertig.«

YASMIN FISH: Kevin war mir ein Rätsel. Den ganzen Tag hatte er Leute wegen nichts angeschrien. Jetzt hielt Joe alles auf, und er zuckte nicht mal mit der Wimper.

Als er endlich mit Greta auftauchte, schaute ich zu Rebecca, um zu sehen, wie sie reagieren würde. Es erinnerte mich daran, wie Tyler mit Bridget Farmer ins Ministry gekommen war. Ich ignorierte sie und tat, als wäre es mir total egal, aber Jules und Andie meinten beide, sie hätten an meinem Tanzen gemerkt, wie fertig ich war. Rebecca war aber toll. Sie ging zu ihm hin, als wäre nie was zwischen ihnen gewesen, gab ihm einen Kuss und winkte sogar Greta zu. Es war nicht gerade so, als wollten sie zusammen Kinder haben, aber man wäre nie auf die Idee gekommen, dass Rebecca die beiden vielleicht hasste.

VERONICA D: Rebecca war nie professioneller als in den Szenen mit Joe – als sie in *Lives* Romeo und Julia spielten, hatten sie ein paar davon. An ihrer Stelle hätte ich den Arsch umgebracht, aber sie verlor keinen Augenblick die Fassung.

Okay, nur ein Mal. In der Szene knutschten Joe und Rebecca in einem Cabrio. Sie lagen auf der Rückbank, und die Kamera hing an einem Galgen und filmte sie von oben. Beim zweiten Take schrie der Regisseur: »Schnitt, verdammt noch mal, SCHNITT!« Wir sahen, warum, als die Autotür aufging und Joe herausrollte und sich die Eier hielt. Ich stand neben einem der Produzenten, der sein Gesicht bedeckte und stöhnte. Und ich? Wenn die Szene je in *Pleiten, Pech und Pannen* läuft, können Sie mich rufen hören: »Gib's ihm!«

YASMIN FISH: Ich starrte Rebecca an und merkte nicht, dass Toddy mit den Fingern schnippte. »Pass gefälligst auf! Siehst du nicht, dass Joe Durst hat? Wasser, *schnell!*«

Ich ging zum Kühlschrank und holte die kälteste Flasche Perrier heraus. Auf dem Rückweg übte ich, wie ich am besten sagen sollte: »Hier ist Ihr Wasser, Joe«, und überlegte dann, ob »Mr Shirer« nicht passender wäre. Ich hatte aber keine Gelegenheit, mit ihm zu reden, weil Toddy dazwischenfuhr, die Flasche packte und sie ihm mit einem süßlichen Lächeln gab. Er guckte drauf und meinte: »*Sin gas, chiquita.*«

Sie warf mir fast die Flasche an den Kopf. »*Sin gas,* du dumme Gans«, zischte sie. »Herr, steh mir bei.«

Der kleine Strippenzieher kam zu mir. Er sah, dass ich verwirrt war, und meinte: »Das heißt ›ohne …‹ Ich unterbrach ihn und sagte: »Hau ab. Du hast mich schon genug in die Scheiße geritten.«

Nancy Stark: Das Telefon klingelte wieder und das Display zeigte die Nummer der Studios in Hounslow.

»Hi, Greg«, sagte ich, »was brauchst du denn diesmal? Einen vollautomatischen Liegesessel für Rebecca? Eingefassten Teppichboden für Bob Bull?«

»Hier ist nicht Greg.«

Scheiße, dachte ich.

Bevor er fragen konnte, wovon ich eigentlich redete, schaltete ich auf Kundenschleimen um. »Hi, Bob, wie läuft's bei den Dreharbeiten? Ich wünschte, ich wäre dabei.«

»Es läuft phänomenal.« Er klang aber nicht, als machte es ihm großen Spaß.

»Wie kann ich Ihnen helfen?«

»Eigentlich wollte ich mit Greg sprechen.«

»Der ist doch im Studio, oder?«

»Natürlich ist er im Studio.« Jetzt klang er gereizt.

»Na, haben Sie mal versucht, zu ihm hinzugehen?« Klar, aber es wäre verrückt gewesen, es nicht vorzuschlagen.

»Greg weicht mir aus«, erklärte er.

»Ach, bestimmt nicht. Sie wissen doch, wie viel da zu tun ist. Wahrscheinlich hat er keine Sekunde Zeit.«

Das war übrigens Unsinn. Agenturleute haben bei den Dreharbeiten gar nichts zu tun. Sie sitzen rum, essen, lesen Zeitung und überlegen, welche Gratissouvenirs sie vom Set abstauben können. Wenn sie zurückkommen, beschweren sie sich, wie erledigt sie sind. Toddy ist mal nach Miami geflogen, um einen Mixgetränk-Spot zu drehen. Sie kam perfekt gebräunt und mit Bikinis für zweitausend Pfund wieder. Ich fragte sie, wie es war. »Ein Alptraum, Süße. Ich könnte eine Woche schlafen.«

»Ich mache Ihnen einen Vorschlag, Bob, ich spreche bald mit ihm und sage ihm, er soll Sie ganz oben auf die Liste setzen. Es wird ihm sehr peinlich sein, dass Sie den Eindruck hatten, er würde Ihnen ausweichen.«

Ich beendete das Gespräch und rief Greg an.

»Hoffentlich ist es wichtig«, sagte er. »Ich komm nicht mal zum Pinkeln.«

»Bob Bull hat gerade angerufen.«

»Ich bin ihm ausgewichen. Was will er?«

»Alles Mögliche. Er will wissen, wann er Joe und Rebecca vorgestellt wird. Er wäre schließlich der, der die Rechnung bezahlt, da sei es normale Höflichkeit.«

»Er hat Recht, aber wir haben schon genug Ärger mit unserem männlichen Star. Wenn der Bull sieht, fliegt er sofort nach Hause.«

»Außerdem will er wissen, wo die Autos mit den – Moment mal – GoFlats und den Aquabans 6000 sind.«

»Aqua*Trak* – Aquaban ist für geschwollene Knöchel. Sonst noch was?«

»Ja, er findet, Rebecca sieht in ihrem Kleid ein bisschen ›unzüchtig‹ aus ...«

»Wenn er damit ›sexuell anregend im Sinne von rattenscharf‹ meint, soll sie genau so aussehen.«

» ... und er ist nicht sicher, ob Roxie der richtige Name für sie ist.«

»Herrgott, er hat das Skript seit Monaten gehabt. Jetzt, wenn wir die Szene drehen, wo Joe ihren Namen sagt, ist er nicht sicher. Wie er schon richtig bemerkt hat, sieht sie aus wie eine Peepshowgöttin in Latex. Wie soll sie da heißen? Daisy?«

»Er hat Jane vorgeschlagen.«

GREG FULLER: Ich hatte Lolas Anruf außerhalb des Studios angenommen, weil Kevin mit dem Drehen anfangen wollte. Als ich zurückkam, geschah genau das, was ich schon den ganzen Tag befürchtete hatte – ein unbewachter Bob Bull näherte sich Joe. Ich hatte Toddy eingeschärft, ihn nicht an Joe ranzulassen, aber sie war mit wichtigeren Dingen beschäftigt. Sie hatte etwa zwanzig verschiedene Flaschen Mineralwasser vor sich aufgestellt und hielt einem weiblichen Runner einen Vortrag. Es war zu spät, um selbst einzugreifen, und so beobachtete ich voller Angst, wie Bob Joe seine feuchte Hand hinstreckte.

BOB BULL: Ich war phänomenal sauer, dass ich so lange warten musste, bis jemand uns etwas Respekt entgegenbrachte. Joe war bestimmt genauso verärgert über die Situation wie ich. Er war Tausende von Kilometern geflogen, um meinen Werbespot zu drehen. Meinen Sie nicht, er hätte erwartet, dem Mann vorgestellt zu werden, der die Schecks unterschrieb? Ich habe nie auf einer Rangordnung bestanden, aber eigentlich war ich so gut wie der Chef des Ganzen. Technisch gesehen.

Es stellte sich aber heraus, dass uns niemand vorzustellen brauchte. Es lief sehr gut. All die Überlegungen, die ich auf meine Garderobe verwandt hatte, zahlten sich aus – er sah mein T-Shirt und fragte: »Wo hast du denn das her, Mann?«

»Ah, ich sehe schon, Sie sind jemand, der eine Nase für Raritäten hat. Das ist eine limitierte Sonderauflage – es wurden bloß zwanzigtausend gedruckt.«

Ich wollte ihm gerade anbieten, ihm auch eins zu besorgen, aber dann rief man ihn zurück zum Set.

TIM LELYVELDT: Auf dem Rückweg zum Set schnappte Joe sich Mort. Ich hörte nicht, was sie sagten, aber danach kam Mort zu mir rüber.

»Problemo, Timbo.« Ich konnte es nicht ausstehen, wenn er mich so nannte. »Joe will, dass der Typ aus dem Studio verschwindet.«

»Welcher?«

»Der mit der Foreigner-Jacke und dem *MI-II*-T-Shirt mit einem Bild von Cruise.«

Joe hasste Tom Cruise. Der einzige Grund war Neid. Jedes Mal, wenn Cruise zwanzig Millionen Dollar für einen Film kassierte, litt Joe. Es war lächerlich. Ich könnte verstehen, wenn ein Typ, der sechzig Stunden pro Woche am Fließband steht, Cruise die selbstzufriedene Fresse polieren will, aber Joe, der fünf

Millionen für *Body Matter* kassiert hatte und für die Fortsetzung das Dreifache forderte? Also wirklich.

»Wo ist das Problem, Mort?«, fragte ich. »Schmeiß ihn raus.«

»Geht nicht. Er ist von Blackstock, dem Kunden.«

Ich kapierte, was er meinte. Es wäre, als würde man einen Film für Miramax drehen und sagen, man wolle Weinstein, diesen Blödmann, nicht rumhängen haben. Mal abgesehen davon, dass Harvey Weinstein sich nicht mal als Leiche in einem Cruise-T-Shirt und einer Foreigner-Jacke hätte erwischen lassen.

»Problemo, Morty«, gab ich zurück. »Das ist deine Abteilung.«

Mort war nicht der Einzige, der Sorgen hatte. French musste mit Joe klarkommen. Als er die Sonnenbrille abnahm, waren seine Augen offen, aber er hatte sein Hirn in der Garderobe gelassen. Oder in L. A. Seine erste Szene war einfach. Er brauchte bloß »Hallo … äh … Roxie?« zu sagen. Auf wie viele Arten kann man das vermasseln? Aber Joe schaffte Versprecher, auf die andere nicht mal im Traum gekommen wären. French versuchte, die Worte aus ihm rauszukitzeln, aber nach dem dreißigsten Take gab er auf, und wir machten Pause.

Norman der Koch: Das Team stellte sich für den Tee an und ich machte einen guten Umsatz mit Eiersandwiches, Eccles-Kuchen und dem Inhalt von Joes Hose. Sie hatten jetzt genau hingesehen, und obwohl seine Jeans nicht viel verrieten, wollte jeder einen Tipp abgeben. Außerdem nahm ich Wetten an, wie viele Takes er für seine erste Zeile brauchen würde.

Yasmin Fish: Toddy hatte mich in den Supermarkt geschickt, um jedes Mineralwasser zu kaufen, das es gab. Ich fühlte mich wie ein Kamel, als ich so voll bepackt zurückkam. Ich ging nicht mit den anderen raus zum Tee. Ich war zu unglücklich.

Ich blieb im Studio. Es war ruhig, aber dann hörte ich Geschrei aus Rebeccas Garderobe. Ich schlich mich näher ran, um zu lauschen, aber ein fettes Mädchen steckte die Nase aus der Tür und starrte mich böse an, bevor sie die Tür zuschlug.

TISH WILKIE: »Psst«, sagte ich laut, als ich die Tür schloss. Freddie und Rebecca verstummten sofort und sahen mich an. »Ich glaube, da spioniert jemand.«

»Ach was, Tish«, sagte Veronica. »Der Kalte Krieg ist vorbei. Die Russen sind jetzt ganz normale Gangster.«

Veronica redete Mist wie üblich. Ich arbeitete lange genug in Hollywood, um zu wissen, dass die Russen Rebecca nicht ausspionieren würden. Ich war nicht sicher, wer es tun würde – vielleicht Joe oder die Fernsehleute oder sogar ein anderer Topstar, der sich ihre Schönheitsgeheimnisse unter den Nagel reißen wollte. Wer immer es war, er oder sie hatte schlauerweise ein unschuldig aussehendes Mädchen angeheuert, das Leuten ohne geschulten Blick gar nicht aufgefallen wäre. Sie saß ganz offen vor der Garderobe, am helllichten Tag (es gab keine Fenster, aber Sie wissen, was ich meine), und lauschte auf jedes Wort, das wir sagten. Eigentlich nicht wir – bloß Freddie und Rebecca.

Veronica machte ihr bloß die Haare. Was wusste sie schon davon, wie man einen Topstar schützt? Als *persönliche* Assistentin war das *definitiv* mein Job.

VERONICA D: Freddie und Rebecca debattierten heftig über die Situation bei *Lives*, als Tish mit der Spionagesache ankam. Sie ignorierten sie und stritten sich weiter.

»Schau mal, es ist doch bloß ein Gerücht, und so müssen wir es auch behandeln«, sagte Freddie. »Wir wissen nur, dass Joe die nächste Staffel macht und dafür Produktionsleiter wird und mehr Geld kriegt. Dass er seine neue Stellung benutzen will, um dich rauszuwerfen, ist bloß Klatsch.«

»Dann frag sie klipp und klar, Freddie. Lass dir eine schriftliche Erklärung geben, dass es nicht stimmt. Wir reden hier über mein Leben«, flehte Rebecca.

»Ich arbeite dran, meine Süße, wirklich.«

Ich glaubte ihr – es war vielleicht Rebeccas Leben, aber Freddie hatte einen Zwanzig-Prozent-Anteil daran.

Toddy Gluck: Das Bett kam während der Teepause. Nancy hatte bei Universe of Sofas den absoluten Schrott bestellt. Ich bügelte die Sache natürlich wieder aus – Greg hätte gleich zu mir kommen sollen.

Als er auftauchte, fragte ich: »Wo warst du? Joes Futon ist da.«

»Ist nicht wichtig. Ich hab mit Bull geredet. Wir müssen zu Kevin. Es hat eine kleine Änderung beim Skript gegeben.«

»O Gott, ein Alptraum. Was denn? Warum?«

»Roxie heißt jetzt Jane«, sagte er, »und glaub mir, wir haben noch Glück gehabt. Ich musste alle meine Überredungskünste aufwenden, damit Jane nicht ein hochgeschlossenes Laura-Ashley-Kleid trägt, das ihr bis zu den Knöcheln geht.«

Greg Fuller: Kevin war nicht gerade begeistert, als er davon erfuhr.

»Ich hab den Vertrag gemacht, weil ich das Skript mochte, jedes verdammte Wort einschließlich ›Roxie‹. Es ist mir scheißegal, ob der Kunde den Namen seiner Frau in den Spot kriegen will. Es bleibt, wie es ist. Verstanden?«

Ich beschloss, Bobs Forderung nach einem Wagen mit Blackstock-Reifen ein anderes Mal zu erwähnen.

Er schimpfte noch ein paar Minuten. »Zum Teufel, was für ein Name ist Jane?«, sagte er, als Rebecca zurück zum Set stolziert kam.

»Wer ist Jane?«, fragte sie.

»Irgendein Idiot meint, du sollst so heißen«, knurrte er.

Joe war dicht hinter ihr und nahm den Faden auf. »Jane? Das ist nicht schlecht, Mann.« Er rollte es ein paarmal im Mund. »Jane … Jane … ja, jetzt weiß ich, warum ich mit der Zeile nicht klarkam. Das war dieser dämliche Zehndollar-Nutten-Name Roxie.«

»Okay, alles auf die Plätze«, brüllte Kevin. »Kleine Änderung. Roxie heißt jetzt Jane.« Diese Kehrtwendung bekam null Punkte für Stil, aber zehn für Schamlosigkeit.

In diesem Moment tauchte Bob Bull auf und stellte sich an den Rand des Sets. Wenigstens hatte er nicht sein Idiotengrinsen aufgesetzt und auch kein Tom-Cruise-T-Shirt mehr an. Unter Aufbietung meiner begrenzten Schauspielkunst hatte ich ihm aus Versehen einen Becher Kaffee darüber geschüttet, und nun trug er ein extrem Shirer-freundliches ROLAND-SHENS-WEG-ZUM-NATURNAHRUNGS-NIRWANA-Shirt. Ich hatte ihn auch überredet, die Foreigner-Jacke auszuziehen, unter dem Vorwand, ich müsse etwas »echten Hard-Rock-Stoff« an den Schultern spüren. Ich hoffte inständig, dass Joe, der zwischen den Aufnahmen immer noch eine Sonnenbrille trug, ihn nicht wiedererkannte.

Mein Gott – was tat ich nicht alles im Interesse der Diplomatie.

YASMIN FISH: Nach der Teepause meisterte Joe die Szene mit links. Rebecca war brillant – wie sie »unter anderem, dass du auf Gummi stehst« mit einem halb englischen, halb L. A.-Akzent rüberbrachte, klang total sexy. Ich stand nicht auf Gummi und machte mir absolut nichts aus Frauen (was Tyler total schade fand, weil die Bassistin in seiner Band gesagt hatte, sie sei bi), aber sie brachte mich dazu, fünf Sekunden lang darüber nachzudenken.

Ich stellte mir vor, wie Jules bei Turning Hedz Tee für ihre Blauspülungen machte, und fragte mich, wie viele leicht lesbische Phantasien sie wohl an diesem Tag hatte.

Toddy hatte mich seit einer halben Stunde nicht angeschrien und mein neuer Job machte mir zum ersten Mal Spaß. Es war einfach zu schön, um wahr zu sein. Rebeccas Assistentin kam auf mich zu und sagte: »Ich hab dich im Auge, *Spitzel.*«

»Was?«

»Ich weiß genau, was du vorhast. Wenn ich diese Woche nur ein einziges von Rebeccas Schönheitsgeheimnissen in der Zeitung lese, kriegst du nie mehr einen Job beim Film.« Dann ging sie weg.

Ich dachte wieder an Jules. Turning Hedz war vielleicht langweilig, aber wenigstens musste sie sich nicht mit Spinnern rumschlagen.

GREG FULLER: Sobald Kevin die Szene im Kasten hatte, machte er Feierabend. Gott sei Dank, dachte ich. Wir hatten den ersten Tag überstanden, ohne dass Kevin nach Heathrow abgedampft war, Joe den Kunden verprügelt oder Rebecca den erstbesten armen Teufel mit ihrem Saphir-Schlagring k. o. geschlagen hatte. Ich wollte gerade ein Taxi zum Büro nehmen, als eine verzweifelt aussehende Toddy auftauchte.

»Dieses Bett ist ein verdammter *Alptraum!*«

»Was ist damit – sogar der Mann, der es geliefert hat, war biologisch-organisch, oder?«

»Der Rahmen.«

»Teak – wunderschön – ein Rahmen für Filmlegenden.«

»Genau. *Teak* – gefährdetes tropisches Hartholz. Morton sagt, Joe sei überzeugter Umweltschützer.«

»Dann kann er doch morgen die ganzen Karossen stehen lassen und zum Studio radeln.«

»Klopf keine Sprüche, Greg, das bringt uns auch nicht weiter. Er meint, wenn er schon in England ist, wäre ein antikes Himmelbett das Passende.«

»Du machst Witze.«

»Am liebsten Tudor-Stil.«

»Na ja, Hampton Court ist ja gleich auf der anderen Seite vom Fluss. Sollen wir ihm schnell das Bett holen, in dem Heinrich VIII. geschlafen hat?«

Bob kreuzte auf, deshalb konnten wir die Sache nicht weiter besprechen.

»Phänomenaler Tag, Freunde. ›Doug‹ und ›Jane‹ waren bei der letzten Aufnahme außergewöhnlich.«

»Außergewöhnlich, Bob«, antwortete ich, als Joe mit seinem

Gefolge ins Bild kam. Joe blieb stehen und starrte mich oder genauer gesagt Bobs Jacke an, die mich immer noch schmückte. Er wandte sich an Morton und fragte: »Was macht der Wichser auf meinem Set?«

Erschrocken packte Bob mich am Arm. »Meine Güte, Greg, du hast doch nicht meinen Star verärgert, oder?«

TODDY GLUCK: Der arme Greg konnte gar nicht schnell genug verschwinden. Er brauchte ganz offensichtlich ein bisschen Zuwendung. Ich beschloss, meine eigenen Sorgen zu vergessen und mir mit ihm das Taxi zu teilen. Ich kuschelte mich gerade an ihn, als sein Handy klingelte.

NANCY STARK: »Greg, wann kommst du zurück?«, fragte ich. »Die Abteilung wird unruhig. Sie haben alle ihre Videos angeguckt und fangen an, die Kaffeemaschine auseinander zu nehmen.«

»Ich sitze im Taxi.«

»Wie war der Tag?«

»Stressig.«

»Na, das hier wird dich aufmuntern. Ich hab Paul und Shaun gefunden. Sie sitzen in einer Villa in Spanien.«

»Dann warst du ja dicht dran. Marrakesch ist ja bloß einen Steinwurf weg. Hast du die Scheißer erreicht?«

»Ich hab's versucht, aber da gibt's kein Telefon.«

»Sind sie bestimmt da?«

»Ich bin ziemlich sicher. Die Quelle war gut, und ich hab einen Spitzenpreis für den Tipp bezahlt – es kostet dich einen Lunch im Ivy.«

»Das kann ich verkraften.«

»Mit Olly del Monte.«

»Verdammte Scheiße, Lola, du bist eine skrupellose Kuh. Was ist sonst noch passiert?«

»Nicht viel. Carrie hat vor ein paar Minuten angerufen. Sie wollte wissen, wann du fertig bist.«

Schweigen.

Ich konnte sie zwar nicht hören, war aber sicher, dass Toddy bei ihm war. Ich witterte den Duft des Bösen – Chanel.

TODDY GLUCK: Er legte auf, und ich sagte: »Mach das Handy aus, Schatz. Wir brauchen ein bisschen Zeit für uns«, aber bevor er es bewerkstelligte, klingelte das Mistding schon wieder. Es war Carrie – das hilflose Heimchen am Herd. Er versuchte mich wegzuschieben, aber ich ließ mich nicht vertreiben – ich war zuerst da gewesen.

CARRIE FULLER: »Ich wollte dir sagen, dass es mir Leid tut«, sagte ich. »Ich hatte ein schlimmes Wochenende, aber es war unfair, es gestern Abend an dir auszulassen.«

»Nein, es war meine Schuld«, erwiderte er.

»Lass uns noch mal von vorn anfangen. Nancy hat mir erzählt, du musst dir in der Firma noch ein paar Entwürfe ansehen, aber ich warte auf dich. Ich mache einen Wein auf.«

»Ja, das ist gut.«

»Du kannst ihn trinken – ich rieche nur dran.«

»O ja, das ist fantastisch.«

»Na ja, ist kein Spitzenwein. Glaubst du, es dauert lange?«

»O Gott, nein, ich komme.«

Als ich auflegte, hatte ich das Gefühl, er würde unseren Streit überkompensieren, aber wenigstens redeten wir wieder miteinander.

TODDY GLUCK: »Verdammter Mist, Greg, hättest du nicht früher was sagen können?«, kreischte ich und schnappte mir ein Papiertaschentuch. »Das ist eine Byblos-Jacke.«

TIM LELYVELDT: Joes innere Uhr hatte sich auf Vampirzeit umgestellt. Als wir zurück ins Dorchester kamen, wollte er mit Greta und seinen drei Berufsfreunden los, »um diesem Nest mal zu zeigen, wie man in Hollywood feiert«.

Er hatte nicht mit dem Besucher gerechnet, der ihn im Foyer erwartete. Der Fernsehsender hatte Dr. Nandlal Jobanprutter, den bekannten Psychiater und regelmäßigen Gast der Oprah-Winfrey-Show, geschickt. Sie waren über Joes Geisteszustand nach *Letterman* besorgt und wollten sichergehen, dass ihr neuer Produktionsleiter in ein paar Wochen sein Leben bei *Lives* wieder aufnehmen konnte.

Joe weigerte sich, mit ihm zu sprechen, und schloss sich mit Greta im Schlafzimmer ein. Nach einer Stunde kam er wieder raus, immer noch fuchsteufelswild. »Die halten mich für einen Vollidioten.«

»Natürlich nicht, Joe«, sagte Mort in dem Versuch, versöhnlich zu klingen, wobei er gefährlich nah dran war, widerstreitend zu klingen. »Sie machen sich bloß Sorgen wegen des Drucks, unter dem du stehst – genau wie wir.«

»Die können mich mal. Die wollen mit meinem Kopf rummachen. Ich will, dass dieser Kerl verschwindet ... *Sofort!*«

»Klar, Joe, machen wir«, antwortete Mort, um sich rasch auf sicheren Boden zu retten. »Sonst noch was?«

»Ja«, meinte Joe nach kurzem Schweigen. »Ich will, dass mein Therapeut mit der nächsten Maschine nach London kommt.«

9

Morgens um vier ist die Welt noch in Ordnung

Yasmin Fish: Ich wachte am Dienstag auf und legte eine 2Pac-CD ein – »Keep Ya Head Up«. Die CD gehörte Tyler. Ich war mittlerweile zu alt für die Spice Girls und holte mir meine Girl Power woanders her. Girl Power von toten Rappern? Klingt doof, funktioniert aber – versucht das auch mal. Ich hüpfte im Zimmer rum und zog mein Baby-Phat-T-Shirt, Diesel-Jeans und Buffalo-Trainingsschuhe an – allerdings konnte man auf den 15-cm-Plateausohlen nur trainieren, größer auszusehen. Ich zog Baby Phat aus – zu schmalzig – und Phat Bitch an. Dann hämmerte mein Vater an die Wand und brüllte: »Mach den verdammten Krach leiser!« Na gut, es war vier Uhr früh, aber er mag auch sonst keinen Hip-Hop.

Ich hatte mir fest vorgenommen, dass der Dienstag besser ablaufen würde. Ich würde das Handy abschalten. Ich würde Kevin French keine dummen Fragen stellen – ich würde ihm *überhaupt keine* Fragen stellen. Ich würde bei Wasser, Keksen, Tee oder Kaffee nichts falsch machen – bestimmt nicht beim Kaffee. Und wenn Toddy nur ein Wort zu mir sagte, würde ich es ihr in gleicher Münze zurückzahlen. Es würde bestimmt nicht, ganz bestimmt nicht einen einzigen schlimmsten Augenblick meines Lebens geben.

Als ich ins Studio kam, probte Kevin die Kamerafahrt der ersten Szene. »Wir fangen mit einer extremen Nahaufnahme von Rebeccas Mäulchen an, wenn sie sagt: ›Ich will wissen, was dich in Wallung bringt‹, dann fahren wir zurück, gehen unter den Tisch und zoomen auf ihren Fuß, wie er an Joes Bein hochfährt. Scheiße, ich krieg schon einen Ständer, wenn ich nur davon rede. Sie wird zum Vernaschen aussehen.«

Plötzlich rannte Toddy zu ihm und flüsterte ihm was ins Ohr.

»Es ist mir kackegal, wer sie ist und wie viel du ihr zahlst!«, brüllte er. »Ich reiß die Schlampe in Stücke.« Dann stürmte er aus dem Studio.

»Ich glaube nicht, dass sie dann noch zum Vernaschen aussieht«, meinte der kleine Strippenzieher.

TISH WILKIE: Montagnacht war schrecklich. Rebecca rief mich um vier an und sagte, ich soll sofort in ihre Suite kommen. Ich sauste richtig den Korridor lang und hatte bloß den Dorchester-Bademantel an – der war so superflauschig, dass ich beschloss, *mindestens* drei zu kaufen und nach L. A. mitzunehmen. Als ich zu ihr kam, war sie im Badezimmer und heulte Rotz und Wasser.

TYRONE EDWARDS: Es ist vier Uhr früh und ich bin total high, Mann. Yvonne schläft, aber ich hab ein bisschen Koks genommen, das ich von Ashley hab, und es ist der absolute Hammer. Schlafen ist nicht drin. Meine Schwägerin Paula hat mir einen Termin bei der Plattenfirma besorgt, wo ihr Bruder arbeitet. Eddy sagt, sie brauchen jemand für die Briefe und so was, aber ich weiß, ich bin schon so gut wie drin. Der Termin kommt als Erstes, also probier ich den Anzug an. Hat mich dreihundert Piepen gekostet, ist aber jeden Cent wert. Da steh ich im Badezimmerspiegel – einssiebzig purer Sex in stahlblauer Seide. Der Job gehört dir, Tyrone, denke ich. Du bist *der Mann,* du wirst die nächsten TLC entdecken oder wenigstens die nächsten Honeyz. Und in dem Moment passiert's.

TISH WILKIE: Ich weiß noch, dass ich dachte, wie *fantastisch* das ist. Natürlich war ich absolut *verzweifelt,* dass sie *so* geknickt war, aber es war schon ein besonderer Augenblick für mich. Nein, für *uns*! Betrachten Sie's mal so: Rebecca wacht mitten in der Nacht auf, weit, weit weg von zu Hause. Sie macht eine *schwere* Krise durch, und wer ist der *erste* Mensch, den sie anruft?

Ich, ich, ich!

Rebecca Richards brauchte *mich*!

VERONICA D: »Warum hast du nicht mich angerufen?«, fragte ich später.

»Ich hab's versucht, Veronica. Es war dauernd besetzt, wahrscheinlich war dein Hörer nicht aufgelegt. Meinst du wirklich, ich hätte Tish gerufen, wenn ich eine Wahl gehabt hätte?«

TISH WILKIE: Ich stürzte auf sie zu und nahm sie in die Arme.

»Rebecca, ist ja gut. Tish ist da. Was ist los? Hast du schlecht geträumt? Erzähl's mir.«

Kryztal hatte gesagt, ich hätte eine *sehr* beruhigende Stimme. Es schien zu funktionieren, denn sie beruhigte sich, während ich sie an mich drückte.

»Es tut weh, es tut wirklich weh«, heulte sie.

»Was denn, Schatz? Liebeskummer? Ein böser Junge?«

»Nein, es ist kein Junge. Es ist meine *Piep.*«

TYRONE EDWARDS: Meine verdammte Nase explodiert. Ich hab noch nie so viel Blut gesehen. Auf meinem neuen weißen Hemd sieht's aus wie in *Reservoir Dogs.* Mein neuer Anzug ist total versaut. Ich nehm Klopapier, aber es hört nicht auf, und ich brülle: »Yvonne, komm schnell – ich sterbe!«

TISH WILKIE: Okay, sie nannte es nicht *Piep,* aber ich kann das Wort einfach nicht sagen.

Sie zeigte durch ihren Bademantel auf die Stelle. Sie wissen schon, *da unten.* Na gut, ich sag's. Sie zeigte auf ihr *vorderes Hinterteil.*

Ich muss zugeben, ich war etwas geplättet.

»Rebecca, ich will dich ja nicht nerven, aber ich kapier nicht ganz.«

»Herrgott, Tish, muss ich's noch buchstabieren? Ich hab Ausschlag an meiner verdammten *Piep.*«

Dann machte sie was *Unglaubliches.* Sie schlug den Bademantel auf und zeigte mir ihr Ding.

»Guck doch selbst!«, kreischte sie.

Ich kreischte auch. Eigentlich war ich ja *total* kalifornisch, aber gegenüber Nacktheit hab ich mich nie wohl gefühlt. Ich hatte mit vierzehn eine schreckliche Erfahrung und kann meinem Therapeuten immer noch nicht davon erzählen. Natürlich wusste Rebecca das nicht, als sie dastand und mir ihr Ding zeigte. Und Sie hätten es *sehen* sollen, mein Gott. Ich meine, Sie hätten es *nicht* sehen sollen, weil es schrecklich aussah. Richtig *würg!*

Tyrone Edwards: Yvonne kommt ins Badezimmer, schnappt sich ein Handtuch und drückt mir's aufs Gesicht. »Ich sterbe, Baby«, will ich sagen, aber sie kann mich durch das Handtuch nicht hören und erstickt mich fast und sagt: »Hör endlich auf rumzuzappeln, Tyrone, du blutest meine Nägel voll.«

Tish Wilkie: *Da unten* hatte ich noch *nie* einen Ausschlag gesehen. Sie drehte sich um, und er war auch auf ihrem ganzen Hintern und am Rücken.

»Was ist das?«, fragte ich.

»Woher soll ich das wissen? Als ich aufgewacht bin, war es da. *Und es tut schrecklich weh.*«

Ich beschloss, dass es an der Zeit war, völlig offen zu sein.

»Glaubst du, es hat irgendwas mit S-E-X zu tun?«

»Da ich seit fast sechs Monaten keinen S-E-X mehr hatte, ist das unwahrscheinlich, Tish.«

»Was soll ich tun?«

»Hol einen Arzt.«

TYRONE EDWARDS: Es läuft mir immer noch aus der Nase, und ich sag zu Yvonne: »Hol einen Arzt. Ich fühl mich schwach, Baby. Ich glaube, ich verblute«, und sie sagt: »Du verblutest nicht. Du hast bloß zu viel gekokst. Wie viel hast du dir heute Nacht reingezogen?«

»Bloß ein paar kleine Lines, mehr nicht. Ich schwör's dir. Ich weiß nicht, was Ashley mit dem Stoff gemacht hat, aber er bringt mich um.«

»Mit dem Zeug ist alles okay, du Idiot«, sagt sie. »Du hast dir bloß zu viel genehmigt. Du hast halb Kolumbien in der Nase.«

»Baby, ich *sterbe*. Ich weiß nicht, wie lange ich noch durchhalte. Hol mir einen Arzt!«

TISH WILKIE: Der Arzt kam ganz schnell. Wahrscheinlich müssen sie schnell sein, wenn sie mit Stars zu tun haben, besonders seit Lady Di. Ich möchte nicht grausam klingen, aber – niemand vermisst eine alte Dame, die nachts dahingeht, aber bei einem wunderschönen Megastar ist das offensichtlich ganz anders. Ich spreche jetzt von *weltweiter* Trauer. Offensichtlich.

Er war etwa eine halbe Stunde bei Rebecca. Als er aus ihrem Zimmer kam, gab er mir ein Rezept.

»Besorgen Sie das für Miss Richards, sobald die Apotheken aufmachen. Es ist eine Salbe.«

»Mein Gott, Herr Doktor, was ist es? Ist es unheilbar?«

»Nein, nein, keineswegs. Es hört bald von selbst auf. Sie wird keinen Rückfall haben, solange sie nicht mit Gummi in Berührung kommt. Das arme Mädchen hat eine Allergie.«

TYRONE EDWARDS: Yvonne holt keinen Arzt, aber sie stoppt das Blut. Ich fühle mich schwach, aber ich glaub, ich werd's überleben. Dann sehe ich mir meinen Anzug an. »Mein Anzug! Mein *Termin*! Scheiße, was soll ich machen?«

»Ich ruf Eddy an und sag, du bist krank. Ich wollte sowieso nicht, dass du da arbeitest.«

»Aber Baby, der Job ist mein Traum.«

»Bürobote? Du hast ja große Träume. Außerdem ist der Laden voller Schlampen in Hotpants. Du wärst keine Woche da, da hätte ich dich schon umgebracht.«

BOB BULL: Wie so oft fiel es mir mitten in der Nacht ein. So ist das mit der Kreativität – lässt sich einfach nicht ausknipsen. Ich wachte um vier auf und alles war phänomenal klar. Ich lief die Treppe runter, um mir was zu schreiben zu holen, und notierte: MEMO AN MICH: IMMER BLOCK UND STIFT FÜR KÜNFTIGE IDEEN AUF DEM NACHTTISCH HABEN. Anschließend schrieb ich meine Idee auf.

Sie hatte absolut nichts mit dem zu tun, was Roger Knopf über das Skript zu mir gesagt hatte. Ich wäre wohl kein guter Leiter für Marketing, Werbung und Promotion (Europa, Naher Osten & Nordafrika, mit Ausnahme Libyens) gewesen, wenn ich bei jeder Krittelei meines Vorgesetzten gekniffen hätte, nicht wahr? Nein, ich hatte eigene Kritikpunkte, und schließlich fand ich die Lösung.

TIM LELYVELDT: Um fünf nach vier weckte mich das Telefon. Es war Morton: »Problemo. Joe will aus dem Spot aussteigen.«

Fünf Minuten später war ich in Joes Suite. Ich war der Letzte. Morton war natürlich schon da. Sein kleiner Kopf schaute gerade noch aus dem Dorchester-Bademantel heraus. Er sah aus, als würde er ertrinken – und das stimmte wohl auch. Greta massierte Joe den Kopf. Danton, Waverly und Glenn waren auch da, aber nur Glenn war noch wach. Er rieb sich die Nase, woran mir klar wurde, wie er sich wachhielt. Ich brauchte einen Moment, bis ich verstand, worum es ging. Joe und Greta waren dabei gewesen, das Skript zu lesen, als Greta ihn auf etwas hingewiesen hatte.

Bob Bull: Es war nur eine Kleinigkeit, aber von phänomenaler Bedeutung. Das Problem war Rebeccas Reaktion, als sie merkte, wo Joes echtes Interesse an Gummi lag. Laut Skript schreckte sie das so ab, dass sie Hals über Kopf die Bar verließ. Es wirkte einfach unwahrscheinlich.

Tim Lelyveldt: »Joe spielt einen Totalversager«, waren Gretas Worte.

»So würde ich das nicht nennen«, erwiderte ich und bereute es, sobald ich die Worte ausgesprochen hatte. Der Freundin des Stars zu widersprechen ist fast so schlimm, wie dem Star zu widersprechen.

Greta schaute verletzt drein und Joe schaltete sich ein. »Wieso bist du auf einmal ein verdammter Filmkritiker? Hast du's überhaupt gelesen? Hast du gesehen, wen ich spiele? Einen Waschlappen. Einen Warmduscher. Einen Totalversager.«

Ich sah Morton noch tiefer in seinem Bademantel versinken, konnte aber nicht mehr zurück, obwohl mein Leben in Gefahr war. »Du bist überhaupt kein Versager, Joe – du bist ein Topwissenschaftler.«

»Genau – Wissenschaft ist was für Versager.«

Ich versuchte es mit Vernunft. »Finde ich nicht, Joe. Denk doch mal an Goldblum in *Die Fliege.*«

»Der wird ein Scheißinsekt.«

»Scheißversager«, stimmte Glenn zu und schniefte dann weiter.

»Okay. Was ist mit Hoffman in *Outbreak?*«

»Dieser Nasenbär?«, sagte Glenn laut genug, um Danton und Waverly zu wecken.

»Er ist aber ein guter Schauspieler«, erwiderte ich.

»Na und?«, fragte Joe.

Ich suchte verzweifelt nach irgendetwas, was mich retten konnte. »Und er deckt eine Verschwörung des Militärs auf und rettet die Welt – *und* er kriegt das Mädchen.«

Morton war schon fast untergegangen, aber jetzt schoss sein

Kopf aus dem Bademantel empor, als hätte er gerade Pamela Anderson in einem leuchtend roten Badeanzug durch die Brandung von Malibu auf sich zuschwimmen sehen.

BOB BULL: Wäre Rebeccas Reaktion in Wirklichkeit nicht genau das Gegenteil gewesen? Ich drücke es mal so aus: Wenn Sie erfahren würden, dass Ihr Blind Date ein Spitzenforscher bei einem so dynamischen Unternehmen wie Blackstock ist, wäre Ihre Reaktion nicht eher: »Wow, diesen faszinierenden Mann muss ich näher kennen lernen«?

TIM LELYVELDT: »Hoffman kriegt das Mädchen. Ein wichtiger Punkt, Timbo«, sagte Morton.

Joe stimmte zu. »Wenn ich im Skript das Mädchen kriege, mach ich's vielleicht.«

BOB BULL: Sehen Sie, darin liegt die Kraft des kreativen Denkens. Die winzige Änderung, die mir im Schlaf eingefallen war, würde sehr viel mehr bewirken, als nur das Skript glaubhafter zu machen. Sie würde das Blackstock-Produkt ins Zentrum rücken und sehr viel aufregender machen – was es ja auch war.

Wenn ich da nicht »Aber hallo« gesagt hätte, wäre ich wohl ein schlechter Marketingzauberer gewesen, oder etwa nicht?

10

Obst, Gemüse, Porno

Toddy Gluck: Wie konnte sie nicht wissen, dass sie eine Gummiallergie hatte? Es ist schließlich das Zeitalter des Safer Sex – *Kondome*, verdammt noch mal. Ich persönlich mag sie ja überhaupt nicht, aber sogar ich hab sie ein-, zweimal benutzt.

Kevin schäumte vor Wut. Sogar Greg, der nicht so leicht die Ruhe verliert, zitterte vor Ärger. Ich zog die beiden für eine Krisensitzung beiseite, aber Bob Bull lauerte im Hintergrund.

»Greg, wir können das nicht diskutieren, wenn er dabei ist«, zischte ich.

»Bob, Joe müsste jede Minute eintreffen«, rief Greg. »Er würde sich riesig freuen, wenn Sie ihn gleich am Wagen begrüßen.«

»Okay, Greg. Ich wollte noch was besprechen – ganz kleine Änderung am Skript –, aber das kann wohl warten. Meine diplomatischen Pflichten gehen vor, nicht?«

Als er wegging, fragte ich: »Wieso hast du das gesagt? Joe wird ihn rauswerfen lassen.«

»Kaum. Siehst du, was er anhat? Er sieht aus wie ein Dressman aus dem offiziellen Shirer-Fanshop-Katalog.«

Norman der Koch: Der Typ von Blackstock kam in einer *Body Matter*-Satinbomberjacke und in solchen Radlerhosen wie in *All Our Lives Before Us* vorbei. Sein Arsch sah aus wie zwei Klumpen Vollkornteig, verpackt in türkisfarbenes Lycra. Doch vor allem musste ich immer auf sein T-Shirt gucken. Es war eins von dem Chinesen. Er war auch nicht der Einzige. Das halbe Team lief damit rum und allmählich wurde ich wirklich sauer.

»Beruhige dich«, sagte Wendy. »Ist doch bloß ein dämliches T-Shirt. Nichts hat sich verändert. Die stopfen deine Ei-mit-Schinken-Brötchen in sich rein, als würde es morgen nichts mehr geben.«

»Jetzt ja, aber warte noch einen Tag, und sie wollen ihre verdammten Meridiane rebalancen. Dann kommen sie an und sagen: ›Norman, mach uns doch mal ein schönes Tofu mit Quallenextrakt in einem Sechskornbrötchen. Und keine HP-Soße.‹ Denk an meine Worte.«

»Du drehst durch, Norman.«

»Nein, Wendy, ich versuch nur, unsere Firma zu schützen. Ich nehm das nicht einfach so hin. Dem Schlitzauge werd ich sein verdammtes Naturnahrungs-Nirwana geben. Ich ruf meinen Bruder an.«

Greg Fuller: Kevins erste Reaktion bestand darin, rauszumarschieren und seine Optionen zu überdenken – die Nachmittags- oder die Abendmaschine nach L.A.? Meine bestand darin, mein Leben im schnellen Vorlauf zu betrachten. Normalerweise hätte ich die Nerven behalten, aber an diesem Vormittag hatte ich das verdammte Gefühl, dass die Wände auf mich zukommen und mich zerquetschen, und obwohl ich das nicht gern zugebe, drehte ich durch. »Der ganze Spot ist geplatzt«, heulte ich Toddy fast vor.

Egal, was andere über sie sagten – und sie sagten eine ganze Menge –, Toddy war eine hervorragende Producerin. Ihre anfängliche Hysterie wurde rasch von praktischem Denken abgelöst. »Reiß dich zusammen, Greg«, fauchte sie. »Es gibt immer irgendeinen Ausweg. Unsere Versicherung deckt die zusätzliche Zeit bestimmt ab. Das Wichtigste zuerst – wir müssen ein Meeting ansetzen.«

»Ein Meeting? Prima Idee.« Dieses Mal meinte ich es ernst. »Worüber? Mit wem?«

»Zunächst mal mit Kevin. Wir können nichts ohne ihn drehen. Ihr seid schon Jahre befreundet – du musst ihn beruhigen. Wir brauchen auch die Garderobe, den Chefkameramann, den Art Director und alle anderen, die irgendwas beitragen können. Vielleicht sogar einen Casting-Agenten.«

»Einen Casting-Agenten?«, fragte ich mit einem peinlichen Anflug von Panik. »Wir schmeißen doch nicht Rebecca raus, oder?«

»Nein, aber vielleicht brauchen wir ein Body Double.«

Mein Handy klingelte und Max' Name leuchtete auf dem Display auf.

»Mach du dein Telefonat, Greg. Ich kümmere mich um die Versicherung und setze das Meeting an.«

Ich sah ihr nach, als sie wegging – eine der besten Producerinnen, mit denen ich je gearbeitet habe. Zu meiner Verteidigung muss ich hinzufügen, dass Toddy, hätte es eine englische Damennationalmannschaft im Blasen gegeben, Mannschaftsführerin und Trainerin in einem gewesen wäre.

Schon etwas ruhiger drückte ich den grünen Knopf meines Handys. »Morgen, Max. Wie läuft's in Soho?«

»Scheißegal, Greg. Wie läuft's mit Universe of Sofas? Du hast gestern Abend die Entwürfe gesehen. Wär schön, wenn du mir sagen könntest, wie es lief.«

»Ich hab ein paar sehr interessante Ideen gesehen«, sagte ich.

Carrie Fuller: »Wie waren die Entwürfe?«, fragte ich Greg, als er Montagabend endlich nach Hause kam.

»Ein paar interessante Ideen«, antwortete er, »aber alle zu hoch für einen Kunden mit der Intelligenz eines lernbehinderten Regenwurms.«

»Also nichts Passendes?«

»Nach fünf Minuten Präsentation würden sie aus dem Fenster springen.«

GREG FULLER: »Ich hab ein paar deutliche Favoriten für die Präsentation gesehen, Max. Wie gemacht für Universe of Sofas. Ich muss nur sichergehen, dass sie allen Anforderungen genügen.«

»Hauptsache, wir haben die vertraglich festgelegte langbeinige Blondine auf dem Sofa«, meinte Max.

CARRIE FULLER: »Wie weit waren sie von der Vorgabe entfernt?«, fragte ich.

»Wie weit ist es von hier bis zum Pluto? Mein Gott, alles, was ich will, ist ein Skript mit einer hübschen Blondine, die ihren Arsch auf einem Ledersofa parkt, und darüber NULL PROZENT ZINSEN – EINZELHEITEN AUF ANFRAGE als Feuerwerk. Und was krieg ich? Zeichentrickfaultiere, mongolische Schlangenmenschen und Heavy-Metal-Soundtracks.«

Ich sah, wie niedergeschlagen er war – ein Themenwechsel musste her. »Ich habe heute Nachmittag mein Drehbuch ausgegraben, und ich glaube ...«

»Scheiße, Carrie, in ein paar Tagen verlier ich vielleicht unseren größten Kunden, ich stecke mitten im größten Werbespot meines Lebens und du willst bloß über dein verdammtes Drehbuch reden.«

»Ich wollte sagen, ich möchte noch ein bisschen dran arbeiten, bevor das Baby kommt. Wenn du dann Zeit hast, wär's nett, wenn du es noch mal liest. Jetzt kannst du es vergessen.«

»Tut mir Leid ...«

»Nein, schon gut. Blondinen auf Sofas haben Vorrang.«

»Nicht, wenn Greg sie vögelt«, mischte Baby sich ein.

»Halt den Mund, du versaute Göre«, fauchte ich.

»Ich hab doch gar nichts gesagt«, meinte Greg.

Ich wurde ganz sicher wahnsinnig. Mittlerweile wusste ich nicht, wer zuerst da sein würde – das Baby oder die Männer in den weißen Jacken.

Greg Fuller: »Dann haben wir's fast geschafft?«, fragte Max. »Ich freue mich drauf, die Sachen zu sehen.« Er klang beruhigt, und das war gut so. Was hätte es gebracht, wenn wir beide das Gefühl mit uns herumschleppten, dem Untergang geweiht zu sein? »Was ist mit Paul und Shaun?«, fuhr er fort. »Irgendwelche Hinweise?«

Das diuretische Duo war natürlich meine einzige Hoffnung, und ich beschloss, alles auf eine Karte zu setzen. »Ja, gute Neuigkeiten. Lola hat sie in Spanien aufgespürt. Sie fliegt heute noch hin.«

Genau das würde sie tun, sobald ich es ihr gesagt hatte.

Ich beendete das Gespräch und erinnerte mich an meinen Kunden und seine Erwähnung einer »ganz kleinen Änderung am Skript«. Wie ich Bob Bull kannte – und leider kannte ich ihn gut genug –, konnte das nur bedeuten, dass er in der Lok eines Güterzugs mit fünfzig Waggons saß, den er durch meinen preiswürdigen (und daher lebensrettenden) Werbespot fahren wollte.

Bob Bull: Obwohl die Diskussion des Skripts mit Greg an diesem Vormittag höchste Priorität besaß, war meine diplomatische Mission bei Joe Shirer ebenfalls von zentraler Bedeutung. Nachdem Greg uns am Tag eins einander nicht vorgestellt hatte, war ich froh, dass er endlich mein Bedürfnis verstanden hatte sicherzustellen, dass Joe unsere Message produktmäßig voll rüberbrachte. Als seine Limousine vorfuhr, erwartete ich ihn schon.

»Joe, nochmals willkommen in Hounslow. Ich hoffe, Sie haben gut geschlafen«, sagte ich. Er wirkte müde, und ich hoffte, dass der Druck einer Hauptrolle in einem Top-Werbespot nicht zu viel für ihn war. Voller Bewunderung betrachtete er mein Outfit – die Lycra-Leggings waren Janes Idee gewesen, und ich muss zugeben, die kleine Lady hatte sich dabei selbst übertroffen. Dann fragte er: »Und wer sind Sie?«

Ich war enttäuscht, dass er mich so schnell vergessen hatte, aber als hochrangiger Firmenvertreter wusste ich genau, wie schnell man ein Gesicht vergessen konnte.

»Ich bin Bob Bull, Leiter für Marketing, Werbung und Promotion bei Blackstock.« (Europa, den Nahen Osten und Nordafrika, mit Ausnahme Libyens, ließ ich weg – das wäre unnötig protzig gewesen.) »Ich möchte nur, dass Sie wissen, dass ein Wort von Ihnen genügt, wenn ich irgendetwas zur Unterstützung des kreativen Prozesses tun kann.«

»Sind Sie der Typ, der mir das Bett besorgt hat?«, fragte er.

Bevor ich fragen konnte, was er meinte, sagte sein Manager: »Nein, Joe, das war die Barbiepuppe.« Dann nahm er mich am Arm und führte mich weg.

»Wir sind uns noch nicht offiziell vorgestellt worden. Ich bin Morton Newman«, sagte er, während ich seinen beruhigend festen Händedruck spürte. »Joe hat da ein kleines Problem.«

»Immer raus damit«, sagte ich.

»Hatten Sie hiermit was zu tun?«, fragte er und zog das Skript aus der Jackentasche.

Es war überaus schmeichelhaft, als kreativer Kopf des Ganzen erkannt zu werden, aber ich hätte mich nicht zu wundern brauchen. Wie schon gesagt, lag gerade da meine echte Begabung. Ein so instinktsicherer Mann wie Morton hatte es bestimmt an meiner Körpersprache gemerkt.

»Na ja, ich habe es nicht direkt geschrieben, aber ich war inspirationsmäßig die treibende Kraft.«

»Ist ja auch egal«, sagte Morton. »Joe hat ein Problem mit der Entwicklung seiner Figur. Er hat das Gefühl, sie besitzt ein oder zwei heroischere Eigenschaften, die in der jetzigen Form des Skripts nicht genügend zur Entfaltung kommen.«

Jetzt war ich besorgt. Ich war an genug Werbespots beteiligt gewesen, um zu wissen, dass man vor allem anderen darauf achten muss, dass alle Mitglieder des Teams sich völlig mit ihren Rollen identifizieren. Ich hatte mal einen Spot in Auftrag gegeben, bei dem die weibliche Hauptfigur eine Slipeinlage spielte. Zum Glück war sie auf der Schauspielschule gewesen und identifizierte sich hundertprozentig damit, was es bedeutete, superaufnahmefähig und zugleich unaufdringlich und diskret zu sein.

Ganz offensichtlich mussten Morton und ich mal ausführlich miteinander plaudern. Ich holte zwei Kaffee und setzte mich an einen Tisch beim Catering-Wagen. »Wir müssen das analysieren, Morton. Wenn wir die Wurzeln des Problems freilegen, können wir sie mit frischen Ideen düngen.«

»Joe ist enttäuscht, dass seine Figur der von Rebecca nicht ebenbürtig ist«, erklärte Morton. »Wir haben einige Zielgruppenumfragen zum Image der Marke Joe Shirer durchgeführt und herausgefunden, dass sein Kernpublikum am positivsten auf die Figur des Siegertypen reagiert.«

Morton war zwar jung und für meinen Geschmack eine Spur zu großspurig, aber er begann mir zu gefallen. Er sprach die Sprache des Machers.

»Joe hat das Gefühl, der Film würde viel stärker werden, wenn er sozusagen das Mädchen kriegt«, meinte er.

»Bingo!«, dachte ich. Natürlich sagte ich das nicht, sondern: »Es wird Sie vielleicht überraschen, Morton, dass ich als Verantwortlicher für den ganzen Rummel schon in einer ganz ähnlichen Richtung über das Skript nachgedacht habe.«

NORMAN DER KOCH: Nach dem Frühstück rauchte ich eine und griff mir die *Sun*. Shirer war drin. Die Überschrift hieß: WAS PACKT JOE ZUM LUNCH EIN? Sie hatten Fotos von einem Doppelgänger in Lycrashorts, der sich Nahrungsmittel vorne in die Hose steckte. Eine Salatgurke und zwei Tomaten, eine Bockwurst und zwei Pflaumen, eine Banane und ... Sie verstehen schon.

»Wendy, hast du das gesehen?«

»Das ist ekelhaft«, sagte sie, als sie mir über die Schulter guckte.

»Ganz recht, Schatz. Als professioneller Caterer bin ich bestürzt. Es ist absolut unhygienisch.«

Tim Lelyveldt: Wir ließen Morton mit dem Kunden stehen und gingen in Joes Garderobe, wo ein Typ gerade ein Himmelbett von der Größe der *USS Nimitz* aufbaute. Joe, Glenn, Danton, Chris Shave, Greta und ich passten kaum noch rein. Waverly war Kaffee holen gegangen, und als er sich ein paar Minuten später durch die Tür quetschte, hatte er eine Zeitung unterm Arm. »Ich glaub, du solltest dir das mal ansehen«, sagte er zu Joe. Ich blickte ihm über die Schulter, während Greta und er das Double mit dem Picknick anschauten. Sie fing an zu weinen. Joe schmiss die Zeitung auf den Boden und fragte: »Seht ihr, was die Kuh mir antut?«

Wir wussten, wer die Kuh war. Wir wussten auch, dass er keinen Beweis dafür hatte, dass das Gerücht von ihr ausgegangen war, aber niemand hatte ihm je widersprochen.

»Sie will dich zerstören«, sagte Danton.

»Die greift deine Würde an, Kumpel«, pflichtete Glenn ihm bei.

»So geht's ja nu nich'. Das kann man mit 'nem Kerl nich' machen.« Sogar der Typ, der das Bett aufbaute, gab seinen Senf dazu.

»Ihr habt verdammt Recht«, sagte Joe. »Okay, alle raus – ich brauch Platz zum Denken.«

Wo er den finden wollte, war mir schleierhaft, aber wir taten, was er sagte.

»Nein, du bleibst hier, Tim. Ich hab eine Idee.«

Wie oft war ich bei diesen Worten schon zusammengezuckt?

Nancy Stark: Ich hatte ihm seine Sandwiches, seine Hemden aus der Wäscherei und seine Reiseschecks geholt. Er hatte mich in Buch-, Platten- und Süßigkeitenläden geschickt. Ich hatte seine Geburtstagsgeschenke für Ryan und Hope gekauft, außerdem seine Versöhnungsgeschenke für Carrie (deshalb kannte ich ihren Geschmack bei Parfüm, Ohrringen und Unterwäsche besser als er selbst). Er hatte mich zu Recherchen ins Victoria & Albert Museum, in die Tate Modern, ins Museum für Naturgeschichte und ins Insektenhaus des Zoos geschickt. Einmal musste ich bei einem Tierpräparator in Northampton eine ausgestopfte Krötenechse abholen.

Und jetzt saß ich in Gatwick und wartete auf die Maschine nach Malaga, um ein vermisstes Kreativteam zu suchen. Ganz sicher der verrückteste Auftrag, den Greg mir je gegeben hatte.

Und der tollste.

YASMIN FISH: »He, du«, brüllte Toddy quer durchs Studio. »Kannst du schreiben?«

»Ich hatte eine Zwei in Englisch. Reicht das?«

»Werd bloß nicht frech. Komm mit. Ich leite ein sehr wichtiges Meeting und brauche dich zum Mitschreiben.«

Rebeccas Gummiallergie hatte inzwischen die Runde gemacht, deshalb wusste ich, worum es gehen würde. Alle lachten sich darüber schlapp, aber mir tat sie Leid. Ich weiß noch, wie ich am Tag von Tylers allererstem Auftritt mit der Band ein Sandwich mit Krabbenpaste aß. Ich kriegte den schlimmsten Ausschlag aller Zeiten. Wenn es mir nichts ausgemacht hätte, wie etwas aus *Tanz der Toten II* in einem ärmellosen Top auszusehen, hätte ich zum Auftritt gehen können. Aber ich blieb zu Hause, es juckte überall und ich heulte. Am nächsten Tag wurde es noch schlimmer, als ich rausfand, dass Bridget Farmer da gewesen war – diese Schlampe.

Ich folgte Toddy zum Produktionsbüro. Kevin French und Greg Fuller waren schon da, außerdem der Chefkameramann (der Typ, der Stunden braucht, um einen Scheinwerfer ein paar Millimeter zu verschieben, und dann noch ein paar Stunden, um ihn zurückschieben zu lassen), der Art Director (der Typ, der die Kulissen baut – der jedenfalls rumhampelt wie der langhaarige Softie in der Sendung über Innenarchitektur, während ein paar Arbeiter die Arbeit machen), der Erste (hab ich schon erklärt – hoffentlich haben Sie aufgepasst) und die Garderobiere (ist ja klar, was sie macht).

Das Meeting war schon fast vorbei und Toddy schien am

Boden zerstört. Kevin hatte sich beruhigt und war ganz der Alte – immer noch unhöflich und herrschsüchtig, aber das war bei ihm wohl normal. Er fasste die Ergebnisse zusammen.

»Wir bestellen ein neues PVC-Kleid. Lucy, wenn das nicht haargenau wie Gummi aussieht, dann …«

»Keine Frage, Kevin. Die Schneiderin hat's mir versprochen«, sagte die Garderobiere.

»Wir machen ein Casting für das Double. Wir nehmen sie bei den Totalen und ein paar Großaufnahmen. Sie braucht eine Perücke, Lucy, eine richtige, keinen Mopp.«

»Schreibst du das auf?«, flüsterte Toddy.

Ich nickte. So schwierig war das gar nicht. Bis jetzt hatte ich geschrieben:

1. PVC-Kleid. Muss toll sein, sonst macht KF was Böses.
2. Body Double.
3. Perücke. Kein Mopp.

»Mit etwas Glück kommt die Richards morgen zurück«, sagte Kevin. »Und wenn sie mir nicht den Arsch küsst, reiß ich ihr ihren bis zum Hals auf.« Ich konnte nicht widerstehen zu schreiben:

4. Neuer Arsch für RR.

»Heute machen wir so viele Großaufnahmen und Einzeleinstellungen von Joe wie möglich«, fuhr er fort, »und filmen was vom Hintergrund.«

»Wir können nicht vor heute Nachmittag mit Joe drehen«, sagte der Erste.

»Warum denn nicht, zum Teufel?«

»Sein Friseur ist erst mittags hier. Joe weigert sich, vor die Kamera zu treten, bevor er richtig gestylt ist.«

»Verdammt noch mal, den werd ich …«, begann Kevin zu knurren, verstummte dann aber. Schließlich meinte er: »Seine

Bürste könnte etwas Pflege vertragen. Wir werden warten. Fangen wir einfach an und sehen zu, dass wir diese Hundescheiße in Kunst verwandeln.«

Veronica D: »Lieber Gott, du siehst ja aus wie ein überreifer Granatapfel«, stieß ich unwillkürlich aus, als Rebecca sich das T-Shirt hochzog.

»Jetzt werd ich den Clinique-Vertrag wohl nicht so schnell kriegen«, sagte sie.

»Ich muss dich einfach fragen, Becca: Wieso hast du's nicht gewusst?«

»Was, dass ich allergisch gegen Gummi bin? Ich hab nie welches angehabt. Ich hatte Freunde, für die ich alles Mögliche anziehen sollte, Strapse, Kammerzofenoutfit, Leder. Einer verlangte sogar, dass ich Skateboard-Polster an Knien und Ellbogen trage.«

»Wofür das denn?«

»Frag nicht. Es hatte jedenfalls nichts damit zu tun, dass ich keine wunden Knie kriegen soll. Jedenfalls wollte keiner, dass ich Latex anziehe.«

»Ja, aber was ist mit Kondomen? Du musst doch mal welche benutzt haben?«

»Nie. Klingt tollkühn, aber ich hab immer die Pille genommen. Dachte, mir selber wird schon nichts passieren.«

Sie verstummte einen Augenblick.

»Warte mal, einmal hab ich welche benutzt. Das muss beim zweiten oder dritten Mal gewesen sein. Ich war fünfzehn. Er hat zehn Minuten gebraucht, um das Ding drüberzukriegen, und der Sex hat nicht mal drei Minuten gedauert.«

»Und ohne Gummiverpackung hätte er bloß eine Minute geschafft, Süße. Hast du darauf nicht allergisch reagiert?«

»Doch, es war richtig unangenehm. Ich hab aber nicht an das Kondom gedacht. Ich war sicher, ich hätte eine Geschlechtskrankheit, aber nach einem Tag ist es weggegangen, und ich hab's vergessen. Dämlich, nicht?«

»Nicht dämlich, bloß fünfzehn«, sagte ich.

Tish kam mit einem Arm voller Lilien rein.

»Sind die nicht toll? Die sind von French Films«, schwärmte sie. Dann las sie das Kärtchen vor: »›Rebecca – die Aufnahmen können warten, weil nichts wichtiger ist als die Gesundheit unseres hellsten Sterns. Mit vielen Küssen, Kevin.‹ Ist er nicht ein *richtiger* Schatz?«

»Das hat er bestimmt nicht am Set gesagt«, warf ich ein.

Rebecca ignorierte mich. »Sie sind wunderbar. Danke, Tish. Sonst noch was?«

»Ja, ich hab eine Liste gemacht.« Sie zog einen Zettel aus der Tasche und las. »Eins: Versicherung von Werbeagentur will Arzt schicken. Wahrscheinlich wollen sie überprüfen, ob du nicht bloß so tust, um dir einen freien Tag zu verschaffen. Zwei: Aufpassen, dass RR Salbe nimmt. Nein, das ist für mich selber. Drei: Freddie. Ich glaube, sie will über *Lives* reden. Wahrscheinlich über deinen Look für die nächste Staffel. Ist das nicht *mega*-aufregend?«

»War's das?«

»Nein, eins noch. Vier: Slips. Hoppla, noch was für mich. Ich hab nicht genug eingepackt. Ach, und fünf: Bestell Blumen. Nein, das sollte ich ja gestern schon machen.«

»Hoffentlich hast du's diskret gemacht, Tish. Ich will nicht, dass die Frau ausflippt«, sagte Becca.

»Absolut, Rebecca. Ich hab nach dem kleinsten Strauß gefragt und das Kärtchen war *total* zurückhaltend.«

Judith Ottle: Als ich die Haustür öffnete, sah ich vor Lilien, Forsythien und schockrosa Gladiolen kaum den Boten.

»Lieferung für Judith Ottle«, sagte er. Er gab sie mir und ich brach unter dem Gewicht fast zusammen.

»Von wem sind die?«, fragte ich.

»Weiß nicht, aber sie haben meinen Rücken gekillt. Ich hab mit den Umzügen aufgehört, weil meine Bandscheiben nicht mehr mitmachten. Ich dachte, als Florist hätte ich's leichter.«

Ich zerrte die Blumen in die Küche und suchte gerade nach der Karte, als Dean reinmarschierte.

»Musst du nicht in der Schule sein?«, fragte ich.

»Freier Studientag«, log er. Dann sah er das Bouquet. »Sind die von Dad? Was hat er denn diesmal angestellt? Muss ja schlimm gewesen sein.«

»Ich glaube nicht, dass die von deinem Vater sind.«

Ich fand einen Umschlag und öffnete ihn.

»O Gott«, keuchte ich.

Dean schnappte mir die Karte aus der Hand und las sie vor.

»›Bitte nehmen Sie das als winzige Entschuldigung für mein total unverzeihliches Benehmen an – Rebecca Richards.‹ Und mit vielen Küssen. Wow! Sie schreibt ein bisschen komisch, aber die Blumen sind cool.«

Sie kennen meinen Dean nicht – »coole Turnschuhe«, »cooler Sound«, ja. »Coole Blumen«, niemals. Der Junge war heftiger verliebt, als ich dachte.

VERONICA D: Tish und ihre Listen. Ich war in ihrem Zimmer gewesen und der Boden war völlig mit kleinen Zetteln bedeckt.

»Was soll denn das ganze Papier?«, fragte ich.

»Listen, Veronica. Für eine *persönliche* Assistentin sind Listen *unheimlich* wichtig für Organisation und Klarheit. Definitiv. Die hier zum Beispiel«, sagte sie und hielt die Rückseite einer Speisekarte vom Zimmerservice hoch, »das ist meine Masterliste. Da steht genau drauf, wo die anderen Listen sind. Du kümmerst dich ja nur um die Haare, deshalb verstehst du's wahrscheinlich nicht.«

»Doch, doch, Tish. Im Pentagon haben sie dasselbe System für ihre Atombomben, damit keine verloren geht.«

»*Exactomundo.*«

Und da behaupten die Briten, wir Amerikaner würden keine Ironie verstehen.

Greg Fuller: Ich sah voller Schrecken, wie Bob Bull und Joes Manager auf mich zukamen. Sie hatten den identischen Schritt neuer Verbündeter drauf – Dideldumm und Dideldümmer.

Atemlos enthüllten sie ihre leuchtende neue Vision für mein Skript, eine Version, in der Joe das Mädchen kriegt und ich bei der nächsten Preisverleihung von meinen hämischen Werbekollegen mit Brötchen beworfen werde. Ich verteidigte meine Position, aber es war, als ob ich gegen einen Orkan anpisste. Wenn Bob allein gewesen wäre, hätte ich ihn mit mehrsilbigem Mist voll quatschen können. Er wäre abgezogen, um sich mit Hilfe des Schüler-Fremdwörterlexikons neu zu formieren, und ich hätte genug Zeit gehabt, alles so zu lassen, wie es war.

Aber gemeinsam waren sie furchteinflößend, eine unaufhaltsame Macht – »phänomenal«, »innovativ« und »herausragende Marken-/Werbeträger-Synergie« in quadrophonischem Surround-Sound. Was blieb mir übrig, als bei dieser Attacke klein beizugeben? Außerdem hatten sie neben einem furchtbaren Arsenal leerer Marketingsprüche noch eine Massenvernichtungswaffe – Joe Shirer. Von Anfang an war klar, dass ich auf das Talent meines Hauptdarstellers würde verzichten müssen, wenn ich auf dem Original-Drehbuch bestand.

Falls ich aber einwilligte, wäre Kevins erste Handlung ein Anruf bei British Airways, um sich einen Flug zu reservieren. Zwischen Scylla und Charybdis blieb nur ein schmaler Spalt, und mein nicht mehr gertenschlanker Körper saß unverrückbar darin fest.

Es gab nur noch einen Strohhalm, an den ich mich klammern konnte. Wahrscheinlich würde er bei der ersten Berührung zerfallen, aber er war die einzige Hoffnung, meine kreative Würde zu retten und Star wie Regisseur im Studio zu halten. Es war der gute alte »Drehen wir doch beide Fassungen«-Trick – erprobt, beliebt und etwa so aussichtsreich wie ein Scheißhaufen in einer Talentshow. (»Die siebenjährige Celine Dion und den querschnittsgelähmten Jongleur fand ich gut, aber der Scheißhaufen hat bloß dagesessen und ein bisschen gedampft.«)

Veronica D: »Die müssen mich im Studio für das Letzte halten«, sagte Rebecca, als Tish weg war.

»Natürlich nicht, Schätzchen«, log ich. Ich wusste, das Team würde sich sogar noch darüber beschweren, dass die verwöhnte Kuh bloß einen freien Tag haben wollte, wenn sie gerade an Krebs starb. Zu viele Stars hatten sich über die Jahre wie Arschlöcher benommen und sie bekam nun die Quittung für das schlechte Benehmen anderer.

Sie betrachtete ihren Ausschlag und sagte: »Na ja, schlimmer kann's ja nicht mehr kommen, oder? Wenigstens weiß ich jetzt, was ich sagen muss, wenn sie mir Catwoman in *Batman VIII* anbieten.«

Tim Lelyveldt: Der Typ hatte das Himmelbett endlich fertig aufgestellt, und ich ließ den schlafenden Joe mit der an ihn gekuschelten Greta allein. Sie sahen so lieb aus, dass ich fast nicht glauben konnte, was ich für ihn tun sollte.

Ich griff mir das Video vom Tisch, nahm es mit zum Set und suchte die Video-Playback-Assistentin. Sie säuberte sich die Nägel und las die Geschichte über Joes Lunchbox. Als sie mich kommen sah, blätterte sie um und tat so, als sei sie in die Fotogeschichte über einen Typen vertieft, dessen Freundin immer in BH, Slip und Stöckelschuhen in der Küche stand – ich glaube, es war die Ratgeberseite, obwohl ich nicht verstand, was der Typ für ein Problem damit hatte.

»Du siehst aus, als ob du dich langweilst«, sagte ich.

»Der Job ist sogar an guten Tagen langweilig«, antwortete sie, ohne aufzublicken, »und heute ist nicht mal was los. Was kann ich für dich tun?«

»Für mich nichts, aber draußen am Cateringwagen hat jemand nach dir gefragt.«

»Okay, danke«, sagte sie und ging nach draußen.

Ich legte die Kassette mit dem Etikett nach oben auf den Videorekorder. TITANIC – CASTING. Sie würde nicht widerstehen können, sich das anzusehen.

GREG FULLER: Als ich mit dem Umschreiben des Skripts fertig war, hatte ich mich damit abgefunden, dass Kevin die nächste Maschine nehmen würde. Hat keinen Zweck, drum herumzureden, dachte ich – also ging ich mit ihm ins Produktionsbüro und legte sofort los. Der Anfang war ziemlich gleich geblieben, aber nach der Hälfte lief es in eine etwas andere Richtung:

DOUG: Ja, du kannst mit einem geplatzten Reifen noch nach Hause fahren, und das mit bis zu achtzig Stundenkilometern. Vergiss den Ersatzreifen. Die anderen Typen im Labor arbeiten schon seit Jahren dran, aber ich …

JANE: Baby, redest du von dem, von dem ich glaube, dass du davon redest?

DOUG: Dem GoFlat-Reifen von Blackstock.

Jane ist noch faszinierter und beugt sich zu ihm vor.

JANE: Wow, und ich dachte, du wärst …

DOUG: Irgend so ein Perverser? Das hat dich wohl interessiert, was? Ich bin in der Forschungsabteilung von Blackstock.

Jane lacht über seinen frechen Humor.

JANE: Das ist ja aufregend, Doug. Entschuldige, ich geh mir gerade mal die Nase pudern, aber dann musst du mir noch mehr von deiner faszinierenden Arbeit erzählen.

Als sie weggeht, kommt die Kellnerin, um die Bestellung aufzunehmen.

KELLNERIN: Na, die hast du ja um den Finger gewickelt.

Nicht unbedingt die typische Unterhaltung bei einem Blind Date, aber anscheinend ganz normal in den Single-Bars, in denen Bob und sein geistiger Doppelgänger Morton verkehrten.

»Eins muss ich dir lassen, Greg«, sagte Kevin, als er es durchgelesen hatte, »du hast ganz schön Mumm, mir das zu zeigen. Es ist gequirlte Kacke.«

»Ich weiß, aber wenn ich's nicht geschrieben hätte, würdest du Bulls Version lesen – die, wo Jane mit den Wimpern klimpert und sagt: ›Menschenskind, ich wollte immer schon den Burschen kennen lernen, der hinter der phänomenalen Technologie steckt, die die Straßen sicherer macht und das Leben unzähliger Kinder schützt.‹ Glaub mir, das hier ist noch am wenigsten schlimm.«

»Und du erwartest, dass ich das drehe?«

»Worüber reden wir hier? Dieselbe Geschichte mit ein paar anderen Dialogzeilen. Wir drehen beide Versionen – wenn die erst sehen, wie viel toller das Original ist, werden sie's nehmen.«

»Das ist Blödsinn, und das weißt du auch.« Kevin kannte den alten Trick genauso gut wie ich. »Tut mir Leid, Greg, wir sind vielleicht Kumpel, aber wenn du diesen Mist drehen willst, such dir einen anderen Deppen, der die Kamera draufhält. Ich hab Wichtigeres zu tun.«

Ich kam zu dem Schluss, dass es sinnlos war, zu betteln. »Ich kenne dich zu lange, um zu erwarten, dass du jetzt anfängst, Kompromisse zu machen. Aber ich habe keine andere Wahl, als es so zu drehen, Kevin.«

»Hast du es Joe schon gezeigt?«, fragte Kevin, als er aufstand, um zu gehen. »Er mag es nicht, wenn während der Dreharbeiten was umgeschrieben wird. Wie ich ihn kenne, sitzt er im Flugzeug neben mir, sobald er das gelesen hat.«

»Hatte ich das nicht erwähnt?«, sagte ich. »Joe ist an diesen Änderungen genauso beteiligt wie jeder andere. Glaub mir, wenn es bloß der Kunde gewesen wäre, hätte ich es ihm ausgeredet.«

»Ach du Scheiße«, sagte er, ließ sich wieder auf seinen Stuhl fallen und saß benommen da.

Nach einer Minute sagte ich: »Kann ich dich was fragen, Kevin? Was ist mit dir und Joe?«

»Wieso?«, fragte er vorsichtig zurück.

»Ich kenne dich doch. Ich hab noch nie gesehen, dass du dich von irgendwem verarschen lässt. In den letzten anderthalb Tagen hat Joe nichts anderes gemacht.«

Er beugte sich zu mir und sagte: »Das bleibt unter uns, ja?«

»Natürlich.«

»Joe hat mich an den Eiern.«

»Mach keine Witze. Du hast mit *Body Matter* ein Superding hingelegt. Du kannst jetzt drehen, was du willst.«

»Du kennst Hollywood nicht, Greg, oder?« Er hatte Recht. »Wenn er keine großen Fehler macht, ist Joe auf dem Weg nach oben. Das Studio schiebt ihm das Geld hinten und vorne rein, damit er für *BM II* unterschreibt, und jeder hoffnungsvolle Depp schickt ihm sein Skript. Du meinst vielleicht, ich wäre ein heißer Tipp, aber da draußen bin ich bloß ein Söldner unter vielen. Es gibt Hunderte von uns. Wir sind alle heiße Tipps. Ich brauche *BM II*, und Joe weiß das. Der Scheißkerl hat mich im Sack.«

Ich wusste nicht, was ich sagen sollte, also hielt ich die Klappe. Kevin brach das Schweigen. »Dann drehen wir halt beide Versionen und hoffen auf ein verdammtes Wunder. Versprich mir nur eins. Wenn die Scheißversion durchkommt, schwörst du auf deinem Totenbett, dass ich nichts damit zu tun hatte, okay?«

»Ich versprech's dir, Kevin. Danke.«

Ich legte ihm die Hand auf die Schulter, während er auf seine Füße starrte.

»Hast du Drogen?«, fragte er ruhig.

Kevin und ich hatten viel zusammen erlebt, aber gemeinsame Drogenerfahrungen gehörten nicht dazu.

»Nichts Stärkeres als Wick-Nasenspray«, sagte ich.

»Ich dachte an was anderes.«

»Hab ich mir gedacht … wirkt aber acht Stunden lang.«

»Na, dann gib her. Besser als gar nichts.«

Ich gab ihm mein Sprühfläschchen und er steckte es in die Nase. Dann erwähnte ich das Auto.

»Ich stell kein Scheißauto auf meinen Set«, knurrte er, wieder ganz der Alte.

»Es ist eine Straße, Kevin. Da kommen Autos manchmal vor.«

»Das macht meine Inliner-Nummer kaputt. Die ist wunderschön – Torvill und Dean treffen *Rollerball.*«

»Bitte, nur ein Auto. Du kannst es am Rand der Einstellung verstecken, die Inlineskater drüberspringen lassen, irgendwas.«

»Stunts? Das könnte hinhauen«, gab er widerwillig zu.

Ich hätte wirklich nicht erwartet, dass ich es noch draufhatte.

Yasmin Fish: Kevin erschien wieder am Set und verkündete: »Also, wir werden einen Gang höher schalten und noch ein paar Extrazeilen drehen. Und noch eine Änderung – ich will einen Wagen. Irgendwas Altes. Einen Thunderbird. Nein, einen Mustang, vor '65.« Der Art Director schlug sich mit der Hand an die Stirn – wahrscheinlich war es sein Job, einen Mustang von vor '65 zu finden, was immer das war. Kevin deutete auf ein paar Inlineskater. »Du und du, meint ihr, ihr könnt damit über ein Auto springen?«

Ich wusste, es würde noch zwei Stunden dauern, bevor sie loslegten, deshalb ging ich weg, um zu gucken, was sich sonst noch tat. Ein paar Leute hatten sich bei der Video-Playback-Assistentin versammelt. (Sie musste jede Szene auf Video aufnehmen und dann Kevin vorführen. Hinterher schaute er sie sich dann mit zusammengekniffenen Augen an und sagte so was wie: »Gar nicht so schlecht. Jetzt probieren wir noch mal, ob wir's schaffen, dass die Statisten so aussehen, als ob sie Spaß hätten – und nicht, als ob sie in einer Schlange stehen und auf den Bus warten.«) Sie hielt eine Videokassette in der Hand.

»Was ist das?«, fragte ich.

»Keine Ahnung. Ich hab's vor ein paar Minuten auf meinem Tisch gefunden.« Sie las das Etikett vor: »TITANIC – CASTING.«

»Den Film fand ich *so* toll«, sagte ich.

»Er war Mist«, sagte der Materialassistent (der Typ, der die kleine Tafel vor die Kamera hält und gähnend sagt: »Klappe drei … die sechsunddreißigste.« So lange hatte es gedauert, bis Joe seine erste Zeile hingekriegt hatte). »*Die Blaue Lagune* mit Spezialeffekten und ein paar Toten. Egal, leg's mal ein.«

»Was soll's, ist ja sonst nichts zu tun«, sagte sie. Sie schob die Kassette ein und drückte auf Start. Ein wackliger Titel erschien: DER LETZTE ABGANG AUF DER TITTANIC. »So sollte der doch nie heißen«, meinte sie.

VERONICA D: Bald nach Rebeccas »Schlimmer kann's ja nicht kommen, oder?« kam es schlimmer. Freddie erschien in ihrer Suite.

»Rebecca, mein Engel, wie geht's dir?«

»Ganz gut. Morgen kann ich wohl wieder drehen.«

»Wunderbar. Kevin wird sich sehr freuen, das zu hören. Ich hab heute Morgen mit ihm gesprochen, und er macht sich schreckliche Sorgen.«

»Du hast schlechte Nachrichten, richtig?«, fragte Rebecca, die in Freddies Miene so schnell las wie in einem billigen Urlaubsroman.

»Du bist krank. Jetzt ist nicht der richtige Zeitpunkt.«

»Ach was. Ich will es wissen, egal, was es ist. *Sofort.*«

»Also gut. Ich nehme an, du musst es früher oder später doch erfahren.« Sie setzte sich neben Rebecca und hielt ihre Hand. »Gestern Abend hat mich meine Quelle beim Sender angerufen. Es sieht nicht gut aus. Er hat bestätigt, dass Joe Produktionsleiter wird.« Sie verstummte.

»Und?«

»Und die Autoren sollen – wie hat er's ausgedrückt? – ›ein dramatisches und unerwartetes Ende für die Beziehung von Rebecca und Joe‹ erfinden.«

»Was hat das zu bedeuten, verdammt noch mal?«
»Mein Engel, sie wollen dich in Folge vier sterben lassen.«

Yasmin Fish: Nach dem Titel kam eine Szene in einer Kabine. Eine Schauspielerin beugte sich nach vorn über eine offene Truhe – ihr Gesicht war nicht zu sehen. Die Kabinentür öffnete sich und ein Typ in Matrosenuniform kam rein. Er sah die Frau und rieb sich die Hände. Er ging zu ihr und stellte sich hinter sie, während sie auspackte. Dann kniete er nieder und hob ihr den langen Rock hoch. Sie trug Netzstrümpfe, und es wurde etwas seltsam – ich meine, *Titanic* war doch ab zwölf, oder?

»Mein Gott, ist es das, wovon ich glaube, dass es das ist?«, fragte der Materialassistent.

Der Matrose zog ihr den Schlüpfer runter und drückte das Gesicht … Sie wissen schon, wo er das Gesicht hindrückte. Die Frau hatte sich noch nicht umgedreht, aber jetzt sagte sie was. »Vollmatrose Dick – *die* Zunge würde ich überall wiedererkennen.«

»Das kann sie nicht sein!«, kreischte die Video-Playback-Assistentin, als sie die Stimme erkannte.

Dann drehte die Frau sich um.

»Und ob sie das ist«, sagte der Materialassistent.

Sie war es wirklich – und wie sie es war.

11

Die weiß glühende Lötlampe der Publicity

VERONICA D: Freddie und ihre schlechten Nachrichten waren schon lange weg, doch Rebecca weinte immer noch. »Es wird alles gut, Schätzchen, wart's nur ab«, sagte ich und hielt sie in den Armen. »Keine Liebesszenen mit Joe mehr ... Und du wirst tonnenweise Angebote haben, tonnenweise ... Und du kannst endlich deine Frisur wechseln. Du hast selbst gesagt, sie hängt dir zum Hals raus – mir sowieso.« Aber es hatte keinen Zweck, die Tränen flossen nur noch heftiger.

»Das ist das Ende«, stieß sie zwischen den Schluchzern hervor. »Ich werde gefeuert, und jede Zeitung auf der Welt hat gemeldet, dass ich die Frau vom Zoll geschlagen habe. Wie viel schlimmer kann's noch werden?«

»Reiß dich zusammen, Becca. Das ist Hollywood. Eine kleine Schlacht nach der anderen. Diese hat Joe gewonnen. Er hat dich abgeschossen, jetzt musst du aufstehen und weiterlaufen. Du bist schön, du spielst wunderbar. Da draußen warten noch bessere Rollen auf dich.«

»Da draußen wartet gar nichts. Ich hab Glück, wenn ich danach noch eine Nebenrolle als drogensüchtige Autodiebin in *Bergerac* kriege.«

Ich hatte keine Ahnung, wer oder was *Bergerac* war, aber es klang nicht gut.

Yasmin Fish: Ich hatte schon das Privatvideo von Pamela Anderson und Tommy Lee gesehen. Der Schlagzeuger von Tylers Band hatte es runtergeladen – »Tommy ist auch Drummer, das ist Recherche« – und wir sahen es uns auf seinem PC an. Es hatte mich nicht schockiert – das bisschen, was ich damals sah, waren bloß Sachen, die Tyler und ich auch schon gemacht hatten.

Aber DER LETZTE ABGANG AUF DER TITTANIC war etwas ganz anderes. Als Rebecca und Vollmatrose Dick fertig waren, kamen noch zwei Männer dazu. Ich konnte mir gerade noch eine Frau mit drei Männern vorstellen – gerade noch. Aber drei Männer *gleichzeitig*?

Toddy Gluck: Kaum hatten Greg und ich den Tag wieder gerettet, als das Mädchen vom Empfang auf uns zukam.

»Entschuldigt die Störung«, sagte sie, »aber da sind ein paar Leute vom *Daily Mirror*.«

»Dann schick sie weg. Das ist ein geschlossener Set«, sagte ich.

»Sie sagen, es wäre abgesprochen.«

»Mit mir nicht. Du weißt, dass alles über mich läuft. *Ich* habe hier das Sagen.«

»Sie sagen, es wäre mit Blackstock abgesprochen.«

Greg seufzte und meinte: »Verdammt, was hat der Mr Bean des internationalen Marketing jetzt schon wieder angerichtet?«

Bob Bull: Ich fand es übertrieben, dass Greg so durchdrehte. Na schön, ich hatte vergessen, dass die Jungs vom *Mirror* kamen, aber ich hatte auch phänomenal viel zu tun. Neben der Beaufsichtigung der Dreharbeiten musste ich Marketing- und Promotionaktivitäten in Europa, dem Nahen Osten und Nordafrika, mit Ausnahme Libyens, koordinieren. Greg hatte keine Ahnung, welch eine wichtige Rolle ich da spielte, managementmäßig gesehen.

Er hätte sich über den *Mirror* freuen sollen. Es war nicht bloß hervorragende PR für Blackstock, es richtete auch die weiß glühende Lötlampe der Publicity auf Fuller Scheidt. Als Gegenleistung für einen Exklusivbericht hatten sie mir einen doppelseitigen Artikel mit vielen Erwähnungen der Blackstock-Produktreihe versprochen. Ich wäre wohl kaum ein guter Marketing-Häuptling der fünftgrößten Reifenfirma der Welt gewesen, wenn ich so ein Angebot abgelehnt hätte, nicht wahr?

Greg Fuller: Was dachte er sich eigentlich? Die oberste PR-Regel lautet: Zeig deine Schokoladenseite. Man öffnet seine Tür nicht Reportern mit Zweitagebart, Mundgeruch und raushängendem Dödel, oder? Die Dreharbeiten landeten gerade im Klo – und er lud eine Boulevardzeitung ein, live dabei zu sein, wenn die Spülung gedrückt wurde.

Yasmin Fish: In der nächsten Szene machte sie es mit einer anderen Frau. »Scheiße, die ist ja unersättlich«, meinte der Materialassistent. »Ein Glück, dass das Schiff nicht auch noch Vieh an Bord hatte.«

Bob Bull: Ich gebe zu, das Timing hätte ein bisschen besser sein können. Ich konnte dem Reporter und seinem Fotografen bloß einen einzigen Star anbieten.

Greg war mit einem Anfall von kreativer Aufregung abgerauscht, also war es ganz klar meine Aufgabe, mich um die Presse zu kümmern. Zum Glück hatte ich jede Menge Erfahrung auf dem heiklen Feld der Medienkontakte.

»Willkommen in den berühmten Studios von Hounslow, Gentlemen. Ich glaube, ich kann Ihnen etwas ganz Besonderes versprechen«, verkündete ich, als ich mit dem Rundgang begann. »Die Presse hat nicht jeden Tag das Glück, Innovationen an der vordersten Front unorthodoxen Denkens zu beobachten.«

Yasmin Fish: »Ich dachte, bei dem Film geht's um ein Schiff. Ich hab noch gar nicht das Meer gesehen«, sagte ich, als Rebecca im Video in die Kapitänskajüte ging.

»Du hast noch nicht viele Pornos gesehen, stimmt's?«, fragte der Materialassistent.

Ich antwortete nicht. Was ich auf dem Bildschirm sah, verschlug mir die Sprache. Rebecca war niedergekniet und der Kapitän knöpfte sich die Hose auf.

»Mein Gott, jetzt weiß ich, warum es DER LETZTE ABGANG AUF DER TITTANIC heißt«, sagte die Playback-Assistentin. »Nach *dem* Ding geht nichts mehr.«

Aber nicht nur der Kapitän war gewaltig – in diesem Moment verstand ich erst richtig, was wir da zu sehen kriegten. Rebecca war ein Hollywoodstar, und wir sahen nicht bloß, wie sie sich auszog und ein bisschen rumturnte wie Sharon Stone in *Basic Instinct.* Wir sahen, wie sie *es wirklich* tat. *Immer wieder.*

Das war echt GEWALTIG.

Ich versuchte immer noch, es zu kapieren, als ein lautes Krachen ertönte. Wir schauten in die Richtung, wo Kevin mit den Inlineskatern geprobt hatte. Er hatte einen Citroën Xantia als Ersatz genommen, bis der Mustang eintraf. Die Beine eines Inlineskaters schauten aus dem Sonnendach hervor. Zwei Bühnenarbeiter versuchten das arme Schwein rauszuziehen. Kevin schrie das Team an. Offensichtlich wusste er nicht, wer Mist gebaut hatte, deshalb gab er zur Sicherheit allen die Schuld. Niemand schien den Fotografen zu bemerken, der fleißig knipste.

BOB BULL: Wenn Sie schon bei so vielen Aufnahmen waren wie ich, entwickeln Sie einen Riecher dafür, wann die Dinge schief laufen. Meine Erfahrung in Verbindung mit meinen katzenhaften Reflexen befähigte mich, eine Katastrophe abzuwenden. Ich führte die Presseleute rasch aus dem Studio und spendierte ihnen Kaffee. »Das ist das Verblüffende am Filmemachen«, erklärte ich. »Was dem ungeschulten Blick wie ein Chaos erscheint, ist in Wirklichkeit präzise und effizient. Jetzt haben Sie bestimmt eine Menge Fragen. Bitte sehr.«

»Eigentlich würden wir lieber mit Joe und Rebecca reden«, sagte der Reporter. »Ist das möglich?«

»Tja, da gibt's ein kleines Problem. Rebecca ist heute leider indisponiert. Das arme Mädchen ist krank.«

Ich hielt es für das Beste, den genauen Grund ihrer Abwesenheit im Unklaren zu lassen. Die Burschen hätten nur Kapital daraus geschlagen, dass sie ausgerechnet gegen das Material, das die Grundlage unserer Firma bildete, allergisch war.

»Hat ein bisschen Durchmarsch«, sagte ich und nickte in Richtung des Cateringwagens. »Der Cottage Pie war gestern nicht ganz koscher. Aber vielleicht lässt sich doch was machen. Ich kann Ihnen bestimmt einen Plausch mit Joe vermitteln. Warten Sie mal einen Moment, ich versuch's.«

TIM LELYVELDT: Mort erzählte mir von Rebeccas Tod. Die Produzenten schwankten noch zwischen einem Autounfall am Abend vor der Hochzeit und einer plötzlichen und tödlichen Embolie vor dem Altar. Der Typ von Blackstock unterbrach uns. »Entschuldigung, Jungs, aber ich möchte euch um einen Gefallen bitten.«

»Raus damit, Bobby«, sagte Mort.

»Ein Reporter vom *Daily Mirror* ist hier und würde gern mit Joe reden.«

»Tja, das ist schwierig«, erwiderte Mort. »Joe spricht nie ohne seinen PR-Berater mit der Presse. Ich werde mal mit ihm reden, aber ich bezweifle, dass er scharf drauf ist. Jetzt ist sowieso gerade sein Friseur drin.«

Joaquin Montoya, der Hüter von Winona Ryders und Nicole Kidmans üppigen Locken und Schöpfer des *el Montoya*, stand in diesem Augenblick vor seiner größten Herausforderung – Joe Shirers dunkelbraunen Stoppeln.

Ein paar Minuten später kam Mort mit einem breiten Lächeln zurück. »Sie haben Glück, Bobby«, verkündete er. »Joe hat gesagt, Joaquin soll eine Pause machen. Er gibt Ihrem Reporter fünfzehn Minuten.« Dann schaute er zu mir. »Timbo, du musst es mitschneiden – notwendige Vorsichtsmaßnahme.«

Ich kramte mein Diktaphon hervor und sah nach den Batterien. Ich hatte so eine Idee, warum Joe zum ersten Mal seit Jahren einem ungeschützten Interview zustimmte.

NORMAN DER KOCH: Einer von den beiden, die mit dem Blackstock-Mann Kaffee getrunken hatten, kam zu meinem Wagen, als Bob verschwunden war. »Was darf's sein?«, fragte ich. »Für den Lunch sind Sie ein bisschen früh dran, aber ich könnte ihnen etwas Chili machen.«

»Nein danke«, sagte er. »Ich bin vom *Mirror.* Kann ich Ihnen vielleicht ein paar Fragen stellen? Nur ein bisschen Hintergrund. Wir interessieren uns für Rebecca Richards.«

»Nichts für ungut, Kumpel, aber ich muss an meinen Ruf denken. Wenn ich anfange, über meine Stars auszupacken, dauert's nicht mehr lange, bis ich an der Autobahn Würstchen verkaufe.«

»Darum geht's nicht«, sagte er. »Eigentlich wollte ich bloß wissen, was sie gestern gegessen hat.«

»Habt ihr nichts Wichtigeres zu schreiben? Ich meine, ob Rebecca Richards gestern Gemüsepfanne oder Steak gegessen hat, ist doch wohl nicht so wichtig wie die Debatte über den Euro, oder?«

»Ich weiß, aber unsere Leser können von Promi-Geschichten nicht genug kriegen. Außerdem wird behauptet, Rebeccas Krankheit hätte was mit Ihrem Essen zu tun.«

»Wie bitte?«

Noch nie ist jemand von meinem Essen krank geworden. Na gut, außer dem einen Produzenten, der ein paar Wochen auf dem Lokus verbracht hat. Das war aber Absicht – er war mir blöd gekommen, also ließ ich ein schönes Stück Filet über Nacht neben dem Kühlschrank liegen und achtete drauf, dass der Arsch es halbroh kriegte.

»Ihr Cottage Pie soll der Grund für ihre Magenverstimmung sein«, sagte der Zeilenschinder.

»Ihr solltet mal besser recherchieren, bevor ihr Leuten was anhängt. Der Grund, weshalb sie heute nicht dreht, ist ihre verdammte Allergie.«

»Gegen Cottage Pie?«

»Nein, du Blödmann, gegen Gummi.«

Greg Fuller: Während man die Reste der Autoscheibe zusammenkehrte und die Reste des Inlineskaters in einem Taxi zum Unfallkrankenhaus schickte, fragte ich mich, wessen Schnapsidee die Nummer gewesen war. Dann sah ich auf die Uhr und meinte zu Toddy: »Joe braucht für Haare und Make-up länger als Rebecca.«

»Wenn er damit fertig ist, spricht er mit dem *Mirror*«, antwortete sie. »Wir haben Glück, wenn wir heute überhaupt noch drehen, Liebling.«

Tim Lelyveldt: Ich drückte auf Aufnahme und lehnte mich zurück.

Reporter: »Zunächst einmal möchte ich mich bedanken, dass wir dieses Interview so kurzfristig machen können. Ist es Ihnen recht, wenn wir mit *Body Matter* anfangen?«

Joe: »Schießen Sie los.«

Reporter: »Was das Publikum am aufregendsten fand, waren sicher die Stunts. Haben Sie die wirklich alle selber gemacht?«

Joe: »War nichts Besonderes.«

Reporter: »Ein Sprung von einem hundert Meter hohen Turm zu einem fliegenden Hubschrauber war nichts Besonderes?«

Joe: »Nein, ich hatte ja erfahrene Leute um mich rum. Das Team war absolute Spitze – die Topleute der Stuntszene.«

Reporter: »Jetzt zu etwas Persönlicherem. Darf ich fragen, was Sie von den unangenehmen Medienberichten in jüngster Zeit halten?«

Joe: »Ich achte gar nicht darauf. Ein Typ in meiner Position kann sich nicht um jeden Quatsch kümmern. Man muss drüberschweben – man darf es nicht an sein Karma rankommen lassen.«

Greta: »Ich finde es widerlich, was die über Joe geschrieben haben. Er hat es erstaunlich ruhig hingenommen.«

Joe: »Es ist unter unserer Würde, das zu kommentieren, Baby.«

Greta: »Absolut unter unserer Würde.«

(Ich sollte darauf hinweisen, dass Greta die Hände hielt wie ein Angler, der die klassische Der-Bursche-war-sooo-groß-Geste macht.)

Greg Fuller: Ich war sogar ganz froh, dass er dem Interview zugestimmt hatte. Wenigstens fuhren die Schmierer jetzt mit mehr als den Schnappschüssen des Rollerblade-Fiaskos nach Canary Wharf zurück. Wer weiß, dachte ich, vielleicht kriegen wir davon ja noch ein bisschen anständige PR.

Tim Lelyveldt: Reporter: »Ich hoffe, es macht Ihnen nichts aus, wenn ich zum Schluss eine Frage über Rebecca Richards stelle.«

(Greta erstarrte.)

Reporter: »Es gibt Gerüchte, dass sie aus *All Our Lives Before Us* herausgeschrieben werden soll. Können Sie dazu etwas sagen?«

(Greta entspannte sich.)

Joe: »Zunächst mal möchte ich sagen, dass das bloß Gerede ist. Zweitens kennen meine Produzenten meine Meinung darüber.«

Reporter: »Und die wäre?«

Joe: »Wenn sie wegginge, wäre ich sehr traurig. Wir sind Profis und halten unsere Arbeit und unsere privaten Gefühle stets auseinander. Rebecca ist ein großes Talent – ohne sie wäre *Lives* nicht dasselbe.«

Greg Fuller: Essenspausen sind immer der Höhepunkt der Dreharbeiten. Schicken Sie ein Team los, das Badebekleidung an einem Karibikstrand filmen soll, und beim ersten Anzeichen von Doughnuts werden die kurvenreichen Models von der Menge niedergetrampelt. Deshalb waren Toddy und ich überrascht, dass wir ganz allein am Cateringwagen standen, nachdem Kevin die Mittagspause verkündet hatte. Als wir ins Studio zurückgingen und alle um den Videorekorder versammelt sahen, verstanden wir, warum. Toddy warf sich in die Menge, um rauszufinden, was los war. Als sie wieder auftauchte, war sie mehrere Farbtöne bleicher.

»Was ist los?«, fragte ich.

»Sie sehen sich einen Film mit Rebecca an«, sagte sie. »Verflixter Mist.«

»Was?«

»Der Fick-Film, Greg. Es ist dieser Porno.«

»Ich wusste, dass er existiert«, sagte ich triumphierend. »Du hast mir nie geglaubt.«

Dann sah ich die Journalisten aus Joes Garderobe kommen und zu Bob zurückgehen. Mein zweiter Panikanfall an diesem Tag.

»Ich lenke sie ab«, meinte Toddy. »Geh hin und konfiszier das Band.«

Ich drängte mich durch die Menge und machte den Rekorder aus.

»Wo zum Teufel haben Sie das her?«, fragte ich die Video-Playback-Assistentin.

»Es lag auf meinem Tisch«, sagte sie.

»Das nehme ich besser an mich. Ist das die einzige Kassette?«

»Ja«, sagte sie, und ich hoffte stark, dass sie mir keine Märchen erzählte.

Bob Bull: Die Jungs vom *Mirror* kamen wieder, um sich von mir zu verabschieden.

»Großartiger Tag«, sagte der Reporter. »Wir haben gutes Material.«

»Freut mich, dass Sie Zeugen eines historischen Augenblicks der Filmgeschichte werden konnten«, erwiderte ich. Hoffentlich hatten sie nicht gemerkt, dass die Kamera gar nicht gelaufen war. Als sie weggingen, kam Toddy zu mir, und ich sagte: »Na, war doch gar nicht so schlecht, oder? Ich weiß nicht, warum Greg bei ihrem Eintreffen so einen Aufstand gemacht hat.«

Greg Fuller: »Hast du's?«, fragte Toddy, als sie wiederkam. Ich klopfte auf die Kassette unter meinem Hemd. »Gott sei Dank. Das war verdammt knapp.«

»Ich hab gar nichts gesehen – ich war zu sehr damit beschäftigt, den Knopf zu finden«, sagte ich. »Wie schlimm ist es?«

»Schlimmer, als du dir vorstellen kannst.«

»Meine Phantasie ist ziemlich ausgeprägt, Toddy.«

»Ich weiß, Schatz, und glaub mir, es ist schlimmer.«

Wenn sie nur ansatzweise Recht hatte, wusste ich, dass ich die Video-Ausgabe einer Neutronenbombe besaß – die Häuser bleiben intakt stehen, aber die Karrieren werden pulverisiert.

Tim Lelyveldt: Der Reporter wartete im Auto auf mich. Ich beugte mich durchs Fenster rein und sagte: »Ich habe Ihr Wort, dass Joe morgen eins a rüberkommt?« Der Reporter nickte. »Und Sie bringen ›Rebecca – der Weg zum Ruhm‹ erst am Tag danach?« Er nickte wieder. Ich gab ihm die Kassette. »Niemand wird rauskriegen, wo Sie die herhaben, okay?«, fügte ich noch hinzu, während er die Scheibe hochkurbelte.

Joe brauchte keinen PR-Berater, um einen Deal mit der Presse zu machen. Er brauchte bloß Tim Lelyveldt, seinen Weingummi-Assistenten.

12

Der Typ von 5ive mit der gepiercten Augenbraue

Nancy Stark: Es war bloß Puerto Banus im Mai, aber für mich war es das Paradies. Ich setzte mich auf meine Sonnenliege und entledigte mich meines Bikinitops (Knickerbox, Gatwick, Terminal Nord) – es passte nicht perfekt, weil ich zwischen dem Duty-free und dem »letzten Aufruf für Passagier N. Stark« nur fünf Minuten Zeit gehabt hatte. Ich hatte mich mit Hawaiian Tropic eingerieben (Boots, auch Terminal Nord) und war bereit, die letzten Sonnenstrahlen aufzusaugen. Ich setzte meine Popstar-Sonnenbrille (Sunglass Hut, s. o.) auf und schob die Usher-CD (HMV, s. o.) in meinen CD-Player (Dixon's, s. o.). In diesem Moment vibrierte das Handy an meinem Arm.

Welcher Idiot ist auf die tolle Idee gekommen, Handys auch im Ausland funktionieren zu lassen?

»Hallo Greg«, sagte ich und sank auf mein superflauschiges Badetuch (aus der Her-mit-deinem-Geld-du-Depp-Luxusboutique des Hotels – ich freute mich schon auf die Spesenabrechnung).

»Was machst du gerade, Lola?«

»Hab gerade eingecheckt und warte auf ein Taxi, um zu Paul und Shauns Bude zu fahren. Muss jeden Moment vor Ort sein.«

»Du sitzt nicht zufällig am Pool?«, knurrte er.

»Natürlich nicht.«

»Na gut. Also, was erzählst du Pickel und Schweiß, wenn du da bist?«

»Ich rede natürlich über Geld.«

»Meinst du wirklich, es geht nur darum?«

»Worum denn sonst?«

»Du hast Recht«, sagte er. »Jedes Mal, wenn sie sich in den glänzenden Maseratis spiegeln, die sie sich bestimmt von ihrer Gehaltserhöhung kaufen, werden sie daran denken, wie dämlich sie mich haben aussehen lassen. Denk dran, ohne Rücksprache mit mir nicht höher als fünfzig Prozent.«

»Alles klar. Wie läuft's übrigens bei euch?«

»Wo soll ich anfangen?«, fragte er. »Kevin beendet gleich einen Arbeitstag, an dem wir keine drei Sekunden Film belichtet haben. Willst du das Allerdümmste hören? Wir haben über dreißig Riesen ausgegeben, um Joes Friseur aus L.A. einzufliegen. Der besagte Stylist hat vier Stunden an seinem Kopf gearbeitet, und als Joe zum Set kam, hätte nicht mal der verdammte Vidal Sassoon den Unterschied gemerkt.«

»Schlechter Tag also«, sagte ich. (Ich hätte gern »ein Tag zum Haareausraufen« gesagt, aber er war nicht in Stimmung.)

»Das ist noch das Geringste. Den Rest willst du gar nicht wissen.«

Da hatte er ganz Recht. In diesem Augenblick ging nämlich der schönste Mann am Pool vorbei, den ich seit diesem Typen von 5ive mit der gepiercten Augenbraue gesehen hatte. Er lächelte mir zu.

»Ich muss Schluss machen, Greg. Mein Chauffeur ist da.«

GREG FULLER: Ich machte das Handy gerade rechtzeitig aus, um zu sehen, wie Joe um den himmelblauen 62er Mustang herumging, der vor wenigen Minuten gekommen war.

Ein paar Minuten später kam Morton zu Kevin und mir. »Jungs, Joe hat ein kleines Problem«, sagte er. »Er hat das Gefühl, der Wagen ist ein bisschen zu alt.«

»Es ist ein Oldtimer – das ist doch der Witz«, erwiderte Kevin. »Ein so tolles Auto wie den 62er Mustang hat's nie wieder gegeben.«

»Joe hat das Gefühl, es passt nicht ganz zu dem Shirer-Markenimage, das er so sorgfältig entwickelt hat.«

»Herrgott noch mal, was ist er eigentlich, ein Schauspieler oder eine verdammte Coladose?«, fragte Kevin. Wenn Joe ihn an den Eiern hatte, hatte er diesmal offensichtlich zu fest gedrückt.

Er hatte etwas Wahres gesagt, aber das brachte uns nicht weiter. Zeit für meinen Auftritt als Kofi Annan. Ich warf Kevin einen Blick zu, der besagte: »Es ist nur ein Scheißauto, völlig unwichtig, und du wolltest zuerst doch gar keins – was macht es also für einen Unterschied, welches Modell, welches Jahr und welche Seriennummer es hat?« Das alles war allein durch zusammengekniffene Augen und eine etwas gerunzelte Stirn nicht leicht auszudrücken, aber es schien zu klappen. Kevin gab klein bei.

»Womit würde Joe sich denn wohl fühlen, Morton?«, fragte ich.

»Ein Dodge Viper wäre ein Schritt in die richtige Richtung. Zum Beispiel der American Club Racer, acht Liter, Koni-Stoßdämpfer, Alufelgen.«

»Hervorragende Wahl, Morton. Klingt nach einer prima Karre. Sonst noch was?«

»In Rot«, sagte er.

Toddy trat zu uns und fragte: »Alles okay?«

»Vollkommen«, antwortete ich, bevor Kevin den Mund aufmachen konnte.

»Unser Taxi ist da«, sagte sie. »Wir dürfen nicht zu spät kommen.«

Wir wollten zum Büro von French Films in Soho, wo uns frisches Fleisch erwartete. Wir hofften, eine junge Frau zu finden, die Rebecca Richards wie aus dem Gesicht geschnitten war – zumindest zwischen Fußknöcheln und Titten.

Als ich einstieg, erschien Bob Bull. »Greg, es gibt da ein kleines Problem mit dem Auto.«

»Stimmt, es ist viel zu alt. Weiß auch nicht, was wir uns

dabei gedacht haben. Aber machen Sie sich keine Sorgen – morgen kommt ein glänzender Dodge Viper.«

Er wirkte erleichtert – er war ein Autofreak (er hatte mir erzählt, er hätte tatsächlich *geweint*, als *Top Gear* abgesetzt wurde), und im Gegensatz zu mir wusste er nicht nur, was ein Dodge Viper war, sondern machte sich auch was draus.

CARRIE FULLER: Es war nach elf, und ich hatte den ganzen Abend nichts von Greg gehört. Baby und ich waren allein im Wohnzimmer.

»Erzähl mal von deinem Drehbuch«, sagte er.

(Ich hatte keine Ahnung, ob *er* ein Junge oder Mädchen war, aber er klang genau wie Ben Kingsley in *Sexy Beast.* Ich hätte eine süßere, etwas weniger psychotische Stimme vorgezogen – zum Beispiel Ben Chaplin in *Lügen haben lange Beine –,* aber man bekommt nie das Kind, das man sich wünscht, nicht wahr?)

Also saßen wir auf dem Sofa, und während ich durch die Kanäle zappte, sagte ich: »Okay, ich erzähl's dir. Sitzt du gut?«

»Meine Beine kribbeln, aber hier drin kann man sich's nicht aussuchen. Also schieß los.«

»Es handelt von Zufällen«, begann ich. »Ich hab mal eine Geschichte gehört, wahrscheinlich stimmte sie nicht, aber ich hab angefangen, drüber nachzudenken. Einem Fahrer ging mitten im Nirgendwo das Benzin aus, und er stieg aus, um eine Tankstelle zu suchen. Irgendwann kam er an einer Telefonzelle vorbei. Es klingelte. Er konnte ein klingelndes Telefon einfach nicht ignorieren, also nahm er ab. Es war für ihn.«

»Nein.«

»Doch, der Anruf war für ihn. Eine Freundin wollte mit ihm sprechen. Sie wollte ihn zu Hause anrufen, hatte sich aber verwählt. Von allen möglichen Nummern hatte sie ausgerechnet diese Telefonzelle angerufen, genau in dem Moment, als er vorbeiging.«

»Wie wahrscheinlich ist das denn, Mann?«

»Ich habe mal Statistik unterrichtet, also hab ich versucht, es auszurechnen. Die Wahrscheinlichkeit ist so gering, dass man es kaum ausdrücken kann. Aber es ist nicht unmöglich.«

»Und wie hast du daraus einen Film gemacht?«

»Ich hab mir gedacht, wäre es nicht interessant, etwas über einen Menschen zu schreiben, der vom Zufall verfolgt wird? Also habe ich die Telefonzellen-Geschichte genommen, aus dem Mann eine Frau gemacht und die Sache dann weitergeführt.«

»Was passiert?«

»Zuerst erlebt die Hauptfigur nur harmlose Zufälle mit positiven Folgen. Die Telefonzelle zum Beispiel, und ihr Auto kratzt das von ihrem Sandkastenfreund an – sie hat ihn seit Jahren nicht gesehen, und über einem kaputten Scheinwerfer und einem eingedellten Kotflügel verlieben sie sich wieder.«

»Klingt kitschig.«

»Ist es auch, aber nach und nach werden die Dinge düsterer. Bei einem Zugunglück sterben Dutzende von Menschen – sie hätte dringesessen, wenn sie nicht über die Spielzeugeisenbahn von ihrem kleinen Neffen gestolpert wäre und sich den Knöchel verstaucht hätte. Später geht sie wegen einer kleinen Sache ins Krankenhaus – eingewachsener Zehennagel oder so was. Doch einer Frau mit demselben Namen soll die Gebärmutter entfernt werden. Sie werden verwechselt.«

»Ach je, die Arme.«

»Und genau ein Jahr nach dem Blechschaden mit ihrem Sandkastenfreund kommt er an derselben Kreuzung bei einem Zusammenstoß ums Leben …«

»Das ist krank.«

»… und sie fährt den anderen Wagen.«

»Ich korrigiere: *Du* bist krank.«

»Es kommt noch schlimmer. Viel schlimmer. Ich weiß nicht, ob ich dir in deinem Alter alles erzählen kann. Jedenfalls dreht sie durch. Sie wird eine Ausgestoßene – jeder denkt, sie ist die Quelle von irgendwas Übernatürlichem, von etwas Bösem. Sogar sie selbst glaubt das.«

»Wie geht es aus?«

»Sie verschwindet. Sie wechselt den Namen, zieht um, fängt ein neues Leben an. Die Zufälle hören auf. Sie ist frei.«

»Ein Glück.«

»Bis ihr Jahre später mitten im Nirgendwo das Benzin ausgeht …«

»Denkst du schon an die Fortsetzung? Wie soll der Film heißen?«

»Leider nichts Tolles, bloß der Name der Hauptfigur – *Rebecca Edwards*.«

»*Rebecca?* Machst du Witze?«

»Mein Gott, daran hab ich gar nicht gedacht. Siehst du? Das Leben ist voller Zufälle.« Ich schaute auf die Uhr. »Guck bloß mal, wie spät es ist. Wo bleibt Greg eigentlich?«

NANCY STARK: Ich war gerade dabei einzuschlafen, als mein Handy wieder klingelte. Ich schaute auf die Uhr – Mitternacht.

»Hallo?«

»Wer ist da?«

»Nancy. Wer ist da?«

»*Nancy!* Hier ist Carrie. Ich wollte Greg anrufen, aber ich muss die falsche Kurzwahl gedrückt haben. Hab ich Sie etwa geweckt?«

»Schon gut, ich hab bloß gedöst. Alles in Ordnung bei Ihnen? Geht es los?«

»Nein, noch drei Monate. Ich versuche bloß, Greg zu finden. Sie wissen auch nicht, wo er steckt, oder?«

»Tut mir Leid, keinen Schimmer. Ich hab ihn heute Nachmittag im Studio angerufen. Keine Ahnung, wann er da Schluss gemacht hat. Universe of Sofas ist immer noch Mist, also ist er wahrscheinlich ins Büro gefahren.«

Piep, piep – die Batteriewarnung meines Handys.

Der Körper neben mir bewegte sich und murmelte: »Wer ist es, Lola?«

CARRIE FULLER: Ich hatte es gehört. Ganz deutlich. *Lola*. Nur ein Mensch auf der Welt nannte sie so. Dieser verdammte Scheißkerl, dachte ich. *Diese verdammte Schlampe*. Und dabei spielt sie mir die ganze Zeit die Freundin vor, die Stütze meiner gepeinigten Seele. Ich schluckte und legte auf.

NANCY STARK: Die Leitung war plötzlich tot – wahrscheinlich war die Batterie leer. Ich drehte mich zu dem Körper neben mir. »Niemand, Dieter. Nur eine Freundin. Magst du was aus der Minibar?«

Dieter. Der Tanga-Boy vom Pool. Kam aus irgendeinem Ort namens Wiesbaden. Und war sogar noch attraktiver als der Typ von 5ive mit der gepiercten Augenbraue. Er sprach nicht viel Englisch, und da wir etwa so viel redeten wie in einem durchschnittlichen Pornofilm, schien es mir ganz passend, ihm meinen Pornostarnamen zu nennen.

13

Schäfchenwolken, Erdnussbutter, Toxoplasmose

Norman der Koch: Mein Bruder hatte mich nicht enttäuscht. Am Mittwoch stand er bei Sonnenaufgang auf der Matte.

»Hoffe, das ist das Richtige für dich, Norm«, sagte er und gab mir einen großen Karton. Ich öffnete ihn und schaute rein.

»Spitze«, sagte ich.

Wendy erschien in Bademantel und Flauschpantoffeln.

»Was machst du denn hier, Ray? Es ist noch nicht mal fünf.«

»Ich hab fünfzig T-Shirts für Norm. Musste einen Großauftrag von den Willesden Weight Watchers ablehnen, damit's rechtzeitig fertig wird. Guckt sie euch mal an.«

Er nahm eins aus dem Karton und hielt es hoch.

»Siehst du, Schatz«, sagte ich. »Das unnachahmliche Werk des besten T-Shirt-Druckers von Kilburn.«

»West Hampstead, Norm«, korrigierte mich Ray. »Und man nennt es T-Shirt-Kunst.«

Egal, der Junge hatte prima Arbeit geleistet. NORMS A*-PLAN-DIÄT (nur ein Hapen und Ihre Diät ist im A****), stand über dem Foto eines saftigen Grilltellers.

»Wart bloß mal ab, bis der Metabolismus-Heini sieht, dass das ganze Team diese Meisterwerke trägt«, sagte ich. »Dann sagt er keinen Ton mehr.«

»Oh, er wird schon noch was sagen«, erwiderte Wendy. »Zum Beispiel: ›Schreibt man Happen nicht mit zwei p?‹«

Greg Fuller: Ich stand kurz vor fünf auf, zog mich an und hörte ein Murmeln, als ich zur Tür schlich.

»Komm wieder ins Bett, Greg.«

»Schlaf weiter«, flüsterte ich.

»Du gehst zu *ihr*, stimmt's?«

»Ich muss mich mal blicken lassen. Sie ist schwanger.«

»Aber Toddy braucht dich«, sagte sie schmollend.

»Schlaf weiter. Wir sehen uns bald in Hounslow.«

Im Taxi nach Primrose Hill legte ich mir meine Geschichte zurecht.

20.00 bis 22.30 Uhr: Auswahl eines Body Doubles.

(So viel stimmte – es war übrigens ein voller Erfolg. Ich war überrascht, wie viele Mädchen den Körper, wenn auch nicht die Ausstrahlung von Rebecca besaßen. Zum Schluss stand es unentschieden zwischen Sonia aus Bethnal Green und einem polnischen Model namens Agnieszka. Sonia bekam den Job, weil wir Angst hatten, das Team könnte von dem polnischen Namen Alpträume bekommen.)

22.30 bis 5.00 Uhr früh: Geschlossenes Meeting, Wer-stört-wird-tierisch-angebrüllt-Brainstorming mit meiner Kreativabteilung im Sitzungsraum von Fuller Scheidt. Mission: Lösung für das Universe-of-Sofas-Problem finden oder bei dem Versuch ums Leben kommen.

(Zum Teil wahr – bis kurz vor Mitternacht hatte ich genau das getan. Toddy wartete auf mich, ich sah sie durch die gläserne Trennwand. Nachdem sie eine Weile demonstrativ gegähnt hatte, ging sie in die Teeküche und kam mit einem Glas großer Oliven wieder. Sie legte sehr sorgfältig eine zwischen die Zähne und bohrte den Stein mit der Zunge heraus. Wie sie genau wusste, erinnerte mich ihr Partykunststück an das andere kleine Zauberstück, zu dem ihr Mund fähig war. In Verbindung mit der einschläfernden Langeweile der Sitzung brachte es mich dazu, das Handtuch zu werfen und in ihr Ficknest in Holland Park zu flüchten.)

Nachdem mein Alibi fertig war, schaltete ich das Handy ein

und hörte den Anrufbeantworter ab. Es gab nur einen Anruf: »Ich weiß genau, was du getan hast, du Scheißkerl. Falls du noch mal nach Hause kommst, wird die Tür verriegelt sein. Ich will dich nie mehr sehen.«

Wie zum Teufel war sie mir auf die Spur gekommen?, war der einzige Gedanke, zu dem ich fähig war. Vielleicht bluffte sie auch nur, um ein unnötiges Geständnis aus mir rauszukriegen. So hatte meine Mutter das auch gemacht: Sie warf mir zum Beispiel vor, ihren Betonhaferbrei im Klo runtergespült zu haben – und das ohne weitere Beweise außer einem kaum sichtbaren Haarriss im U-Rohr.

Vielleicht hatte jemand geredet, aber wer? Lola? Unwahrscheinlich. Sie war in Spanien. Außerdem wusste sie nichts von Toddy, oder? Hatte Toddy selbst gesungen? Dass sie das bereits erwähnte Ficknest gegen ein Apartment in der Sloane Street eintauschen wollte, wozu sie mich – oder besser mein Konto – brauchte, war durchaus ein Motiv.

Es gab noch eine andere Möglichkeit: Carrie hatte gar nicht von Toddy Wind bekommen. Vielleicht hatte sie nur die Toastkrümel entdeckt, die ich am vorigen Tag in der Erdnussbutter gelassen hatte – eine Gewohnheit, die sie zur Weißglut brachte. Sie hatte es gären lassen, und ihr pränataler Hormonstrom hatte dieses Gefühl verstärkt, bis es schließlich zur Explosion kam.

Als das Taxi vor meinem Haus hielt, hatte ich keinerlei Zweifel mehr. Es *waren* die Krümel in der Erdnussbutter. So groß ist die Macht des Wunschdenkens. Ich vermute, als die Polizei Kenneth Noye wegen des Mordes auf der Autobahn endlich in Spanien festnahm, dachte er: »Mist, ich hätte die Strafzettel bezahlen sollen.«

Carrie hatte nicht gelogen und die Haustür wirklich verriegelt. Ich dachte daran, zu klingeln, aber nur kurz. Ich setzte mich auf die Stufe und sah den Milchmann kommen.

»Hat sie Sie ausgesperrt?«

»So was in der Art.«

Er bückte sich nach den leeren Flaschen und fand einen Zettel, der dahinter steckte. Er las ihn.

»Das ist entweder für Sie, oder sie ist nicht mehr mit der Milch zufrieden«, sagte er und gab ihn mir.

Ich las ICH HAB DIR DOCH GESAGT – HAU AB in der steilen, wutentbrannten Handschrift, die Carrie exklusiv für die Mein-Mann-hat-mich-betrogen-Momente reserviert hatte.

Ich hatte den Taxifahrer vor dem Haus warten lassen und ließ mich jetzt nach Hounslow fahren. Unterwegs hielt er kurz an, damit ich den *Mirror* kaufen konnte. Eigentlich nicht meine tägliche Lektüre, aber die Schlagzeile »GUMMI-GERANGEL UM JOE UND BECCA – Exklusivinterview und Fotos Seite 4« erregte dann doch mein Interesse.

NORMAN DER KOCH: »Wendy, ich stehe in der Zeitung«, rief ich.

Sie blickte über meine Schulter auf das Foto. »Du hättest das Messer weglegen sollen«, meinte sie.

»Ist mein Handwerkszeug, Süße«, erklärte ich.

»So wie du damit vor dem Reporter rumfuchtelst, sieht es nicht aus, als wolltest du Karotten schneiden. Und dir hängt eine Kippe aus dem Mund. Wenn das die Gewerbeaufsicht sieht, ist sie schneller hier, als du denken kannst.«

Neid, was sonst. »Dein Foto hab ich noch nicht gefunden«, sagte ich.

»Weil ich ein bisschen schlauer bin. Was soll ich jetzt mit den blöden T-Shirts machen?«

»Mit jedem Frühstück gibt's eins umsonst. Und vergiss nicht, allen zu sagen, dass ›Hapen‹ amerikanischer Slang ist.«

GREG FULLER: Der Artikel begann mit einem Foto von Kevin, der die Beine des Inlineskaters anschrie, die nutzlos aus dem Sonnendach des Autos hervorragten. Ich verfluchte den Fortschritt der Farbreprographie – jede geschwollene Ader im dunkelroten Gesicht unseres Regisseurs war in Hochauflösung zu erkennen.

Es gab noch eine Menge anderer Fotos. Ich werde sie nicht beschreiben. Sagen wir mal, ich habe Bilder von Massenkarambolagen auf der Autobahn gesehen, die weniger schlimm waren.

Der Höhepunkt war jedoch das Foto von Rebecca Richards – obwohl sie gar nicht dabei gewesen war. Sie hatten ein Archivfoto benutzt und die Folgen einer Gummiallergie draufkopiert. Die Überschrift bestand nur aus einer Zeile – BECCAS AUSSCHLAG-GEBENDER BODY – und hätte mir an einem anderen Tag ein Lächeln entlockt. Dass sie keine Aufnahme aus ihrem einzigen Kostümfilm hatten (Sie wissen schon, Schiff trifft Eisberg / Junge trifft Mädchen), war nur ein schwacher Trost.

Als wären die Bilder noch nicht schädlich genug, hatte der Reporter sich auch noch mit einem längeren Artikel verewigt. Er schloss mit: »Blackstock – immer für einen Lacher gut.«

Das alles füllte die Seiten vier und fünf. Auf Seite sechs wartete noch eine besondere Überraschung auf mich.

Yasmin Fish: »Meine Güte«, sagte mein Dad und verschluckte sich an seinen Cornflakes. »Ich dachte, das wäre eine anständige Zeitung.«

Meine Mom schnappte sie ihm weg. »Das Ding ist ja lebensgefährlich«, sagte sie. »Halt dich bloß von ihm fern, Yasmin.«

»Er sollte einen Waffenschein dafür haben«, pflichtete Dad ihr bei.

Ich griff nach der Zeitung und sah mir das Bild an, das die beiden so aufregte. Unwillkürlich wurde ich rot. Joes Brust- und Bauchmuskeln sahen toll aus, aber Dad hatte was anderes gemeint. Tyler trug genau dieselbe Tommy-Hilfiger-Unterhose, aber er füllte sie nicht so aus wie Joe.

Greg Fuller: Die Überschrift für Joes »exklusives« und »enthüllendes« Interview lautete: JOE: ES KOMMT NICHT AUF DIE GRÖSSE AN. Das war etwa so aufrichtig wie JORDAN:

ICH WÜNSCHTE, DIE PRESSE WÜRDE MICH IN RUHE LASSEN und ein Foto der staatlich anerkannten Medienhure bei der fünften Premiere der Woche darunter.

Ich hoffte, wenn Max sich von der *Financial Times* zum *Mirror* heruntergelesen hatte, würde er so gebannt auf das Modell des Mount Everest in Joes Unterhose starren, dass er das PR-Desaster davor übersah. Für den wahrscheinlichen Fall, dass es anders kam, hatte ich meine Entschuldigung parat: »Max, es war nicht meine Idee, den *Mirror* einzuladen. Du kannst dich bei unserem geschätzten Kunden bedanken.« Dieses eine Mal sagte ich die reine Wahrheit.

BOB BULL: Ich war auf dem Weg zu den Dreharbeiten, als der Anruf von Roger Knopf kam. Ich wäre kein internationaler Marketingprofi gewesen, wenn mich das unvorbereitet getroffen hätte. Ich schaltete *Anthology: The Very Best of REO Speedwagon* aus und antwortete über die Freisprechanlage.

»Sie haben wahrscheinlich schon den *Daily Mirror* gesehen«, sagte er.

»Roger, ich bin genauso wütend wie Sie. Ich empfehle, dass wir ihn sofort aus unseren Werbeplänen herausnehmen.«

»Ich wusste nicht, dass wir da Anzeigen geschaltet haben.«

»Genau genommen nicht, aber ich werde denen klipp und klar sagen, wenn wir welche geschaltet hätten, wäre sofort damit Schluss gewesen.«

»Was ich wissen will, Bob – wie zum Teufel kriegt ein Revolverblatt Zugang zu unseren Dreharbeiten?«

»Da sind Sie nicht der Einzige, Roger. Ich werde persönlich in Erfahrung bringen, was sich die Werbeagentur bei dieser Einladung gedacht hat.«

NANCY STARK: Während mein Handy sich über Nacht auflud, hatte es sich eingeschaltet, und sein Piepen weckte mich. Ich schaute auf die Uhr – halb acht. Auf dem Display stand: GREG ZU HAUSE. »Scheiße«, dachte ich und drehte die Klimaanlage voll auf. Ich hoffte, es würde wie in einem Taxi klingen, so dass ich sagen könnte, ich sei auf dem Weg zur Villa von Paul und Shaun.

Ich hätte mir keine Sorgen zu machen brauchen. Es war Carrie.

»Na, amüsieren wir uns gut?« Sie klang kalt, aber ich dachte, das liege vielleicht an der Verbindung.

»Na ja, es ist nicht direkt eine Kur, Carrie«, antwortete ich und schaute zu Dieter, der neben mir schlief.

»Du Schlampe«, zischte sie. Es war also nicht die Verbindung. »Wie konntest du mir das antun? Ich dachte, du wärst meine Freundin, jemand, auf den ich mich verlassen kann. Und jetzt das.«

»Jetzt *was?*«

»Du weißt genau, was ich meine, *Lola.*« (Sie hatte mich noch nie so genannt.) »Weißt du, was ich die ganze Nacht gemacht habe? Mich an jedes Gespräch erinnert, das wir je gehabt haben. ›Tut mir Leid, Carrie, Greg kommt später – er hat einen Kunden … Tut mir Leid, Carrie, die Sitzung dauert länger. Warte nicht mit dem Essen auf ihn … *Tut mir Leid, Carrie*‹.« Es war unheimlich. Sie hatte meine Stimme perfekt drauf. »Und ich hab dir jede einzelne Lüge geglaubt.«

Scheiße. *Sie wusste über Toddy Bescheid.*

»Es tut mir so Leid, Carrie.« Es klang schwach, und das war es auch.

»Du kannst mich mal. Leidtun reicht nicht mal annähernd.«

»Ich weiß, wie verletzt du sein musst. Ich hätte etwas tun sollen, aber ich konnte mich nicht durchringen …«

»Ich will das jetzt nicht hören. Ich wollte dir nur sagen, wie sehr ich dich verachte«, meinte sie, bevor sie auflegte.

»Dämlicher Kerl«, sagte ich laut. »Fickt sich um Kopf und Kragen.«

»Tut mir Leid, Lola«, murmelte Dieter. »Viermal in einer Nacht ist ein Mal zu viel.« Er rieb sich zur Verdeutlichung die Leistengegend.

»Du doch nicht. Greg.«

»Mein Gott, du bist verheiratet?«

Bob Bull: Als ich eintraf, las Greg gerade den *Mirror*.

»Ich glaube, darum sollten Sie sich kümmern.«

»Wer hat denn gestern gesagt: ›Jede Publicity ist gute Publicity?‹«, versuchte er polternd jede Schuld von sich zu weisen.

»Das ist doch bloß so eine Redensart. Woher sollte ich denn gestern wissen, dass die gerade an dem Tag kommen würden, an dem Dreharbeiten schief gehen?«, widersprach ich. »In einem hat der *Mirror* jedenfalls völlig Recht. Sie managen die Ereignisse nicht gerade brillant – das ist nicht das, was eine Firma wie Blackstock von ihrer Werbeagentur erwartet.«

»Ich hab die Zeitung nicht eingeladen, Bob.«

»Mag sein, aber Sie hätten sie aufhalten sollen. Das ist Ihr Revier. Sie sollen doch hier der verdammte Experte sein.«

Er wusste, dass ich ihn festgenagelt hatte. Er stotterte bloß noch rum. Sein Handy klingelte. »Ich geh besser mal ran«, sagte er. So leicht würde er mir aber nicht davonkommen.

Nancy Stark: »Der Anruf kam mal zur richtigen Zeit, Lola«, sagte Greg. »Ich wollte gerade unseren Kunden erwürgen. Erzähl mir was Positives. Sag, dass du Pickel und Schweiß als Gepäck eingecheckt hast und gleich zurückfliegst.«

»Du bist so ein Idiot, Greg.«

»Wieso? Was haben sie über mich erzählt?«

»Paul und Shaun haben gar nichts erzählt, weil ich noch nicht bei ihnen war. Carrie ist gar nicht gut auf dich zu sprechen.«

»Du hast mit ihr geredet? Was hat sie gesagt?«

»Sie weiß Bescheid über dich und die böse Producerhexe.«

»Wie hat sie das rausgekriegt? Warte mal – wie hast *du* das rausgekriegt?«

»Ich weiß es schon lange. Ihr beiden habt eure Spuren beschissen amateurhaft verwischt.« Das stimmte. Toddy markierte ihr Revier. Ich glaube, sie hatte eine spezielle Drüse, die Chanel versprühte.

»Dann weiß Carrie definitiv Bescheid?«

»*Definitiv.*«

»Scheiße. Ich hatte auf die Erdnussbutter gehofft.«

»Ich hab keine Ahnung, wovon du redest, Greg, aber du kümmerst dich besser um die Geschichte. Du wirst nie wieder eine zweite Carrie finden. Wenn du sie verlierst und bei dieser oberflächlichen Zicke bleibst, bist du bekloppter, als ich dachte.«

Schweigen.

»Greg?«

»Ich kümmere mich drum, okay? Wieso hast du eigentlich noch nicht mit Pickel und Schweiß geredet, verdammt noch mal?«

Ich hatte gehofft, seine zerbröselnde Ehe würde ihn davon ablenken. Wäre so schön gewesen.

So wunderschön.

NORMAN DER KOCH: Der Blackstock-Mann kam, holte sich das Norman-Nummer-eins-Frühstück und ich gab ihm sein T-Shirt.

»Danke«, sagte er. »Sie sollten ins Marketing gehen. Treueprämien-Programme sind ein Wachstumsmarkt. Das klassische Gratis-T-Shirt ist, unter Kosten-Verkaufsaussichts-Gesichtspunkten betrachtet, der effektivste Anreiz überhaupt. Bloß die Korinthenkacker im Vorstand kapieren das nicht. Wie viele T-Shirt-Promotions mir die Buchhalter schon gestrichen haben, geht auf keine Kuhhaut.«

»Stimmt genau, Kumpel«, sagte ich, obwohl ich keine Ahnung hatte, was er da brabbelte.

Er faltete das T-Shirt auseinander und hielt es hoch. »Ist das ein unflätiges Wort?«, fragte er. »Meinen Sie nicht, die Presse hat uns nicht schon genug gebeutelt, ohne dass alle mit unflätigen Wörtern auf der Brust rumlaufen?«

»Das ist kein unflätiges Wort«, sagte ich. »Es sollte heißen ›Ein Happen und die Diät ist im Argen‹. Mein Bruder hat sie gedruckt. Er hatte nicht genug Buchstaben, aber jede Menge von diesen Sternchen.«

»Ah, verstehe. Sehr drollig.«

Er hatte Recht – ich hätte ins Marketing gehen sollen. Wenn da Wichser wie der das Sagen hatten, konnten sie wirklich mal jemand mit Köpfchen gebrauchen.

VERONICA D: Als Rebecca aufwachte, war ihr Ausschlag fast weg. Ihre Laune hatte sich aber nicht verbessert; sie war sogar noch schlechter als zu der Zeit, als sie die Sache mit Joe und Greta rausgekriegt hatte. Egal, wie verzweifelt sie gewesen sein mochte, im Inneren wusste sie, dass er nicht der einzige Typ auf der Welt war. Aber jetzt tat sie so, als wäre die Rolle in *Lives* ihr letzter Job beim Fernsehen – und die einzige Rolle, die sie noch kriegen würde, wäre die als Huhn von Kentucky Fried Chicken, das Handzettel verteilt.

Im Wagen sagte sie kein Wort. Dafür sprang Tish aber in die Bresche.

TISH WILKIE: Ich hatte beschlossen, Rebeccas Selbstbewusstsein zu stärken. Um in Bestform zu sein, musste sie wieder geheilt werden. Veronica starrte mich böse an. Sie war so total *ähh*. Was verstand sie schon davon, wie man das zerbrechliche Ego eines Stars behandeln musste?

Veronica behauptete, Rebecca sei einfach deprimiert, weil sie ihren Job verloren hatte, aber sogar ein Blödmann konnte erkennen, dass sie tief im Inneren ein *sehr* unglücklicher Mensch war. Offensichtlich hatte sie das Paradies-Syndrom, das Hollywood noch schlimmer getroffen hatte als Aids. Man kriegt es, wenn man alles hat, Ruhm, Geld, Schönheit, aber immer noch eine große Leere im Leben fühlt. Sie haben wahrscheinlich noch nie davon gehört, aber wie auch? Man muss ein Superstar sein, um in Gefahr zu geraten, sich anzustecken, und Sie arbeiten wahrscheinlich in einem Laden oder einer Fabrik oder sonst was.

Ich hatte bereits beschlossen, nach unserer Rückkehr nach L. A. herauszufinden, ob es eine Selbsthilfegruppe dafür gab. Anonyme Prominente oder so was. Wenn nicht, würde ich eine gründen. Rebecca und andere unglückliche Stars brauchen unsere Hilfe. Alkoholiker haben ihre Gruppen, und sie trinken *freiwillig.* Stars sind nicht freiwillig Millionäre, haben nicht freiwillig Chauffeure, sitzen nicht freiwillig an den besten Tischen im Restaurant, und und und. Okay, irgendwie schon, aber Sie wissen schon, was ich meine. Oder?

Ich hatte ein *irres* Buch gelesen. Es hieß *Weltfrieden durch innere Ruhe* und hatte mein Leben *total* verändert. Ein *tolles* Kapitel handelte davon, wie man sich *völlig* von Ärger reinigt. Genau das, was sie brauchte.

»Rebecca, ich möchte, dass du mal diese Übung machst«, sagte ich. »Schließ die Augen und stell dir vor, deine dunklen Gefühle sind Schäfchenwolken.«

Sie drehte den Kopf weg und sah aus dem Fenster. Ich glaube, sie hatte die Augen geschlossen, aber es war schwer zu sagen.

»Kleine Schäfchenwolken«, sagte ich beruhigend. »Jetzt denk an eine schöne goldene Sonne, die durch die Wolken scheint. Eine nach der anderen löst sich auf und verschwindet … löst sich auf … und verschwindet.«

VERONICA D: Rebecca seufzte bedrohlich, deshalb griff ich vor ihr ein. »Tish, im Moment hat Rebecca mit Wirbelsturm Shirer zu tun. Ich glaube nicht, dass ein paar verdammte Schäfchenwolken ihr dabei helfen. Mach mal eine Pause, ja?«

TISH WILKIE: Seit Rebecca *mich* mitten in der Nacht wegen ihrer Allergie gerufen hatte, war Veronica auf das Band zwischen uns eifersüchtig. Da ich aber nicht gehässig war, beschloss ich, auch an ihr zu arbeiten. Ein *ganzes* Kapitel in *Welt-*

frieden handelte davon, wie man Menschen durch »positive innere Biowellen« für sich gewinnt.

Carrie Fuller: »Wir kommen ohne ihn besser klar, wirst schon sehen«, erklärte Baby, als ich mir ein Ei kochte.

»Du möchtest also mit einer allein erziehenden Mutter aufwachsen? Schlange stehen nach Sozialhilfe als Aussätzige des Staats und der *Daily Mail*?«

»Diese Bude ist keine Sozialwohnung und du bist keine Prollbraut.«

»Stimmt ... Gut, dass wir den Mistkerl los sind. Kannst du dir das vorstellen? Vögelt seine verdammte Sekretärin.«

Greg Fuller: Toddy fegte in einem brandneuen Valentino-Teil ins Studio. Die einzige Frau, die nicht die Studiouniform aus T-Shirt, Jeans oder Combat-Hosen und Timberland-Schuhen trug. Einmal drehten wir in der Sierra Nevada, und ich bewunderte wirklich, wie sie hundert Meter Geröll auf zehn Zentimeter hohen Absätzen überwand. Sie brauchte den ganzen Tag, und als sie oben war, waren wir fast fertig, aber bewundernswert war es trotzdem.

»Wir müssen reden«, sagte ich.

»Ja, allerdings. Dieser Dodge Viper sieht schrecklich aus – rot – so *nouveau riche*. Ich glaube, wir müssen ein Meeting ansetzen.«

»Nicht wegen des Wagens. Wegen uns. Carrie weiß Bescheid.«

»Du hast es ihr erzählt? Wie wundervoll«, quiekte sie und fiel mir um den Hals.

»Nein, ich hab ihr nichts erzählt. Ich dachte, vielleicht du?«

»Nein, hab ich nicht. Wofür hältst du mich? Es ist doch auch egal. Sie weiß es jetzt«, sagte sie. »Wenn sie nicht so ichbesessen wäre, hätte sie es schon vor Monaten rausgekriegt.«

Carrie Fuller: »Wie konntest du es übersehen?«, fragte Baby. »Sie sitzt vor seiner Tür, bringt ihm Kaffee und Doughnuts, trägt diese engen Tops, macht ›Hoppla, da ist mir ja der Stift runtergefallen‹ und bückt sich, damit er ihr Höschen sieht.«

»Darüber möchte ich nicht nachdenken.« Ich schauderte.

»Hör bitte auf zu schaudern. Es ist hier drin schon klaustrophobisch genug, ohne dass du losgehst wie ein Pressluftbohrer. Hör mal, du hast selbst gesagt, sie ist eine Schnalle. Und er nennt sie *Lola,* verdammt noch mal. Wenn ich Anwalt wäre, wäre das Beweisstück A. Wie konntest du es übersehen?«

»Zunächst mal war ich ein kleines bisschen mit dir beschäftigt. Außerdem dachte ich, Nancy wäre meine Freundin. Man nennt das Vertrauen. Das lernst du, wenn du draußen bist.«

»Von dir wohl kaum. Ich merke ja jetzt schon, dass du keine Expertin darin bist.«

GREG FULLER: »Vertrau mir, Toddy, es ist das Beste«, sagte ich, als sie an meiner Schulter schluchzte.

»Aber warum, Greg?«

»Weil sie unser drittes Kind bekommen wird. Ich schulde ihr den Versuch, unsere Ehe zu reparieren ... wenn sie mich lässt.«

»In ein paar Wochen kommst du wieder angekrochen. Das tust du immer. Niemand versteht dich so gut wie ich«, schniefte sie.

»Diesmal nicht, Süße. Ich muss es mit Carrie versuchen – und dafür brauchen wir Zeit.«

CARRIE FULLER: »Wie lange kochst du das Ei?«, fragte Baby.

»Dreieinhalb Minuten, wie immer«, sagte ich und nahm es heraus.

»*Dreieinhalb Minuten!* Hast du noch nie von Salmonellen gehört? Wenn du schon dabei bist, kannst du noch ein Stück rohes Schweinefleisch kauen, damit wir beide Toxoplasmose kriegen.«

»Was ist denn das?«

»Frag nicht. Üble Sache – die Geißel von uns Föten.«

14

Kate Winslet, Sex-Supermärkte, das britische Würstchen

VERONICA D: Als wir ins Studio kamen, war das einer von diesen Der-Rächer-betritt-den-Saloon-Momenten. Eben noch hörte man überall Lärm, aber als sie Rebecca sahen, wurde es auf einmal still. Wenn ein Klavierspieler in der Ecke gespielt hätte, hätte er mitten im Takt aufgehört.

TIM LELYVELDT: Hat man jemanden mal nackt gesehen, sieht man ihn nie wieder mit den gleichen Augen, oder? Arme Rebecca – am Tag vorher hatte sie jeder gesehen, zwar nicht nackt, aber in Fetischwäsche. Vor allem hatte jeder gesehen, wie sie's anderen besorgte, sich's besorgen ließ, es schluckte und sich auch noch mit einer Haarbürste verdreschen ließ. Als sie reinkam, schien es, als hätten sie es alle schon mal besoffen mit ihr getrieben und könnten ihr jetzt, wo sie wieder nüchtern waren, nicht mehr in die Augen sehen.

VERONICA D: Rebecca war wohl zu sehr weggetreten, um es überhaupt zu bemerken – sie schwebte wie ferngesteuert in ihre Garderobe. Ich machte ihr die Haare. Normalerweise redete sie nicht viel, wenn ich sie frisierte. Klar, die meisten Frauen gehen zum Friseur und wollen klatschen, aber wenn dieselbe Kuh jeden Arbeitstag zwei Stunden die gleiche Frisur aus dem gleichen Haar macht, hat man bald keine Urlaubs- oder Beziehungsgeschichten mehr auf Lager.

An diesem Morgen stöhnte sie überhaupt nicht, nicht mal ein »Aua, Veronica, pass doch mit dem Kamm auf« – über eine Stunde lang war sie mucksmäuschenstill.

Als ich sie gerade föhnen wollte, meinte sie plötzlich: »Scheiße, Veronica, die haben mich nicht mal angesehen.«

»Mmm, Süße.« Lügen konnte ich nicht.

»Die wissen es bestimmt.«

»Woher denn?«, meinte ich. »Du hast ja nicht mal offiziell was von der Entscheidung erfahren.«

»Aber irgendwas wissen die.«

Bob Bull: Ich konnte einfach nicht fassen, dass es mir nicht früher aufgefallen war. Ich lag selten daneben. Aber ich kam mir vor wie ein Idiot, als ich zwei der Jungs davon schwärmen hörte, wie toll Rebecca in diesem genialen Film gewesen sei. Ich hätte ihre Rolle allerdings nicht als »versaut« oder »geil« beschrieben, eher als stolz und zugleich verletzlich.

Es wunderte mich, dass Jane mich nicht aufgeklärt hatte. Warum hatte sie all die Wochen nichts gesagt, nachdem ich ihr erzählt hatte, dass Rebecca Richards, der Star ihres absoluten Lieblingsfilms, in unserer neuen Werbung sein würde? Sie heulte jedes Mal wie ein Schosshund, wenn sie diese irisch klingende Filmmusik von Barbara Streisand hörte. Ich weiß nicht, ob sie es gut findet, wenn ich das hier erzähle, aber sie wollte sogar unbedingt, dass wir diese heiße Szene auf der Fähre von Dover nach Calais auf der Rückbank unseres Scorpio »nachspielten«. Ich stehe zwar nicht so drauf, es in der Öffentlichkeit zu tun, aber ich zog mich wohl ganz gut aus der Affäre.

Ich machte mir in Gedanken eine Notiz, Rebecca zu ihrer Darstellung zu gratulieren, sobald wir mal wieder Zeit zum Plauschen hatten. Ich wollte ihr unbedingt sagen, dass Jane und ich sie und Leonardo di Capriati für das romantischste Filmpaar aller Zeiten halten. Ich wollte ihr auch das Kompliment machen, dass sie seit den Dreharbeiten zu *Titanic* tüchtig abgenommen hatte.

Nicht, dass ich auf gertenschlanke Frauen stünde; ich hab's gern, wenn die Damen ein bisschen gepolstert sind. Ich halt mich gerne an etwas fest, sage ich immer zu Jane, wenn ich sie mal wieder dabei erwische, wie sie die Schoko-Lebkuchen dezimiert.

TIM LELYVELDT: »Na, wie mach ich meine Sache, Tim?«, fragte Joe.

»Super«, erwiderte ich.

Er hatte ihr schon den Job in der Serie weggenommen. Mit dem unmittelbar bevorstehenden internationalen Start von DER LETZTE ABGANG AUF DER TITTANIC war er außerdem dabei, ihr das letzte bisschen Würde zu nehmen, das die arme Kuh noch besaß. Ich würde sagen, er hatte einen ziemlich guten Tag.

»Ja, läuft ganz gut«, sinnierte er. »Aber wär's nicht cool, wenn der Typ von der Reifenfirma sich noch mal ihren Lebenslauf angucken würde – den mit ihrem Frühwerk?«

Herrgott, dachte ich, er kriegt es doch morgen zusammen mit der ganzen Welt zu sehen. Kannst du nicht so lange warten?

»Klar«, sagte ich, »das wäre cool.«

VERONICA D: Nach dem langen Schweigen brachen alle Dämme. Rebecca hörte gar nicht mehr auf zu reden.

»Weißt du was, Veronica? Es ist mir scheißegal, wer davon weiß.«

»Woher dieser Sinneswandel?«

»Es glaubt doch sowieso schon jeder, alles über mich zu wissen. Was macht es da aus, wenn sie schon früher herausfinden, dass ich gefeuert worden bin? Wenn ich den Job verliere, ist das doch nicht das Ende der Welt? Ich muss mir deswegen nicht wie eine Versagerin vorkommen, oder?«

»Kein bisschen.«

»Und es kann mir egal sein, was alle über mich sagen.«

»So gefällst du mir, Süße.«

»Ich bin wirklich stolz auf das, was ich bei *Lives* geleistet habe. Überhaupt hab ich nie was getan, wofür ich mich schämen müsste.«

Sie machte sich wieder Mut.

»Na ja«, meinte sie nach einer Pause, »bis auf eine Sache.«

BOB BULL: Allmählich hatte ich das Gefühl, dass alles wieder auf Kurs war. Greg hatte die gelbe Karte gesehen und das Team schuftete wie die Nig… Das darf man nicht sagen, oder? Sie arbeiteten phänomenal hart, um die Sache wieder ins Laufen zu bringen. Wir waren fast so weit, die erste Szene des Tages zu drehen, als Morty zu mir kam.

»Bobby, kann ich Sie mal vertraulich sprechen?«, flüsterte er. »Da ist eine Sache, die Joe große Kopfschmerzen bereitet.«

Es war bezeichnend, dass er mich ins Vertrauen zog. Nicht Greg, nicht Kevin French, sondern Bob Bull. In diesem Moment war es sonnenklar, wer im Studio das Sagen hatte. Wir gingen in eine ruhige Ecke und Morty legte die Karten auf den Tisch.

»Bobby, man kann bei der Sache nichts beschönigen, also komme ich gleich auf den Punkt. Sie sind ohne Frage ein Mann, der klare Verhältnisse schätzt.«

Ich machte mich auf das Schlimmste gefasst.

»Joe hat erfahren, dass sein Co-Star nicht ganz aufrichtig zu ihm war.«

»Ich dachte, die beiden wären … na, Sie wissen schon …« Ich suchte nach einem passend eleganten Ausdruck.

»Ach, Joe und Rebecca sind schon lange nicht mehr zusammen, Bobby, aber sie haben weiterhin ein enges Arbeitsverhältnis. So wie Bob und Bing oder Fred und Ginger.«

»Oder Terry und June«, griff ich den Faden auf.

»Ihr Verhältnis beruht auf gegenseitigem Respekt und Vertrauen. Bestimmt sehen Sie bei Ihrer Sensibilität ein, dass die Chemie zwischen den beiden auf der Leinwand sonst nicht funktionieren würde.«

»Absolut«, nickte ich, »phänomenales Vertrauen.«

»Sie müssen auch bedenken, dass die Marke Joe Shirer sehr sorgfältig aufgebaut wurde. Sie ist sauber, aber sexy, jugendlich, aber männlich, amerikanisch wie Apfelkuchen, aber auch ein bisschen frech.«

»Genau das macht Joe und Blackstock zur perfekten Kombination an der Schnittstelle zwischen Marke und Verbraucher«, stimmte ich zu.

»Das kleinste bisschen Schmutz würde die ganze gute Arbeit zerstören.« Mort hielt inne und atmete tief ein. »Heute Morgen hat Joe etwas über Rebecca erfahren, was ein großes Fragezeichen hinter ihr künftiges Arbeitsverhältnis setzt.«

»Mein Gott«, sagte ich, »was hat sie denn getan?«

Veronica D: Dann sagte Rebecca was Seltsames. »Glaubst du, dass Frauen in Pornos ausgebeutet werden, Veronica?«

»Pornos? *So* tief bist du noch nicht gesunken.«

Sie hörte gar nicht hin und sagte: »Die größte Ironie an Hollywood ist nämlich, dass es die einzigen Filme sind, bei denen Frauen mehr verdienen als Männer.«

»So hab ich's noch nie betrachtet.«

»Stell dir mal vor, ein Produzent erzählt Nicholas Cage, Angelina Jolie kriegt sechs Millionen mehr als er, und wenn er fragt, warum, heißt es: ›Es ist doch so, Nick, niemand steht eine halbe Stunde an, um *deine* Titten zu sehen.‹ So läuft das im Pornogeschäft.«

»Becca, warum erzählst du mir das alles?«, fragte ich.

Sie ließ sich Zeit mit der Antwort.

Bob Bull: »Am Anfang ihrer Karriere hat Rebecca in einem Low-Budget-Film mit fragwürdiger Moral mitgespielt«, antwortete Morty.

»Doch nicht in einem Schmuddelvideo«, sagte ich und spürte, wie ich zusammenschrumpfte.

»Eher einem Superschmuddelvideo.« Ich muss etwas verwirrt ausgesehen haben, denn er fügte hinzu: »Sie hat in einem Porno mitgemacht … Hardcore.«

»Sie meinen in einem Sexfilm?« Ich war sprachlos. »Wie hat sie danach bloß die Hauptrolle in *Titanic* bekommen?«

VERONICA D: »Ich hab mal einen Porno gemacht«, sagte sie in einem beiläufigen Ton, in dem andere Leute sagen, sie hätten mal lila Kleider getragen.

»Was?«, quiekte ich und schnitt einen halben Zentimeter zu viel von ihrem Pony ab.

»Ich hab dir doch gesagt, es gibt eine Sache, wegen der ich mich schäme.«

»Nichts Eindeutiges, oder?«, fragte ich. »Nur ein bisschen Rumhampeln, nicht?« Ich hoffte auf eine Bestätigung, aber die bekam ich nicht. »Lieber Gott, Rebecca Richards! Sag mir nicht, du hast einen Hardcore-Film gedreht!«

»Härter geht's nicht«, presste sie hervor.

»Mein Gott! Wie zum Teufel hast du's geschafft, das für dich zu behalten?«

»Na ja, als ich mich für *Lives* beworben habe und gefragt wurde, was ich bisher so gemacht hätte, hab ich flüchtig daran gedacht zu sagen: ›Ach, nicht viel. Ich war Statistin bei einem Autounfall in *Casualty*, ich war in ein paar Werbespots und in einer Art *Titanic*-Remake hab ich dem Kapitän einen geblasen.‹ Aber dann dachte ich mir, halt am besten die Klappe.«

»Okay, du wolltest also Larry King nicht alles erzählen, aber es kommt immer irgendwie raus. Guck dir Kevin Costner an, Sylvester Stallone oder Madonna – die haben alle so was gemacht, und wir alle kennen die Streifen.«

»Ich hatte Glück. Der Produzent hatte zur gleichen Zeit seinen Durchbruch wie ich – sogar in der gleichen Woche. Er hat sich jahrelang mit Pornos über Wasser gehalten, aber in Wirklichkeit wollte er zu den großen Fernsehsendern. Er schickte den Sendern andauernd neue Ideen, aber nichts davon kam an. Dann kriegte er auf einmal einen Vertrag bei der BBC. Das Witzige war, dass er genau wie ich nichts von seinen Fickfilmchen erzählt hatte. Er hätte ein Vermögen mit ihnen machen können, als ich die Rolle in *Lives* kriegte, aber er war genauso scharf drauf wie ich, das Ganze geheim zu halten. Der Film wurde nie veröffentlicht.«

»Was macht der Typ denn für Sendungen?«, wollte ich wissen.

»Das ist überhaupt das Komischste an der Sache: Er ist der Star der Kleinkinder-Unterhaltung – er produziert *Die Shaggles*.«

»Was soll das denn sein?«

»Die sind so ähnlich wie die Teletubbies, nur ein bisschen abgerissener, und sie schmeißen immer Torten. Damit ist er reich geworden – er verdient wahrscheinlich mehr Geld allein mit dem Merchandising, als er je mit Pornos gemacht hat.«

TYRONE EDWARDS: »Was soll das denn, Tyrone?«, schreit Yvonne.

»Was machst du denn schon wieder hier? Ich dachte, du bist arbeiten?«

»Ich hab meinen Walkman vergessen. Und wieso zum Teufel guckst du jetzt Fernsehen?«

»Das sind *Die Shaggles*.«

»Bist du drei oder was? Schieb deinen dürren Arsch hier raus und such dir Arbeit!«

»Ich hab gerade nachgedacht«, sag ich zu ihr. »Diese Typen machen bestimmt Millionen mit dem Scheiß. Muss kinderleicht sein. Steck jemand in ein Monsterkostüm, lass ihn ein paar Liedchen singen und Torten schmeißen. So was kann ich mir auch noch ausdenken.«

Sie schmeißt die Gelben Seiten nach mir und trifft mich ins Gesicht.

»Scheiße, Yvonne, das tut weh!«, sag ich.

»Gut, das sollte es auch. Da drin stehen Leute, die geben anderen Leuten Arbeit – sogar faulen und nutzlosen Kriminellen wie dir.«

»Ich find schon Arbeit, ich schwör's dir, aber dafür brauch ich Zeit.«

»Ich geb dir Zeit – bis ich heute Abend wiederkomme«, sagt sie und knallt die Tür zu.

Ich schlag die Gelben Seiten auf, Buchstabe S, Schraubenherstellung, Schrotthandel, Security.

Security. Da fällt mir was ein. Ich schnapp mir meine Jacke. Ich werd einfach mal bei Hakkan vorbeischauen.

Bob Bull: Ich konnte wieder klar denken und war zu einer Antwort fähig. »Potentiell ist das eine phänomenale Krise, Morty. Erst mal muss ich mir den Film selbst ansehen und genau herausfinden, womit wir es hier zu tun haben. Wenn mich meine Erfahrung irgendwas gelehrt hat, dann das, dass man in so heiklen Dingen kein vorschnelles Urteil fällen darf.«

»Da haben Sie Recht, Bobby. Wissen Sie, Joe will das nicht an die große Glocke hängen. Er ist sauer auf Rebecca, aber er will, dass es zwischen den beiden bleibt. Als sein Manager muss ich das Ganze aber im Gesamtzusammenhang betrachten und die unangenehmen Fragen stellen. Was bedeutet seine Zusammenarbeit mit ihr für seine Karriere? Offen gesagt würde ich ihm raten, ihr gegenüber auf Abstand zu gehen. Gibt es irgendeine Kündigungsoption bei Rebeccas Vertrag?«

»Blackstock kann auf eine stolze Geschichte zurückblicken. Die Firma hat Autofahrern und ihren Familien über ein Jahrhundert lang gedient, und das vielleicht besser als jeder andere in der Automobilwelt.«

»Dann legen Sie sie auf Eis?«

»Falls das Video nur den leisesten Anschein von inakzeptablem Verhalten enthält … absolut«, versicherte ich ihm.

»Jetzt, wo das geklärt ist, kann ich wieder frei atmen«, sagte Morty und reichte mir das Video.

Veronica D: »Warum erzählst du mir das alles jetzt, Becca?«, fragte ich.

»Weil du meine Freundin bist. Ich hab keiner Menschenseele davon erzählt, seit ich nach L. A. gekommen bin.«

»Aber warum *jetzt*?«

»Weil ich dir zu erklären versuche, warum es nicht so schlimm ist, gefeuert zu werden.«

»Ich kann dir nicht folgen, Süße.«

»Immer wenn was Schlimmes passiert, denke ich an den Porno und fühle mich gleich besser.«

»Jetzt kann ich dir erst recht nicht mehr folgen.«

»Als ich den gemacht habe, war ich verzweifelt. Es war keine schöne Zeit. Egal, wie schlimm es kommt – so dreckig wird's mir nie wieder gehen.«

BOB BULL: Ich bin nicht prüde. Ich hab nichts gegen das schöne Mädchen auf Seite drei und mag auch nicht die Spielverderber, die jedes bisschen Busen verbieten wollen. Aber jeder anständige Mensch weiß, dass es eine Grenze gibt. Sagen Sie mir, wenn ich falsch liege, aber diese Grenze wurde eindeutig überschritten, als man ein so wichtiges Filmereignis wie *Titanic* in den Dreck zog.

Ich machte mich auf die Suche nach Greg. Er sollte erfahren, dass Blackstock mich nicht nur wegen meiner strategischen Talente angeheuert hatte, sondern auch wegen meines edelstahlharten Willens.

Mir kam in den Sinn, dass sich Maggie so gefühlt haben musste, als man ihr erzählte, die Argentinier hätten die Falklands besetzt. Sie hatte nicht nachgegeben, und Robert Gerald Bull würde das auch nicht.

VERONICA D: Dann sagte Rebecca: »Es ist mir piepegal, was irgendjemand von mir denkt. Ich geh jetzt frühstücken.«

»Aber ich bin noch nicht mit deinen Haaren fertig«, sagte ich, als sie aufstand. »Und du frühstückst doch sonst nie.«

Aber da war sie schon verschwunden.

CARRIE FULLER: Ich versuchte, das Telefon zu überhören, schaffte es aber nicht.

»Carrie, ich weiß, dass du sauer bist, aber lass es mich doch erklären«, gab er von sich, bevor ich überhaupt hallo sagen konnte.

»Was willst du mir denn erklären? Ich bin im sechsten Monat und du bist ein Stück Scheiße – das ist alles, was ich wissen muss!«

»Du hast ja Recht, mich zu hassen. Verdammt, ich hasse mich ja selbst. Es tut mir Leid.«

Schweigen.

»Es tut mir Leid, so unendlich Leid.«

Noch mehr Schweigen.

»Wir müssen miteinander reden. Du musst wissen, dass ich dich liebe.«

»Fahr zur Hölle, Greg«, sagte ich und legte auf.

Greg Fuller: Ich spielte mit dem Gedanken, Carrie erneut anzurufen, als Bob erschien und mich aus meiner Unschlüssigkeit befreite. Er hielt ein Video in der Hand.

»Haben Sie das gesehen? Ich will, dass dieses perverse Flittchen *sofort* aus meinem Film verschwindet«, forderte er. »Außerdem zweifle ich entschieden am Urteilsvermögen der Agentur, die sie gecastet hat.«

Ich sah das gekritzelte *Titanic*-Schildchen auf dem Rücken der Videokassette. Offensichtlich war die Kopie, die ich am Tag zuvor konfisziert hatte, nicht die einzige gewesen.

Ich atmete tief ein und sagte: »Offenbar nicht die James-Cameron-Version, Bob. Ja, ich hab's gesehen. Und Sie?«

»Äh, nein, aber ...«

An diesem Punkt wusste ich, dass ich die Situation noch retten konnte. Wie ich das stets zu tun pflege, begann ich mit den logischen Argumenten. »Bob«, erklärte ich, »Rebeccas Auftritt in diesem Film war eine Verfehlung, eine Entscheidung, die sie inzwischen bitter bereut. Die Rebecca in diesem Video ist nicht die Rebecca, die Ihren Werbespot zu einem Ereignis machen wird.«

Er sah nicht überzeugt aus, aber bei der Ausgangsposition konnte man nicht erwarten, dass er sofort klein beigeben würde.

Dann gab ich ihm noch mehr zum Nachdenken. »Pornographie ist nicht mehr das, was es mal war. Die Zeiten haben sich geändert. Pornos sind so etwas wie die neuen Disneyfilme. In ganz Europa schießen Sex-Supermärkte wie IKEA-Filialen aus dem Boden. Die haben sogar Kinderkrippen.« (Letzteres war eine Erfindung von mir. Die Vorstellung lag aber nicht allzu fern, dass in den Vororten von Amsterdam, gleich neben der holländischen Version von Universe of Sofas, Kinder in bunten Plastikbällen ertranken, während ihre Eltern in den Regalen nach gut gefilmtem Analverkehr suchten.) »Ich möchte wetten, dass jede Trendstudie eine deutliche Steigerung in der Zustimmungsrate von Blackstock zeigen wird, wenn die Öffentlichkeit je von Rebeccas Exhibitionismus erfahren sollte.«

Es war höchst unwahrscheinlich, dass Roger Knopf oder gar sein seniler Aufsichtsrat in Akron Pornos je als Familienunterhaltung betrachten würde. Dennoch spürte ich ein leichtes Nachgeben in Bulls Haltung. Nur ein leichtes – also legte ich nach.

»Natürlich ist es unwahrscheinlich, dass dieser Tag jemals kommen wird. Der Film war so lange Zeit unbekannt, und wir haben jede Kopie konfisziert, die hier aufgetaucht ist. Übrigens sollte ich diese auch gleich vernichten.«

Erstaunlicherweise gab er mir das Video – er war dämlicher, als ich dachte.

»Danke, Bob. Ich werde es Toddy geben, damit sie es verbrennt.«

Bob sah an diesem Punkt ein bisschen ruhiger aus, wirkte aber immer noch nicht überzeugt. Höchste Zeit, ihm ein bisschen Schweiß auf die Stirn zu treiben.

»Ich habe Verständnis dafür, wenn Sie uns die Schuld in die Schuhe schieben wollen. Dafür sind wir ja da. ›Den Sündenbock spielen‹ steht zwar nicht explizit in Fuller Scheidts Geschäftsbedingungen, aber das wäre vielleicht angemessen. Es täte mir sehr Leid, Blackstock als Kunden zu verlieren, aber ich muss Sie sicher nicht darauf hinweisen, dass Ihr Vorstand genauso einen Sündenbock suchen wird wie Sie jetzt. Es wäre doch eine Tragödie, wenn Sie gerade in dem Moment gehen müssten, wo Sie anfangen, spürbaren Einfluss im Reifensektor zu gewinnen.«

Während dies bei ihm einsickerte, legte ich einen kurzen Rückblick ein.

»Wenn man bedenkt, dass es erst ein paar Monate her ist, seit Sie bei uns Kunde wurden. War das eine Feier, Bob!«, sagte ich lächelnd.

»Ein phänomenaler Abend«, stimmte er zu.

»Ein fabelhaftes Dinner.«

»Fabelhaft.«

»Dann Tramp.«

»Chris de Burgh *und* Rod Stewart auf einer Bühne – das war ein Traum«, seufzte er.

»Und dann der perfekte Absacker im Honeydew.«

Bei der Erwähnung des Tabledance-Clubs, in dem wir den Abend beendet hatten, schaute er leicht irritiert, aber ihm gelang trotzdem ein lauwarmes Lächeln.

»Wussten Sie, dass Max an dem Club beteiligt ist?«

Bob hatte keine Ahnung, aber woher auch? Max hatte überall seine Finger drin. Er erzählte jedem, der es hören wollte, von seinen Beteiligungen an Restaurants und Fitnesscentern. Allerdings war er nicht so gesprächig, wenn es um seine zweifelhafteren Geschäfte ging, zu denen auch das Honeydew gehörte.

»Sagen Sie Max nichts davon«, fuhr ich fort, »aber ich verrate Ihnen ein kleines Geheimnis. Es gibt Überwachungskameras im ganzen Club, sogar in den Séparées. Er nimmt die Bänder gern als kleine Abendunterhaltung mit nach Hause.«

Dann musste ich aufhören, weil Kevin hereinkam. Bob sagte, er müsse über seine endgültige Entscheidung noch nachdenken, aber ich zweifelte keine Sekunde daran, dass er die Dinge so sehen würde wie ich. Wenn man ihn aufforderte, seine Entscheidung zu begründen, würde er natürlich alle logischen Argumente anführen. Er würde nicht erwähnen, dass er eine grundlegende Geschäftsentscheidung nicht aufgrund eiskalter Logik gefällt hatte, sondern weil er eine Scheißangst davor hatte, die ganze Welt und besonders seine Frau könnte herausfinden, dass Rebecca Richards nicht die Einzige war, deren Geschlechtsorgane auf Video verewigt worden waren.

Tish Wilkie: Endlich hatte ich einen positiven Einfluss auf Rebecca. Nach unserem Plausch in der Limousine schwebte sie förmlich in Richtung Garderobe. Die Schäfchenwolken waren dabei, ihre Wirkung zu tun.

Auch bei Veronica kam ich weiter. Ich hatte meine ganzen positiven inneren Biowellen aktiviert und sie gefragt, wofür das D steht. Das hatte sie noch niemandem erzählt, nicht einmal Rebecca. Aber sie spürte offensichtlich die Wärme, die ich ausstrahlte, und sagte es mir. Es bedeutete Denknichtmaldran, was irgendwie schwedisch klang. Ich hatte nicht gewusst, dass es in Schweden Menschen wie sie gab, aber ihre Familie muss zu den wenigen afroamerikanischen Schweden gehört haben, die nicht von den Nazis umgebracht worden waren. Das war sehr traurig – ich musste mit ihr bestimmt ganz behutsam umgehen.

Gerade gratulierte ich mir zu meinem Erfolg, als das Unglück geschah: Ich sah das schreckliche Bild von Rebecca im *Mirror.* Auf dem Foto sah sie aus wie eine Außerirdische mit einer schrecklichen Krankheit. Ich wusste, sie würde verzweifelt sein, wenn sie das sah, also nahm ich eine Schere, ging durch das ganze Studio und schnitt das Bild aus jeder Zeitung, die ich finden konnte. Ein paar vom Filmteam stellten sich deswegen ein bisschen an, aber ich erklärte ihnen: »Auf der Rückseite ist bloß ein langweiliger Artikel über Terry Blair – da habt ihr nichts verpasst.«

Norman der Koch: Wollen Sie wissen, woran ich mich nach einem Leben im Filmgeschäft am liebsten erinnere? *Sinn und Sinnlichkeit.* Kate Winslet schlingt in Korsett und Robe ein

Schinken-Ei-Brötchen runter. Nicht im Film – das wäre total daneben gewesen –, aber vor meinem Cateringwagen. Winslet war keine Ausnahme. Egal, was für eine dämliche Power-Diät ein Star macht, irgendwas am Duft von heißem Fett auf einer Herdplatte ist unwiderstehlich.

Diese Catherine Deneuve saß mal hinten bei mir im Wagen. Sie war eine Würstchenkennerin und wollte wissen, was die englischen Würstchen so besonders macht.

»Ihr Franzosen hackt das Fleisch nicht fein genug, Schätzchen«, hab ich ihr erklärt. »Das Geheimnis besteht darin, die Schweineinnereien ganz fein durchzuhacken.«

Die Creme der Schauspielerzunft hat mein Frühstück schon genossen, also hat's mich auch nicht gewundert, als Rebecca Richards wegen einer Portion Extrafett vorbeikam. Sie hatte nicht gerade die beste Laune, aber nach einem Schinkenbrötchen ging's ihr schon besser. Hat allerdings nicht viel ausgemacht – immer noch dünn wie ein Zahnstocher.

»Sie machen aber hier nicht die Supermodel-Nummer, oder?«, fragte ich.

»Was ist denn das?«, wollte sie mit vollem Mund wissen.

»Wir haben mal so eine BH-Werbung mit ein paar von denen gedreht. Erst haben sie sich meine Kalorienbomben reingezogen, und zehn Minuten später standen sie vor dem Mobilklo Schlange.« Zur Verdeutlichung steckte ich mir zwei Finger in den Hals.

»Du lieber Gott, nein. Dafür ist das Zeug hier zu schade.« Dann fragte sie auf einmal: »Warum benimmt sich das Team heute eigentlich so komisch? Die können mir nicht mal in die Augen sehen.«

Ich fand, dass es nicht meine Angelegenheit war, ihr zu sagen, dass jeder sie mindestens so gut zu kennen glaubte wie ihr Frauenarzt. Also sagte ich: »Da müssen Sie falsch liegen. Die mögen Sie alle gern.« War nicht gelogen – aber es war wohl nicht die Art von Sympathie, die sie sich vorstellte.

»Sie sind wirklich nett«, meinte sie, »und Sie machen echt klasse Schinkenbrötchen.«

»Sie sind auch nicht schlecht. Hier, nehmen Sie eins«, sagte ich und gab ihr ein T-Shirt.

»Danke.« Sie hielt es hoch. »Das ist cool. Ich trag es später. Was heißt ›Hapen‹?«

»Das ist amerikanisch für … Nein, da fallen Sie ja doch nicht drauf rein. Das ist mein dämlicher Bruder. Druckt T-Shirts mit Sprüchen drauf und kann nicht mal buchstabieren.«

Sie lachte und ging zurück ins Studio.

YASMIN FISH: Ich weiß nicht, was in Toddy gefahren war, aber als sie auf mich zukam, machte sie ein Gesicht, als wäre sie gerade von ihrem Freund verlassen worden. »Lass den Absatz reparieren«, fauchte sie und knallte mir einen kaputten Pumps hin.

Willkommen in der wunderbaren Welt des Films, dachte ich – Limousinen, Stars, Absatzreparaturen.

Auf dem Weg aus dem Studio kam ich am Tisch der Video-Playback-Assistentin vorbei. Sie führte gerade zwei Tischlern Rebeccas Porno vor, weil sie ihn am Tag davor verpasst hatten. Ich guckte trotz allem auch wieder zu. Wir sahen uns den Film ohne Ton an, deshalb erschrak ich, als ich Rebeccas Stimme hörte.

»Ach Gott, das waren noch Zeiten.«

Ich drehte mich um. Sie stand hinter uns und hielt ein Schinkenbrötchen in der Hand. Ich hatte gemeint, sie wäre immer noch beim Frisieren und Make-up.

»Mit der Szene war ich nicht so zufrieden. Der Höhepunkt hätte viel besser kommen können. Ihr seid doch vom Fach. Eine Einstellung von oben hätte besser funktioniert, nicht? Ich wollte, dass der Regisseur es noch mal dreht, aber keiner schien mehr die Kraft zu haben. Hat übrigens mal jemand eine Zigarette?«

Keiner wusste, wo er hingucken sollte – irgendwohin, Hauptsache, nicht zu Rebecca. Ein Tischler kramte in seiner Tasche und gab ihr eine Camel. Dann ging sie weg.

Sie war *so* cool.

Und mir war es *so* peinlich.

15

East Enders, Emmerdale, Waterworld

TISH WILKIE: Ich lief in die Garderobe, um sicherzugehen, dass Rebecca den schrecklichen Film nicht gesehen hatte, aber sie war nicht da.

»Sie ist frühstücken gegangen«, sagte Veronica, »aber das ist schon eine Ewigkeit her. Die Garderobenleute sind auch schon genervt. Die wollen sie in ihrem PVC sehen, und ich muss ihr die Haare machen.«

»Ich geh sie suchen«, meinte ich.

TYRONE EDWARDS: Hakkan und ich sind zusammen zur Schule gegangen und echt gute Kumpel. Mit dreizehn haben wir mit dem Kampfsport angefangen – Taekwondo. Okay, ich war nur ein paar Wochen dabei. Zu viel Disziplin. Scheißzeitverschwendung. Hau dem Arsch einfach eine rein, Mann. Hakkan ist aber voll drauf abgefahren. Der war wie Caine in *Kung Fu.* Er hat diese ganze *Weg-des-Drachen*-Geschichte durchgezogen – Pilgerfahrt nach Korea, Kräutertee, der wie Hundescheiße stinkt, das volle Programm. Nach der Schule wurde er Rausschmeißer in ein paar Clubs und hat dann seine eigene Firma aufgemacht: Securicool. Es muss ihm ganz gut gehen, weil die einzigen Geschäftsleute, die sonst noch im goldenen Lexus mit Zierfelgen durch New Cross fahren, nicht in den Gelben Seiten stehen, wenn ihr wisst, was ich meine. Aber auch wenn er nichts Illegales macht, sind wir immer noch Kumpel. Na gut, wir hängen vielleicht nicht mehr im Electric Ballroom rum, aber ich weiß, dass ich mich auf ihn verlassen kann.

Ich geh also in sein Büro und check seine Sekretärin ab, ein echtes Schnuckelchen, genau wie die Dünne in *Ally McBeal* – die Serie ist scheiße, aber Yvonne steht drauf. Ich schau mir das Schild an seiner Tür an – HAKKAN HAKKI, CEO. Egal, was ein CEO macht, es ist 'ne absolut große Nummer. Ally McBeal geht mit mir rein und wir klatschen ab. Er hat's wirklich geschafft – auf seinem Schreibtisch steht nämlich so ein Ding mit Stahlkugeln, die aneinander klackern.

»Hakkan, Alter«, sag ich zu ihm, »für 'nen Türken ohne Arsch in der Hose geht's dir ja nicht schlecht.«

»Ist ganz okay, Tyrone«, meint er. »Und wie läuft's bei dir?«

Er guckt auf das blaue Auge, das Yvonne mir mit dem Telefonbuch verpasst hat.

»Alles cool, Mann«, sage ich und reibe mir das Veilchen. »Ein Typ hat mir Geld geschuldet und wollte abhauen. Den solltest du jetzt mal sehen – der gewinnt erst mal keinen Schönheitswettbewerb.«

»Na schön«, sagt Hakkan, »was kann ich für dich tun? Du bist noch nie bei mir im Büro gewesen, also muss es was Wichtiges sein.«

»Keine große Sache, Alter. Ich dachte bloß, ob du mir was als Rausschmeißer besorgen kannst.«

»So was machen wir nicht«, sagt er und sieht irgendwie sauer aus. »Wir sind Security-Spezialisten und persönliche Sicherheitsberater.«

TISH WILKIE: Rebecca war nirgends zu finden. Es war, als hätte sie sich *total* in Luft aufgelöst. Ich dachte, sie wäre vielleicht gekidnappt worden, und kriegte schon die Panik, aber dann sagte ich mir: »Tish Wilkie, du bist eine *persönliche* Top-Assistentin. Es ist deine Pflicht, ruhig zu bleiben.«

Dann ging ich aufs Klo – ich musste *dermaßen* dringend. In

der Kabine nebenan hörte ich jemanden weinen. Es klang nach Rebecca. Der absolute Horror! Was machte eine echte Hollywood-Persönlichkeit in einer Toilette für *gewöhnliche* Leute? Das ergab keinen Sinn. Dann schaute ich unter die Trennwand und sah ihre hohen Absätze.

»Rebecca, bist du das?«, fragte ich.

Sie gab keine Antwort. Sie weinte immer noch. Verdammt, dachte ich mir, sie musste das Bild im *Mirror* gesehen haben.

»Rebecca, ich weiß, wie mies es dir gehen muss«, sagte ich.

»Das ist ein Alptraum«, schluchzte sie. »Haben es denn alle gesehen?«

»Keine Ahnung. Ich habe versucht, alle Exemplare zu kriegen, bevor es alle sehen konnten.«

»Mein Gott, Tish, wie lange hast du schon davon gewusst? Warum zum Teufel hast du mir nichts davon gesagt? Ich habe gerade ein paar von ihnen erwischt, wie sie's angestarrt haben ...« Sie fing wieder an zu schluchzen. Wer hätte gedacht, dass sie sich ein blödes Zeitungsfoto *so* zu Herzen nehmen würde?

»Rebecca, ich weiß, es ist widerlich, aber es ist bloß eine dumme kleine Geschichte.«

»Was redest du da?«, heulte sie. »Es war vielleicht billig, aber eine ›dumme kleine Geschichte‹ ist das Letzte, was ich dazu sagen würde. Aus meiner Sicht war das ein Katastrophenfilm!«

Jetzt wurde sie hysterisch. Ich meine, sie redete wirklich Unsinn. Es wurde Zeit, etwas strenger zu werden.

»Rebecca«, sagte ich in meinem besten Ruhig-aber-bestimmt-Ton, »krieg dich wieder ein. Es ist nur ein *dummes* Foto in einer *blöden* Zeitung.«

»Mein Gott, auf was für einem Planeten lebst du eigentlich, Tish? Du hast es nicht gesehen, oder?«

»Was hab ich nicht gesehen?«

»Das Video.«

»Welches Video?«

»Das Video mit dem Film, der mir mehr schlaflose Nächte

beschert hat als alles andere in meinem Leben. Angst vor dem Tag, an dem das rauskommt, Angst davor, was meine Eltern sagen würden, vom Rest der Welt ganz zu schweigen. Und jetzt guckt ihn sich ein verdammtes *Filmteam* an!«

Blitzschnell schaltete ich von streng auf mitfühlend um. »Jeder hat doch mindestens einen Film gemacht, von dem er sich wünscht, er hätte ihn nie gedreht. Ich meine, Brad Pitt jammert doch auch nicht wegen *Waterworld*, oder?«

»Tish, ich sag dir das jetzt als Liste, weil du's anscheinend nicht anders begreifst. *Piep* Nummer eins: Brad Pitt jammert nicht wegen *Waterworld*, weil er gar nicht mitgespielt hat. *Piep* Nummer zwei: Der männliche Hauptdarsteller von *Waterworld* hat sich nicht durch die Hälfte der weiblichen Bevölkerung von Romford gebumst.«

»Ich kapier's immer noch nicht«, sagte ich.

»Du kapierst wirklich nicht viel, oder? Es ist ein Pornofilm.«

»Ach du liebes Lieschen«, quiekte ich und wünschte gleich darauf, ich hätte das nicht gesagt. Warum klinge ich immer wie meine Mutter, wenn ich einen Schreck kriege?

Sie fing wieder an zu weinen. Es war Zeit, das Ruder zu übernehmen.

»Bleib hier, ich hole Hilfe«, sagte ich voller Entschlossenheit.

Als ich aufstand und gehen wollte, bekam ich den zweiten Schreck. Aus Rebeccas Kabine stieg Rauch auf. Was um alles in der Welt war in sie gefahren? In L.A. rauchte absolut *kein Mensch* mehr. »Rebecca«, sagte ich, »weißt du nicht, wie gefährlich Zigaretten sind? Das könnte das Ende deiner Karriere bedeuten. Definitiv!«

»Tish, hau jetzt bitte ab«, rief sie.

Sie konnte es offensichtlich nicht zugeben – typisches Verhalten von Abhängigen. Es war aber nicht die Zeit, sich darum zu kümmern, also sagte ich zu ihr: »Okay, ich hole Freddie.«

»Auf gar keinen *piep* Fall! Ich hab ihr nie davon erzählt. Hol Veronica!«

Ich war mir nicht sicher, ob Veronica wissen würde, was zu

tun war – ich meine, mit einem Stufenschnitt oder einem Strähnchen war es hier nicht getan. Aber wenn Rebecca unbedingt wollte …

»Soll ich ihr sagen, sie soll ihre Schere mitbringen?«, fragte ich.

Tyrone Edwards: »Security kann ich, kein Problem«, sage ich zu Hakkan.

»Tyrone«, sagt er, »nimm's mir nicht krumm, aber du bist ein Dealer, Mann. Das ist für 'nen persönlichen Sicherheitsberater ein bisschen kitzlig. Ich hab Leute, die waren bei den Special Forces. Die sind *fit*. Ich wette, dein letztes Training war in der Schule, und da hast du dauernd geschwänzt.«

»Ich bin in der Form meines Lebens. Ich bin dauernd am Gewichtestemmen.«

»Hör mal, auch wenn du unter den Sachen den Körper von Arnold hast, gibt es da immer noch ein kleines Problem.«

»Und das wäre?«

»Alle meine Jungs, die früher nicht bei den Special Forces waren, waren Bullen.«

»Das ist cool. Ich bin tolerant«, lüge ich.

»Ich weiß nicht, ob ihnen das mit dir genauso geht. Die meisten von denen haben dich wahrscheinlich schon mal eingebuchtet. Security ist nicht mehr das, was es mal war. Das ist jetzt ein seriöses Geschäft. Und warum suchst du überhaupt einen Job? Ich dachte, du wärst mit der Drogenscheiße zufrieden.«

»Du weißt ja, wie's so geht, Mann. Ich hab das Gefühl, ich hab alles erreicht, ich muss mal was anderes machen … außerdem will es Yvonne.«

»Du bist noch mit Yvonne zusammen?«

Er verzieht das Gesicht, als er das sagt, und ich weiß auch, warum. In der Schule konnte ihn keiner aufmischen – bis auf das eine Mal, als er mit sechs Stichen am Kopf genäht werden musste. Er hat nie erzählt, wer's war, aber es war während der Zeit, als er mit Yvonnes kleiner Schwester Venetia rumgemacht hat. Hakkan und ich waren achtzehn, aber Venetia war erst dreizehn. Für so was wurde man von den großen Brüdern des Mädchens platt gemacht. Venetia brauchte keine großen Brüder – sie hatte Yvonne.

»Ich kann nichts versprechen, Mann, aber ich werd mal seh'n, was sich machen lässt.«

»Danke, Mann. Du wirst es nicht bereuen.«

Ich steh auf und will gehen, und er sagt noch: »Ich weiß ja nicht, womit du sie so sauer gemacht hast, aber du kannst froh sein, dass sie dir nur ein blaues Auge verpasst hat.«

TISH WILKIE: Ich ging aus der Kabine raus, und – Wahnsinn – da stand meine Mutter.

»Mum, was machst du denn hier?«, kreischte ich.

»Ein Chauffeur hat mich hergefahren, Liebling.«

»Ja, aber was *machst* du hier?«

»Du hast uns eingeladen, oder?«

Das hatte ich total vergessen – *definitiv*.

»Dein Vater ist draußen und sieht sich die ganzen Filmsachen an, aber ich musste unbedingt mal raus.« (Zu kleine Blase, das ist wohl erblich.) »Wo ist eigentlich dein Filmstar? Ich kann's gar nicht erwarten, sie kennen zu lernen. Wir haben hin und her überlegt, wer sie sein könnte. Ist sie in *East Enders?* Hoffentlich nicht Cat. Die mögen wir nicht.«

Mein Gott – Eltern können so *peinlich* sein!

»Nein, sie ist nicht in *East Enders.* Sie ist ein *echter* Hollywoodstar. Mum, das passt jetzt nicht so gut.«

»Ach, wir stören doch nicht. Du wirst gar nicht merken, dass wir da sind.«

»Na gut, lass uns Dad suchen, und dann hol ich uns einen Tee.«

Ich wollte sie schon zur Tür rausschieben, aber sie sagte »Darf ich noch schnell mal« und drängelte sich an mir vorbei in die Kabine neben Rebecca. Ich wartete bei den Waschbecken auf sie. Ich weiß gar nicht, von wem ich die Schweigsamkeit habe, denn meine Mum kann nie den Mund halten. Sie redete immer noch weiter, als sie auf dem Klo war. »Ich hab ein schönes Lunchpaket für deinen Dad und mich gemacht. Da sind auch ein paar Extra-Sandwiches dabei. Ich wette, du hast mein Essen in Amerika vermisst, was? Wo ist denn jetzt dein Star?«

Ich konnte ja schlecht sagen, dass sie in der Kabine nebenan war und sich wegen eines schweinischen Films die Augen ausheulte, also antwortete ich: »Sie ist in ihrer Garderobe, Mummy – *sie bereitet sich vor.*«

»Lass den Scheiß, Tish«, sagte Rebecca schneidend. »Ich bin hier nebenan.«

»Ach Gottchen«, quietschte meine Mutter, »ich treffe einen Star und hab mein Höschen auf halbmast! Nett, Sie kennen zu lernen, meine Liebe. Und Sie sind?«

»Rebecca Richards.«

»Ach, die hübsche Blonde in *Emmerdale.* Sie klingen gar nicht wie im Fernsehen. Den Yorkshire-Akzent kriegen Sie aber sehr gut hin.«

»Ich bin in *All Our Lives Before Us.* Eine amerikanische Serie.«

»Ach, mit den amerikanischen Serien haben wir's nicht so. Die sehen wir nicht mehr, seitdem *Hallo, Lucy* nicht mehr läuft. Jetzt gibt's bloß noch laute Musik, Geballere und Mädchen, die sich ausziehen. Sie ziehen sich doch nicht aus, oder?«

Rebeccas Tür flog sperrangelweit auf.

»Mein Gott, Tish, ich kann nicht glauben, worüber ich hier rede! Warum zum Teufel hast du deine Mutter eingeladen?«

»Ich dachte, das wäre okidoki«, sagte ich. »Ich wusste ja nicht, das heute jeder deinen Dingsda-Film sehen würde.«

Sie drängelte sich an mir vorbei zum Spiegel und versuchte, ihr verlaufenes Make-up zu retten.

»Möchtest du immer noch, dass ich Veronica hole?«, fragte ich.

»Dafür ist es jetzt wohl etwas zu spät. Ich bin in meiner Garderobe. Und da will ich nicht gestört werden!«

Nachdem sie rausgegangen war, kam meine Mutter aus der Toilette.

»Die war ein bisschen komisch, Liebling«, meinte sie. »Sie hat doch keine Probleme mit der Blase?«

Nancy Stark: Es war fast elf. Ich hatte Dieter weggeschickt und es war Zeit für meinen ersten Cocktail. Normalerweise trinke ich so früh noch nichts, aber der Barmann an der Poolbar war so muskulös, und seine Unterarme sahen toll aus, wenn er den Cocktailshaker wie Tom Cruise durch die Luft schleuderte. Er mixte mir einen Singapore Sling. Ich wusste nicht, ob ich den mögen würde, aber es war mir auch egal – jedenfalls gehörte jede Menge kräftiges Shaken dazu, und Greg übernahm ja die Rechnung. Es war nur passend, dass er mich in diesem Moment anrief.

»Also?«, fragte er.

»Du hast da ziemlichen Stress, nicht, Greg? Ich kann dich wirklich keine Minute allein lassen.«

»Woher zum Teufel weißt du das?«

»Die Segnungen der modernen Technik – ich hab's in der Europa-Ausgabe des *Mirror* gelesen. Ich hab jedenfalls gute Neuigkeiten für dich. Pickel und Schweiß sind zum Hochseeangeln gefahren.«

»Wieso zum Teufel bist du nicht hinter ihnen her?«

»Sie angeln irgendwo im Mittelmeer Schwertfische, Greg. Ich wollte schon die spanische Marine alarmieren, aber ich bin mir sicher, sie werden ihre Siesta nicht streichen, egal, wie wichtig die Universe-of-Sofas-Sache ist.«

»Den Sarkasmus kannst du dir sparen, Lola. Ich stecke bis zum Hals in der Scheiße.«

»Ich weiß, ich lese ja Zeitung.«

»Der *Mirror* hat das Schlimmste noch gar nicht gebracht. Erinnerst du dich an das Gerücht, Rebecca hätte mal einen Porno gemacht? Der hatte gerade in Hounslow Premiere.«

»Wow«, sagte ich, »wer hat ihn denn schon gesehen?«

»Alle, einschließlich der Hauptdarstellerin. Sie ist in ihrer Garderobe, und es sollte mich wundern, wenn sie da je wieder rauskommt. Ich würd's jedenfalls nicht, wenn ich sie wäre. Ich hab das Video gesehen, und sie ist echt pervers.«

»Ich glaub dir kein Wort. Du bist hier der Perverse. Deine Ehe geht den Bach runter, und du siehst dir Pornos an. Hast du überhaupt schon mit Carrie geredet?«

»Ich hab's versucht. Sie will mich nicht anhören. Kannst du nicht mit ihr reden?«

»Ich mach deine Schreibarbeiten und kümmere mich um deinen Terminkalender. Es macht mir auch nichts aus, deine Wäsche und deine vermissten Kreativteams einzusammeln, aber ich glaube nicht, dass ich deine Ehe retten kann.«

»Sie mag dich. Dir wird sie zuhören. Versuch doch wenigstens, das Eis für mich zu brechen.«

»Ich glaube, sie hasst mich genauso wie dich. Für sie bin ich die linke Hand des Teufels.«

»Bitte, Süße.« Der Mann war verzweifelt – »bitte« sagte er so gut wie nie.

»Na gut, ich werd's versuchen. Aber versprich dir nicht zu viel davon.«

TIM LELYVELDT: Eigentlich hätte bei Joe alles in Ordnung sein sollen. Alles lief nach seinem Plan, oder? Aber er war unruhig. Morton und ich hatten ihm sagen müssen, dass sein Therapeut nicht kommen konnte.

Der Mann hieß Stryker Queenan. Er hatte zwar einen Namen wie ein Filmstar, aber auch die Gene des Michelin-Männchens, also musste er sich damit begnügen, Filmstars zu therapieren – eigentlich nur Joe. Man konnte sich vorstellen, dass die Arbeit ihn schaffte. Er hatte Joes Abwesenheit dazu benutzt, nach Wyoming zu flüchten, wo er sich in einem Hotelzimmer mit einem großen BITTE-NICHT-STÖREN-Schild an der Tür versteckte. Nicht mal Joes Drohungen brachten ihn dazu, in ein Flugzeug nach London zu steigen. Joe ließ das natürlich an uns aus, aber das reichte noch nicht, also legte er sich auch mit French und dem Team an.

Sie drehten gerade den Viper und er stand neben der laufenden Kamera. Als sie mit Take sechs anfingen, stoppte er den Dreh.

»Leute, hier stimmt was nicht«, sagte Joe.

»Das ist Sex auf Rädern«, sagte French. »Wo liegt das Problem?«

»Die Farbe.«

»Du wolltest doch Rot«, sagte French. Wenn er noch fester mit den Zähnen geknirscht hätte, wären sie ihm abgebrochen. »Ich weiß, aber jetzt sehe ich, dass es *zu* rot ist, Mann«, sagte Joe.

GREG FULLER: Hinter mir hörte ich Toddy wispern: »Das hab ich ja gesagt, aber hat mir irgendjemand zugehört?« Sie redete mit dem Skriptgirl, aber es war ganz klar für mich bestimmt.

»Der Darsteller ist cool, selbstbewusst«, fuhr Joe fort. »Er würde keinen roten Wagen fahren. Das ist zu aufdringlich, zu *nouveau*.«

»Ich hab's doch gesagt, ich hab's doch gesagt.« Toddy mutierte zur Gebetsmühle.

»Das muss ich auch sagen«, erklang eine weitere Stimme hinter mir. »Das hat mir den ganzen Vormittag zu schaffen gemacht. Joe hat das Problem phänomenal formuliert.«

Die neue unheilige Allianz von Bull und dem Shirer-Lager war zwar ungewöhnlich, stellte sich aber als höchst effektiv heraus.

»Welche Farbe wollt ihr, Jungs?«, fragte Kevin. Er hätte gar nicht fragen sollen, denn fünf Minuten später legten wir eine frühe Mittagspause ein, während die Ausstatter den Wagen in ein diskret-kühles, selbstbewusstes und doch zurückhaltendes Blaumetallic umspritzten.

TIM LELYVELDT: »Farbe ist entscheidend«, erklärte Joe, als wir in seine Garderobe gingen. »Das Rot war schlecht für mein Karma.«

Dann sah er sie am anderen Ende des Studios stehen und traute seinen Augen nicht. Mir ging es genauso. Da stand sie, ganz in schwarzem Latex, umringt von einem kriecherischen Filmteam. Sie sah scharf aus – aber bei der Kombination von Haaren, Gummi, Busen und Beinen auf Pornostarabsätzen wäre alles andere auch ein Wunder gewesen.

»Scheiße, ich hätte nicht gedacht, dass das Miststück den Mumm hat«, sagte Joe, und ich musste ihm Recht geben. Wir hatten angenommen, sie würde sofort in die Limousine zum Flughafen springen, falls sie je aus ihrer Garderobe käme.

YASMIN FISH: Sie hieß Sonia und sah super aus – vom Hals abwärts ganz wie Rebecca. Ich hätte nie für irgendjemand das Körperdouble sein können. Na ja, vor allem, weil ich nicht den Körper von jemand anderem habe, außer vielleicht den Hintern von Jennifer Lopez, sagt Tyler. Aber wenn ich wie ein Star aussehen würde, dann würde ich nie dafür bezahlt werden wollen, sein Double zu sein. Ist doch traurig, jemand anders zu sein.

Die Playback-Show ist die Lieblingssendung meiner Mutter, aber mich deprimiert sie. Tyler nennt sie *Die Playschreck-Show*, und da hat er Recht. Die sehen alle zu Tode erschrocken aus, und mir tun sie Leid. Ihre Stimmen sind ja vielleicht okay, aber sie wollen unbedingt ins Fernsehen und ziehen dafür blöde Perücken auf und tun so, als wären sie viel bessere Leute. Außer, wenn sie Emma Bunton von den Spice Girls imitieren. Die tun mir besonders Leid – warum sollte man jemand imitieren wollen, der so scheiße ist?

TIM LELYVELDT: Sobald ihm klar wurde, dass die Gummipuppe Rebeccas Body Double war, drehte sich Joe zu Morton um und sagte: »Wieso zum Teufel hab ich keins?«

»Wie bitte?«, fragte Morton berechtigterweise.

»Ein Double. Die Schlampe hat auch eins. Warum zum Teufel hab ich keins?«

»Äh, ich glaube, weil ...«

»Besorg mir eins, Mort.«

»Aber ...«

»Sofort!«

Ich hatte mich an Joes bizarre und außergewöhnliche Forderungen gewöhnt. In dieser Hinsicht war er eher die Regel als die Ausnahme. Das Bizarre und Außergewöhnliche ist eine genauso ehrwürdige Hollywoodtradition wie die Handabdrücke im Beton vor Grauman's Chinese Theatre. Wir drehten eine Fernsehwerbung, die weder gefährliche noch Nacktszenen enthielt, und die Tatsache, dass Joe jetzt ein Double wollte, stellte das Ganze auf eine Stufe mit dem Mineralwasser im Duschtank.

Es ist schon komisch, dass eine Forderung umso schneller ausgeführt wird, je bizarrer und außergewöhnlicher sie ist. Aber so funktioniert das in Hollywood. Nicole Kidmans vollkommen vernünftige Bitte um eine Tasse Tee geht im Trubel des Filmstudios vielleicht mal unter. Will sie aber zum Beispiel ein bayrisches Nasenflötenorchester, das sie bei der Tortur der Maske umschmeichelt, dann steht es innerhalb einer Stunde auf der Matte und hält die Noten von »Waltzing Matilda« parat. Wenn man ihr das verwehren würde, würde es nämlich bedeuten, dass sie total plemplem ist – und ich glaube nicht, dass es viele Freiwillige gibt, die ihr das sagen wollen. Für Joe fanden sich jedenfalls keine. Eine halbe Stunde, nachdem er Morton angeschnauzt hatte: »Warum zum Teufel hab ich kein Double?«, war die Jagd nach Joe Shirers Doppelgänger eröffnet.

Norman der Koch: Als der Metabolismus-Penner mit seinem Wunderwok ankam, hatte ich schon auf ihn gewartet.

»Rolly, ich hätte heute nichts gegen ein bisschen metabolischen Frieden im Wagen«, erklärte ich, »also gibt es ein paar Regeln. Erstens: Du rümpfst nicht die Nase, wenn ich ein bisschen ehrlichen englischen Speck brate, und ich halte den Mund, wenn du deine Lende von Meeresschnecken oder so was schmorst. In Ordnung?«

»Einverstanden.«

»Und zweitens: Du ziehst das hier an.«

Ich gab ihm ein T-Shirt.

Er sah es kurz an und sagte: »Das geht nicht – nicht mit diesem Bild.«

»Der Mixed Grill. Englands größter kulinarischer Exportschlager.«

»Das ist Fleisch.«

»Das ist mein Job, Kumpel. Ich brate Fleisch.«

»Aber ich nicht. Das ist Mord.«

»Pass mal auf: So etwas wie Schweine, Kühe und niedliche kleine Lämmchen würde es gar nicht geben, wenn wir sie nicht züchten würden, um sie mit Gemüse und Pommes auf den Teller zu knallen. Das vergesst ihr Linda-McCartney-Leute gern. Wenn du mich fragst, sollten die Tiere dankbar sein.«

»Dankbar, dass sie geschlachtet werden?«

»Dass sie human abgemurkst werden«, verbesserte ich ihn, »und zwar erst, nachdem sie wie die Made im Speck gelebt haben. Sie pofen auf trockenem Stroh, bekommen Futter, sooft sie wollen, und werden geimpft. Wenn wir Menschen nicht wären, würden sie sich im Wald rumdrücken und hätten dauernd Angst vor den verdammten Bären.«

Er wollte diskutieren, aber ich sagte: »Ich würde mich ja gerne rumstreiten, Roland, alter Kumpel, aber dafür habe ich keine Zeit. Da ist eine kilometerlange Schlange, die auf ihr Kalbfleisch wartet. Du hast die Wahl. Du trägst das T-Shirt oder Mr Shirer kriegt sein Tofu-Hotdog roh serviert.«

Nancy Stark: Ich hatte mich für eine Massage im Wellnessbereich des Hotels angemeldet. Den Masseur hatte ich schon unter die Lupe genommen – ein scharfer Holländer. Entweder er oder der Barkeeper. Allmählich sah ich ein, dass man auf diesen Geschäftsreisen schwierige Entscheidungen treffen musste. Kein Wunder, dass Greg immer so ausgelaugt wiederkam.

Die Massage hatte ich aber nicht nur aus frivolen Gründen gebucht – ich musste immer noch Carrie anrufen, und die Aussicht darauf bescherte mir eine höllische Verspannung. Ich trank meinen Cocktail aus und griff nach meinem Handy. Jetzt oder nie. Ich hoffte, sie würde nicht rangehen, denn dann konnte ich wieder mit halbwegs reinem Gewissen auf meine Sonnenliege: »Ich hab's versucht, Greg, ehrlich!« Aber leider ging sie nach dem sechzehnten Klingeln ran.

»Carrie, ich bin's, bitte leg nicht auf.«

Sie sagte kein Wort, aber sie knallte auch nicht den Hörer hin.

»Ich weiß, dass du wütend bist, aber Greg möchte nur eine Chance, um mit dir zu reden.«

»Jetzt macht er dich schon zu seiner Eheberaterin? Das soll mich jetzt beruhigen, ja? Ich kann nicht glauben, dass er so dumm war, dich dafür anzuheuern, und ich kann auch nicht glauben, dass du dich darauf einlassen konntest!«

»Ich mach das, weil du meine Freundin bist, Carrie.«

»Meine Freundin? Wie kannst du so was sagen? Ich weiß ja nicht, auf welchem Planeten du lebst, aber Freunde machen so was nicht.«

»Vielleicht hätte ich's dir erzählen sollen, aber du musst einsehen, in was für einer schwierigen Lage ich nach wie vor bin.«

»Ich glaube nicht, dass es hier ums Erzählen ging. Ich will wissen, warum zum Teufel du es überhaupt getan hast.«

»Warum ich *was* getan habe?« Jetzt verwirrte sie mich.

»Tu nicht so blöd, *Lola*.«

Sie musste hören können, wie der Groschen pfennigweise fiel.

»Moment mal, Carrie. Du glaubst, dass ich …«

»Versuch gar nicht erst, die Sache zu leugnen. Ich bin vielleicht eine langweilige Hausfrau, aber ich bin nicht hirntot.«

»Carrie, Greg ist in London und ich bin in *Spanien*.«

»Praktisch, dass du mit dem Handy telefonierst, nicht? Du könntest mir erzählen, dass du von der Venus anrufst, und ich könnte es nicht nachprüfen.«

»Carrie, ich bin in Spanien, ehrlich!«

»Beleidige nicht meine Intelligenz. Ich hab letzte Nacht gehört, wie Greg dich bei deinem verdammten Sexnamen genannt hat, da kannst du noch so viel lügen. Wiederhören.«

Ich fühlte, dass ich blass wurde. Der Barkeeper kam vorbei und fragte: »Okay, Señorita?«

»Nicht ganz«, sagte ich. »Ich hab gerade herausgefunden, wie sich Sacco und Vanzetti gefühlt haben.«

Er hatte keine Ahnung, wovon ich redete. Er zeigte auf mein leeres Glas.

»Danke, ich glaube, ich brauch noch einen.«

Norman der Koch: Der Chinese mochte nicht ganz echt sein, aber Prinzipien hatte er, das musste ich ihm lassen. Er zog das T-Shirt nicht an; stattdessen marschierte er zum Campingladen auf der anderen Straßenseite und kam zehn Minuten später mit einem winzigen Gaskocher mit nur einer Flamme zurück. Wendy stand neben mir und wir sahen ihn damit im Studio verschwinden.

»Wie man Freunde gewinnt und Menschen beeinflusst, was, Norm?«, sagte sie. »Auf dem Bild in der Zeitung fuchtelst du wie Jack the Ripper mit dem Messer rum. Jetzt beschwörst du noch eine diplomatische Krise mit China herauf.«

»Er ist chinesischer Amerikaner. Außerdem ist er mir auf den Sack gegangen. Den sind wir erst mal los.«

Nancy Stark: »Na herzlichen Dank«, sagte Greg, als ich ihm das Durcheinander erklärte. »Jetzt hast du mich echt übel reingeritten. Warum sollte dich irgendjemand sonst Lola nennen?«

»Ich wusste nicht, dass du den Namen hast schützen lassen. Und sag jetzt nicht, es wäre meine Schuld. Es ist nicht mein Fehler, dass du nur zu einer Frau hinübersehen musst, damit Carrie denkt, du betrügst sie – bedank dich bei dir selber. Außerdem hast du wirklich eine Affäre. Sie verdächtigt nur die Falsche.«

»Hast du ihr denn nicht gesagt, dass du in Spanien bist?«

»Sie hat mir nicht geglaubt.«

»Mein Gott, in was für eine Scheiße hast du mich da reingezogen! Ruf sie zurück und überzeug sie, bis sie dir glaubt.«

»Nein, Greg, *du* rufst sie zurück. Ich hab davon die Schnauze voll. Ich hab Carrie wirklich gern, und jetzt hasst sie mich. Das ist dein Schlamassel. Das bringst du selber in Ordnung.«

Ich legte auf, bevor er noch was sagen konnte. Ich hatte noch nie die Geduld mit ihm verloren. Jetzt war mein ganzer Körper so verspannt, dass ich aussehen musste wie eine Illustration aus dem *Pfadfinderbuch für Seemannsknoten*. Was ich jetzt brauchte, waren ein kräftiger Holländer und ein Hektoliter aromatisiertes Massageöl.

GREG FULLER: Nachdem Lola einfach aufgelegt hatte, nahm ich mir einen Moment Zeit, um das Chaos zu betrachten, das sich als mein Leben ausgab.

Ehe: Lola hatte vollkommen Recht. Wer hat Carrie denn zum schwangeren Postergirl der Opfer fieser Ehemänner gemacht? Schuldig im Sinne der Anklage.

Rebecca Richards: Bonuspunkte dafür, dass ich ihren Porno aus den Zeitungen rausgehalten hatte. Einen dicken Arschtritt dafür, dass ich den Film nicht von ihr fern gehalten hatte.

Joe Shirer: Wir haben ein Body Double für ihn gesucht. Warum? Weil er es so wollte. An diesem Punkt des Schlamassels hätte er eine Schwadron Düsenjäger als Schutz für seine Fahrt vom Studio ins Hotel fordern können, und Toddy hätte mit dem Verteidigungsministerium telefoniert und die nötigen Schmiergelder bezahlt.

Universe of Sofas: Von der Blondine-auf-dem-Sofa-Front hatte ich nur Fehlschläge zu vermelden. Und wo waren meine Retter? Angeln.

Am Set belichtete Kevin tatsächlich ein paar Meter Film. Sonia war ein gutes Double, und wie sie sich so vor der Kamera hin und her wand, dachte ich schon fast, alles wäre in bester Ordnung. Aber so gut sie auch aussah, sie konnte nicht alles alleine machen, und die Zeit für Miss Richards' Nahaufnahme rückte immer näher. Das war der Augenblick, vor dem ich Angst hatte. Nur Gott und ihre Friseuse wussten, was in ihrer Garderobe vorging, aber ich war bereit zu wetten, dass sie noch nicht mit ihrem schönsten professionellen Lächeln in dem neuen PVC-Kleid steckte.

16

Elvis

Veronica D: Seit sie von ihrem Rundgang zurück war, hatte sich Rebeccas Laune nicht gebessert. Sie redete nicht viel, aber ihre Körpersprache war eindeutig. Die Garderobiere hatte sie ins PVC gequetscht und Dennis war mit ihrem Make-up fertig. Sie war fast so weit. Ich hatte kein Wort gesagt, aber ich konnte nicht daneben stehen und zusehen, wie sie am Set unterging.

»Becca, ich weiß, ich mach dir nur die Haare, aber darf ich dir sagen, was ich denke? Du musst das nicht tun.«

»Was tun?«

»Da rausgehen.«

»Was meinst du, was der Scheißkerl will? Er will, dass ich wegrenne. Warum sollte ich ihm die Freude machen?«

»Stimmt, Süße – aber bist du sicher, dass du es durchstehen willst? An deiner Stelle würde ich die erste Maschine nach L. A. nehmen.«

»Nein, Veronica, er hat mir alles andere genommen, aber ein bisschen Stolz habe ich noch. Den kriegt er nicht.«

»Wenn's das ist, was du willst, mach ihn kalt. Ich zieh gern den Reißverschluss an seinem Leichensack zu.«

Yasmin Fish: Als Kevin meinte, ich solle Rebecca holen, geriet ich in Panik. Es war eine Million Mal schlimmer als am ersten Tag, wo ich Joe abholen musste – schließlich hatte er mich nicht dabei ertappt, wie ich ihn mir in einem Pornofilm ansah, oder? Ich klopfte an ihre Garderobentür und ihre Friseuse steckte den Kopf raus.

»Zwei Minuten, Süße«, meinte sie.

VERONICA D: Die Garderobiere und Dennis gingen raus, und Becca stand auf, um ihnen zu folgen. »Warte, lass mich deine Strähnen arrangieren«, sagte ich. »Nach allem, was er getan hat, würde es dir niemand übel nehmen, wenn du das Gerücht über seinen Lümmel in die Welt gesetzt hättest.«

»Vielleicht … aber ich war's nicht.«

Dann verstummte sie. Sie starrte auf die Tür, als wenn sie allen Mut zusammennahm, um da rauszugehen.

YASMIN FISH: Ich beobachtete sie durch den Türspalt, während ihr die Haare gemacht wurden. Sie konnte mich sehen und lächelte. Dann redete sie mit Veronica, sah mich aber die ganze Zeit an.

»Ich hab nie über ihn hergezogen, Veronica, aber … nur dieses eine Mal«, sagte sie. »Erzähl's keinem Menschen, okay?«

»Ich schweige wie ein Grab«, sagte Veronica und legte den Finger auf die Lippen.

»Du weißt, dass Joe alle Stunts in *Body Matter* selbst gemacht hat?«

»Wie könnte ich vergessen, was für ein Held dieser Scheißer ist?«

»Das ist Quatsch. Er hat nicht einen davon gemacht.«

»Was?«

»Alles war gedoubelt.«

»Aber ich hab Interviews mit French gesehen. Er hat sich angehört, als hätte Joe die Tapferkeitsmedaille verdient.«

»Er lügt. Hat seine Seele für die Fortsetzung verkauft.«

»Das ist zu viel. Heißt das, er hat gar nichts gemacht? Von dem Dach runterrutschen, von oben in das fahrende Auto springen, durch diese Fenster fliegen …«

»Doubles.«

»Durch die Kanalisation schwimmen?«

»Er kann nicht schwimmen.«

»Moment mal, Becca. Ich hab das ›Making of‹-Video gesehen. Das war Joe, der da vom Turm zum Hubschrauber gesprungen ist.«

»Veronica, seit wann bist du in Hollywood? Behaupte nie mehr, *ich* wäre naiv. Wenn sie's im Film getürkt haben, können sie's auch da türken. Es war alles geplant: Die Produzenten haben gesehen, wie gut die Helden-Nummer bei Cruise in *MI II* funktioniert hat. So haben sie Joe in die Oberliga gebracht.«

»Mensch, Rebecca, ich glaub's nicht. Der Typ ist ein Schwindler.«

»Mehr, als du je erfahren wirst.«

Ich konnte es auch nicht glauben. Ich war völlig drauf reingefallen. Tyler auch. Joe war sein Held. Ich konnte es ihm nicht erzählen. Das wäre, als hätte ich ihm gesagt, dass Slipknot, seine absolute Lieblingsband, zu einem Strickkreis gehörte. Er wäre am Ende gewesen.

Rebecca sagte: »Na los, gehen wir raus und bringen diesen Scheißspot zu Ende.«

Sie kamen zusammen raus und ich folgte ihnen. »Denk dran, Veronica, kein Wort«, sagte sie. Dann drehte sie sich um und lächelte mich wieder an.

TIM LELYVELDT: Hollywood-Momente sind die Szenen, die zu perfekt, zu kalkuliert sind, um wahr zu sein. Hier ist eine aus *Ein Offizier und Gentleman.* Richard Gere geht in die Fabrik, hebt Debra Winger hoch und trägt sie raus, während alle anderen klatschen. Wir haben das alle gesehen und fanden es toll/ekelhaft (je nach Geschmack), wussten aber zugleich, dass es zu schön/kitschig (s. o.) war, um wahr zu sein. In Wirklichkeit wäre Gere am Eingang vom Wachmann gestoppt worden und hätte seinen Ausweis zeigen müssen. Wenn er an dem vorbeigekommen wäre, hätten Wingers Kolleginnen getuschelt:

›Guckt euch die hochnäsige Kuh mit ihrem *Offizier* an. Jetzt meint sie, sie wäre was Besseres.‹

So was passiert einfach nicht.

Ich hab nur eine Ausnahme erlebt: der Moment, als Rebecca erschien. Alle im Team hatten gemeint, sie würden sie nicht mehr zu sehen kriegen – nachdem sie schon so viel von ihr auf Video gesehen hatten.

TISH WILKIE: Sie sah so stolz aus wie die Jungfrau von Orléans. Oder Jennifer Beals in *Flashdance.* Ich kriegte feuchte Augen, aber es waren keine Tränen des Stolzes. Seit ich das mit ihrem Dingsda-Film wusste, fühlte ich mich schrecklich. Bitte verstehen Sie mich richtig. Ich bin jetzt *absolut* kalifornisch und kann die Entscheidung von jedem, sich auszuziehen und vor der Kamera eklige Sexsachen zu machen, völlig respektieren. Aber in dem Film hatte Rebecca andere Frauen ... Sie wissen schon. Ich bin 110-prozentig anti-homophob, aber das war einfach zu viel. Wie sollte ich noch ihre Höschen auspacken und andere wirklich private Sachen tun, die eine *persönliche* Assistentin für einen Topstar macht, wenn ich wusste, was sie gemacht hatte?

Als das Team ihr applaudierte, heulte ich los. Meine Mum stand neben mir und fragte: »Was ist los, Tish?«

»Es ist wegen Rebecca. Sie ist furchtbar.«

»Ich weiß, Schatz, dieses Kleid ist furchtbar unanständig. Aber auch praktisch. Einfach nur feucht abwischen.«

TIM LELYVELDT: Einer der Tischler fing damit an – ein etwas verlegener Applaus. Als ihm keiner sagte, dass er aufhören soll, klatschte er kräftiger. Es dauerte nicht lange, bis es ein perfekter Hollywood-Moment wurde.

VERONICA D: Als sie jubelten, sagte ich zu ihr: »Sarah Michelle kriegt nie so was am *Buffy*-Set – du solltest mehr Pornos drehen.«

Tim Lelyveldt: Sogar Joe und Greta applaudierten. Sie wollten nicht, aber die Strömung war zu stark und riss sie mit.

Yasmin Fish: Nach einer halben Stunde gab es eine Pause. Rebecca redete mit Kevin und den Leuten von der Agentur. Joe war bei seiner Clique – nicht weit weg, aber nicht nah genug, um mitzureden. Sie unterbrach das Gespräch und sagte: »Wir wär's heute Abend mit Essengehen? Ich lade euch ein.«

Alle schauten zu Kevin – es waren seine Dreharbeiten, und niemand wollte als Erster ja sagen. Er schien verblüfft zu sein. Er schaute zu Joe, dann zu Rebecca, dann wieder zu Joe. »Ich weiß nicht. Eigentlich müssen wir heute Abend Joes Double aussuchen«, sagte er und starrte Joe böse an. Dann lächelte er. »Ach was. Das kann der Agent machen, und morgen früh sehen wir uns die Videos an. Ausgehen ist eine prima Idee, Baby. Ich hab ein Recht auf ein bisschen Spaß. Wie wär's mit dem Ivy? Da krieg ich immer einen Tisch.«

»Das Ivy ist voller Paparazzi, Kevin«, sagte Rebecca. »Können wir was anderes nehmen?«

Toddy schlug einen Laden namens Sanderson vor. »Es ist gerade *très chic*, meine Liebe, und *très* prominentenfreundlich.«

»Ich habe keine Lust auf Medienleute«, erwiderte sie.

Ich stand im Hintergrund und dachte, ich wäre nicht am Gespräch beteiligt, aber sie sah mich an. »Wo gehst du hin, wenn du feiern willst, Yasmin?«

Sie kannte meinen Namen. Ich konnte keinen klaren Gedanken fassen. Meistens ging ich zu Pizza Hut, aber das hatte sie wohl kaum im Sinn. »Äh …« Ich musste was finden. »… also …« Schnell. »… an meinem sechzehnten Geburtstag war ich bei Chinese Elvis.«

»War es schön?«

»Wir haben uns toll amüsiert.«

»Prima. Reservier einen Tisch … und du bist auch eingeladen.«

Toddy Gluck: Chinese Elvis.

An der Old Kent Road.

O mein Gott.

Was zum Teufel dachte sie sich dabei? In London gab es ein paar der raffiniertesten Restaurants der Welt. Warum hatte Rebecca auch ausgerechnet den Runner gefragt?

O mein Gott.

Yasmin Fish: Mein Puls schlug doppelt so schnell. Ich brauchte zehn Minuten, um mich so weit zu beruhigen, dass ich das Restaurant anrufen konnte.

»Tischfürsiebenpersonen? Welchezeit?«, fragte sie.

»Neun Uhr bitte.«

»Fürwen?«

»Rebecca Richards.« *Rebecca Richards* – wie toll das klang.

»Wiewirdgeschrieben?«

Schien aber nicht viel Eindruck zu machen.

Greg Fuller: Mit Chinese Elvis hatte Rebecca bewiesen, dass sie nicht nur Mumm, sondern auch Humor hatte. Den restlichen Nachmittag spielte sie traumhaft. Kevin hatte jetzt Ehrfurcht vor ihr und Joe wirkte eingeschüchtert. Mein Gott, das werden ja noch richtige Dreharbeiten, bei denen wirklich ein Werbespot entsteht, dachte ich. Oder genauer gesagt zwei Werbespots – dank des umgeschriebenen Drehbuchs.

Es war zu schön, um wahr zu sein.

Die letzte Szene des Tages war eine ehrgeizige Kranfahrt – Kevins spektakuläres Finale für mein ursprüngliches Skript. Es begann nah bei Rebecca, als sie Joe am Tisch einen Korb gab, dann fuhr die Kamera über die Menge bis zur Tür. Es war so gedacht, dass die Kamera sich zuerst von Rebecca entfernte und diese erst wieder ins Bild kam, wenn sie die Bar verließ. Kevin probte es durch, dann war er bereit. Während er auf dem Playback-Monitor zusah, stand ich neben ihm. Ich meinte, wir würden es beim ersten Durchlauf schaffen, jedenfalls bis zum

Schluss der Kamerafahrt, als Kevin brüllte: »Was macht *der* in meiner Aufnahme?«

Ich sah auf den Monitor und sah *ihn* neben dem Dodge Viper stehen. Er war über sechzig, trug eine Bifokalbrille und zurückgekämmte Haare. In einem Meer von Statisten, die alle unter dreißig waren, fiel er auf wie die runzligen Hoden eines Hundes.

Im Werbeland herrscht immer noch Apartheid. Wir sind eine altenfreie Zone. Der Zweistärkenmann hatte außerhalb seines Homelands nichts zu suchen, wo er vielleicht noch einen Job in Werbespots für Inkontinenz-Unterhosen im Nachmittagsprogramm bekam.

Kevin drängte sich durch die Statisten und schrie: »Verdammt noch mal, wer sind Sie und was machen Sie auf meinem Set?«

»Ich bin Maurice Wilkie«, antwortete er ruhig. »Sie wissen doch wohl, dass dieses Auto nicht verkehrssicher ist? Es ist eine Todesfalle, und mit dem fehlenden Schalldämpfer am Auspuff kommen Sie keinen Kilometer weit, bevor die Polizei Sie anhält.«

VERONICA D: Als Rebecca aus dem PVC glitt, fragte ich: »Wer ist Chinese Elvis?«

»Ein Restaurant. Billiges chinesisches Essen und Elvis-Songs. Vor Jahren war ich mal da – ich war so in Yasmins Alter. Ich weiß noch, dass es mir gefiel. Die anderen werden es wahrscheinlich schrecklich finden.«

»Warum gehen wir dann hin?«

»Ehrlich gesagt weiß ich nicht mal, warum wir überhaupt ausgehen. Ist mir plötzlich eingefallen – es schien eine prima Art zu sein, Joe zu ärgern. Jetzt wünschte ich, ich könnte mich im Hotel verstecken. Ich möchte bloß, dass der Tag vorbei ist.«

»Lass Freddie eine Entschuldigung erfinden. Dafür bezahlst du sie doch.«

»Sie redet im Moment nicht mit mir. Seit sie von TITTANIC

erfahren hat, bedauert sie wohl, dass sie Jennifer Aniston abgelehnt hat, weil sie zu sehr mit mir beschäftigt war.«

Tim Lelyveldt: Als wir Schluss machten, wandte Joe sich an Morton und fragte: »Was denkt Kevin sich eigentlich? Nach dem Casting heute Abend wollten wir zusammen reden.«

Joe hatte eine Woche zuvor den ersten Entwurf von *Body Matter II* bekommen. Er hatte nicht alles gelesen, nur seine eigenen Szenen – aber das waren auch die einzig wichtigen. Er fand sie mies und wollte unbedingt mit French drüber reden. Morton wieselte davon. Als er zurückkam, hatte er sein Schlechte-Neuigkeiten-Gesicht aufgesetzt. »Kevin sagt, er kann's nicht abwarten, das Skript mit dir zu besprechen, aber im Moment ist er zu kaputt. Er möchte es verschieben.«

»Will der Typ arbeiten? Hast du ihm gesagt, dass die Regisseure für diesen Film Schlange stehen?«

»Das weiß er, Joe. Er sagt, er vertraut ganz darauf, dass du die richtige Wahl triffst.«

»Arrogantes Arschloch«, knurrte Joe. Dann wandte er sich zu mir und sagte: »Was ist Chinese Elvis? Ein Members-only-Club?«

»Ich hab keine Ahnung, Joe. Aber ich kann's rausfinden.«

»Mach das. Wenn es interessant klingt, fahren wir hin. Wäre doch witzig zu sehen, wie Rebecca heute feiert, bevor sie morgen abstürzt.«

Nancy Stark: Mein holländischer Masseur war eine Zierde seines Berufs – seine Hände hätten die Spannungen aus einem Nahost-Gipfel herausmassiert. Trotzdem blieben sie bei mir völlig ohne Wirkung.

Hinterher lag ich auf dem Bett und stellte mir vor, wie Carrie litt. Ich dachte aber nicht nur an sie. Es quälte mich, dass sie glaubte, ich wäre diejenige welche.

Dann fuhr ich hoch und sagte laut: »Nancy, du dummes Huhn. Warum hast du nicht früher daran gedacht?« Ich wählte

Carries Nummer. Niemand ging ran, deshalb sprach ich eine Nachricht auf Band.

»Carrie, hier ist Nancy. Bitte hör dir das an, es ist die Wahrheit. Ich bin *wirklich* in Spanien, und letzte Nacht war ich auch hier, ich konnte also nicht mit ihm zusammen sein. Wenn du mir nicht glaubst, ruf mich hier an. Ich habe *nicht* mit Greg geschlafen und würde es auch nie tun. Bitte ruf mich an.«

Ich hinterließ die Hotelnummer und wartete.

Ein paar Minuten später klopfte es an der Tür.

»Hast du Zeit, Lola?«, fragte Dirk, der holländische Masseur.

Ich schaute auf das Telefon – »Ich erwarte einen Anruf.« – und dann in seine durchdringenden grauen Augen. »Aber das kann warten.«

CARRIE FULLER: Während Nancy aufs Band sprach, hörte ich zu.

»Hört sich in meinen Ohren nach Schwachsinn an«, sagte Baby.

»Ich weiß nicht. Wenn ich drüber nachdenke, ist Spanien ein bisschen kompliziert, wenn man ein Alibi erfinden will.«

»Warum rufst du dann nicht zurück?«

»Weil es mehr Fragen aufwirft als löst.«

»Ich kapier dich nicht, Carrie.«

»Bitte, *bitte*, sag Mum zu mir.«

17

Sesamtoast, Krabbenbällchen, Frühlingsrollen, gebratener Seetang, Spare Ribs in Honig, Rindfleisch in schwarzer Bohnensoße, Schweinefleisch süß-sauer, Huhn Szetschuan, Krabben Chow Mein, Schweinefleisch mit Ingwer und Frühlingszwiebeln, Tintenfisch in Austernsoße, Chop Suey Spezial, Ente mit gemischtem Gemüse, geschmorte Pilze mit Tofu, Nudeln Singapur, gebratener Eierreis

Ach ja, und Lawdy, Miss Clawdy

Greg Fuller: Vor dem Studio stolperte ich über Bob Bull.

»Phänomenaler Abschlusstag, Greg.«

»Nicht schlecht, was, Bob? Bestimmt können wir den alten Knacker rausschneiden.«

»Wie wär's mit einem Bierchen? Um die Ecke ist ein Pub, wo sie ein prima Old Peculier zapfen. Sie könnten mich über Max' Machenschaften auf den neusten Stand bringen. Ein phänomenaler Unternehmer. Ich würde zu gern sein Geheimnis erfahren.«

Das Einzige, was Bob wollte, war ein Video. Eins, auf dem er in einem Tabledance-Club zu sehen war, mit einer Tänzerin auf dem Schoß. Ich hätte ihm gerne geholfen, aber offen gesagt hatte ich keine Ahnung, ob so ein Video existierte. Max war an Honeydew beteiligt, aber er war ein sehr stiller Teilhaber. Richtig – alles, was ich Bob vorher erzählt hatte, war erfunden.

Was soll ich sagen? Ich bin in der Werbebranche.

Ganz sicher hatte ich keine Lust, mich darüber zu unterhalten. Außerdem hatte ich ihm nichts von unserer Verabredung mit Rebecca erzählt. Da er ihr üppiges Honorar zahlte, wäre er sauer gewesen, weil er nicht auch auf der Gästeliste stand.

»Ein Bier wäre prima, Bob, aber ... äh ...« – ich sah Toddy auf uns zukommen – »Toddy und ich müssen die Logistik für morgen besprechen.«

»Ihr Eifer erstaunt mich immer wieder«, schleimte er. »Arbeitet nicht zu hart, ihr beiden.«

»Wovon hat er geredet?«, fragte sie, als er abzog.

»Tut mir Leid, ich brauchte eine Ausrede. Du warst die nächstbeste. Gehst du heute Abend hin? Chinese Elvis klingt nicht ganz nach deiner Kragenweite.«

»Ganz bestimmt nicht, Greg, aber ich bin nun mal die Producerin. Es wäre *absolut* unprofessionell, wenn ich mich nicht sehen ließe.«

»Du könntest doch deine taktischen Bauchschmerzen bekommen.«

»Lass deine Witze. Meinst du nicht, du hast mich heute schon genug verletzt?«

»Entschuldige. Wollen wir uns ein Taxi teilen?«

»Lieber fahr ich per Anhalter bei Ozzy Osbourne mit.«

Toddy Gluck: Ich hatte ihm zwei Wochen gegeben, aber schon jetzt kam er zu mir zurückgekrochen. Ganz so leicht würde ich es ihm aber nicht machen. Ich stieg in mein Taxi und sah zu ihm zurück, als es losfuhr. Er redete mit dem Runner-Mädchen. Wenn er sich einbildete, er könnte mich mit ihr schockieren, musste er komplett übergeschnappt sein.

Yasmin Fish: Greg Fuller sah verloren aus.

»Alles okay?«, fragte ich.

»Ja, danke. Ich warte bloß auf ein Taxi. Mit Chinese Elvis haben Sie ja einen Volltreffer gelandet.«

»Es war das Einzige, was mir eingefallen ist«, sagte ich und spürte, dass ich errötete.

»Rebecca hat die Idee jedenfalls gefallen. Wenigstens werden die Reporter sie da zuletzt suchen. Wie kommen Sie dorthin? Sollen wir uns ein Taxi teilen?«

»Ich glaube, ich habe nicht genug Geld.«

»Unsinn, Bob Bull bezahlt.«

Bob Bull: Ich ließ mich auf den Sitz meines Scorpio gleiten und fuhr nach Hause zu Jane. Ich drehte die Anlage voll auf, aber nicht mal die phänomenale Stimme von Bryan Adams in dem Klassiker »Summer of '69« konnte meine Stimmung heben. Greg hatte wirklich eine Bombe gezündet. Ich hatte Honeydew komplett vergessen, aber jetzt drohte eine harmlose Knutscherei plötzlich mein Leben zu zerstören. Sie hieß Fiona und war BWL-Studentin. Wir hatten über ihren Wunsch gesprochen, die steile Managementtreppe zu erklimmen. Ich erinnere mich, dass ich ihr ein paar sehr nützliche Tipps bezüglich der Präsentation ihres Lebenslaufs gab.

Dass sie einen Tangaslip und Hochhackige trug und ich nach einem reichlichen Essen den Gürtel gelockert hatte, heißt noch lange nicht, dass irgendwas Unrechtes passiert wäre. Wieso können zwei verwandte Seelen sich nicht mal in aller Ruhe unterhalten, ohne dass falsche Schlüsse gezogen werden?

Tim Lelyveldt: Auf dem Weg zum Dorchester fragte Joe: »Was hast du über diesen Club rausgekriegt?«

»Soweit ich weiß, ist es ein Restaurant – eine Art chinesischer Hommage an den King, mit Imitatoren und allem Schnickschnack.«

»Cool.«

»Da wäre ich mir nicht so sicher. Ich hab gehört, es ist ein ziemliches Loch.«

»Du verstehst die Briten nicht. Die lieben diese Vegas-Scheiße. Fühlen sich überlegen. Ich sag dir, dieser Elvis-Laden ist cool. Wir fahren nach dem Essen hin. Ich bin am Verhungern.«

Roland Shen hatte vielleicht Wunder bei Joes Meridianen vollbracht, aber für seinen Magen schien er nicht viel zu tun.

Carrie Fuller: Schließlich rief ich Nancy in dem Hotel an, aber sie war nicht auf ihrem Zimmer. Die Rezeption bestätigte mir jedoch, dass sie tatsächlich dort wohnte. Ich war erleichtert, fühlte mich aber auch dumm – obwohl ich sicher war, dass Greg irgendwas anstellte, tat er dies offensichtlich nicht mit seiner Sekretärin. Nichts ist schlimmer, als die falsche Person zu verdächtigen.

Ich beschloss, ihn anzurufen.

»Wo bist du?«, fragte ich, als er sich meldete.

»In einem Taxi auf der Hammersmith-Überführung. Gut, dass du anrufst. Ich und Lola? Was hast du dir bloß dabei gedacht?«

»Ich weiß. Ich hab sie in Spanien angerufen. Trotzdem hast du noch einiges zu erklären. Ich hoffe, du bist auf dem Weg nach Hause.«

»Hab leider einen späten Termin. Hängt mit den Dreharbeiten zusammen. Ranschleimen bei den Schauspielern und so weiter. Lässt sich nicht umgehen.«

Das ließ es sich nie.

»Wer ist sonst noch dabei?«, fragte ich mit der ganzen Wärme eines gefrorenen Kabeljaus.

»Ach, bloß ein paar von der Produktionsfirma und aus dem Gefolge von Rebecca Richards und sie selber.«

Rebecca. Der arme Kerl *musste* halt mit einer jungen, charismatischen, schönen, langbeinigen, schmalhüftigen, melonenbrüstigen Berühmtheit ausgehen. Ließ sich *nicht* umgehen.

In diesem Moment passte alles zusammen. Natürlich hatte er Nancy nicht gebumst. Wer würde seine Sekretärin nehmen, wenn er den Star haben konnte?

»Ich komme nach Hause, sobald ich kann«, fuhr er fort. »Warte auf mich, dann können wir reden.«

»Falls du's noch nicht gemerkt hast, ich bin schwanger. Das

heißt, ich bin abends um halb elf so erledigt, dass ich meinen Bauch gerade noch nach oben ins Bett schleppen kann. Mach dir aber keine Sorgen – während ich meine geschwollenen Knöchel auf einen Stapel Telefonbücher lege und Salbe auf meine Hämorrhoiden schmiere, werde ich an dich und Rebecca denken.«

»Carrie, bitte sei nicht so.«

»Was erwartest du? Ich hab mir letzte Nacht den Kopf zerbrochen, wo du steckst. Jetzt erfahre ich, dass deine größte Sorge darin bestanden hat, wohin du die verdammte Rebecca Richards zum Essen ausführst.«

»Carrie, bitte …«

»Lass mich in Frieden, Greg. Iss dein Dinner. Fick dein Starlet. Aber glaub nicht, du kannst dann nach Hause kommen und mir erzählen, wie schrecklich alles war – die Tür wird verriegelt sein.«

YASMIN FISH: Er steckte das Handy ein, und ich fragte: »Alles in Ordnung?«

»Diese Scheißdinger«, meinte er. »Kein Empfang.«

»Ich streite mich auch manchmal mit meinem Freund«, sagte ich, »aber wenn wir uns wieder versöhnen, ist es umso schöner.«

Er antwortete nicht.

TYRONE EDWARDS: Yvonne kommt von der Arbeit nach Hause, steigt aus den Schuhen und sagt: »Wenn ich noch einen einzigen künstlichen Nagel sehe …«

Ich unterbreche sie. »Zieh dir was Schnuckeliges an, Liebling. Wir gehen aus.«

»Was feiern wir, Tyrone? Hast du heute die erste Frage bei *Wer wird Millionär* geschafft?«

»Ich hab einen Job.«

»Nimm mich nicht auf den Arm. Ich bin nicht in Stimmung.«

»Ohne Quatsch, Liebling. Ich bin Security-Spezialist und persönlicher Sicherheitsberater. Ich war bei Hakkan und …«

»Du bist Rausschmeißer? Du willst mich wirklich auf den Arm nehmen. Ich seh dich schon in einer Schlägerei. Sieh dir doch nur mal dein Auge an. Das war bloß ich. Was machst du, wenn sechs Gorillas mit Baseballschlägern vor dem Club stehen?«

»Es geht nicht ums Schlagen, Baby«, sag ich. »Das Security-Geschäft hat sich verändert. Es geht um Einfühlungsvermögen, Diplomatie – dieser ganze Scheiß. Hakkan meint, ich wär ideal dafür.«

»*Ich* glaub dir, Tyrone – aber die sechs Gorillas mit Baseballschlägern nicht. Also, wohin führst du mich aus?«

»Ich hab schon 'nen Tisch reserviert, Liebling. Im Star of India.«

»Old Kent Road? Du weißt wirklich, wie man ein Mädchen verwöhnt. Und ich dachte schon, es wäre das Ritz.«

GREG FULLER: Als Yasmin und ich zum Chinese Elvis kamen, stand ein Krankenwagen davor. Drinnen saß der Fahrer und las den *Standard*. Dass das Restaurant anscheinend einen Krankenwagen auf Abruf bereithielt, war kein gutes Omen für den Abend. Drinnen sang Chinese Elvis »Devil in Disguise«, aber kein noch so starkes Lippenkräuseln konnte seinen kantonesischen Akzent nach Mississippi klingen lassen. Toddy war schon da und leistete einer Bloody Mary Gesellschaft. Sie nahm einen Schluck und sagte: »Mein Gott, kennen die kein Tabasco?« Yasmin machte einen mutigen Versuch, das Eis zu brechen, indem sie ihr die Krabbencracker rüberschob und sagte: »Bitte, die sind wirklich gut.« Die stets freundliche Toddy antwortete: »Hast du überhaupt eine Ahnung, wie viele Kalorien in einem von den Dingern stecken?«

Kevin traf ein, und seine Nüstern blähten sich, als er die Mischung aus Zigarettenrauch, Monosodiumglutamat und Pflanzenöl einsog. Vielleicht freuten sie sich auch nur auf den Koks. Schwer zu sagen.

»Ich hab meinen Aston um die Ecke geparkt«, sagte er, als er sich setzte. »Wie stehen die Chancen, dass nachher die Reifen fehlen?«

Wenn bloß die Räder weg wären, hätte er noch Glück gehabt.

Bei Kevins Eröffnung erwachte Toddy wie aufs Stichwort zum Leben. »Es ist wirklich das Letzte, nicht? Ich glaube, wir müssen Rebecca zugute halten, dass sie seit Jahren drüben lebt. Aber manche von uns sollten es besser wissen.« Sie funkelte Yasmin an, die auf ihrem Stuhl so tief gerutscht war, dass sie fast unter dem Tisch verschwand. Ich wollte sie verteidigen, aber Kevin kam mir zuvor.

»Was hast du denn, Toddy? Mir gefällt's. Die Medienpuffs, in die ich sonst gehe, hängen mir zum Hals raus.«

»Na schön, ich gebe zu, es hat vielleicht eine gewisse Ironie, aber meinst du nicht, das Sanderson wäre besser gewesen?«, fragte Toddy.

»Das Sanderson«, schnaubte Kevin. »Der Bierkeller der verdammten Stil-Nazis.«

»Aber gegen Starcks Design kann man nichts sagen«, protestierte sie.

»Philippe Starck, dieser Wichser«, schnaubte er wieder – der Koks zeigte jetzt Wirkung. »Hier und jetzt erkläre ich eine Fatwa. Eine Million für den Ersten, der ihm eine seiner beschissenen Zitronenpressen in den beschissenen Arsch rammt.«

Yasmin konnte Philippe Starck wahrscheinlich nicht von Phil Collins unterscheiden, aber bei dieser Bemerkung lebte sie auf.

VERONICA D: Ich schaute aus dem Wagen und sagte: »Lieber Himmel, Rebecca, wo hast du uns denn hier hingebracht? Sieht aus wie die Ecken der Bronx, die sich nicht mal Busta Rhymes in seinen Videos zu zeigen traut.«

»Hast du gedacht, London besteht nur aus Big Bens und Royal Albert Halls? Du hast zu viele englische Filme gesehen. Wach auf!«, gab sie zurück.

Tish hatte sich so weit wie möglich von Rebecca entfernt in

eine Ecke geklemmt. Sie war noch nie so still gewesen, aber jetzt sagte sie was. »Veronica hat Recht, Rebecca. Vielleicht sollte Grant vorgehen und seine Finden-und-vernichten-Nummer abziehen.«

»Macht euch nicht in die Hose, ihr zwei. Wir gehen jetzt da rein und lassen die Sau raus.«

Rebecca hatte noch weniger Lust auf das Essen als Tish und ich – sie musste den Mut zusammen mit dem Make-up aufgelegt haben.

Greg Fuller: Wir sahen Rebecca aus ihrer Sieben-Meter-Karre steigen. »Wahnsinn, Greg«, sagte Kevin. »Wie trägt dieses bisschen Stoff diese große Menge Busen ohne ein Gerüst?«

Veronica D: Der ganze Laden ließ die Stäbchen fallen und starrte sie an, als wir reinkamen. Ich wusste, was sie dachten. »Die sieht ja aus wie … ist sie das? Mein Gott, das *ist* sie!« Es war nicht die Sorte Restaurant, wo man Hollywood-Stars vornehm ignorierte.

Greg Fuller: Kevin und ich sahen Rebeccas Assistentin hinter ihrer Chefin hereinwatscheln. »Es muss eine Klausel in ihrem Vertrag geben, die lautet: ›Die Assistentin muss sich jederzeit absolut beschissen anziehen, damit ihre Arbeitgeberin umso toller aussieht‹«, bemerkte er. »Das Kleid sieht aus wie ein Leichensack, in dem ein paar Schweine rumkrabbeln.«

»Du bist gemein«, sagte ich. »*Ein* Schwein hätte völlig ausgereicht.«

Tim Lelyveldt: Vor dem Dorchester ließ Joe sein Team in die Limousine steigen. Es war wie ein militärischer Einsatz oder die Szene in *Alien,* wo die Space Marines in ihr kleines Schiff klettern, um im Weltraum mal so richtig aufzuräumen. Wir waren Hollywood Special Forces und drangen weit hinter die feindlichen Linien vor. Unser Auftrag: Ziel aufspüren und ihre Karriere mit maximaler Wirkung zerstören. GI Joe hatte alle seine Marines dabei: Waverly, Glenn, Danton und Chris Shave, außerdem Jake den Chauffeur, der jeden Ort fand, solange er Sunset Boulevard hieß. Und er hatte mich. Ich sah mich als den Aufklärungsoffizier unserer Einheit, weil ich einigermaßen klar im Kopf war.

Jake fädelte sich in den Verkehr der Park Lane ein und Joe musterte stolz sein kriecherisches Gefolge. In diesem Augenblick dachte ich an Hollywoods größte Wahrheit: Wenn man den Esstisch überblickt (oder die Limousine, die einen zum Esstisch bringt) und sieht, dass alle Anwesenden von einem selbst bezahlt werden, ist man wirklich ein Erste-Liga-Arschloch.

YASMIN FISH: Rebecca setzte sich neben mich, wahrscheinlich weil ich am nächsten saß. Toddy hatte auf der anderen Seite des Tischs einen Stuhl für sie zurückgezogen, und als Tish sich dort hinplumpsen ließ, wurden ihr die Hände eingeklemmt. Ist das dickenfeindlich? Na wennschon – Tish ist eine echte Tonne.

GREG FULLER: Niemand ist schneller als ich, wenn es ums Ausziehen mit den Augen geht. Während die meisten Männer noch im Geist mit dem BH-Verschluss kämpfen, rauche ich schon meine postkoitale Zigarette. An jedem anderen Abend hätte ich genau das getan – über den Tisch zu Rebecca, Veronica und Yasmin geguckt und einen Phantasie-Vierer inszeniert. Yasmin als die hübsche Unerfahrene, Veronica als die ein wenig bedrohliche Amazone, die anzüglich mit der Brennschere posierte, und Rebecca Richards als sie selbst in dem Kleid, das eine tragende Rolle spielte. Ich selbst wäre irgendwo im Gewirr der Körper untergegangen.

Aber nicht an diesem Abend. Mein Gewissen regte sich und erinnerte mich daran, dass ich eins hatte. Und daran, dass ich Carrie hatte. Ich hätte zu Hause sein sollen, und ich wusste es. Dass Chinese Elvis jetzt »Hound Dog« anstimmte, half mir auch nicht weiter.

Toddy Gluck: Ich sah, wie Greg Rebecca anstarrte, und wusste, was ihm durch den Kopf ging. Von diesem Mistkerl lasse ich mich nicht aus der Fassung bringen, dachte ich. Ich werde mich über diese Situation erheben und das Einzige tun, was ich tun kann. Ich übernahm das Kommando und vertiefte mich in die Speisekarte, bestellte Getränke und produzierte das Ganze. Schließlich war ich Producerin, eine der besten in London. Egal, wie sehr meine Gefühle unter Beschuss standen, ich konnte mich immer in meine Arbeit flüchten.

Tim Lelyveldt: »Jake, bist du sicher, dass du weißt, wo wir sind?«, rief Joe.

»Klar, Boss.«

Ich war nicht der Einzige, der mitkriegte, dass wir zum dritten Mal über dieselbe Brücke fuhren. Jake hatte einen Stadtplan neben sich liegen, aber es hätte genauso gut ein Atlas der Venus mit Beschriftung in Venus-Hieroglyphen sein können. Für Amerikaner ist London ein riesiges, sinnloses Gewirr, nicht wie amerikanische Städte, die nach dem »Wir bauen eine Stadt, und zwar genau hier«-Prinzip angelegt worden waren und deren Planer wohl an Jake gedacht hatten, als sie das idiotensichere Straßenraster erfanden.

Wir fuhren zum vierten Mal über die Brücke, bogen nach links ab und verschwanden in einem Labyrinth enger Straßen, das uns zu einer Schlucht schwarzer Lagerhäuser führte. Ohne Warnung öffnete sie sich zu einem Panorama heruntergekommener Wohnblocks.

»Wir sind gleich da, Boss«, verkündete Jake zuversichtlich.

Wir waren definitiv angeschissen.

Yasmin Fish: Abgesehen von seinen Anweisungen hatte Kevin Rebecca die letzten drei Tage fast ignoriert und furchtbar über sie hergezogen, wenn sie nicht dabei war. Jetzt redete er pausenlos auf sie ein. Veronica beugte sich hinter Rebeccas Rücken zu mir und tippte sich seitlich an die Nase. »Quasselpulver«, flüsterte sie.

»Ich finde es toll hier, Rebecca«, sagte Kevin. »Kompliment für deine …«

GREG FULLER: Ich dachte wirklich, Kevin würde »Titten« sagen, denn inzwischen sägten seine Blicke wie Laser an den Spaghettiträgern, die als Einziges zwischen Rebeccas Brüsten und den ewigen Gesetzen der Schwerkraft standen.

YASMIN FISH: » … Wahl.«

»Oh, du musst Yasmin danken«, sagte Rebecca und legte den Arm um mich. »Ohne sie wären wir im Sanderson.«

An diesem Punkt schmolz ich nur so dahin.

TISH WILKIE: Ich sah, wie Rebecca sich an die Studiobotin kuschelte, und dachte, mir wird schlecht. Es war mir jetzt egal, dass diese Runnerin mit größter Wahrscheinlichkeit eine Spionin im Dienst eines anderen Topstars war. Ich konnte nicht mehr atmen und musste einfach weg. Ich ging aufs Klo und schloss mich ein. Dann nahm ich einen Schreibblock aus der Tasche und machte eine Liste:

FÜR REBECCA ARBEITEN

PRO	KONTRA
1. Beste Tische in Spitzenrestaurants	1. An den besten Tischen mit Lesbe gesehen werden
2. Andere Mega- und Nachwuchs-Stars kennen lernen	2. Die vielleicht auch lesbisch oder schwul sind
3. Privilegierter Zugang zu R. R.s Topstar-Schönheitspflege	3. R. R. hat ihr »Coming-out«, geht als Kerl, wachst sich nicht mehr die Beine usw.

4. Bei Promi-Benefizaktionen mithelfen, z. B. Krebs, Seehundbabys usw.
5. George Clooney kennen lernen
6. Abgelegte Star-Klamotten kriegen
7. Tennisunterricht bei Chris Evert
8. Wie VIP behandelt werden

4. Bei Gay Pride- und/oder anderen Homo-Aktionen mitmachen müssen
5. George Michael kennen lernen
6. Von abgelegten Star-Klamotten Aids kriegen
7. Tennisunterricht bei Martina Navratilova
8. Wie Lesbe behandelt werden

Als ich es noch mal durchlas, war plötzlich alles ganz klar. Ich wusste genau, was ich am nächsten Tag tun musste.

YASMIN FISH: Rebecca wechselte das Thema. »Sag mal, Kevin, was machst du als Nächstes?«

»*Body Matter,* die Fortsetzung. Mein Agent hat das Gerüst eines Vertrags. Irgendwann dieser Tage unterschreibe ich.«

»*Body Matter* war Wahnsinn, Kevin. Ich fand's toll«, sagte sie.

»Das ist nett. War nicht schlecht, oder?«

Er hätte nicht weniger erfreut klingen können, und Rebecca meinte: »Ich hab so ein Gefühl, dass du nicht hundertprozentig begeistert von *BM II* bist.«

»Doch, klar will ich es machen, sonst wär ich ja verrückt. Sie verdoppeln das Budget, das Skript ist cool, es ist toll, mit Joe zu arbeiten, blablabla. Ich muss mich halt etablieren, damit mich die Studios endlich den Film machen lassen, den ich wirklich machen will.«

»Hast du ein Drehbuch?«, fragte Rebecca.

»Nein, nur ein paar Ideen. Ich würde gern mal was mit ein bisschen Dialog machen. Ich schätze, in unserem Spot ist mehr Gequassel als in zwei Stunden *Body Matter.*«

»Na, dann viel Glück, Kevin.«

Kevin nahm einen großen Schluck Bier und sagte: »Versteh mich nicht falsch, Rebecca, aber du bist die mutigste Braut, die ich je gesehen habe.«

»Was soll das denn heißen? Ich bin total feige.«

»So wie du heute zum Set gekommen bist, nachdem … du weißt schon. Es war eine Ehre, das mitzuerleben. Ich an deiner Stelle hätte nicht den Mumm gehabt.«

Ich schaute Kevin an und versuchte ihn mir in einem Porno vorzustellen. Besser nicht dran denken, Yas, sagte ich mir, als ich merkte, dass mir die Krabbencracker hochkamen. Rebecca muss meine Gedanken gelesen haben, denn sie sagte: »Kevin, ich hab zwar Schwierigkeiten, dich an meiner Stelle zu sehen, aber ich bin sicher, du hast viel Mut.«

»Quatsch.«

»Du kannst es beweisen.«

»Was, du willst Kevin in einem Hardcorefilm sehen?«, fragte Greg.

»Das weniger, Greg. Ich meine, Kevin kann was wirklich Mutiges tun, indem er bloß nein sagt.«

»Ich bin ganz Ohr, Baby«, sagte Kevin. Das war ich auch.

»Sag nein zu *Body Matter II.*«

VERONICA D: Vielleicht hatte Rebecca Recht, als sie meinte, ich wäre naiv, weil ich das hätte voraussehen sollen.

YASMIN FISH: »Der erste Film war wirklich spitze«, erklärte Rebecca. »Bestimmt spielt die Fortsetzung viel Geld ein und wird vielleicht sogar genauso gut. Aber eins hab ich in L. A. gelernt: Je weiter du einen Weg gehst, desto schwerer kommst du wieder runter. Wenn du weiter Action-Filme machst, wirst du nie was anderes machen, Kevin, egal, wie gut sie sind. Wenn es wirklich das ist, was du willst, ist es gut. Aber du hast selbst gesagt, dass du was anderes machen möchtest. Egal, was sie dir für die Fortsetzung bieten – lehn ab und mach den Film, den *du* machen willst.«

Veronica D: Übersetzung: »Kevin, wenn du nicht total dämlich bist, weißt du, dass ich Joe Shirer hasse. Ich will ihm genauso schaden, wie er mir geschadet hat. Er will unbedingt, dass *Body Matter II* ein Riesenerfolg wird. Er ist ein unsicheres kleines Arschloch, und egal, wie sehr er dich rumschubst, er tut's nur, weil er meint, du brauchst ihn mehr als er dich. Niemand hat je nein zu ihm gesagt. Sei du der Erste.«

Yasmin Fish: Kevin sah aus, als könnte er nicht glauben, dass jemand, der so schön ist, etwas so Schlaues sagt. Dann meinte er: »An dem Gedanken hab ich zu kauen, Baby.«

»Wo wir gerade vom Kauen reden«, sagte Toddy, die seit einer Weile versuchte, unsere Aufmerksamkeit zu erregen, »nehmen alle gebratenen Eierreis oder möchte jemand einfachen gekochten?«

Tim Lelyveldt: Schließlich sagte Joe: »Du hast dich verfahren, stimmt's, Jake?«

»Irgendwie ja, Boss. Diese Blocks sehen alle gleich aus.«

»Das liegt, glaube ich, daran, dass es dieselben sind. Wir fahren jetzt seit einer Weile im Kreis rum«, sagte Joe mit seltenem Scharfsinn.

Die Straße, auf der wir gekommen waren, war verschwunden. Wir waren gefangen. Während wir im Kreis fuhren, wurden sicher die Jungs aus dem Viertel auf uns aufmerksam. Bestimmt hatten sie die Limousine schon geschätzt und überlegten jetzt, wie viel sie für die Idioten kriegen würden, die drinsaßen.

Tyrone Edwards: Yvonne sieht super aus. Enges Top, das eine Menge von dem zeigt, was Tyrone gern hat, schwarzer Ledermini und die Stiefel mit den hohen Absätzen, bei denen ich will, dass sie sie mal im Bett anbehält, aber sie sagt, sie machen die Bettwäsche kaputt, deshalb müssen wir's im Stehen machen, und ich muss auf einen Kasten steigen, weil sie größer ist, besonders in den Stiefeln, und hinterher tun mir die Knie weh.

Wir gehen aus der Wohnung, und der Fahrstuhl ist mal wieder kaputt.

»Wir müssen laufen, Baby«, sage ich.

»Meinst du, dass ich auf diesen Absätzen vierzehn Stockwerke runtergehe? Du wolltest, dass ich sie anziehe, Tyrone – jetzt nimm mich auf den Rücken.«

TISH WILKIE: Ich fing an, an Rebeccas Verstand zu zweifeln. Nicht nur wegen der Sache mit den Frauen, sondern auch wegen des Lochs, in das sie uns geschleppt hatte. Ich bin absolut kein Snob, aber wir waren von einem schrecklichen Pack umgeben. Lauter Leute, die von Alkohol und Monosodiumglutamat berauscht waren und wahrscheinlich bis an die Zähne bewaffnet. Von der Anwesenheit eines Hollywood-Topstars angestachelt, waren sie absolut zu *allem* fähig.

Toddy tat mir Leid. Offensichtlich fand sie das Restaurant total unpassend, versuchte aber tapfer, die Bestellungen zusammenzukriegen. Allerdings schenkte ihr niemand auch nur die geringste Aufmerksamkeit, und so beschloss ich, ihr zu helfen. »Toddy, soll ich eine Liste machen? Ich finde, das hilft immer.«

»Das wäre wunderbar«, sagte sie. »Wenn das so weitergeht, kommen wir nie zum Essen, und ich meine, je schneller wir bestellen und aus diesem Loch wieder verschwunden sind, desto besser.«

»*Exactomundo.*«

TYRONE EDWARDS: Wie kann ich das ausdrücken, ohne unhöflich zu sein? Yvonne ist ziemlich kräftig. Als ich sie bis in den sechsten Stock runtergeschleppt hab, bin ich am Ende.

»Muss mal verschnaufen«, sage ich. Ich lasse sie runter und lehne mich an die Wand.

»Meinst du, ich hab abgenommen, Schatz?«, fragt Yvonne und streicht sich den Rock glatt.

Ich sag: »Bestimmt … keuch … du bist ganz klar … ächz … schlanker als … keuch … letztes Mal, wo der Fahrstuhl kaputt war.«

Dann guck ich runter auf die Straße.

»Hey, Baby, was macht denn die Kutsche da vor dem Bob-Marley-Block?«, frage ich. Ich zeig auf eine lange weiße Limousine, die da mit ungefähr zehn Stundenkilometern langschleicht.

Yvonne guckt sie sich an und sagt: »Wahrscheinlich hat einer von deinen Dealerfreunden das große Los gezogen und will jetzt hier angeben.«

»Und da willst du, dass ich ehrliche Arbeit mache?«

Tish Wilkie: Endlich hatte ich die Bestellung. Mit dem Block in der Hand stand ich auf und sagte: »Okay, alle mal herhören. Wir haben Sesambrot, Krabbenbällchen, Frühlingsrollen, gebratenen Seetang, Spare Ribs in Honig, Rindfleisch in schwarzer Bohnensoße, Schweinefleisch süß-sauer, Huhn Szetschuan, Krabben Chow Mein, Schweinefleisch mit Ingwer und Frühlingszwiebeln, Tintenfisch in Austernsoße, Chop Suey Spezial, Ente mit gemischtem Gemüse, geschmorte Pilze mit Tofu, Nudeln Singapur, gebratenen Eierreis. Okay? … *Okay?*«

Sie ignorierten mich, und Kevin wandte sich an den Kellner: »Menü C für sieben mit extra Nudeln.« So *total* unhöflich.

Ich setzte mich neben Toddy und sagte: »Ich hab eine Wahnsinnsidee. Wir tütern uns einen an. Ich finde immer, das hilft.«

Bob Bull: Während Jane mir ihr wie immer großartiges Essen vorsetzte, musste ich dauernd ans Honeydew denken. Wenn das Video auftauchte, wie sollte ich Jane dann davon überzeugen, dass es sich um eine unschuldige Unterhaltung zwischen einem erfahrenen Managementprofi und einer eifrigen jungen Studentin gehandelt hatte, was es definitiv, kategorisch und ohne jeden Zweifel auch gewesen war? Das war ein verdammt dicker Brocken von einem Rätsel, Worst-Case-Szenario-mäßig.

»Was ist los, Bobo?«, fragte Jane. »Du hast meine Tofu-Gemüse-Pfanne kaum angerührt.«

»Es ist wegen Greg. Er war heute nicht auf Zack. Personalführungsmäßig hat er keine gute Hand. Die Dreharbeiten für einen großen Werbespot sind wie ein Supertanker, und er scheint vom Kurs abzukommen.«

»Das klingt nicht nach meinem Bobo. Er hat Glück, dass du dabei bist. Übernimm du das Kommando. Zeig ihm, wer der Boss ist.«

»Weißt du, du hast vollkommen Recht, Jane. Genau das werde ich tun.«

»Schon besser. Jetzt iss auf. Es gibt Crumble zum Nachtisch.«

Ich schaute sie über den Tisch hinweg an, meine süße, loyale Jane. Wie könnte ich sie je verletzen? Ich musste unbedingt an dieses Video kommen.

Tim Lelyveldt: Wir fuhren etwa zum zwanzigsten Mal auf dieselben Teenager zu. Chris Shave drehte sich zu Joe um und sagte: »Warum fragen wir eigentlich nicht diese Kids, wo wir sind?«

Joe verkroch sich in seinem Sitz. »Ich glaube, das ist keine gute Idee. Guck sie dir an. Hier ist Crack City.«

»Keine Sorge, Boss. Es ist mein Job, deinen Arsch zu beschützen.«

Tish Wilkie: Toddy und ich waren bei der zweiten Flasche weißem Hauswein.

»Dieser Wein ist ekelhaft«, sagte sie und leerte das Glas.

»*Total* ekelhaft. Wahrscheinlich voll mit genetisch manipuliertem E irgendwas«, stimmte ich zu, während ich ebenfalls mein Glas austrank.

Toddy schaute zu Rebecca, die ganz offen mit Veronica und der Botin flirtete. »Wie lange arbeitest du schon für sie?«, fragte sie.

»Erst ein paar Wochen, aber wir haben uns sofort verstanden.« Dann fügte ich rasch hinzu: »Aber wir haben uns nicht auf *die* Art verstanden.«

»Welche Art?«

»Na, du weißt schon, *die* Art.«

»Ich hab keine Ahnung, wovon du sprichst«, sagte Toddy, die beschwipster war, als ich dachte, »aber wenn du meinen Rat willst, geh nicht zu nah ran.«

»Oh, ganz bestimmt nicht«, sagte ich, aber sie faselte weiter.

»Du gibst ihnen alles, dein Herz, deine Seele, deinen verdammten Körper, *alles*, und wenn du nichts mehr hast, schmeißen sie's dir mitten ins Gesicht. Diese *Pieps*.«

Ich wusste nicht, wovon sie redete, aber es klang schrecklich und irgendwie sehr traurig.

TYRONE EDWARDS: Als wir unten ankommen, bin ich völlig erledigt. Wenn ich nicht Yvonne wieder vierzehn Stockwerke hochschleppen müsste, würde ich auf das Curry pfeifen und direkt nach Hause gehen. Yvonne wartet, dass ich wieder zu Atem komme, und beobachtet die Kutsche, die bei Richie Jones und seinen Freunden angehalten hat.

»Ich hab dir gesagt, es ist einer von deinen Dealer-Freunden«, sagt sie. »Er ist jetzt Millionär, aber er verkauft immer noch kleine Päckchen an die armen Kids.«

»Jedenfalls verkauft er besser nichts an diesen durchgeknallten Richie Jones«, sage ich.

Die Tür geht auf und ein großer weißer Typ steigt aus. Den hab ich noch nie gesehen.

TIM LELYVELDT: »Chinese Elvis, wir suchen C-h-i-n-e-s-e E-l-v-i-s«, sagte Shave zu dem nächsten Kid, als würde er kein Englisch sprechen.

Der Teenager antwortete: »Hier gibt's keine Schlitzaugen.«

»Der meint sicher den Alten in der Pommesbude«, meinte ein anderer.

»Ach Quatsch, der sieht doch nicht aus wie Elvis«, erwiderte der Erste.

»Was ist mit dem Dealer in Bermondsey?«, fragte ein Dritter. »Der steht auf den Rock'n'Roll-Scheiß.«

»Lass uns abhauen, der ist von den Triaden«, sagte der Erste.

TYRONE EDWARDS: Richie Jones steht hinter den anderen, aber dann geht er einmal um die Kutsche rum und springt auf die Motorhaube.

TIM LELYVELDT: Jake musste vergessen haben, dass der Wagen geliehen war, denn als der Typ, der nichts gesagt hatte, auf die Motorhaube kletterte, ging er auf ihn los, als hätte er seine ganzen Ersparnisse reingesteckt.

»Runter von meiner Karre«, schrie er und gab ihm einen Schubs.

TYRONE EDWARDS: Ich denk mir, der ist nicht von hier, sonst würde er nicht so was mit Richie Jones machen.

TIM LELYVELDT: Der Typ rutschte auf die Straße, blieb aber nicht lange unten. Er sprang auf die Beine, zog ein Messer und drückte es Jake von hinten an die Kehle. Die anderen Kids fingen an zu schreien: »Hör auf, Richie, die Typen sind von den Triaden.« Shave griff in seine Jacke, wo normalerweise seine Pistole steckte – nichts. Er versuchte es mit: »Hör mal, das ist doch nicht nötig. Nimm das Messer weg.«

Ich war in der Anti-Waffen-Bewegung – ich hatte Petitionen unterschrieben, Hassbriefe an Charlton Heston geschickt, das volle Programm –, aber im Moment wünschte ich, Shave hätte zum Beispiel eine Kalaschnikow mit Granatwerferaufsatz eingepackt.

Ich stieg aus dem Wagen und Waverly, Glenn und Danton taten dasselbe. Allmählich sah das Ganze aus wie *West Side*

Story – ohne die tolle Choreographie, die oscargekrönte Musik und Natalie Wood.

Wir brauchten dringend den Joe, der einen hundertzwanzig Kilo schweren Gangster mit dem Spruch »Eine Bewegung, und deine Schlampe kann sich sonnen, wenn sie hinter dir steht« zum Stehen gebracht hatte. Aber das war im Film. In der Wirklichkeit kauerte unser Held im Wagen und zitterte.

TYRONE EDWARDS: »Das ist dein Augenblick, Tyrone. Du bist jetzt ein Security-Spezialist und persönlicher Sicherheitsberater«, sagt Yvonne.

»Bist du verrückt? Das ist der verdammte Richie Jones.«

»Sei kein Feigling. Geh und mach deine Spezial-Security«, sagt sie und schubst mich von hinten an.

TIM LELYVELDT: Die Pattsituation hielt an, aber dann sah ich einen kleinen Typen auf uns zukommen. Scheiße, jetzt sind wir dran, dachte ich. Ich sah aber eigentlich nicht ihn an – ich hatte gerade seine Freundin gesehen.

TYRONE EDWARDS: Diplomatie und Deeskalation, sage ich mir. Hakkan meint, es geht nur um Diplomatie und Deeskalation. Ich seh Richie an, dann das Messer und dann das kleine Rinnsal Blut, das vom Hals des Fahrers auf sein schönes weißes Hemd läuft. Ich denke an das Nasenbluten, das meinen ganzen Anzug versaut hat, und mir fällt ein, dass ich kein Blut mag. Ich drehe mich zu Yvonne und sage: »Baby, ich hab doch den Tisch bestellt. Wir kommen zu spät, wenn wir nicht …«

Aber sie achtet nicht auf mich und fängt an zu schreien.

TIM LELYVELDT: Sie war eine richtige Wuchtbrumme und mit tödlichen Fingernägeln bewaffnet. Sie brüllte: »Richie Jones, nimm sofort das Messer weg!«

»Und wenn nicht?«, antwortete er.

»Dann hab ich deine Mutter hier unten, bevor du Zeit hast,

dir in die Hose zu scheißen, und wir prügeln dich von hier bis Deptford.«

Ich glaubte ihr. Der Typ auch. Er steckte das Messer ein.

»War nur Spaß, Yvonne. Ich wollte ihm nichts tun.«

Sobald er zurücktrat, sprang Shave vor, aber diese Yvonne war schneller und stellte sich dazwischen. »Und du lässt ihn in Ruhe, du Fettsack«, brüllte sie. »Er ist erst vierzehn.«

Hinter Yvonnes Rücken provozierte Richie Shave weiter: »Du siehst aus wie Tony Soprano, du fetter Wichser.« Aber Shave war schlau genug zu wissen, wann es genug war, und ignorierte ihn.

Die Teenager zogen ab. Sie hatten wohl das Gefühl, unter einer anderen Laterne sei mehr los.

TYRONE EDWARDS: »Bist du okay, Baby?«, frage ich Yvonne. »Du hättest mich das machen lassen sollen. Ich wollte gerade …«

»Wenn ich auf dich gewartet hätte, würden sie jetzt den Umriss von dem Kerl mit Kreide auf die Straße malen. Los, gehen wir essen.«

TIM LELYVELDT: Shave kümmerte sich um Jake, der auf dem Bürgersteig kauerte. Waverly, Glenn und Danton waren wieder eingestiegen und Joe verwandelte sich zurück in einen Filmstar. »Los, hauen wir hier ab«, schrie er.

»Besser, wir fragen erst, wie, sonst fahren wir die ganze Nacht im Kreis«, sagte ich in meiner Funktion als Aufklärungsoffizier und lief hinter Yvonne und ihrem Freund her.

»Wartet mal einen Moment«, rief ich, und sie drehten sich um. »Danke, dass ihr uns das Leben gerettet habt … Könnt ihr uns helfen? Wir haben uns verirrt. Wir wollten zu einem Laden namens Chinese Elvis.«

»Was wollt ihr in so einem Loch?«, fragte Yvonnes Freund.

»Das frag ich mich auch.«

»Ist nur fünf Minuten von hier«, sagte Yvonne.

»Könnten auch fünf Stunden sein. Wir finden hier nicht raus, und es sieht so aus, als hätten wir keinen Fahrer mehr.« Ich zeigte auf Jake, der Shave gerade auf die Schuhe kotzte.

»Wir wollen zu dem Inder gegenüber«, sagte Yvonne, dann wandte sie sich an ihren Freund. »Tyrone, meinst du, du kannst dich *einmal* nützlich machen und diesen weißen Panzer fahren?«

»Kein Problem«, sagte er. »Wer sitzt da eigentlich drin?«

»Mein Boss, ein Typ namens Joe Shirer.«

»*Der* Joe Shirer?«, kreischte Yvonne.

»Ja.«

»Joe Shirer mit dem Riesen…«

»Genau der.«

Tish Wilkie: Als wir die dritte Flasche leer hatten, war Toddy völlig blau. Sie lehnte sich an mich und meinte: »Tish, sag mir, dass das ein Alptraum ist und ich gleich aufwache.« *Würg,* dachte ich, es *ist* ein Alptraum. Und ich bin *total* mittendrin. Ich versuchte meinen Stuhl wegzuschieben, aber ich hatte das Tischtuch in den Ausschnitt gesteckt, damit mir nicht die ganze Soße aufs Kleid tropfte. Es war ein Stella-McCartney-Modell – auf dem Bügel ein *totaler* Sack, aber am Körper einfach *super.* Meine Schüssel begann vom Tisch zu rutschen und Toddy rutschte auf meinen Busen zu. Ich wusste nicht, wen ich zuerst aufhalten sollte.

Greg Fuller: Toddy hatte nie viel vertragen. Sie und Rebeccas Assistentin hatten anscheinend eine Wette laufen, wer zuerst vom Stuhl fallen würde. Ich beschloss, sie zu trennen, bevor es zur Katastrophe kam.

Tish Wilkie: Greg musste meine Panik bemerkt haben, denn er kam rüber und rettete mir definitiv das Leben. Er setzte sich zwischen uns und hielt Toddy auf ihrem Stuhl fest. Perfekt, dachte ich – ein bisschen harmloses heterosexuelles Flirten würde ihr beweisen, dass ich nicht darauf stand, Mädchen anders als auf die Wange zu küssen. Ich legte meine Hand auf seine und drückte sie. Es war ganz harmlos, und Greg lächelte mich bloß an, aber Toddy drehte völlig durch. »Wie kannst du so grausam sein, du Miststück?«, fragte sie.

Mein Gott, so eine Überreaktion. Es war ja nicht so, als hätte ich zu ihr gesagt, ich sei auch lesbisch und wolle lesbische Babys mit ihr haben. Ich beugte mich an Greg vorbei zu ihr rüber und wollte ihr gerade Bescheid stoßen, aber er schubste mich zurück und sagte: »Sieh mal, Rebecca.«

Greg Fuller: Ich hätte nie gedacht, dass ich mal froh sein würde, einen ältlichen, unmusikalischen kantonesischen Elvis-Imitator zu sehen.

Yasmin Fish: Chinese Elvis hatte endlich Rebecca entdeckt. Er brachte ihr ein Ständchen mit »Love Me Tender«, und sie flüsterte mir zu: »Ich weiß nicht, ob mir das gefällt oder ob ich vor Verlegenheit sterbe.«

»Besser, Sie mögen es – wahrscheinlich wird es noch schlimmer«, flüsterte ich zurück.

Als er fertig war, nahm er ihre Hand und zog sie von ihrem Stuhl hoch. Sie versuchte sich zu wehren, aber Veronica gab ihr einen Schubs, und schon war sie unterwegs.

Veronica D: Sie sangen »Teddy Bear« im Duett. Das ganze Restaurant sang mit. Es war *Rebecca Richards – Unplugged*. Nach einem wackligen Anfang wurde sie besser. Sie war nicht gerade Mary J., aber auch nicht Courtney Love. Ich nehme an, in diesem Teil von London waren Rebecca-Richards-Karaokeabende nicht so häufig wie diese großen roten Busse, und jeder, der einen Fotoapparat dabeihatte, knipste sie. Eine hatte ein Gerät, das zu groß für eine Handtasche war, aber ich kapierte nicht gleich, dass sie ein Profi war. Nach dem Ende des Lieds ließ die Menge Rebecca nicht zu ihrem Tisch zurück, und sie musste eine Zugabe geben – »Lawdy, Miss Clawdy«.

Yasmin Fish: Zum Schluss kam Rebecca richtig in Fahrt und hätte ein ganzes Konzert gegeben, wenn nicht der Kellner gekommen wäre und ihr was ins Ohr geflüstert hätte. Sie nickte und folgte ihm in die Küche. »Was wird das denn?«, fragte Veronica. »Will sie Geschirr spülen?«

Sie kam mit einer Geburtstagstorte wieder. Der Kellner führte sie zu einem großen Tisch auf der anderen Seite des Restaurants. Chinese Elvis sang mit ihr gemeinsam »Happy Birthday« für ein blasses Mädchen. Die Frau am Nebentisch lehnte sich zu mir herüber und meinte: »Das Kind hat nur noch einen Monat zu leben. Sie haben sie ein paar Stunden aus dem St. Thomas rausgelassen, weil heute ihr sechzehnter Geburtstag ist. Draußen wartet ein Krankenwagen, um sie direkt zurückzufahren. Wie viele Fernsehstars würden hierher kommen, um dem armen Mädchen eine solche Freude zu machen? Ihre Freundin Rebecca ist eine ganz besondere Frau.«

Meine »Freundin« Rebecca – *wow.*

Ich schaute zu dem Mädchen und sah, dass es an einen tragbaren Tropf angeschlossen war, wie ihn die Leute durch den Krankenhauskorridor rollen. Inzwischen weinte sie, genau wie ihre ganze Familie und fast das ganze Restaurant. Ich hätte fast mein Feuerzeug hochgehalten. Es war einfach so ein Augenblick.

Toddys Augen wurden glasig, und sie sagte: »Mein Gott, ich glaube, mir wird schlecht.«

Ich hatte genug von ihr, und nach ein paar Bier war es mir auch piepegal, also sagte ich: »Können Sie nicht wenigstens einmal was Nettes sagen?«

»Du verstehst mich nicht«, sagte sie. »*Ich glaube, mir wird schlecht.*«

Sie sprang auf und rannte zum Klo, aber auf halbem Wege verteilten sich schon süß-saure Krabbenbällchen und gebratener Eierreis auf dem Fußboden.

Veronica D: Schließlich kam Rebecca zurück, nachdem sie jede Serviette im Restaurant signiert hatte. Als sie sich setzte, sagte ich: »Das hast du geplant, Süße, stimmt's?«

»Nein. Es ist einfach so passiert.«

»Promi-Karaoke, das kranke Kind – das ist PR vom Feinsten. Willst du mir erzählen, du hättest den Paparazzo nicht gerufen?«

»Welchen Paparazzo?«

»Der jeden Augenblick deiner Show geknipst hat.«

»Nein, ich schwöre es. Ich hab's nicht mal gemerkt. Vielleicht hat das Restaurant das Bezirksblättchen angerufen.«

Ich glaubte ihr, wirklich.

Wir sahen die Supermodel-Producerin von der Agentur mit Kotze auf der Bluse zurück an den Tisch wanken. Rebecca sagte: »Ich glaube, es ist Zeit für die Rechnung.«

Yasmin Fish: Vor dem Restaurant stiegen alle in Taxis oder Limousinen. Alle außer mir. Ich wusste nicht, wie ich nach Hause kommen sollte. Greg würde mich nicht wieder mitnehmen – er war zu beschäftigt, Toddy in ein Taxi zu laden. Ich wollte eine Bushaltestelle suchen, als Rebecca mich aufhielt und fragte: »Wo willst du hin, Yasmin?«

»Nach Streatham. Ich glaube, da fährt ein Nachtbus«, antwortete ich.

»Komm mit uns ins Dorchester.«

»Das geht doch nicht«, sagte ich und betete, dass sie nicht sagen würde: »Na gut, dann bis morgen.«

Sie tat es nicht. Sie sagte: »Doch, das geht. Ich möchte mich wenigstens ein bisschen bei dir bedanken, weil das immer einer der schönsten Abende meines Lebens bleiben wird, egal, zu wie vielen Oscar-Partys ich noch gehe.«

Ich hatte noch nie in einer Limousine gesessen und fühlte mich wie ein Popstar. Als wir losfuhren, guckte ich aus dem Fenster und sah einen anderen großen weißen Wagen. Er hatte große Kratzer an der Seite, die Seitenspiegel hingen runter und die Stoßstangen fehlten.

»Hey, ist das nicht der von Joe?«, fragte Veronica.

TYRONE EDWARDS: Wir schaffen's endlich zum Star of India, und Yvonne ist so böse auf mich, dass sie nicht mal reden kann.

»Baby, woher sollte ich wissen, dass die Karre zu breit für die Lücke ist? Ich hab noch nie so eine gefahren.«

»Da stand groß und breit ACHTUNG – MAXIMALE BREITE 1,65 METER«, zischt sie mir zu. »Was hast du dir bloß dabei gedacht, du Idiot? Zum ersten Mal in meinem Leben sitze ich in einer Limousine, und du klemmst uns zwischen zwei blöden Pfosten ein. Eine Stunde haben wir gewartet, dass der Abschleppwagen uns rauszieht – eine gottverdammte Stunde.«

»Aber Baby, so hattest du eine ganze Stunde mit Joe Dingsda.«

»Und der hat zu viel Angst, um irgendwas zu mir zu sagen. Er hat gemeint, wir wollen ihn ausrauben. Du hast eine Menge wieder gutzumachen, Tyrone Edwards.«

Ihr Absatz bohrt sich in meinen Fuß wie eine Spitzhacke.

»Scheiße, das tut weh.«

Ich habe vergessen, dass Stiefel nicht nur für Sex gut waren.

18

Kotze, Ninja, Basildon-Briefpapier

GREG FULLER: Als ich aufwachte, roch ich die Kotze. Die Erinnerung kam zurück – wie ich Toddys verkrusteten Körper von meinem gelöst und sie aufs Bett gelegt hatte; wie ich ein Zimmer in einem billigen Touristenhotel um die Ecke von ihrer Wohnung genommen hatte, ohne Zahnbürste, ohne Carrie.

Während ich den Kampf mit der Mischbatterie in der Dusche verlor, rief Max an. Er hatte beschlossen, mich nicht mehr wie seinen Geschäftspartner zu behandeln, sondern wie seinen minderjährigen Sohn – den stinkfaulen, der auch nach der fünfzigsten Aufforderung noch nicht sein Zimmer aufgeräumt hat.

Natürlich wollte er wissen, was mit seiner Universe-of-Sofas-Werbekampagne war.

Natürlich versprach ich, er würde sie noch am selben Tag kriegen, spätestens am nächsten Morgen.

Und natürlich vergrub ich danach den Kopf in den Händen und verzweifelte.

YASMIN FISH: Ich wachte auf Rebeccas Sofa auf. Sie war schon auf, und Veronica kam rein, um Kaffee und Saft mit uns zu trinken. Ich sagte ihr, sie sehe aus wie die in der Mitte bei Destiny's Child.

»Beyoncé? Das meinst du nicht ernst.« Ich merkte, dass ihr das gefiel. »Wir haben denselben Friseur.«

Irgendwie seltsam – eine Starfriseuse, die sich das Haar beim Starfriseur machen lässt.

Dann fragte ich, was das D bedeute.

»Frag mich nicht, Schätzchen«, sagte sie. »Es gibt drei Dinge, die ich niemandem sage. Eins davon ist mein Nachname.«

»Was sind die beiden anderen?«

»Sag ich nicht.«

»Yasmin, ich stehe Veronica wahrscheinlich ziemlich nah«, unterbrach uns Rebecca, »aber sogar ich hab's schon vor Jahren aufgegeben, nach dem D zu fragen. Besser, es bleibt ein Geheimnis.«

Auf der Fahrt zum Studio saß ich neben Rebecca im Wagen und glaubte, das Leben könnte gar nicht besser werden. Meine Mum sagte immer, ich solle in frischen Höschen aus dem Haus gehen, falls irgendwas passierte. Tja, Mum, an diesem Morgen hatte ich kein frisches dabei, deshalb hatte Rebecca mir eins von ihren gegeben. Aus blassblauem Satin. Mein Hintern hatte sich noch nie so besonders gefühlt. Er hatte sich auch noch nie so eingezwängt gefühlt – der Slip war zwei Nummern zu klein.

Norman der Koch: Wenn ein paar von diesen Psychologen sich mal ansehen würden, wo sich die Leute bei den Dreharbeiten zum Essen hinsetzen, würden sie mehr Antworten auf die Fragen des Lebens finden als in ihrem eigenen Arsch, wo sie normalerweise suchen. Es gibt eine Hackordnung. Niemand stellt Tischkärtchen hin, aber jeder weiß genau, wo er seinen Arsch hinpflanzen muss.

Am Donnerstagmorgen aßen ein paar Leute von der Technik ihr Frühstück an den Tischen auf dem Parkplatz. So weit, so normal. Dann tauchte Rebecca mit Papiertüchlein um den Hals auf, damit die Schminke ihr Kleid nicht ruinierte. Sie holte sich zwei Schinkenbrötchen, ging direkt zu den Jungs hin und fragte, ob sie sich dazusetzen könnte.

Also, Regel eins: Talent sitzt niemals an einem Tisch mit

Technik, besonders wenn Talent einen Stern an seiner Garderobentür hat.

Zuerst wussten die Jungs nicht, wo sie hingucken sollten, aber Stück für Stück bauten sie ihre Hemmungen ab, bis es dort zuging wie an einem Freitagabend im Pub. Und irgendwann fragte der Kameraassistent: »Hast du heute schon den *Mirror* gesehen?«

TIM LELYVELDT: Ich stieg in Joes neue Limousine. »Hast du sie?«, fragte er. Ich nickte und gab ihm die Zeitung. Er schaute auf die Titelseite. Die große Story war ein Mann, der seine Frau wegen eines Pferds verlassen hatte, aber eine rote Einfügung verkündete »DIE WAHRE REBECCA RICHARDS – EXKLUSIVARTIKEL UND ERSTAUNLICHE FOTOS SEITE 5«. Zum ersten Mal an diesem Tag lächelte Joe.

NORMAN DER KOCH: »Nein«, sagte Rebecca. »Was steht denn drin?«

»Du. Du bist ein Hammer«, sagte der Kameraassistent. »Die Welt wird dich ab heute in einem neuen Licht sehen.«

TIM LELYVELDT: »Scheiße, was ist das denn?« Joe warf mir die Zeitung an den Kopf. Ich nahm sie und schaute hinein. Die Überschrift hieß: REBECCA, WIE SIE KEINER KENNT. So weit, so gut. Das größte Foto zeigte sie beim Blasen – aber nicht so, wie Joe dachte. Sie stand neben einem bleichen Teenager mit einem tragbaren Tropf und blies die Kerzen einer Geburtstagstorte aus. Darunter stand: »Rebecca schenkt der tapferen Lisa etwas, an Das sie sich ein Leben lang erinnern wird.« (was in Lisas Fall anscheinend nur noch etwa einen Monat lang sein würde.)

Es gab noch viele andere Fotos: Rebecca sang für die kranke Lisa; Rebecca half dem Kellner, einer überraschten Gesellschaft das Chow Mein zu servieren; Rebecca rockte mit Chinese Elvis; Rebecca legte die Arme um die Runnerin und die Produktions-Barbie, die wohl kurz vor dem Zusammenbruch stand.

Erst vor wenigen Tagen hatte sie in allen Zeitungen gestanden, weil sie eine unschuldige Zollbeamtin misshandelt hatte. Jetzt war sie Lady Di die Zweite. Nicht mal eine Armee der gewieftesten PR-Spezialisten von L.A. hätte so schnell eine so positive Wendung herbeiführen können – und sie hatte es ganz allein geschafft.

Als wir im Studio ankamen, brauchten wir schon wieder einen neuen Wagen. Joe hatte die Trennscheibe zum Fahrersitz eingetreten.

Norman der Koch: Für einen Amateurpsychologen wie mich ging es richtig los, als Shirer auftauchte. Seine Clique war mit ihm eingetrudelt. Sie gingen zu einem Rasenstück, wo er eine Jackie-Chan-Nummer abzog. Ich kenne zwar nicht mehr von dem Zeug als den Refrain von »Kung Fu Fighting«, aber für mein ungeschultes Auge sah Shirers Kampfkunst verdammt begrenzt aus. Seine Tritte waren nicht »fast as lightning« und er wirkte definitiv alles andere als »a little bit frightening«.

Offensichtlich machte er das nicht bloß für sich selber. Er zog die Nummer für uns ab. Das Problem war, dass er mit der Rebecca-Richards-Frühstücksshow konkurrieren musste und dabei katastrophale Quoten hatte.

Man braucht nicht Stephen Hawking zu sein, um zu kapieren, dass ein Star in dem Moment, wo er nicht mehr so behandelt wird, auch keiner mehr ist. Und für den Star selbst dürfte dieser Moment etwa so schön sein wie der Augenblick, in dem man im Flugzeug sitzt und Osama bin Ladens Stimme sagen hört: »Hier spricht Ihr Kapitän.«

Yasmin Fish: Mein Handy klingelte. Ich guckte aufs Display: Mum. Mist. Ich hatte vergessen, ihr zu sagen, dass ich nicht nach Hause kommen würde.

»Hallo, Mum. Tut mir wirklich Leid. Ich hab total ver …«

»Du siehst so hübsch aus, Yasmin, ich bin so stolz auf dich.«

»Wovon redest du?«

»Das Foto von dir und Rebecca im *Mirror.* Ich lass es vergrößern und einrahmen. Nur diese angetrunkene Frau mit der Kotze auf der Bluse müssen wir rausschneiden.«

NANCY STARK: Als Dirk, der holländische Masseur, gegangen war, beschloss ich, Greg anzurufen, bevor er mich anrief.

»Ich hab den Flug für Paul und Shaun gebucht«, sagte ich.

»Fantastisch. Dann kommst du heute zurück?«

»Nein, morgen früh. Ich wusste nicht, dass ihr Angeltrip bis zum nächsten Tag geht. Wenn sie heute Nachmittag zurückkommen, erwarte ich sie am Yachthafen.«

»Wieso bist du so sicher, dass sie mitkommen?«

»Vertrau mir, Greg. Wenn ich solche Sachen nicht hinkriegen würde, hättest du mich doch nicht so lange behalten, oder?«

Ich erzählte ihm nicht, dass ich sie auch schon am selben Tag hätte losschicken können. Ich brauchte aber noch etwas Zeit. Die Bräune auf meiner Vorderseite war schon ganz gut, aber mein Rücken konnte noch eine Extraportion Sonne vertragen.

CARRIE FULLER: Als ich die Kinder zur Schule gebracht hatte, wartete Clara vor der Tür. Ich hatte sie nicht erwartet, aber sie schien zu spüren, wann sie gebraucht wurde (auch wenn sie nicht gebraucht wurde).

»Zieh dir den Mantel an. Ich führ dich aus«, erklärte sie. »Ich hab gerade Tausende für die Mitgliedschaft im Chelsea Club ausgegeben. Es ist unglaublich – ein Wellnessclub, der sich für ein karibisches Fünf-Sterne-Hotel hält. Du bist mein erster Gast. In deinem Zustand werden sie dich nicht massieren, aber du kannst ein Schlammbad zur Tiefenreinigung nehmen. Danach fühlst du dich, als wärst du Cameron Diaz.«

»Meine Poren sind in Ordnung«, sagte ich.

»Darum geht's nicht. Es soll deinen Körper von miesen Ehemännern reinigen.«

Tish Wilkie: Sobald wir in Hounslow waren, ging ich einkaufen. Es war sehr wichtig, die Angelegenheit angemessen zu regeln, und ich brauchte endlos, um die richtigen Sachen zu finden. Ich kaufte einen Block Basildon-Briefpapier in klassischem Blassblau, passende Umschläge und einen Parker-Kuli. Dann ging ich zurück ins Studio, fand ein leeres Büro und schrieb:

Liebe Rebecca,

Nein, unter diesen Umständen viel zu persönlich. Ich zerriss das Blatt und fing neu an.

Liebe Miss Richards,

mit tiefem Bedauern muss ich

Das klang wie einer dieser furchtbaren Briefe, die man schreibt, wenn jemand gestorben ist. Ich warf ihn in den Papierkorb und holte mir einen Kaffee. Es würde offensichtlich schwieriger werden, als ich gedacht hatte.

Tim Lelyveldt: Joe hatte sich so weit beruhigt, dass er Morton sagen konnte, er solle den *Mirror* anrufen und rauskriegen, warum sie nicht TITTANIC gebracht hätten. Außerdem war er zu dem Schluss gekommen, das Studio wäre nicht sicher genug – nicht genug Bodyguards, um Fans und Reporter fern zu halten. Also forderte er Verstärkung an.

»Er ist total ausgeflippt. Was ist denn gestern Abend passiert?«, fragte Morton. »So schlimm kann Südost-London doch gar nicht sein.«

»Mag sein«, stimmte ich ihm zu, »aber Joe hat sich benommen, als wäre es Südostasien, so um 1969.«

Yasmin Fish: Ich schaute mir immer noch das Foto im *Mirror* an, als Sonia, das Körperdouble, kam und sich neben mich setzte.

»Ist sie nicht toll?«, fragte sie. Wahrscheinlich galt das Kompliment ebenso ihr selbst wie Rebecca. »Ich hoffe aber, sie lässt sich nicht noch mal die Titten vergrößern. Da hab ich echt keine Lust mehr drauf.« Dann fragte sie: »Und auf wen bist du hier am meisten scharf?«

»Auf keinen«, sagte ich. »Ich hab einen Freund.«

»Was hat das denn damit zu tun? Du musst wenigstens auf einen scharf sein, sonst stirbst du bei Dreharbeiten vor Langeweile. Ich find ja den Typen von der Werbeagentur nicht schlecht.«

»Greg Fuller. Er ist nett, aber er ist alt genug, um mein Vater zu sein«, sagte ich. »Nein, er ist *älter* als mein Vater. Außerdem verheiratet.«

»Alt und verheiratet ist cool. Wenn sie Erfahrung haben, wissen sie, was sie damit machen sollen. Greg ist wirklich süß.« Sie schwieg kurz und sagte dann: »Aber ich angel mir wohl doch den Regisseur.«

»Kevin French? Der ist doch eklig.«

»Er steht doch auf der richtigen Seite der Kamera, oder nicht? Aber vor allem ist er der Regisseur.«

»Und?«

»Ein anderes Model hat mir mal einen Supertipp gegeben. Sie hat gesagt, wenn du nicht mit dem Produzenten bumsen kannst, bums mit dem Regisseur.«

Dann war sie weg.

Toller Karrieretipp. Ich weiß noch, wie Tyler mal einen Job in einer Hotelküche bekam. Die haben ihm gesagt, wenn er weiterkommen will, muss er zuerst die Hand in den Abfluss stecken und das erstarrte Fett rauskratzen. Tyler kündigte sofort. Ich hätte aber lieber den Abfluss sauber gemacht, als mit Kevin French zu vögeln.

Tim Lelyveldt: »Wir müssen was machen, oder er explodiert«, sagte Mort. Das war, nachdem Joe Joaquin befohlen hatte, ihm den Kopf zu rasieren. Wir hatten ihn gerade noch davon abhalten können. Das Argument mit dem gleich bleibenden Aussehen beim Dreh funktionierte nicht. Greta musste ihm erst sagen, dass die Bräune auf seiner Kopfhaut nicht zu der auf seinem Gesicht passte, damit er merkte, wie bescheuert die Idee war.

»Was sollen wir tun?«, fragte ich. »Ein Kopfgeld auf Rebecca aussetzen, damit er endlich Ruhe gibt?«

»Du denkst in die richtige Richtung, Timbo. Ich kümmere mich drum, sobald wir zurück in L. A. sind. Erst mal könnten wir aber jemanden einfliegen lassen.«

»Noch jemand, damit er sich geliebt fühlt? Er hat schon seine Freundin, seinen Koch, seinen Friseur, seine Kumpels und uns. Und wir haben versucht, seinen Therapeuten kommen zu lassen.«

»Queenan. Was war da noch mal los?«

»Wir haben ihn dummerweise in seinem Hotel nicht erreicht. Außerdem ist es schon Donnerstag. Selbst wenn wir ihn erreichen würden, wären wir auf dem Rückflug, bis er hier ist.«

»Darum geht's nicht, Timbo. Die Therapie für Joe besteht nicht darin, dass Queenan ihn behandelt, sondern darin, dass er weiß, dass Queenan unterwegs ist. Du versuchst Stryker zu erreichen, und ich sage Joe, er wäre auf dem Weg.«

NANCY STARK: Ich verfluchte den Tag, an dem Greg vor Bob Bulls Wunsch nach einem Rund-um-die-Uhr-Ansprechpartner kapituliert und ihm meine Handynummer gegeben hatte. Ich war kaum aus der Dusche raus, als er mich anrief.

»Ich möchte mich nachdrücklich über Greg beschweren«, verkündete er.

»Ich hab im Moment alle Hände voll zu tun, Bob«, antwortete ich, während ich mir die Haare föhnte. »Können Sie's ihm nicht selber sagen?«

»Ich rede im Moment nicht mit ihm.«

»Ach je, was hat er denn getan?«

»Gestern Abend ist er mit Rebecca Richards essen gegangen. Heute stand's in der Zeitung.«

»Greg ist der Auffassung, ein wichtiger Teil seines Berufs bestehe darin, ein gutes Verhältnis zu den Künstlern aufzubauen«, sagte ich und erwähnte damit etwa ein Zehntel der Wahrheit.

»Ja, aber was ist mit seinen Kunden? Ich hätte auch da sein sollen. Er muss wissen, dass die Pflege einer produktiven Beziehung zum Markenvertreter beziehungsweise Markensprecher eine Schlüsselrolle für das Erreichen der erwünschten Marketingkommunikationsresultate spielt.«

Und ich hatte gemeint, er wäre bloß sauer, weil man ihn um ein Gratisessen mit einem Promi gebracht hatte.

»Ich bin sicher, dass er einen wichtigen Grund hatte, Sie nicht einzubeziehen. Vielleicht dachte er, ein kleines Essen wäre bei all Ihren übrigen wichtigen Verpflichtungen zu trivial.«

»Vielleicht«, sagte er etwas besänftigt. »Ich hatte in der Tat zu viel zu tun, um kommen zu können. Sagen Sie ihm, ich hätte wenigstens über seine Pläne Bescheid wissen müssen, nur zu Informationszwecken natürlich.«

»Natürlich, Bob. Ihm wird Ihre Meinung genauso wichtig sein wie mir.«

Die wirklich wichtige Frage war aber, warum zum Teufel Greg sich an Rebecca Richards hängte, statt zu Hause bei Carrie zu sein.

»Noch was?«, fragte ich.

»Ja, eine kleine Sache. Ich wollte fragen, was Sie über Max' Geschäftsbeteiligungen wissen.«

»Nicht viel, Bob. Warum fragen Sie?«

»Ach, nichts Wichtiges. Ich hatte eine Werbeidee. So was wie ›Kaufen Sie einen Satz Reifen und gewinnen Sie einen Abend in einem Londoner Top-Nachtclub‹. Ich weiß, dass Max bei vielem beteiligungsmäßig die Finger drin hat. Ich wollte nur wissen, ob er irgendwelche Clubs hat, mit denen wir so was machen könnten.«

»Keine Ahnung, Bob. Da müssen Sie Max fragen.«

Reifenwerbung, so ein Quatsch. Ich wusste genau, worauf er hinauswollte. Greg hatte wieder den Honeydew-Schwindel abgezogen. Bob Bull war schon der dritte Kunde, der darauf reinfiel.

Tim Lelyveldt: Morton kam in Joes Garderobe, als er gerade einschlief.

»Ich kann ihn jetzt nicht stören«, sagte ich. »Er bringt mich um.«

»Ich wollte ihm vom *Mirror* erzählen. Ich hab mit dem Chefredakteur gesprochen. Netter Typ – für einen Boulevardschreiber klang er sehr nach Upper Class. Jedenfalls wollten sie TITTANIC bringen, aber dann kriegten sie den Tipp mit dem Chinesen. Es war zu gut, um es zu ignorieren. Er hat mir aber versichert, sie hätten den Porno nicht gestrichen. Es geht nur darum, sie erst aufzubauen und dann vom Sockel zu stoßen.«

»Ich glaube nicht, dass Joe auch nur einen Tag warten kann«, erwiderte ich. »Geduld ist nicht seine starke Seite.«

»Na, ich hab wenigstens eine gute Nachricht für ihn: Wenn er aufwacht, werden zehn Mann extra den Wachschutz verstärken.«

Tyrone Edwards: Ich sitze mit neun anderen Typen hinten in einem Transit. Ich gehöre zur Elite. Ein professioneller Security-Spezialist und persönlicher Sicherheitsberater. Hakkan hat uns im Hauptquartier die Anweisungen gegeben. Wir fahren zu einem Filmstudio. Wir werden diskret sein. Wir werden cool sein. Wir werden uns von niemand verarschen lassen. Wir werden dafür sorgen, dass sich Filmleute verdammt gut geschützt vorkommen.

Dann nahm er mich beiseite, um mir besondere Anweisungen zu geben. »Tyrone, ich hab dich nur angerufen, weil ich sonst keinen mehr hatte.«

»Ich weiß, Mann. Du brauchtest einen, auf den du dich blind verlassen kannst.«

»Nein, ich brauchte schnell *irgendwelche* Typen. Diese Filmjobs sind sehr kurzfristig, und wenn sie kommen, muss man fit sein. Halt dich zurück und versau die Sache nicht – *bitte.*«

»Hab ich dich schon mal im Stich gelassen?«

»Du meinst außer damals, wo die Skinheads hinter uns her waren?«

»Hakkan, das waren mindestens sechs.«

»Ja, und nachdem du getürmt bist, war ich nur noch einer. Vermassel es heute nicht.«

»Bestimmt nicht, ich schwör's.«

Und das mein ich ernst. Ich bin der Spezialist.

Greg Fuller: Das Letzte, worauf ich hoffte, war eine gute Idee. Meine angeblich kreative linke Hirnhälfte hatte die ganze Woche gestreikt. Sie hatte genug davon, clever zu sein – dauernd dieses innovative Denken. Konnte sie nicht mal was Einfaches tun wie das Fernsehprogramm aussuchen?

Dann wurde sie am Freitagvormittag aktiv und stieß mich auf die perfekte Sofa-Lösung. Es war weniger eine Idee als eine Erinnerung daran, dass ich die Idee schon mal gehabt hatte.

Bevor ich den Laden mit Max aufmachte, hatte ich eine Kreativgruppe bei Saatchi & Saatchi geleitet und an der Werbung für Galaxy of Suites gearbeitet, der Kette von Möbelhäusern am Stadtrand, die bis unters Dach nur Einrichtungsschrott gelagert haben (nicht zu verwechseln mit Universe of Sofas, der Kette von Möbelhäusern am Stadtrand, die bis unters Dach nur Einrichtungsschrott gelagert haben). Ich – oder wenn ich ehrlich sein soll, Carrie – kam auf den Spruch »Home, suite home«. Ich machte eine Anzeigenkampagne im Stil viktorianischer Stickbildchen mit den gestickten Abbildungen von Dralonsofas daraus. Die Leute von Galaxy of Suites waren jedoch nicht begeistert und der Auftrag ging an jemand anderen. Aber die Idee ging nicht drauf – sie ruhte nur in einem braunen Umschlag in der sprichwörtlichen untersten Schublade.

Es war kein Geistesblitz nötig, um das Galaxy-of-Suites-Logo gegen das von Universe of Sofas auszuwechseln.

Ich bin ein verdammtes Genie, dachte ich. Falls keins der Marketingarschlöcher bei Universe of Sofas zur Zeit des Saatchi-Jobs für Galaxy of Suites gearbeitet hatte (gar nicht so unwahrscheinlich bei der hurenähnlichen Promiskuität dieses Berufs), war ich gerettet.

Es gab nur ein Hindernis. Der braune Umschlag musste so schnell wie möglich von Primrose Hill nach Hounslow gelangen, und dafür brauchte ich die Hilfe einer Dame, die nicht sehr gut auf mich zu sprechen war.

CARRIE FULLER: Ich steckte bis zum Hals im Schlamm und fing an, mich nicht gerade wie Cameron Diaz, aber vielleicht wie ihre ältere, unscheinbarere Schwester zu fühlen. Endlich Frieden.

Dann trat Baby mich.

»Ich werd noch verrückt, ich muss dauernd drüber nachdenken.«

»Worüber?«

»Rebecca.«

»Hör bitte auf. Ich hab's gerade geschafft, diese Hollywoodschlampe aus dem Kopf zu kriegen.«

»Nicht die. *Rebecca Edwards* – dein verdammtes Drehbuch. Es ist krank.«

»Ich wusste, ich hätte dir nicht davon erzählen sollen.«

»Wie heißt es noch mal: Deine Eltern sind schuld daran, wenn du dein Leben versaust? Ich bin noch nicht mal geboren, und du fängst schon an.«

GREG FULLER: Es gab nur eine Möglichkeit – ich rief zu Hause an. Der Anrufbeantworter schaltete sich ein. Ich war hin- und hergerissen zwischen der Erleichterung, nicht mit ihr reden zu müssen, und der Qual, nicht schnellstmöglich an den wertvollen braunen Umschlag zu kommen. Der Piepton kam, und ich sagte: »Carrie, wir müssen unbedingt miteinander reden. Ich will genauso wie du, dass wir alles klären, aber erst musst du meine Karriere retten. Ich brauche unbedingt die alten Galaxy-of-Suites-Anzeigen – sie sind in der untersten Schublade im Arbeitszimmer. Wenn du da bist, nimm bitte ab. Wenn nicht, kümmere dich bitte drum, wenn du zurückkommst, *bitte*. Und was auch passiert ist, was du auch von mir denken magst, Carrie – ich liebe dich.«

Obwohl ich mit einer Maschine sprach, war es das Aufrichtigste, was ich seit Monaten gesagt hatte – jedes Wort, sogar die letzten drei.

Dann rief ich ihr Handy an. Nur die Mailbox. Ich hinterließ mehr oder weniger dieselbe Nachricht.

Dann wartete ich.

VERONICA D: Rebecca war seit einer ganzen Weile nicht mehr so glücklich gewesen – zum Teil lag es schlicht daran, dass es in der Garderobe so ruhig war. Freddie war im Hotel geblieben und Tish war gleich bei unserer Ankunft verschwunden.

»Du fühlst dich gut heute, nicht?«

»Ja, danke.«

»Pass auf dich auf, wenn du rausgehst. Joe ist gefährlich, wenn seine Aktien sinken, und ich würde sagen, er hat heute schon zweihundert Punkte verloren.«

»Ich werd mit ihm fertig. Er ist bloß ein beschränktes, rachsüchtiges Arschloch.«

»Das ist Saddam Hussein auch, aber er ist auch ein Diktator. Joe ist ein Filmstar, und das macht ihn fast genauso mächtig.«

TISH WILKIE: Endlich hatte ich den Brief fertig und las ihn noch mal durch:

Liebe Miss Richards,

die zweieinhalb Wochen als Ihre persönliche Assistentin waren sehr schön. Ich glaube, Sie waren nicht nur eine Arbeitgeberin, sondern auch eine Freundin für mich. Darum schreibe ich diesen Brief mit definitiv schwerem Herzen.

Ich habe gerade eine total schreckliche Nachricht von meiner Mutter bekommen, die gestern übrigens absolut begeistert war, Sie kennen zu lernen, und sich ein Leben lang daran erinnern wird. Sie muss eine schwere Operation machen lassen. Sie hat monatelang tapfer gelitten, aber gestern hat sie mir gesagt, dass sie auf der Warteliste für ein neues Herz steht …

Ich hatte zuerst »Leber« geschrieben, aber das klang, als wäre meine Mum Alkoholikerin.

… Jetzt müssen wir einen Spender finden, und Sie werden verstehen, dass ich in dieser schweren Zeit bei ihr bleiben muss.

Bitte akzeptieren Sie meine Kündigung. Es tut mir Leid, Sie so im Stich zu lassen, und ich wünschte, es wäre anders gekommen. Ich werde Ihre künftige Karriere mit großem Interesse verfolgen und bin ganz sicher, dass Sie über die Sache mit »All Our Lives Before Us« hinwegkommen und andere tolle Sachen machen werden. Definitiv.

Mit den besten Wünschen

Tish Wilkie

Perfekt. Jetzt brauchte ich nur noch auf den passenden Augenblick zu warten, um ihr den Brief zu geben. Ich wollte es nicht tun, wenn wir allein waren, denn vielleicht wurde sie dann von Gefühlen übermannt und erwartete, ich würde sie in die Arme nehmen oder so was. Ich wollte es aber auch nicht vor allen anderen tun und sie öffentlich demütigen. Mein Gott, man muss als *persönliche* Assistentin eines Topstars *so* einfühlsam sein.

Obwohl sie nach allem, was passiert war, vielleicht kein Topstar mehr war.

GREG FULLER: Okay, ich wartete nicht lange – ich saß wie auf glühenden Kohlen. Fünfzehn Minuten später rief ich wieder zu Hause an.

»Hallo, Mr Fuller.«

Es war Jenny, unsere Putzfrau.

»Jenny, ist Carrie da?«

»Nein, Mr Fuller. Als ich kam, war sie nicht da. Hier ist auch kein Zettel, wann sie wieder zurückkommt.«

»Okay, vielleicht brauch ich Ihre Hilfe. Kennen Sie die Kommode im Arbeitszimmer?«

»Ich staube nur ab, ich öffne nie die Schubladen.«

»Ich weiß, Jenny, aber heute können Sie eine Ausnahme machen. In der untersten Schublade liegt ein brauner Umschlag. Wenn Sie ihn haben, schicken Sie ihn mit einem Motorradkurier.«

»Ich weiß aber nicht, wie das geht.«

»Keine Angst, ich organisiere das. Ein Mann mit Motorradhelm wird kommen. Geben Sie ihm den Umschlag, und er bringt ihn mir.«

»Brauner Umschlag, unterste Schublade, Mann mit Motorradhelm. Klingt gut.«

Ich legte auf. Verdammt, wie organisiert man einen Kurier?, dachte ich.

NANCY STARK: Ich rieb mich gerade mit Lichtschutzfaktor zwei ein, als mir einfiel, dass Bob Bull gesagt hatte, ich solle mit Greg reden. Es war vielleicht nicht so toll, wenn Kunde und Agentur den ganzen Tag nicht miteinander redeten, deshalb griff ich nach meinem Handy.

»Ein Glück, dass du anrufst, Lola. Wie kriege ich einen Motorradkurier?«

»Oh, das ist nicht so leicht«, sagte ich. »Am besten schreibst du's dir auf. Du rufst den Kurierdienst an und sagst: ›Bitte schicken Sie mir ein Motorrad.‹ Denk dran, ›bitte‹ zu sagen, sonst schicken sie es erst abends.«

»Kannst du das nicht machen?«

»Du willst, dass ich einen Motorradkurier organisiere?«

»Ja.«

»Von Südspanien aus?«

»Bist du meine Assistentin oder nicht? Mach es einfach. Wieso rufst du übrigens an?«

»Weil du heute Vormittag noch keinen Mucks von Bob Bull gehört hast, oder?«

»Allerdings. Gott weiß, was ich getan habe, um ihn sauer zu machen, aber es war wundervoll. Mit dir hat er anscheinend geredet.«

»Er ist zutiefst gekränkt, dass du ihn nicht mit eingeladen hast.«

»Es war bloß ein Essen, keine Audienz beim Papst.«

»Bloß ein Essen? Ich hab die Fotos gesehen, Greg. Was hast du da gemacht? Warum warst du nicht zu Hause?«

»Fang nicht damit an.«

»Okay, aber nur, wenn du versprichst, heute Abend nach Hause zu fahren und zu Kreuze zu kriechen, wie du's gerade vorhattest.«

»Ich versprech's.«

»Und gib Bob Bull einen Kuss von mir, wenn du schon beim Versöhnen bist. Du hast übrigens nicht zufällig den Honeydew-Schwindel bei ihm abgezogen?«

»Das ist eine legitime Geschäftspraktik, Lola.«

»Wenn du das sagst. Noch eins: War das auf Toddys Bluse das, wonach es aussieht?«

»Ja.«

»Ist ja komisch. Endlich hat sie die Chance, als It-Girl neben Victoria, Tara und Tamara in die Zeitung zu kommen, und dann verpatzt sie's, weil sie kotzt.«

»So hab ich's noch gar nicht gesehen.«

»Sie ganz bestimmt.«

TODDY GLUCK: Mein Leben lag in Schutt und Asche. Wie konnte ich je wieder meinen Freunden ins Gesicht sehen? Natürlich würde niemand von ihnen im Traum daran denken, den *Mirror* zu lesen, aber ich war mir sicher, ihre PR-Assistenten würden es ihnen schon erzählen. Diese verdammten Krabbenbällchen. Wahrscheinlich hatte die Botin sie mit Botulinus-Bakterien vergiftet.

Nicht mal Greg war da, um mich zu trösten. Er hatte mich einfach aufs Sofa verfrachtet und sich davongemacht. Er dachte nur daran, nach Hause zu seiner Carrie zu kommen. Sie war doch bloß schwanger. Was wusste sie denn schon von Schmerz und Leid?

Yasmin Fish: Sonia, das Körperdouble, hätte ihre Absichten nicht deutlicher machen können, wenn sie ein T-Shirt mit der Aufschrift ICH WILL MIT KEVIN VÖGELN getragen hätte.

(Meine Freundin Debbie ließ sich das mal für eine Party auf ein T-Shirt drucken. Sie versuchte seit Wochen, an Kevin Little ranzukommen, aber der hatte sie ignoriert. Es nützte nichts. Es stellte sich raus, dass er Legastheniker war, und schließlich landete er mit Bridget Farmer im Badezimmer – ich sagte ja bereits, dass sie eine Schlampe war.)

Kevin genoss die Aufmerksamkeit. Welcher Kerl würde es nicht mögen, dass eine Frau, die fast genauso wie eine berühmte Schönheit aussieht, ihre Titten an seinem Arm reibt? Aber welcher Kerl würde nicht den echten Star vorziehen? Sobald Rebecca aus der Garderobe kam, ließ er Sonia fallen wie eine heiße Kartoffel.

Sie sollte eine Szene mit Joe drehen, aber er war noch in seiner Garderobe. Kevin schien es nichts auszumachen – er hatte Rebecca. Nach fünfzehn Minuten ging jedoch der Erste zu Kevin, um die Dinge in Gang zu bringen. Kevin sagte: »Okay, los geht's. Die Runnerin soll an seine Tür klopfen.«

Das bin ich, dachte ich. Scheiße.

Greg Fuller: Als Kind stand ich an meinem Geburtstag bei Sonnenaufgang auf und setzte mich an die Haustür. Ich starrte durch den Briefschlitz und versuchte den Postboten zu beeinflussen, damit er sofort mit meinen Karten und Geschenken kam. Diese Erwartung war aber gar nichts gegen das, was ich fühlte, während ich auf einen Mann mit Sturzhelm wartete, der mir einen zerknickten braunen Umschlag bringen sollte. Man könnte sagen, ich achtete einen Moment lang nicht auf den Spielverlauf.

Yasmin Fish: Zehn Minuten später war ich zurück am Set. Ohne Joe. »Verdammtes, nutzloses Ding«, hörte ich Toddy murmeln.

»Was ist los?«, wollte Kevin wissen.

»Er kommt nicht raus, solange …« Ich konnte es einfach nicht sagen.

»Ja?«, fauchte Kevin, der wieder so unangenehm wie üblich war – das ging bei ihm verdammt schnell.

»Solange Rebecca da ist.« Dann schaute ich zu ihr und sagte: »Tut mir Leid, das hat sein Assistent mir gesagt.«

Rebecca zuckte hilflos die Achseln, aber Kevin platzte der Kragen, und er brüllte mich an: »Verdammte Scheiße, wie soll ich einen Dialog mit nur einem verdammten Schauspieler drehen? Ich bin Filmregisseur, kein beknackter David Copperfield!« Ich wollte gerade in Tränen ausbrechen, als er mich völlig schockierte – er entschuldigte sich. »Tut mir Leid, Baby. Ich weiß nicht, warum ich das an dir auslasse. Ist nicht deine Schuld.«

»Würde mich nicht überraschen, wenn es doch ihre Schuld ist, Kevin«, unterbrach ihn Toddy. »Wahrscheinlich hat sie wieder alles falsch gemacht. Ich kümmere mich darum.«

Bob Bull: »Nein, ich kümmere mich drum, verdammt noch mal«, sagte ich. Ich konnte diesem Fiasko keinen Augenblick länger ruhig zusehen. Greg hatte sich einfach verzogen. Gott weiß, woran er dachte, aber bestimmt nicht an meinen Multimillionen-Pfund-Werbespot. Toddy sah mich an und sagte: »Bob, ich weiß, dass Sie uns helfen möchten, aber Sie sollten das den Profis überlassen.«

»Ich hab's die ganze verdammte Woche den ›Profis‹ überlassen, und sehen Sie, wohin uns das gebracht hat.« Die Tatsache, dass ich fluchte, machte meine Position ganz deutlich, und sie verstummte. »Die Beziehung zwischen Joe und mir beruht auf gegenseitigem Vertrauen«, fuhr ich fort. »Wenn er nicht rauskommt, muss er ernste Probleme mit einigen Anwesenden haben.«

Ich starrte Rebecca böse an. Das Flittchen sollte wissen, dass ich nicht zum Leiter für Marketing, Werbung und Promotion (Europa, Naher Osten und Afrika, mit Ausnahme Libyens) aufgestiegen war, ohne zu wissen, wie man eine Frau behandeln muss, die die ganze Mannschaft einlädt, aber den Mann vergisst, der ihr Honorar bezahlt.

Toddy kam zurück und fragte: »Bob, wollen wir nicht ein Meeting abhalten?«

»Die Zeit für Meetings ist vorbei«, sagte ich. »Jetzt ist der Augenblick des Handelns gekommen.«

Ich ging zu Joes Garderobe und nahm mir vor, diesen Spruch öfter zu benutzen.

Yasmin Fish: Kevin riss die Linse ab, die er an einem Band um den Hals trug, und schmiss sie in die Gegend. »Das ist das letzte Mal, dass Shirer mich verarscht«, murmelte er und ging weg. Toddy lief hinter ihm her. »Kevin, warum setzen wir uns nicht ruhig hin und halten ein Meeting ab?«

»Mach dein Scheißmeeting alleine, Toddy!«, schrie er. »Ich muss das Scheißflugzeug kriegen.«

Norman der Koch: Ich sah Kevin French zu seinem Aston gehen. Der Tischler, der sich schon mal die Mittagskarte anguckte, meinte: »Du schuldest mir einen Zwanziger, Norm. Ich hab fünf Pfund drauf gesetzt, dass French als Erster aussteigt, und die Quote war vier zu eins.«

Yasmin Fish: Toddy sah mich mit zusammengekniffenen Augen an und zischte: »Jetzt sieh dir an, was du angerichtet hast, du dumme Pute.«

Im selben Moment erschien Greg Fuller mit einem braunen Umschlag in der Hand. Er sah mich mit meinen feuchten Augen, das Team mit offenen Mündern, Toddy, die ein Tablettenröhrchen aus ihrer Burberry-Tasche kramte, und Rebecca, die im Regiestuhl saß, während Veronica an ihren Haaren rummachte.

»Hab ich was verpasst?«, fragte er.

»Schau'n wir doch mal«, sagte Toddy. »Joe Shirer will nicht aus seiner Garderobe kommen, Bob Bull versucht ihn zu bequatschen, Kevin ist auf dem Weg nach L. A. und ich hab einen Nervenzusammenbruch.«

»Also nichts Schlimmes«, sagte er mit einem Lächeln. Dann drehte er sich um und verließ das Studio.

Greg Fuller: Ich hatte einen Plan, und obwohl er nur halbgar war, glaubte ich fest an seine Durchführbarkeit. Es gab keinen guten Grund für meinen Optimismus, aber die sichere Ankunft des braunen Umschlags hatte meinen Glauben wiederhergestellt, dass irgendwie alles gut werden würde.

Als ich klein war, war es genauso. Egal, wie lange ich mir auf der Fußmatte den Hintern breitgesessen hatte – wenn der Postbote endlich kam, meinte ich, alle meine Wünsche würden in Erfüllung gehen. Ich würde Valerie Page beim Spielen einen Kuss geben dürfen, ich würde die Tour de France auf meinem Chopper-Rad gewinnen, und eines Tages würde ich eine Packung Kaugummis mit Fußballbildern öffnen und endlich den Gary Sprake finden, mit dem das Team von Leeds United vollständig wurde.

Dreißig Jahre später hatte sich nicht viel geändert. Ich war sicher, die Blackstock-Werbung würde unter dem Gewicht der Preise und Ehrungen zusammenbrechen, und bei der Sitzung am Montag würde die Bande von Universe of Sofas wie ein Mann aufstehen, um meine Genialität zu würdigen. Auch war ich überzeugt, dass Carrie ohnmächtig vor Liebe in meine Arme sinken würde, wenn ich erst den obszön hohen Scheck der Italiener einlöste.

Meine Hoffnung lief mit einem weißen Stock und einem Hund herum.

Ich ging raus zum Parkplatz und suchte den Möchtegern-Evil-Knievel, der den Umschlag gebracht hatte. Er war noch da und holte sich Tee bei Norman.

Mein Plan funktionierte bereits.

Ich sah mir sein Motorrad an. Es war lindgrün und auf dem Tank stand groß das Wort Ninja. Ich verstand überhaupt nichts von Motorrädern, aber dieses sah so aus, als wäre es stark genug, auf eine Handgelenkdrehung des Fahrers hin eine ganze Schlange an der Bushaltestelle abzuräumen.

»Wie schnell wird die denn?«, fragte ich.

Er schenkte mir ein psychotisches Grinsen, das dem Foto »Danach« bei einer Bilderserie »Vor und nach dem Gurgeln mit Schwefelsäure« ähnelte. Das überzeugte mich. Siggi der Selbstmörder hatte den Job.

»Ein silberner Aston Martin ist auf dem Weg nach Heathrow«, erklärte ich. »Wenn Sie den schlagen, sind fünfhundert Piepen für Sie drin.«

»Ein popliger Aston? Is ja'n Lacher«, sagte er, kippte den Tee runter und setzte den Helm auf. »Was soll ich hinbringen?«

»Mich.«

19

Chuck Norris, Major Matt Mason, Tupperware

TYRONE EDWARDS: Der Transit fährt durchs Studiotor, und der Fahrer muss hart nach links ziehen, als ein Motorrad an uns vorbeizischt. Es fährt fast hundertsechzig, aber ich sehe kurz den Typen auf dem Rücksitz und hab das Gefühl, ich hätte ihn irgendwo schon mal gesehen.

Wir parken und folgen Hakkan ins Studio. Ich bin ein Profi. Ich gehe wie die Einzelkämpfer, die ich in Cedrics Chuck-Norris-Videos gesehen hab. Ich seh mir alles genau an. Ich checke jeden Kerl und gucke, wer bloß ein bisschen komisch und wer ein echter Psycho ist. Ich suche nach Ecken, wo sich ein durchgedrehter Fan mit einer Machete verstecken könnte. Nichts entgeht den Adleraugen des Spezialisten.

Dann sehe ich noch jemand, den ich kenne – die Braut mit den großen Titten und den extragroßen Blättchen. Hakkan hat gesagt, wir sollen das Unerwartete erwarten, aber die hab ich echt nicht erwartet.

CARRIE FULLER: Clara und ich ließen uns pediküren. Ich sah nicht ein, warum. Wegen meines stetig zunehmenden Bauchumfangs konnte ich meine Zehen eh kaum sehen, aber Clara bestand darauf, und so genoss ich es, mir die Schwielen abschmirgeln zu lassen – es war Quatsch, aber ich war froh über jede Art von Aufmerksamkeit.

»Und was willst du jetzt mit Greg machen?«, fragte Clara.

Es war mir gelungen, das Thema den ganzen Tag zu umgehen, aber irgendwann musste es auftauchen.

»Keine Ahnung«, sagte ich müde. »Mich wahrscheinlich versöhnen.«

»Aber er hat eine Affäre mit dieser Schauspielerin. Hier geht's nicht bloß um Sofabezüge.« (Über solche Sachen stritt sie sich mit Sam.) »Du kannst dich nicht einfach ›versöhnen‹.«

»Ich weiß nicht, ob er eine Affäre hat. Ich war mir sicher, er würde Nancy vögeln, aber da lag ich auch falsch, nicht? Vielleicht bin ich verrückt.«

»Du bist nicht verrückt. Er hat es einmal gemacht – mindestens. Er kann es wieder tun.« Clara las die *Daily Mail* und glaubte nicht an Resozialisierung. »Du kannst ihn nicht einfach so davonkommen lassen.«

»Clara, ich hab dir das noch nicht erzählt, weil es so peinlich ist. Vor nicht langer Zeit hab ich gemeint, er hätte was mit einer anderen. Ich war mir sogar fast sicher, ich wüsste, wer sie ist.«

»Mein Gott, Carrie, wer war's?«

»Du.«

»Wie konntest du …?« Sie fand keine Worte und verstummte.

»Ich hab's dir doch gesagt. Verrückt. Tut mir Leid. Weißt du noch, als du mit Sam zum Essen kamst und wir über Abtreibung diskutiert haben?«

»An dem Abend hab ich mich aufgeführt wie ein kleiner Nazi«, sagte Clara errötend.

»Als Greg dich verteidigt hat, war alles klar – es reichte mir als Beweis, dass ihr beiden bald verkünden würdet, ihr hättet die Kaution für euer Liebesnest bezahlt. Ich war bis zum Samstag darauf fest davon überzeugt. Greg sagte, er würde sich einen CD-Player kaufen gehen. Ich war sicher, dass er sich mit dir treffen wollte, also hab ich die Kinder ins Auto gepackt und bin ihm gefolgt.«

»Nein.«

»Den ganzen Weg bis zum Hifi-Center an der Tottenham Court Road. Ich sag dir doch, ich bin verrückt.«

Danach sagte Clara eine ganze Weile gar nichts.

YASMIN FISH: Es war so, als wäre gar nichts passiert. Greg schlenderte zurück ins Studio, den Arm um Kevin Frenchs Schulter, und abgesehen davon, dass Gregs Haar hinten hochstand, sahen sie aus, als hätten sie bloß mal schnell Tee zusammen getrunken. Gleichzeitig kam der Kunde mit Joe zum Set. Auch die beiden lächelten.

Kevin sagte: »Worauf warten wir dann noch, verdammt noch mal?«, und der Erste sprang auf seinen Stuhl. »Okay, alle auf ihre Positionen«, brüllte er, obwohl er offensichtlich nicht glauben konnte, dass diese Worte aus seinem Mund kamen.

Mein Mund stand immer noch offen, als Toddy auf mich zulief und sagte: »Hopp, hopp, Mädchen.«

»Was?«, fragte ich.

»Joes Wasser. Mach wenigstens einmal was richtig.«

Das war's. Die Frau war im Arsch. Endgültig.

TYRONE EDWARDS: Es kommt noch unerwarteter. Ich hab's gerade verdaut, dass ich Extragroße-Titten-und-Blättchen wiedersehe, als der Typ vom letzten Abend reinkommt – der, dem die Karre neu lackiert werden musste und von dem Yvonne meint, er hat ein Ding wie ein Hengst. Und ich hab mich noch nicht wieder beruhigt, da seh ich auch den Kerl auf dem Motorrad wieder. Ich überlege, wo ich den schon gesehen hab. Samstag. Hyde Park Corner. Vornehmer Wichser im Jaguar, der auch eine Schönheitsbehandlung braucht. Hakkan hat gesagt, ich soll nicht auffallen. Verdammt Recht hat er, Mann, also versteck ich mich hinter einem großen Scheinwerfer im Hintergrund.

GREG FULLER: Als wir über die Bodenschwellen vor dem Studio fuhren, wusste ich, dass der Mensch fliegen kann. Normalerweise wären meine Knie bei einem Ausflug mit Siggi dem Selbstmörder zu Himbeergelee geworden, aber an diesem Vormittag war nichts normal, und hinter Siggi zu sitzen, während er kurz vor dem Eintritt in die Erdumlaufbahn stand, fühlte sich seltsam erregend an – auf eine nicht-homoerotische Art natürlich.

»Wie hab ich mich angestellt?«, fragte ich, nachdem wir Kevin angehalten hatten.

»Bisschen wie ein Mädchen, Kumpel. Nur meine Kleine hält mich so fest – und das auch nur, weil sie mir 'nen Ständer verpassen will.«

Ich drehte mich um, um zu Kevins Auto zu gehen, und er rief hinter mir her: »Ich glaub, das brauchen Sie nicht mehr.«

»Danke«, sagte ich und nahm Normans Tupperware-Schüssel vom Kopf. Siggi der Selbstmörder hatte gemeint, bei Tempo zweihundertvierzig wäre sie nicht von einem vorschriftsmäßigen Sturzhelm zu unterscheiden, wenn wir an Polizisten vorbeirasten.

Kevin war so schockiert, mich hinten auf einer Kawasaki Ninja auf der Überholspur zu sehen, dass er uns fast von der Straße drängte. Als ich ihn bat zurückzukommen, sträubte er sich nur pro forma. Jeder möchte das Gefühl haben, gebraucht zu werden (ironischerweise braucht man dieses Gefühl umso mehr, je erfolgreicher man wird). Mein Tanz mit dem Tod ohne einen anderen Schutz als eine gelbe Salatschüssel auf dem Kopf hatte ausreichend bewiesen, wie sehr ich ihn brauchte.

Als wir zurück zum Studio kamen, sagte er: »Falls ich *BM II* mache, ist deine Motorradjagd auf jeden Fall mit drin.«

»Ach, die war doch nach Hollywood-Maßstäben kein Weltereignis.«

»Nein, aber ich möchte zu gern diesen selbstverliebten Arsch Shirer mit einer Tupperschüssel als Helm sehen.«

Bob Bull: Fragen Sie mich nicht, wie ich es geschafft habe, Joe zum Weitermachen zu überreden. Ich wäre kein leitender Direktor für den ganzen Zirkus geworden, wenn ich Geschäftsgeheimnisse an irgendwelche neugierigen Typen ausplaudern würde, die vielleicht für die Konkurrenz arbeiten. Ich kann nur sagen, Janes Worte vom vorigen Abend hatten mich angespornt. Ich gebrauchte außerdem meine ganze kommunikative Kompetenz, die ich bei vielen Kommunikative-Kompetenz-für-Führungskräfte-Seminaren erprobt hatte.

Schließlich fraß Joe mir aus der Hand und stimmte nobel zu, weiter mit dem Flittchen zu arbeiten, das uns allen das Leben zur Hölle machte.

TIM LELYVELDT: Wahrscheinlich weiß der Blackstock-Typ bis heute nicht, was Joe dazu brachte, zurück auf den Set zu gehen. Sogar ich musste eine Weile nachdenken, und dabei kannte ich Joe fast in- und auswendig.

Bob Bull versuchte alles. Morton unterstützte ihn – er fürchtete den Rechtsstreit wegen Vertragsbruchs, der ihm blühte, falls Joe den Job nicht zu Ende brachte.

Bull bot ihm mehr Geld an (viel mehr) und schlug sogar vor, man sollte in der Bar einen Vorhang zwischen ihm und Rebecca aufhängen – »den schneiden wir bei der Postproduction raus«, sagte er, als hätte er Ahnung von so was.

Es ging aber nicht ums Geld, nicht mal um Joes Abneigung gegen Rebecca. Egal, wie sehr er sie verabscheute – er konnte sie ertragen, solange er der Stärkere war. An diesem Vormittag hielt er sie aber nicht aus, weil sie ihn besiegt hatte. Joe hatte alles getan, was in seiner Macht stand, um sie zu verjagen, und die Frau war immer noch da. So muss sich Ronald Reagan gefühlt haben, als er die F-15-Jets geschickt hatte, um Gaddafi wegzupusten, und der Oberst am nächsten Tag im libyschen Fernsehen auftrat und ihn verspottete.

Bull machte einen letzten verzweifelten Versuch. »Joe, was halten Sie davon, wenn ich unseren neuen Generaldirektor herhole, damit er Ihnen sagt, wie sehr wir Ihren Einsatz für die Firmenphilosophie von Blackstock schätzen? Roger Knopf ist auch Amerikaner, so eine Art Bibel-Prediger, aber ein wirklich erstklassiger Bursche.«

»Klar, warum nicht?«, meinte Joe. »Wär cool, den Kerl mal kennen zu lernen.« Er stand auf und bereitete sich darauf vor, wieder ein Schauspieler zu sein.

Zwei kleine Worte gaben den Ausschlag – und sie hießen nicht »auch Amerikaner«, sondern »Bibel-Prediger«.

GREG FULLER: Die einzigen Worte, die Joe und Rebecca miteinander wechselten, waren die aus dem Skript, oder besser den Skripts – aber das genügte. Wir drehten wieder. In unserer kleinen Ecke der Werbewelt herrschte eitel Sonnenschein. Nachdem das erledigt war, konnte ich die Goldgrube im braunen Umschlag in Augenschein nehmen.

Ich setzte mich, öffnete ihn und griff nach meiner Rettung, nach den italienischen Millionen, nach ... *Scheiße.*

TYRONE EDWARDS: Ich stehe immer noch hinter dem großen Scheinwerfer. Ich muss dringend mal pinkeln, aber solange Hengst und Vornehmer Wichser da sind, geh ich nicht weg.

Die Kamera läuft, und Hengst sagt zu Extragroßen-Titten-und-Blättchen: »Ich wollte immer was richtig Aufregendes damit machen – etwas, worüber die ganze Welt spricht.« Dann schnurrt sie: »Mmmm, Dougie, du bist ja ein *ganz* böser ...«

»Scheiße!«, brüllt jemand, aber nicht Hengst oder Extragroße-Titten-und-Blättchen. Alle hören auf und drehen sich zu Vornehmer Wichser um, der auf einem Stuhl sitzt und auf ein paar Blätter starrt. Der achtet gar nicht auf sie und brüllt wieder: »Scheiße, Scheiße, verdammte Scheiße!«

Ich denke, Mann, wenn der schon wegen 'nem bisschen Papier so durchdreht, sag ich ihm bestimmt nicht, es tut mir Leid, dass ich seinen Jaguar angekratzt hab.

YASMIN FISH: Greg sah aus wie kurz vor dem Selbstmord. Was er da gelesen hatte, musste schlimm sein. Ich erinnerte mich, wie er sich mit seiner Frau gestritten hatte, und dachte, es wären vielleicht die Scheidungspapiere.

Einfühlsam wie immer schrie Kevin: »Wenn noch mal jemand meinen Film sabotiert, reiß ich ihm den Kopf ab und piss in das Loch. Ist mir scheißegal, wer es ist.«

Das war mein Stichwort, mich um Toddy zu kümmern.

GREG FULLER: Ich warf den Umschlag weg und ging auf den Parkplatz, um frische Luft zu schnappen. Es war nicht das Ende der Welt, aber ein paar Minuten erschien es mir wie die Generalprobe dafür. An meinem neunten Geburtstag hatte es sich genauso angefühlt: Die Apokalypse war eingetreten, als ich das erste Paket aufriss und entdeckte, dass meine Tante mir nicht wie gewünscht Major Matt Mason, sondern einen doofen Action Man geschickt hatte.

Während ich in den Abgrund starrte, kam Sonia, das Double, vorbei.

»Kopf hoch, wird schon nicht so schlimm kommen«, sagte sie mit aufreizender Munterkeit.

»Ist es aber«, antwortete ich.

»Ach je. Was ist es denn? Erzählen Sie's mir, ich kann gut zuhören.«

»Bloß eine Organisationspanne. Man hat mir den falschen Umschlag geschickt.«

»Kommen Sie nicht an den richtigen?«

»Wahrscheinlich schon, aber dann muss ich warten.«

Und mit meiner Frau reden, dachte ich.

»Ich sag Ihnen was, ich mach Ihnen eine indische Kopfmassage«, schlug sie vor. »Die hab ich von einem Video gelernt, und ich muss üben.«

CARRIE FULLER: Meine Schwielen waren völlig verschwunden und meine Zehennägel leuchtend königsblau (hatte man mir gesagt). Clara und ich saßen beim Lunch. Sie hatte den Schock, dass ich sie für Gregs Geliebte gehalten hatte, überwunden und zugegeben, ich könnte tatsächlich einfach verrückt sein.

»Ich kann nicht so weiterleben«, sagte ich mit dem Mund voller Club-Sandwich. »Ich muss die Sache klären. Ich rufe ihn an.«

»Jetzt nicht«, bat Clara. »Warte bis heute Abend. Heute ist dein Greg-freier Tag.« Sie wollte ihn nicht so leicht davonkommen lassen, aber er war auch nicht der Vater ihrer Kinder.

Und sie liebte ihn nicht.

Ich ignorierte ihre Vorhaltungen und schaltete mein Handy ein. Sofort zeigte es an, dass ich eine Nachricht hatte. Ich lauschte Gregs bittender Stimme. Er klang verzweifelt – wegen seiner Arbeit, klar, aber auch wegen mir. Ich hörte es mir noch einmal an, und noch einmal. Ich tippte seine Nummer ein. Er ging nicht ran.

»Ich muss ihn sehen«, sagte ich. »Er steckt in Schwierigkeiten.«

»Sei nicht so melodramatisch und iss auf.«

»Clara, du hast seine Stimme nicht gehört. Ich muss los.«

»Du lässt ihn auf dir rumtrampeln«, belehrte sie mich.

»Sie hat Recht, das weißt du«, mischte sich Baby ein.

»Er wird jeden Rest von Respekt verlieren und dich immer wieder so behandeln …«, fuhr Clara fort.

»Fußmatte, Fußmatte, Fußmatte …«, skandierte Baby wie im Fußball-Stadion.

»… immer wieder.«

»… Fußmatte, Fußmatte …«

»Haltet endlich die Klappe, ihr zwei!«, schrie ich.

Schweigen.

»Clara, du bist nicht meine Mutter«, fauchte ich. Dann blickte ich hinunter auf meinen Bauch und sagte: »Und wir sind hier nicht in *Guck mal, wer da spricht*, verdammt noch mal.«

Ich fing an zu zittern. Clara legte die Hand auf meinen Arm und sagte: »Setz dich, ich bestell dir einen Kräutertee.«

»Tut mir Leid, Clara, aber ich bin kurz vorm Durchdrehen, und deshalb muss ich ihn sehen. Danke für alles. Ich ruf dich an.«

Ich drehte mich um und ging.

»Dürfte ich kurz anmerken …«, begann Baby in seinem bisher höflichsten Ton.

»Kein Wort mehr.«

20

Burberry, Nokia, die verdammte Mutter Teresa

YASMIN FISH: Es war die letzte Szene im Originalskript (glaube ich jedenfalls – ich blickte nicht mehr ganz durch). Die jedenfalls, in der Joe einen Gummiball auf dem Tisch auftippen und fangen sollte. Wir waren bei Take achtzehn, weil er nicht fangen konnte. Er behauptete, Rebecca würde ihn ablenken. Ich verstand nicht, wieso, weil sie am entgegengesetzten Ende des Studios saß und las, aber Kevin bat sie zu gehen, und so ging sie zurück in ihre Garderobe.

Das Team machte sich bereit für Take neunzehn. Joe konzentrierte sich, als müsste er die lange Rede in *Hamlet* halten, die ich in der Schule nie auswendig gelernt habe. Der Erste rief: »Alles auf die Plätze ... Ruhe bitte ... Kamera ... uuund Action!«

Joe tippte den Ball auf.

Er fing den Ball.

Kevin French war so erleichtert, dass er stumm »Danke!« sagte.

Joe sagte: »Selbstaufbla ...«, da klingelte ein Handy.

Kevin schrie: »Findet das Handy *sofort*!« Polizeichef Toddy trat in Aktion. »Wie kann jemand bloß so saublöd sein!«, brüllte sie. Etwa zwei Sekunden später hielt der kleine Strippenzieher eine Burberry-Handtasche hoch und zog ein winziges Nokia hervor.

Toddy zerfiel zu Staub.

Ich fasste in die Hosentasche und drückte die Trenn-Taste meines Handys. Das Nokia hörte auf zu klingeln.

Der schönste Augenblick meines bisherigen Lebens.

VERONICA D: »Ich dachte, du bist bei deinen neuen Fans am Set«, sagte ich, als Rebecca in die Garderobe kam.

»War ich auch, aber Joe konnte mich aus fünfzehn Metern atmen hören. Es hat ihn abgelenkt.«

Sie hielt ein Bündel Schreibmaschinenblätter in der Hand und setzte sich, um sie zu lesen.

»Was ist das, Süße?«

»Psst, ich konzentriere mich.«

Ende des Gesprächs.

YASMIN FISH: Toddy hatte ihre protzige Burberry-Tasche jeden Tag im Studio rumliegen lassen. Es war nicht schwer, reinzufassen und ihr Handy einzuschalten. Man brauchte auch kein Sherlock Holmes zu sein, um ihre Nummer rauszukriegen – sie stand neben ihrem Namen auf der Liste.

Kevin ging zu dem kleinen Strippenzieher und nahm ihm das Handy ab. Dann wandte er sich an Toddy, gab es ihr und sagte mit ganz ruhiger Stimme: »Du wirst jetzt hier verschwinden und nie mehr einen Fuß auf einen meiner Sets setzen.«

Der *absolut* allerschönste Augenblick meines bisherigen Lebens.

TYRONE EDWARDS: Mittags gehe ich zu Hakkan und sage: »Du musst mich aus dem Studio rausholen, Mann. Die Scheinwerfer grillen mich.«

»Ist wohl nicht so dein Ding, was?«, sagt er. »Pass auf. Du tauschst mit Tony am Tor. Meinst du, du kannst an der frischen Luft stehen?«

»Kein Problem. Was soll ich machen?«

»Nichts. Mach *gar nichts*. Halt bloß die Fans und die Fotografen draußen und lass die anderen Jungs die Besucher kontrollieren.«

»Keine Sorge, Hakkan. Da draußen bin ich ein Tiger.«
»Na schön, aber sei ein sehr ruhiger Tiger, okay?«

GREG FULLER: Ich verbrachte den Rest des Vormittags auf dem Parkplatz. Sonia besaß die sensiblen Hände einer Nietmaschine, und nach ihrer Massage war ich nicht weniger, sondern noch mehr verspannt. Mein Stress ließ erst nach, als ich Norman dabei zusah, wie er einem halben Dutzend Hühnern Zwiebeln und Salbei in den Arsch steckte. Ich sah die Dinge jetzt etwas realistischer. Es waren bloß ein paar Reklameanzeigen. Universe of Sofas konnte bis abends warten. Ich hörte mir im Geist noch mal die Nachrichten an, die ich Carrie auf Band gesprochen hatte, und dachte, sie würde ohnehin bloß die Stimme eines käuflichen Mistkerls hören, egal, wie ehrlich ich es meinte. Ich wollte mein mieses Image nicht noch durch eine weitere Bitte verschlechtern.

CARRIE FULLER: Das Taxi hielt vor unserem Haus und ich bat den Fahrer zu warten. Dann sprintete ich (im sechsten Monat war es eher ein schnelles Watscheln) die Treppe hinauf und ins Arbeitszimmer. Ich brauchte ein oder zwei Minuten, um die Anzeigen für Galaxy of Suites zu finden – sie waren in der mittleren, nicht der untersten Schublade. Ich lief zurück zum Taxi. »Nach Hounslow, bitte«, sagte ich zum Fahrer.

GREG FULLER: Nach dem Lunch ging ich zurück ins Studio. Ich stand neben Yasmin und fragte sie, wie es gelaufen sei.

»Wir haben anscheinend einen neuen Weltrekord geschafft. Neunzehn Takes, bis Joe den kleinen Ball gefangen hat.«

Nach ihrer schlecht verhüllten Nervosität zu Anfang der Woche nahm sie jetzt den Zynismus des kampferprobten Veteranen an. Sie lernte schnell – wenn sie wollte, würde sie es weit bringen. Mir fiel auf, dass Toddy, die sich sonst nie mehr als fünf Schritte von Kevin entfernte, nirgends zu sehen war. Ich fragte Yasmin nach ihr.

»Ach, das war schrecklich. Kevin hat sie rausgeschmissen. Ihr Handy hat mitten im Take geklingelt.«

»Das sieht ihr gar nicht ähnlich«, sagte ich ungläubig.

»Ich weiß. Normalerweise ist sie so professionell.«

Ich korrigierte meine Einschätzung – Zynismus mit einem Schuss Ironie. Sie würde es ganz sicher weit bringen.

Ich dachte daran, Toddy zu suchen, um zu sehen, wie es ihr ging, aber nur für den Bruchteil einer Sekunde. Ich war wohl schon über sie hinweggekommen. Stattdessen lehnte ich mich zurück, um die Aufnahme zu genießen. Es war Joes und Rebeccas Finale im Bull/Shirer-Skript – mit folgendem Schluss:

Jane lacht über seinen frechen Humor.

JANE: Das ist ja aufregend, Doug. Entschuldige, ich geh mir gerade mal die Nase pudern, aber dann musst du mir noch mehr von deiner faszinierenden Arbeit erzählen.

Ich hatte das schon peinlich gefunden, während ich es geschrieben hatte. Mitzuerleben, wie es jetzt vor dem ganzen Team gespielt wurde, war eine echte Demütigung. Rebecca hatte Probleme mit der Motivation ihrer Figur (wer konnte ihr das verdenken?). Nach ein paar lahmen Versuchen brach sie ab.

»Tut mir Leid«, sagte sie. »Es ist diese Zeile.«

Das geht auf mich, dachte ich und verbarg das Gesicht in den Händen. Joe tat dasselbe, aber bei ihm war es gespielte Verzweiflung, nicht schmerzhafte Verlegenheit.

»Es ist das mit dem ›Nase pudern‹«, fuhr Rebecca fort und ignorierte Joes hörbares Stöhnen. »Wer sagt schon so was, außer meiner Mutter?«

Kevin, der offensichtlich bereit war, als Präsident, Sekretär und Schatzmeister des Rebecca-Richards-Fanclubs zu kandidieren, tat etwas sehr Untypisches und stimmte ihr zu. »Diese dämliche Zeile hat mir auch Kopfschmerzen bereitet, Baby. Der Autor soll es ändern.«

Dass Kevin und Rebecca so auf Schmusekurs gingen, war zu viel für Joe, und er fauchte: »Scheiß auf die Änderungen, die Zeile ist okay. Gib's doch zu, Rebecca – jedes Mal, wenn du's vermasselst, sagst du, die Autoren sind schuld.«

Ich glaube, er war auf meiner Seite, aber da ich bei diesem Stück Literatur selber nicht auf meiner Seite war, trug es nicht zur Stärkung meiner Selbstachtung bei.

»Das ist nicht fair, Joe«, sagte Rebecca. Keine brillante Antwort, aber wahr.

»Nicht fair? Du bist doch so verdammt hölzern, dass sie ›Timber!‹ rufen, wenn du auf den Set kommst ...« Er wartete auf Gelächter, das aber ausblieb, so dass Kevin die Gelegenheit zum Eingreifen hatte.

»Joe, hör mal zu, Kumpel«, sagte er. »Ich finde, du solltest dich beruhigen und die Regie mir überlassen.«

»Regie? Stimmt ja«, gab Joe zurück. »Hab ich dir gesagt, dass John McTiernan mich angerufen hat? Er hat ein paar geniale Ideen für *BM II.* Na los, bringen wir diese Scheißszene hinter uns, falls Rebecca es schafft. Kein Wunder, dass sie in der nächsten Staffel bei einem Massenunfall gekillt wird.«

Das war für alle eine Neuigkeit und ganz offensichtlich nicht die Art, wie Rebecca und ihre PR-Leute ihren Ausstieg aus einer der erfolgreichsten Serien ankündigen wollten. Sie rannte so schnell aus dem Studio, wie ihre Pumps es erlaubten. Regisseur, Statisten und Techniker starrten Joe an, der ein Bin-ich-zu-stark-bist-du-zu-schwach-Grinsen aufsetzte. Sogar sein Manager, sein Assistent und die sonst so affektierte Greta Bastendorff sahen enttäuscht aus.

Meine bisherige Erfolgsquote beim Verhindern von Arbeitsniederlegungen lag bei einhundert Prozent, also beschloss ich, ihr zu folgen und sie zur Rückkehr zu überreden.

CARRIE FULLER: Mein Taxifahrer gehörte zur gesprächigen Sorte. Während der Fahrt nach Hounslow verriet er mir seine Meinung über Asylbewerber und ausländische Fußballer (zu viele), Bus- und Taxispuren (zu wenige), reiche Manager (viel zu reich) und die Todesstrafe (dringend notwendig). Ich nickte höflich, dachte aber an andere Dinge. Erst als er fragte: »Haben Sie heute Rebecca Richards in der Zeitung gesehen?«, erwachte mein Interesse.

»Nein, noch nicht«, antwortete ich.

»Die sollte sich mal entscheiden, was sie sein will. Den einen Tag haut sie einer wehrlosen Zollfrau eine rein, den nächsten tut sie so, als wär sie die verdammte Mutter Teresa. Was will sie denn nun – einen schwarzen Gürtel oder den Friedensnobelpreis?«

»Wieso?«

»Gucken Sie mal selber«, antwortete er und schob einen *Daily Mirror* durch den Schlitz in der Trennscheibe. Ich fand die Rebecca-Story. Zuerst sah ich nur das Bild, auf dem sie den kranken Teenager in die Arme nahm. »Ich verstehe, was Sie meinen«, sagte ich.

Dann fand ich es, ganz unten auf der Seite. Das Foto war klein, aber Gregs Miene war unmissverständlich. Mit demselben Blick hatte er mich angesehen, als wir uns kennen lernten – er bohrte sich in meine Augen, schmolz sich durch mein Herz und kam zwischen meinen Beinen zur Ruhe. Im Unterschied zu damals hatte er diesmal aber den Augenkontakt übersprungen und sich gleich auf Rebeccas Brüste konzentriert. In diesem Moment kannte ich die Wahrheit.

Der Taxifahrer sagte: »Ich vergebe ihr aber. Ich meine, zu der würde ich nicht nein sagen.«

»Da sind Sie nicht der Einzige«, sagte Baby.

VERONICA D: Ich kam nach einer Toilettenpause zurück. Keine Rebecca. »Wo ist meine weltberühmte Frisur hin?«, fragte ich Yasmin.

»Mein Gott, war das schrecklich«, erwiderte sie. »Joe hat sie fertig gemacht und sie ist weggelaufen. Greg ist hinter ihr her.«

»Ich geh sie besser mal suchen.«

»Überlass das Greg«, sagte Kevin. »Der kann so was gut.«

»Ich geb ihm fünfzehn Minuten, dann ruf ich Freddie an und sag ihr, sie soll ihren Hintern aus dem Hotel bemühen und sich um das kümmern, was von der Karriere ihrer Klientin noch übrig ist.«

TODDY GLUCK: Ich saß im Empfangsbereich und fühlte mich so furchtbar allein. Niemand hatte je so mit mir geredet. Alles wegen eines dummen kleinen Handys – so eine Überreaktion. Wie konnte er es wagen, mich vom Set zu vertreiben? Wer sollte den Spot jetzt produzieren? Meinetwegen konnte er sich jetzt selbst produzieren. Was mich aber stärker verletzte als Kevins unprofessionelles Verhalten, war Gregs Gleichgültigkeit. Wenn unsere Beziehung ihm irgendetwas bedeutet hätte, wäre er bestimmt gleich zu mir gekommen, um mich zu trösten.

Sie können sich meine Verzweiflung vorstellen, als Rebecca tränenüberströmt vor dem Studio erschien (so eine Primadonna) und Sekunden später Greg auftauchte und den Arm um sie legte. Er achtete überhaupt nicht darauf, dass ich kaum zwei Meter daneben saß.

GREG FULLER: »Es tut mir so Leid, dass das passiert ist, Rebecca«, sagte ich. »Es war mies, und Joe hat nur sich selbst herabgesetzt, nicht dich.« Sie sagte nichts, sondern weinte bloß. Ich schaute auf und sah die Paparazzi durch die Glastüren, die auf die Straße führten. Sie witterten eine zitternde Prominentenlippe wie Haie das Blut und zielten binnen Sekunden mit den Fotoapparaten auf sie.

»Vielleicht sollten wir in deine Garderobe gehen«, schlug ich vor.

TODDY GLUCK: Ich sah, dass Greg sie wegführte, und war augenblicklich am Boden zerstört.

Aber ich bin stark und nach wenigen Minuten hatte ich mich

zusammengerissen. Jetzt war ich bloß wütend. Ich brachte gerade mein Mascara in Ordnung, als Carrie erschien. Der Wachschutz wollte sie nicht reinlassen. Warum auch? Sie war unmodisch gekleidet und schwanger – sie gehörte wohl kaum zum Film.

Dann hatte ich eine Idee. Ich hatte gerade herausgefunden, was für ein gefühlloser, oberflächlicher Mistkerl Greg war – und es wurde Zeit, dass sie es auch herausfand. Also stand ich auf und ging zur Tür. Ich setzte mein schönstes Lächeln auf, öffnete die Tür und sagte: »Carrie, was für eine schöne Überraschung!«

Carrie Fuller: Das Foto war in meine Netzhaut gebrannt. Selbst wenn wir unsere Ehe noch retten würden (was ungefähr so wahrscheinlich war wie ein dauerhafter Frieden im Nahen Osten), wusste ich, dass es nicht verschwinden würde. Es würde jedes Mal auftauchen, wenn er mir erzählte, er müsse zu einem »langweiligen Arbeitsessen«, das er »einfach nicht absagen kann«.

Der Wachschutz ließ mich nicht rein und ich war erleichtert darüber – es gab mir eine Entschuldigung, mich umzudrehen und nach Hause zu fahren. Greg verdiente meine Hilfe nicht und ich verdiente keine öffentliche Demütigung. Aber die Tür öffnete sich und Toddy Gluck erschien in einem Ralph-Lauren-Outfit und einem collagengestützten Lächeln auf den Lippen.

»Du siehst absolut hinreißend aus«, trällerte sie. »Niemand würde meinen, dass du schwanger bist.«

Vielleicht war es der Cameron-Diaz-Effekt des Schlammbads, aber wahrscheinlich war Toddy genauso unaufrichtig, wie ich immer geglaubt hatte.

»Was führt dich nach Hounslow?«, fragte sie.

»Ich hab was dabei, was Greg für die Arbeit braucht.«

»Er wird sich schrecklich freuen, dass du da bist. Er ist in einem Meeting. Da hinten.« Sie zeigte auf einen Korridor. »Am Ende links, dann die letzte Tür. Geh einfach zu ihm rein.«

«Ist schon gut. Ich warte, bis es vorbei ist.«

»Sei nicht dumm. Es ist nicht wichtig, und du weißt doch, wie langweilig Meetings sind.« Sie schob mich sanft in Richtung Korridor.

Wenige Augenblicke später stand ich vor einer Tür mit einem Stern und einem Kärtchen mit ihrem Namen. Ich kann da nicht reingehen, dachte ich. Stellen Sie sich das mal vor: dynamischer Kreativdirektor, unglaublich begehrenswerter Star, den er fast mit Sicherheit vögelt, sowie weitere Filmleute diskutieren entscheidende kreative Fragen in der Garderobe des Stars; Ehefrau/Botin des dynamischen Kreativdirektors steht mit geschwollenen Knöcheln in der Tür und hat einen braunen Umschlag in der Hand. Leb wohl, Selbstachtung.

Toddy musste mein Unbehagen gespürt haben, denn sie erschien neben mir wie ein Designergespenst und klopfte an die Tür.

Keine Antwort.

»Ich warte, bis er fertig ist«, wiederholte ich.

»Sei nicht dumm«, sagte sie und stieß die Tür auf.

TODDY GLUCK: Ich konnte es einfach nicht glauben. Ich hatte gemeint, er würde sie bloß trösten, ihr die Augen abtupfen oder so was. Ich wollte ihn bloß in Verlegenheit bringen. Ich war nicht auf das vorbereitet, was ich da sah, und es durchbohrte mein Herz wie ein Messer.

CARRIE FULLER: Greg stand mit dem Rücken zu mir. Seine Hose war heruntergelassen. Rebecca kniete in ihrem Fetischkleid vor ihm, das Gesicht zwischen seinen Beinen. Vielleicht verfügte Toddy über mehr Mitgefühl, als ich ihr zugetraut hatte, denn sie fiel in Ohnmacht. Das Geräusch störte Gregs Konzentration und er drehte sich um. Sein Gesicht wurde weiß und sein Mund schnappte wie der eines Guppys nach Luft oder Worten oder beidem. Rebecca ließ sich aber nicht ablenken und ihr Kopf bewegte sich weiter im Rhythmus. Ich drehte mich um und ergriff die Flucht. Ich stieß einen Notausgang auf und fand mich auf dem Parkplatz wieder.

Weshalb nicht sofort die Wehen einsetzten, wird noch viele Jahre lang Thema medizinischer Debatten sein.

21

Sahnetörtchen, Bill Clinton, Fleischerbeil

Norman der Koch: Rebecca kam raus zum Wagen, sagte aber keinen Ton. Sie holte sich einen Kaffee und ein Törtchen, dann setzte sie sich allein an einen Tisch und fing an, einen Stapel Blätter zu lesen, den sie mitgebracht hatte. Man sieht Stars nie allein. Allein zu sein bedeutet für sie, einen Agenten, einen Rechtsanwalt, einen Masseur und wahrscheinlich den Rechtsanwalt des Masseurs dabeizuhaben.

»Guck dir mal ihr Make-up an«, sagte Wendy. »Irgendwas ist mir ihr los, Norm. Ich wette, Joe Shirer war gemein zu ihr. Soll ich mal mit ihr reden?«

»Nein, lass sie in Ruhe«, sagte ich. Ich weiß, wann eine Braut mit ihren Gedanken und einem Sahnetörtchen allein sein muss.

Zehn Minuten später erschien eine Frau – ein hübsches Ding Ende dreißig mit einem Braten in der Röhre. Sie sah Rebecca und erstarrte. Irgendwie wirkte sie durchgedreht. Vorsicht, eine Psycho-Tante, dachte ich – entweder möchte sie ein Autogramm oder sie will Rebecca mit nach Hause nehmen und unter den Dielen begraben. Zur Sicherheit ergriff ich mein Fleischerbeil: besser vorsichtig sein als noch mal so ein Lennon-Attentat.

Carrie Fuller: Ich konnte einfach nicht fassen, was ich da sah. Dasselbe Kleid, dieselbe legendäre Frisur, aber sie hatte ein

Sahnetörtchen im Mund statt Gregs Genitalien. Entweder hatte ich gerade eben in der Garderobe eine Halluzination oder ich phantasierte jetzt und hier. Ich spürte, wie das Schwindelgefühl mich wie eine Woge überrollte. Gleich würde ich umkippen wie Toddy. Rebecca Richards war blitzschnell an meiner Seite und fing mich auf. »Norman, hol Wasser. Schnell!«, hörte ich sie rufen.

GREG FULLER: Was soll ich sagen? Schuldig im Sinne der Anklage, Euer Ehren.

Das Ganze war folgendermaßen passiert:

Ich führte Rebecca in ihre Garderobe, ließ sie sich hinsetzen und reichte ihr eine Packung Taschentücher. Sie schluchzte heftig, und ich hatte den Eindruck, es lag an mehr als an Joes billigen Sprüchen – zu behaupten, sie hätte eine miese Woche gehabt, wäre die Untertreibung des Jahres gewesen. Zu diesem Zeitpunkt tat sie mir Leid. Ich hatte keine lüsternen Gedanken. Ganz ehrlich.

Ich kniete nieder und legte ihr die Hände auf die Schultern. Vielleicht sagte ich: »Ist ja gut« oder »Wein dich mal richtig aus« oder was ähnlich Banales. Jedenfalls hatte es die Wirkung, dass sie in meine Arme sackte und an meiner Schulter schluchzte.

Ich muss gestehen, dass meine Gedanken abschweiften, als ihre Titten sich gegen mich drückten.

Schließlich ging das Schluchzen in ein Schniefen über, und sie sagte: »Sie waren wirklich nett. Danke.«

Ihre Frisur war ein Chaos, ihr Make-up erinnerte an Jackson Pollock, aber sie war immer noch hübsch. Abgesehen davon gibt es keine mildernden Umstände, Euer Ehren.

Ich zog sie an mich, und sie stieß mich so fest zurück, dass ich nach hinten auf den Arsch fiel.

»Was machst du da, verdammt noch mal?«, fauchte sie.

Ich dachte, das wäre offensichtlich gewesen – ich hatte versucht, sie zu küssen.

»Mein Gott, ich kann nicht glauben, dass du das versucht hast«, meinte sie.

Ich auch nicht, dachte ich und sah ihr nach, als sie hinausging.

Yasmin Fish: Wir warteten darauf, dass Greg Rebecca zurückbrachte.

»Langweilig, nicht?«, sagte Sonia.

»Warum gehst du nicht Kevin aufreißen?«, schlug ich vor. »Vorhin lief's doch ganz gut.«

»Nein, er würde vielleicht meiner Karriere nützen, aber es wäre so, als ob man E.T. einen bläst. Ich denke, ich probier mal Greg aus. Wo ist er?«

»Er ist Rebecca hinterher.«

»Ich schau mal, ob ich ihm helfen kann. Ich zeige ihm meine einfühlsame Seite und nehme sie in den Arm. Wir werden aussehen wie lesbische Latex-Zwillinge. Wenn er davon keinen Ständer kriegt, ist er tot.«

Als sie in ihrem Gummikleid abzog, kam mir der Gedanke, dass Bridget Farmer neben ihr wie eine Nonne wirkte.

Greg Fuller: Ich saß immer noch auf dem Boden, als ich im Augenwinkel Rebecca zurückkommen sah – schließlich war es ihre Garderobe, und wenn jemand hätte gehen sollen, dann ich.

Als ich aber aufschaute, war es Sonia.

»Alles okay?«, fragte sie.

»Prima«, antwortete ich, »bin bloß ausgerutscht.«

»Wo ist Rebecca?«

»Keine Ahnung.«

Sonia sah sich um. »Komisch, nicht?«

»Was?«

»Dass wir in ihrer Garderobe sind und ich ihr Double bin.«

Sie griff nach einem Bügel mit einem Kleid von Rebecca und hielt es vor sich. »Finden Sie, dass ich so aussehe wie sie?«

»Wenn nicht, hätten Sie den Job nicht gekriegt«, sagte ich.

Sie stolzierte im Raum umher und führte das Kleid vor. »Wenn wir's treiben würden, würden Sie an sie oder an mich denken?«

Ich antwortete nicht. In diesem Augenblick war ich nur zu achtzig Prozent sicher, dass sie mich anmachen wollte. Sekunden später stieg die Gewissheit auf hundert Prozent. Sie legte das Kleid weg und setzte sich auf meinen Schoß. »Das geht nicht«, sagte ich.

»Natürlich geht es, Malcolm«, erwiderte sie, bevor sie mich küsste.

Mein symbolischer Widerstand endete, als sie auf die Knie fiel und meine Hose öffnete. Es war nicht ganz so gut wie bei Toddy, aber viel besser als ihre indische Kopfmassage.

CARRIE FULLER: Rebecca Richards führte mich zu einem Tisch und schob mich auf den Stuhl. Als der Typ aus dem Cateringwagen mir eine Tasse Wasser brachte, bat sie ihn, einen Arzt zu holen.

»Bitte nicht«, sagte ich. »Es geht mir gut, wirklich. Ich möchte bloß einen Moment sitzen.«

Ich sah den Koch zurück zu seinem Wagen gehen und fragte mich, warum er ein Fleischerbeil in der Hand hielt – für einen Kaiserschnitt? Dann fragte Rebecca: »Wann soll Ihr Baby kommen?«

»Erst in drei ...« Ich hielt inne und dachte, warum führe ich dieses Gespräch? Gab es nicht etwas Wichtigeres?

»Ich hab Sie gerade in Ihrer Garderobe gesehen«, sagte ich.

»Da war ich vor zehn oder fünfzehn Minuten.«

»Nein, vor zwei oder drei Minuten. Sie haben auf dem Boden gekniet und meinem Mann einen geblasen.«

»Wie bitte?«

Jetzt war ich wütend. »Sie brauchen mir nichts vorzuspielen. Wir stehen nicht vor der Kamera. Ich hab Sie *gesehen.* Sie hatten dieses Kleid an, haben da gekniet und meinem Mann ...«

Ich konnte den Satz nicht beenden und fing an zu weinen.

Der Koch sah von seinem Wagen aus zu. Er griff wieder nach dem Fleischerbeil, aber Rebecca hob die Hand. Dann sagte sie: »Hören Sie, ich hab keine Ahnung, wer Ihr Mann ist, aber ich hab ihm *keinen* geblasen.«

Das war entschieden zu dreist für eine Lüge. Vielleicht wurde ich ja verrückt. Normans nervöse Hand am Fleischerbeil bewies, dass ich nicht allein so dachte.

»Aber das Kleid, die Haare«, sagte ich. »Das waren Sie.«

»Es war vielleicht mein Body Double.«

»Ihr …«

»Ich habe ein Körperdouble. Sie wurde eingestellt, als ich die Allergie hatte.«

»Aber sie sah genauso aus wie Sie.«

»Das soll sie ja auch. Sie ist mein Double. Haben Sie ihr Gesicht gesehen?«

Jetzt, wo ich drüber nachdachte, nein – es war da verborgen, wo es nichts zu suchen hatte.

»Nein.«

»Sehen Sie«, sagte Rebecca Richards. »Wenn Sie ihr Gesicht gesehen hätten, hätten Sie's gewusst. Sie hat nur meine Figur und meine Haare.«

»Aber …«

»Ich schwöre Ihnen, ich war es nicht.«

»Das ist zu verrückt … Sie müssen glauben, ich bin total verrückt … Es tut mir Leid, dass ich Sie so beschuldigt habe.«

»Ich glaube nicht, dass Sie verrückt sind. Ich glaube, Sie sind eine Frau, die betrogen wird. Glauben Sie mir, ich weiß, wie das ist.«

Und dann legte Rebecca Richards, die als eine der durchgeknalltesten, egozentrischsten und nach neuesten Berichten auch gewalttätigsten Schauspielerinnen Hollywoods galt, die Arme um mich und tröstete mich.

Greg Fuller: Ich könnte geltend machen, dass es nicht zählte, weil es oral war (die Clinton-Verteidigung, die er verblüffenderweise nicht in die Verfassung aufzunehmen versuchte – als Zusatzartikel Nr. 69). Ich könnte … aber ich tue es nicht.

Carrie Fuller: Sie gab mir ein Taschentuch. Ich trocknete mir die Augen und sagte: »Tut mir Leid.«

»Ach was. Wenn Sie jetzt nicht weinen können, wann dann? Außerdem sind Sie nicht die Einzige. Ich war heute auch schon so weit, und ich glaube, Sie haben viel mehr Grund, aus der Fassung zu sein. Hören Sie, ich bin jetzt schon so lange verschwunden, dass die mich bald mit Spürhunden suchen. Ich muss wieder rein. Kann ich noch was für Sie tun?«

»Nein, gehen Sie nur. Ich komme schon klar«, log ich.

»Okay. Ich würde an Ihrer Stelle noch ein bisschen hier sitzen bleiben. Ich sag Norman, er soll sich um Sie kümmern. Brauchen Sie eigentlich einen Wagen? Ich hab eine Limousine hier stehen.«

»Nein, vielen Dank, ich nehme ein Taxi.«

Als sie aufstand, nahm sie einen Stapel DIN-A4-Blätter vom Tisch und drückte ihn an die Brust. »Dann auf Wiedersehen. Ich hoffe, Sie stehen es durch«, sagte sie.

Ich hörte ihr aber kaum zu. Ich war viel zu sehr damit beschäftigt, das Titelblatt des Stapels anzustieren.

Greg Fuller: Nachdem Carrie geflohen war, klopfte ich Sonia auf die Schulter. Sie blickte mit vollem Mund auf. »Wir haben Besuch«, sagte ich, zog ihn raus und machte die Hose zu. Ich ging zur Tür und warf einen Blick auf Toddy. Sie regte sich. Gut – dann war sie nicht tot. Rebeccas Friseuse kam rein und fragte durchaus berechtigt: »Verdammt noch mal, was ist denn hier los?«

»Ach, Toddy ist nur etwas erschöpft«, antwortete ich. »Können Sie sich um sie kümmern? Ich muss noch was erledigen.«

Carrie Fuller: »Wo haben Sie das her?«, fragte ich.

»Das? Jemand hat's im Studio liegen lassen. Ich hab es nur

genommen, weil mein Name draufsteht.« Sie hielt es hoch und zeigte auf das *Rebecca* auf der Titelseite. »Ich hatte gerade nichts zu tun, deshalb hab ich damit angefangen. Ich möchte zu gern wissen, wer es geschrieben hat.«

»Ich.«

»Ehrlich?«, quietschte sie. »Sie sind Schriftstellerin? Das ist total brillant – das Beste, was ich seit ewigen Zeiten gelesen habe.«

»Ich bin keine Schriftstellerin und es ist nicht brillant. Es ist Mist.«

»Wer sagt das?«

»Mein Mann.«

»Mein Gott, wer ist denn der Typ?«

»Er hat den Werbespot geschrieben, in dem Sie auftreten. Ich bin Carrie Fuller, die Frau von Greg.«

»Warum bin ich da nicht von selbst drauf gekommen?«, ereiferte sie sich.

Wie aufs Stichwort erschien Greg am Notausgang. Er blieb stehen und sah mich an. Ich drehte mich um und ergriff wieder die Flucht. Rebecca rief hinter mir her: »Wollen Sie nicht Ihr Drehbuch zurück?« Ich wollte es zwar, aber ich lief weiter.

GREG FULLER: Ich sah die beiden nebeneinander stehen. Als der Feigling, der ich bin, wollte ich gleich wieder reingehen. Doch ich tat es nicht. Stattdessen folgte ich Carrie, aber Rebecca kam auf mich zu und packte mich am Arm. »Tu das nicht«, sagte sie mit zusammengebissenen Zähnen. »Sie ist drauf und dran, dich umzubringen, und ich bin drauf und dran, dich festzuhalten, während sie's tut.«

Als meine Frau verschwand, hielt Rebecca mich immer noch am Arm fest. In diesem Augenblick dachte ich, dass jetzt, nachdem so viel Scheiße passiert war, der Kübel wohl endgültig leer sein musste.

Ich täuschte mich. Es lag noch ein großer, dampfender Haufen drin.

22

Lesben, Christen, Polizisten

TIM LELYVELDT: In Hollywood leuchtete Joes Stern gleißend hell, während der von Rebecca in das schwarze Loch gesaugt wurde, in dem schon Demi, Melanie, Pee-Wee Herman und zwei Söhne von Martin Sheen verschwunden waren. Karrieremäßig gesehen arbeitete ich für den Richtigen. Charaktermäßig gesehen war es so falsch wie nur irgendwas.

Schließlich erschien Rebecca am Set und ihre Widerstandskraft verblüffte mich erneut. Morton ebenfalls. »Verdammt, die ist ja stahlgepanzert«, keuchte er. Er fluchte nur, wenn er beeindruckt war.

VERONICA D: »Was zum Teufel ist denn passiert?«, fragte ich.

»Eine Menge. Ich hab einen Annäherungsversuch abgewehrt, eine Ehe explodieren sehen und eins der besten Drehbücher aller Zeiten gelesen. Ach ja, und ich hab noch einen Kaffee und ein Törtchen dazwischengeschoben.«

»Erzähl.«

»Später. Jetzt mach mir die Haare und ruf die Maske. Mein Gesicht sieht bestimmt aus wie ein Zugunglück.«

»Ich muss dir gestehen, dass ich Freddie angerufen habe.«

»Warum das denn?«

»Egal, was sie von dir denkt, sie sollte hier sein und nicht im

Hotel auf der Jagd nach neuen Klienten. Du bezahlst sie doch noch, oder?«

»Nicht mehr lange. Es ist Zeit für einen Neuanfang. Wenn dieser Job vorbei ist, schmeiß ich sie raus.«

TISH WILKIE: Veronica machte an Rebeccas Haaren rum, und ich dachte, *tu's jetzt.* Vorhin hatten alle durchgedreht, und es war unmöglich gewesen, den richtigen Moment für die Kündigung zu finden. Ich beschloss, es zu tun, bevor sie mit dem Drehen anfingen. Ich ging auf sie zu, aber sechs Meter vor dem Ziel fiel mir einer von Jerry Springers brillanten Schlussgedanken wieder ein. Er hatte gesagt, wenn Menschen »Probleme« hätten, müssten sie »ehrlich« sein, sonst würden sie sie nie »verarbeiten«.

Mein Brief war eine *totale* Lüge. Meine Mum war fit wie ein Turnschuh. Es gab keine andere Lösung – ich musste ihn neu schreiben. Ich ging ins Geschäft und kaufte einen neuen Block.

TIM LELYVELDT: Rebecca schaffte die Szene, mit der sie vorher gekämpft hatte, in zwei Takes. Sie stürmte durch die nächsten beiden Szenen, und es sah fast so aus, als würden wir früher fertig. Joe war am Ende. Er kam einfach nicht damit klar, dass sie so gut mit French zusammenarbeitete. Auch wenn er ihn die ganze Woche mit Verachtung gestraft hatte, war French *sein* Regisseur. Joe glaubte, er hätte ihm mit *Body Matter* den Durchbruch ermöglicht. In Wirklichkeit hatte French schon an *BM* gearbeitet, als noch Josh Hartnett als Hauptdarsteller vorgesehen war – sechs Monate, bevor Joe unterschrieb. Unterschätzen Sie aber nie die Neigung eines Stars, die Geschichte umschreiben zu lassen, als wäre sie ein Filmskript.

Zwischen den Takes kriegte er mich zu fassen und fragte: »Verdammt noch mal, wo ist Stryker? Ich *brauche* ihn.«

Es war mir gelungen, seinen Therapeuten zu erreichen und zum Abbruch seiner Kur zu bewegen. Er war unterwegs, zusammen mit seiner Frau, vier Kindern und dem Kindermädchen. (Das war der Preis für Joes geistige Gesundheit gewesen: Flugtickets erster Klasse und zehn Übernachtungen im Dorchester für die ganze Familie.)

»Mach dir keine Sorgen, Joe. Bestimmt ist er heute Abend oder morgen früh hier«, sagte ich.

Er hätte sich aber nicht aufzuregen brauchen, denn ein noch strahlenderer Retter erschien auf der Szene – diesmal ein überzeugter Christ.

Bob Bull: Der stets pünktliche Roger Knopf war um Punkt fünf da.

»Hoffentlich dauert das nicht allzu lange«, sagte er, als ich ihn begrüßte. »Um sechs krieg ich die wöchentlichen Verkaufszahlen und heute Abend sind Rhoda und ich Gastgeber unserer Bibelgruppe. Da darf ich nicht zu spät kommen.«

»Wir sind in null Komma nichts wieder weg«, meinte ich. »Es geht bloß um ein paar Streicheleinheiten für die Stars – phänomenale Talente, aber zerbrechliche Egos. Wir müssen ihnen das Gefühl geben, geliebt zu werden. Joe Shirer möchte Sie unbedingt kennen lernen. Ich glaube, er wird Sie beeindrucken. Er ist unglaublich engagiert.«

»Dann gehen wir doch zu ihm«, sagte Roger.

Tim Lelyveldt: Ich sah Bull mit seinem Boss und sagte zu Morton: »Dein Auftritt kommt gleich. Bist du fertig?«

»Ich denke schon«, antwortete er. »Du auch?«

»Du ziehst mich da nicht mit rein. Ich bin bloß Assistent.«

»Das Reden übernehme ich schon, aber ich brauche etwas moralische Unterstützung.«

Morton Newman war zwar Hollywood durch und durch, aber bei manchen Dingen begannen sogar seine Nerven zu flattern.

Wir gingen hin und stellten uns vor. Morton verlor keine Zeit, auf den Punkt zu kommen.

»Joe freut sich sehr, Sie kennen zu lernen, Roger. Der Stil

Ihrer Operation hat ihn umgehauen. Er ist glücklich, als Werbeträger einer Marke aufzutreten, die für die fortschrittlichste Technologie und zugleich für erfrischende moralische Toleranz steht.«

Knopf wirkte verwirrt. Moralische Toleranz? Er sah aus wie ein Typ, der seinen eigenen Sohn lynchen würde, wenn der zufällig Softrock mochte. Das Ziel war jetzt in Sicht und Morton nahm Fahrt auf. »Wie Sie mit der Enthüllung über Rebecca umgegangen sind, hat uns sehr beeindruckt. An dieser Haltung können sich andere internationale Firmen ein Beispiel nehmen.«

»Wie bitte?«, fragte Knopf und bestätigte damit, dass Bull seinem Boss nicht alles erzählt hatte, was diese Woche passiert war.

»Der Pornofilm, in dem Rebecca aufgetreten ist«, erklärte Morton. »Joe war begeistert, dass Ihre Firma nicht wie so viele eingeknickt ist und sie sofort entlassen hat.«

Während Bull immer blasser wurde, wandte sich Knopf ihm zu und sagte: »Bob, sagen Sie mir bitte, wovon in Gottes Namen dieser Mann redet.«

Morton trat einen Schritt zurück und wärmte sich die Hände an dem Feuer, das er entzündet hatte. Ich ging zu Joe, um ihn zu informieren, dass das Zielobjekt zerstört war.

YASMIN FISH: »Das können die doch nicht machen«, sagte ich zu dem kleinen Strippenzieher.

»Das stinkt doch zum Himmel, oder?«

»Können wir nichts unternehmen?«

»Wir könnten streiken, aber das wäre denen wohl piepegal. Sie können ja nichts von dem verwenden, was wir bis jetzt gedreht haben, also werden sie uns wahrscheinlich sowieso früher nach Hause schicken.«

»Na, ich werde jedenfalls was tun«, sagte ich.

Ich ging los, um Greg zu suchen. Er redete mit Kevin French und den dämlichen Kunden, deshalb wartete ich, bis er fertig war. Er ging weg und ich lief hinterher.

»Das ist schrecklich, Greg. Die können sie doch nicht einfach so feuern, oder? Wie bringen wir jetzt den Spot zu Ende?«

»Wir kriegen ihn auch nicht ohne Kevin French fertig«, sagte er.

»Was heißt das?«

»Er hat die Brocken hingeschmissen, Yasmin. Diesmal kann ich ihn nicht umstimmen.«

»Was wollen Sie machen?«

»Heute Nacht ein neues Skript schreiben und einen armen Irren finden, der morgen Regie führt. Was soll ich sonst tun?«

»Sie können denen von Blackstock sagen, Sie arbeiten nicht mehr für sie – aus Prinzip.«

»So was führen wir nicht. Wir sind in der Werbung.«

TIM LELYVELDT: Großmütig im Sieg – so war Joe. Nachdem er Rebecca zerstört hatte, konnte er so tun, als mache es ihm was aus. Und er trug wirklich dick auf: Wie unfair es doch wäre, wie stark sie sei, sie würde wiederkommen, blablabla – Sie können sich's ja denken.

Kevin platzte in die Garderobe und knöpfte sich Joe vor, bevor der noch was sagen konnte.

»Joe, beleidige nicht meinen verdammten Verstand mit Lügen, denn ich weiß, was du getan hast. Diese Arschlöcher kriechen dir vielleicht hinten rein, als gäb's da Goldadern«, sagte er und zeigte auf uns, »aber ich hab genug. Ich steige aus.«

Er wandte sich zum Gehen, und Joe sagte: »Wenn du jetzt gehst, kannst du *BM II* vergessen.«

»Schmier's dir in die Haare«, gab Kevin zurück und knallte die Tür zu.

»Wer braucht denn den?«, meinte Danton. »McTiernan ist der Beste.«

Joe schwieg. Der einzige Anruf von John McTiernan war in seinen Träumen gekommen.

Greta saß stumm auf dem Bett und sah dem Ganzen zu. Joe hatte sich alle Mühe gegeben, damit sie nicht dahinter kam, was er getan hatte – aber obwohl sie erst siebzehn war, wurde sie schnell erwachsen.

VERONICA D: Rebeccas Garderobe war wie ein Leichenschauhaus. Trotz meines Notrufs bei Freddie war die Kuh nicht erschienen. Tish hatte ausnahmsweise nichts zu sagen und packte Rebeccas Sachen ein, als wären sie mit Ebola infiziert. Rebecca war still – nicht niedergeschlagen, nur still. Dann klopfte es an der Tür und ich öffnete: Greta.

»Na, du hast ja Nerven«, sagte ich, aber Rebecca stand hinter mir und stoppte mich. Die beiden setzten sich aufs Sofa und Rebecca legte ihr den Arm um die Schulter. Du treibst das mit der Sanftmut ein bisschen zu weit, Süße, dachte ich. Hau der Kuh einfach eine runter.

»Ich bin so unglücklich wegen dem, was passiert ist«, sagte Greta.

»Das brauchst du nicht«, erwiderte Rebecca, und ich dachte: Doch, sei unglücklich, du hinterlistige Lolita. Du hast ihren Kerl gestohlen und zugeguckt, während er sie zerstört hat – wenn du überhaupt ein Gewissen hast, solltest du dich jetzt wie kurz vor dem Selbstmord fühlen. »Es war mein Fehler, Greta«, fuhr Rebecca fort. »Mach nicht denselben wie ich.«

Bevor sie ging, rückte Greta mit dem raus, worüber sie wirklich reden wollte. »Rebecca, du kennst doch die Gerüchte über Joes …« Sie ließ Rebecca das fehlende Wort einfügen. »Er glaubt fest, dass du sie in die Welt gesetzt hast.«

»Was du auch von mir denkst, so tief würde ich nie sinken.« Greta schaute ihr ins Gesicht, um das kleinste Anzeichen einer Lüge zu entdecken. »Ich schwör's, Greta.«

»Joe wird dir niemals glauben, aber ich schon.« Sie erhob sich zum Gehen, wollte aber noch was loswerden. »Du warst doch noch mit ihm zusammen, als er *Body Matter* gemacht hat. Ich hab so Gerüchte gehört. Wahrscheinlich ist nichts dran, aber …«

»Du willst wissen, ob Joe seine eigenen Stunts gemacht hat?«

Greta nickte.

»Ich kann dich nicht anlügen. Hat er nicht.«

Greta war vielleicht sanft wie ein Lamm, aber in diesem Moment sah sie aus, als wollte sie jemanden umbringen. Rebecca legte ihr die Hand auf die Schulter und sagte: »Aber sei bitte nicht zu hart zu ihm, Greta.«

Na, wenn das nicht feinfühlig war.

TYRONE EDWARDS: Die Tür ist die Frontlinie in der Branche der Security-Spezialisten und persönlichen Sicherheitsberater. Mein Körper fühlt sich schon den ganzen Nachmittag an wie eine gespannte Feder. Bisher ist aber nichts los gewesen, außer einer schwangeren Braut, die vielleicht gar nicht schwanger war – der Bauch hätte eine Bombe sein können. Dann hören wir, dass Extragroße-Titten-und-Blättchen rausgeflogen ist. Wir sollen zum Parkplatz gehen und drauf achten, dass ihre Karre nicht von Fans blockiert wird.

Wir kommen hin, und ich warte drauf, dass sie rauskommt. Ich bin ihr persönlicher Leibwächter, aber ich bin nicht aufgeregt. Ich bin ein Profi und hab meine Gefühle unter Kontrolle. Als sie kommt, kann ich mich aber nicht zurückhalten.

»Ich wollte Ihnen sagen, ich hab Sie auf dem Flugplatz gesehen«, sag ich zu ihr. »Die Typen haben Sie fies behandelt. Ich hab den Scheiß auch schon durchgemacht, und das ist nicht cool. Ich hab großen Respekt dafür, wie Sie mit denen umgegangen sind.«

Dann taucht der Hengst auf und ich werde panisch.

TIM LELYVELDT: Joe bestand darauf, sich von ihr zu verabschieden. Er hoffte, sie würde die Beherrschung verlieren und auf ihn losgehen. Dann könnte er über der Sache stehen und brauchte nicht mal den Spruch loszulassen: »Ich hab doch gesagt, sie ist total abgehalftert.« Es lief aber nicht nach Plan.

TYRONE EDWARDS: Sie sieht den Hengst, dann dreht sie sich zu mir. Ich will mich davonmachen, aber sie hält meine Hand fest und sagt: »Danke, das ist sehr nett. Ich möchte Ihnen etwas schenken.«

Ich sollte hier verduften, aber ich denke, was will sie dir geben, Tyrone, deshalb bleib ich da. Sie zieht diesen riesigen blauen Klunker vom Finger und gibt ihn mir. Er wiegt eine Tonne.

»Das kann ich nicht annehmen«, sag ich, aber gleichzeitig denke ich, Scheiße, Tyrone, warum sagst du nur so was?

»Bitte, es ist nichts Besonderes«, sagt sie. »Nur ein blödes Geschenk von einem Idioten, dessen Namen ich schon vergessen habe.«

Also schließ ich die Hand drum und sage: »Danke«, aber da sitzt sie schon im Wagen und ist weg. Auch für mich Zeit zum Verduften.

TIM LELYVELDT: Das war zu viel für Joe und er explodierte. Er erkannte den schwarzen Typen schneller wieder als ich. »Das ist der Wichser, der gestern meinen Wagen entführt hat!«, schrie er.

TYRONE EDWARDS: Ich renne los, als hätte ich ‘ne Rakete im Arsch. Ich komm zum Tor, aber es ist fast zu. Ich will hochklettern, aber zwei von Hakkans Jungs schnappen mich und ziehen mich runter. Ex-Bullen. Haben mich schon den ganzen Tag komisch angeguckt. Hakkan starrt mich an, und ich weiß, er denkt, Mann, tu mir das nicht an, und ich denke, ich hab doch gar nichts gemacht, und diesmal ist es die reine Wahrheit. Der Hengst schreit: »Ich will, dass der Wichser festgenommen wird!«

GREG FULLER: Als ich hörte, wie Joe durchdrehte, ging ich raus. Draußen sah ich die Polizisten einen kleinen schwarzen Typen in einen Wagen schubsen. Ich brauchte einen Augenblick, bis mir klar wurde, dass er der Kerl war, der mich an der Hyde Park Corner angekratzt hatte. Mein erster Instinkt war, der Polizei zu sagen, sie sollten auf das Formular mit der Anzeige noch Fahrerflucht schreiben, aber dann ließ ich es gut sein. Genau wie ich schien der arme Teufel schon genug Ärger zu haben.

VERONICA D: Sobald wir mit Rebecca in ihrer Suite waren, ergriff Tish die Flucht. Rebecca ließ sich aufs Sofa fallen und hörte ihre Mailbox ab.

»Du hörst das sicher nicht gern«, sagte ich, »aber der ganze Mist steht morgen in der Zeitung. Du solltest dich mit Freddie versöhnen, ob's dir gefällt oder nicht. Du brauchst ihre Hilfe.«

»Da gibt's ein Problem«, sagte sie und legte das Handy hin. »Freddie ist auf dem Weg nach Heathrow. Sie hat eine Nachricht hinterlassen – ihr Mann liegt im Krankenhaus. Verdacht auf Herzinfarkt.«

»Quatsch. Der ist doch auch Agent, nicht? Es wird erst dann ein Problem mit seinem Herzen geben, wenn die Ärzte anfangen, es zu suchen. Ich bringe jetzt nicht gern *Titanic* aufs Tapet, aber du weißt doch, was man von Ratten und sinkenden Schiffen sagt.«

Rebecca ignorierte mich und fragte: »Was ist das?« Sie zeigte auf einen Brief, der unter der Tür durchgeschoben wurde. Sie hob ihn auf und setzte sich, um ihn zu lesen. Nach kurzer Zeit brach sie in schallendes Gelächter aus.

»Was ist es denn?«, fragte ich.

Sie konnte nicht aufhören zu lachen und gab ihn mir.

Liebe ~~Miss Richards~~ Rebecca,

es ist so schwer, die richtigen Worte zu finden, aber ich muss total ehrlich sein. Als ich anfing, für Sie zu arbeiten, hatte ich das Gefühl, wir würden uns gleich verstehen. In den letzten zweieinhalb Wochen haben wir uns ~~intensiv~~ ziemlich gut kennen gelernt, und ich habe Sie nicht nur als »Boss«, sondern auch als ~~Freundin~~ »Arbeitgeberin« betrachtet.

Als ich von Ihrem ~~Porno Sex~~ Erotik-Film erfuhr, hat sich aber alles verändert. Das hat nichts damit zu tun, dass ich Sie »verurteile« oder so was. Ich respektiere Ihre Entscheidungen 1000-prozentig, auch wenn dazu Sachen gehören, die engstirnige Leute vielleicht ~~pervers bizarr seltsam~~ ungewöhnlich nennen würden.

Da ich jetzt aber weiß, dass Sie für Frauen des gleichen Geschlechts »Gefühle« haben, kann ich nicht länger für Sie arbeiten. Obwohl ich absolut nichts gegen so genannte »Lesben« habe, würde ich wegen des Wissens, dass Sie vielleicht »Absichten« haben, befürchten, dass Sie Zeichen von »normaler« Zuneigung missverstehen könnten. Das unverzichtbare Band des Vertrauens zwischen »Assistentin« und »Star« würde zerreißen und unsere Beziehung wäre definitiv unmöglich.

Ich bin bereit, weiter für Sie zu arbeiten, bis Sie einen Ersatz – gefunden haben, aber zur Vermeidung von »Missverständnissen« ist es vielleicht besser, wenn wir unseren Kontakt so weit wie möglich auf Anrufe und Faxe beschränken.

Ich hoffe, Sie sind nicht zu unglücklich, wenn Sie das lesen.

Mit ~~lieben~~ freundlichen Grüßen

Tish Wilkie

PS: Bloß ein Gedanke. Damit so eine Situation in Zukunft nicht mehr entsteht, ist es vielleicht besser, wenn Ihr nächster Assistent ein Mann ist.

PPS: Sie dürfen nicht glauben, ich wäre irgendwie homophob, weil ich das nämlich total nicht bin. Ich habe alle Folgen von Ellen auf Video, und ein paar meiner besten Freunde sind definitiv »schwul«.

»Tja, sieht so aus, als wären nur noch wir beide übrig«, sagte ich, als ich durch war.

»Bleibst du bei mir, Veronica?«

»Vielleicht kriegst du nie wieder einen Job als Schauspielerin, Becca, aber dann brauchst du immer noch jemanden, der dir die Haare macht.«

TISH WILKIE: Ich wollte den Brief eigentlich *unbedingt* selbst abgeben, aber ich hatte einen Termin und war schon spät dran. Ich traf mich mit einer Journalistin von der *Daily Mail.* Ich weiß, was Sie jetzt denken: Geheimnisse verkaufen – schäbig, schäbig, schäbig. Aber so war es *absolut* nicht, definitiv.

Ich erklär's Ihnen. Ich war echt zweihundertprozentig mit Rebeccas »Sexualität« einverstanden. Was sie »im Bett« machte, war ihre Sache. Solange sie es den Leuten nicht ins Gesicht rieb (mit »es« meine ich nicht *es*). Ich redete mit der Zeitung in *ihrem* Interesse. Irgendjemand musste ihre Version der Geschichte vertreten. Jemand, der ihre intimsten Geheimnisse kannte (mit »intim« meine ich natürlich nicht *intim*). Als ihre *persönliche* Assistentin für *über* zwei Wochen musste ich sichergehen, dass wenigstens eine Zeitung keine schrecklichen Sachen über sie schrieb. Da ich sie schon im Stich ließ, war es das Mindeste, was ich für sie tun konnte.

Die Journalistin hatte versprochen, nichts Zweideutiges zu schreiben, und ich vertraute ihr.

Denn ist Vertrauen nicht das Allerwichtigste?

GREG FULLER: Ich war einer der Letzten, die an diesem Abend das Studio verließen, hauptsächlich weil ich nirgendwo hinkonnte. Als ich zum Taxi ging, bemerkte ich etwas auf dem Pflaster. Auf einem Kanalgitter lag ein Stück Papier. Es kam mir bekannt vor und ich hob es auf. Es war das halbe Skript für eine Möbelfirma namens Galaxy of Suites. Die andere Hälfte der Werbekampagne schwamm vermutlich gerade friedlich zu einem Rieselfeld in West-London.

23

Strohesel, Sonnenbräune, Lolas bester Push-up-BH

Greg Fuller: Am Freitagmorgen erinnerte ich mich an etwas, was ich am Nachmittag davor zu Yasmin gesagt hatte – dass ich einen armen Irren für die Regie des neuen Werbespots suchen müsste. Ich musste daran zurückdenken, kurz bevor ich die erste Szene des Tages drehte. Ich gab mein Regiedebüt mit der Verfilmung eines bescheidenen (äußerst bescheidenen) Skripts, an dem ich die halbe Nacht geschrieben hatte.

Der neue Werbespot war nicht das, was Bob Bull phänomenal innovativ genannt hätte. Er war eher eine handfeste Lösung für ein äußerst kniffliges Problem.

Okay, ich geb's zu, es war absoluter Schwachsinn, gegen den das »Nase pudern«-Skript wie Shakespeare wirkte.

Joe fand es allerdings toll. Er saß ja auch auf seinem Lieblingsplatz, dem Fahrersitz eines metallicblauen Dodge Viper. Sein neuer Co-Star Greta Bastendorff schien weniger begeistert. Vielleicht hatte sie für ein Pin-up-Girl ein besonders ausgeprägtes kritisches Gespür. Vielleicht lag es auch daran, dass sie Joe anhimmeln und ihm zuhauchen sollte: »Ich fühl mich bei dir so sicher«, was vermutlich nicht länger stimmte.

Die Reaktion meines Kunden hätte mich für Gretas Bedenken entschädigen sollen. »Das ist ein Skript am Puls der Zeit, Greg. Wirklich ein verdammter Mist, dass wir das nicht gleich hatten, bevor wir einen Haufen Dollars für dieses perverse Zeug rausgeschmissen haben«, dröhnte er – was nur meine ursprüngliche Auffassung bestätigte.

Falls Sie meinen, Bob Bull hätte jetzt mir gegenüber den verdammten Amerikaner gespielt, täuschen Sie sich. Roger Knopf stand mit hochgekrempelten Ärmeln da und bewies, dass er auch in der Werbefabrik zupacken konnte. Bob war zwar auch da, aber nur als Laufbursche, und nach den Rock'n'Roll-Exzessen der vergangenen Woche war es beruhigend, ihn wieder im grauen Anzug zu sehen. Ich vermutete, das Kaffeeholen für seinen Boss würde eine seiner letzten Pflichten bei Blackstock sein. Aber keine Schadenfreude – nach Abschluss der Dreharbeiten würde Fuller Scheidt ganz sicher frei sein, sich ein neues Reifen-Budget zu suchen.

YASMIN FISH: Alles war anders. Die Statisten waren verschwunden und die Handwerker zerlegten die Kulissen. Der Sportwagen stand jetzt vor einem großen blauen Hintergrund.

»Was wird denn das?«, fragte ich den kleinen Strippenzieher.

»Ein Bluescreen, Schätzchen.«

»Was ist das?«

»Sie filmen Joe im Auto vor dem Bluescreen, dann kopieren sie einen neuen Hintergrund drüber.«

»Welchen neuen Hintergrund?«

»Das ist der Witz an der Sache. Die geben ein Vermögen aus, um Shirer nach England einzufliegen, und dann soll es so aussehen, als wäre er immer noch in L.A. Es werden die Hollywood Hills.«

»Das ist doch verrückt«, sagte ich.

»Nein, das ist Werbung.«

Toddy kam auf mich zu und schmiss mir das neue Skript hin. »Vierzig Kopien bitte. Eine für jedes Team-Mitglied.«

Während sie wegging, las ich es durch. Nach einer Zeile sagte ich unwillkürlich: »Das können die unmöglich drehen. Das ist totaler Mist.«

FULLER SCHEIDT ADVERTISING / TV-Skript

KUNDE	Blackstock Tyres	**AC. GROUP**	Halley
PRODUKT	Firmenwerbung	**KREATIV-TEAM**	Greg Fuller
JOB Nr.	BS-001		
TITEL	Sicher unterwegs	**PRODUCER**	Toddy Gluck
LÄNGE	30 Sekunden	**FASSUNG Nr.**	1

Szene eröffnet mit JOE SHIRER, der hinter dem Lenkrad eines glänzenden Dodge Viper sitzt. Neben ihm sitzt GRETA BASTENDORFF. Im Hintergrund sieht man die Hollywood Hills.

JOE: Wollen wir los?
GRETA: Jederzeit, Liebling.

Joe dreht den Zündschlüssel und wir hören das heisere Röhren des V8-Motors. Während Joe den Wagen auf die Straße lenkt, sehen wir die beiden von vorn durch die Windschutzscheibe.

KOMMENTAR AUS DEM OFF: Stars wie Joe Shirer und Greta Bastendorff sind an persönliche Sicherheit gewöhnt, rund um die Uhr. Manchmal möchten sie aber einfach dem Alltag entfliehen und so ungebunden und sorglos sein wie ein ganz normales Pärchen.

Joe lenkt den Wagen geschickt durch die Haarnadelkurven.

KOMMENTAR AUS DEM OFF: Aber wohin ihn sein glamouröses Leben auch führt, der sicherste Schutz ist immer in Joe Shirers Nähe.

Joe bremst und parkt den Viper neben der Straße. Greta kuschelt sich an ihn; hinter ihnen sehen wir das weltberühmte HOLLYWOOD-Zeichen.

GRETA: Ich fühl mich bei dir so sicher, Joe.

JOE: Bedank dich nicht bei mir, Baby, bedank dich bei meinen Blackstocks.

Schnitt zu einer Großaufnahme des Vorderrads. Das BLACKSTOCK-Logo ist deutlich am Reifen zu sehen. Joe kniet sich daneben und gibt dem Reifen einen Klaps wie einem treuen Freund. Dann schaut er in die Kamera.

JOE: Geben Sie Ihrem Auto den sichersten Schutz – denn auch Sie sind ein Star.

EINBLENDUNG: BLACKSTOCK – DER ULTIMATIVE SCHUTZ

Auf dem Weg zum Kopierer sah ich den kleinen Strippenzieher ein Kabel aufrollen. Er sang vor sich hin. Das machte er schon die ganze Woche. Er nahm Popsongs und änderte die Texte, damit sie zur Situation passten – »Rubber Day« statt »Yesterday« zum Beispiel. Jetzt trällerte er gerade ein anderes Beatles-Stück. Ich kannte es nur, weil es ein Lieblingslied meines Vater war. Der neue Titel hätte ihm allerdings nicht gefallen – »Joey You Can Drive My Car«.

Greg Fuller: Da sie nicht mehr vom Set verbannt war und von dem unerfahrenen Regisseur dringend gebraucht wurde, kehrte Toddy mit neuem Schwung in ihr altes Element zurück. Vorher musste ich sie natürlich darum anbetteln. Die Sache mit dem Double vergab sie mir nicht so leicht, aber jeder Schmerz, den sie deswegen spürte, wurde von der Schadenfreude wegen Carrie aufgewogen. Ich wusste, wie Toddys Hirn funktionierte.

Wo wir gerade von Doubles reden – Joes Forderung war im Chaos des Vortags unter den Tisch gefallen. Nachdem ein Mindestmaß an Ordnung wiederhergestellt war, kam er zu dem Schluss, er könne unmöglich ohne die Hilfe eines Doppelgängers in einem dreißig Sekunden langen Werbespot spielen.

Ich gebrauche das Wort *Doppelgänger* im weitesten Sinne. Joe hatte die Casting-Videos ziemlich lange angesehen und die Models, die tatsächlich wie er aussahen, als »zu mager« abgelehnt. Lassen Sie mich hier erwähnen, dass Joe gut gebaut war – nicht übertrainiert, aber eine Zierde für jede Poolparty in Beverly Hills. Er war eine Reklame für seine Fitnesstrainer. Seiner Meinung nach hatten sie aber noch lange nicht seine Idealvorstellung von sich verwirklicht, und so hatte er sich einen Typen ausgesucht, dessen Körper eine Kombination von Sly und Arnold zu sein schien, die man zusätzlich mit Steroiden gefüttert hatte.

»Verdammt – es ist, als ob man in den Spiegel guckt«, keuchte Joe, als er die Muskelpakete seines Doubles betrachtete. Niemand widersprach ihm – sie waren entweder starr vor Unglauben, oder es war ihnen so egal wie mir. Ich hatte keine Ahnung, wie die Aufnahmen des Doubles zu denen des deutlich schmaleren echten Joe passen würden, aber wie schon gesagt, es war mir scheißegal.

Im Vergleich zu den vier Tagen davor war es ein ruhiger Tag. Das lag nicht zuletzt an Toddy. Das Skript war vielleicht grottenschlecht, trotzdem musste es produziert werden. Sie kniete sich rein und produzierte auf Teufel komm raus. In den Pausen sorgten die Zeitungen für Unterhaltung. Alle brachten die Geschichte von Rebeccas Rausschmiss. Der *Mirror* lockerte die Story mit exklusiven und stark zensierten Fotos aus TITTANIC auf. Ich fragte mich, wo sie die herhatten. Mein Lieblingsartikel stand aber in der *Mail.* Die Schreiber hatten es geschafft, die einzige Beteiligte mit echtem Durchblick zu finden, und sie erzählte, was wirklich passiert war. Nüchtern verkündete die Schlagzeile: MEIN LEIDENSWEG DURCH DIE HÖLLE DER

GEHEIMEN LESBISCHEN PORNO-VERSCHWÖRUNG VON HOLLYWOOD.

Es passierten nur wenige Dinge, die den stinknormalen Drehtag störten. Das erste war die Rückkehr der Schatzsucherin Lola aus der spanischen Wüste.

Nancy Stark: Als meine Maschine in Gatwick landete, tat mir alles weh. Nicht wegen des Flugs. Ich flog Business Class, und da ich vorher nur Charter gekannt hatte, war es himmlisch. Nein, mir tat alles weh wegen Diego, dem Barmann mit den Unterarmen. Ich hatte schon oft den Ausdruck «Vögeln bis zur völligen Erschöpfung« gehört, aber erst jetzt wusste ich, was es bedeutete.

Ich bestieg mit meinen Taschen den Gatwick Express und fuhr zurück nach London. Es war Zeit für Teil zwei von Operation Sofa. Ich nahm das Handy raus und tippte eine SMS ein.

P+S. BIN GELANDET. TREFFEN 13.00 UHR. SEID PÜNKTLICH. N

Dann schlug ich den *Mirror* auf und genoss die Fotos von Rebecca Richards, der es auf mehr Arten besorgt wurde, als sogar Dieter, Dirk und Diego es sich hätten träumen lassen.

Greg Fuller: Nach nur drei Tagen Sonne erschien sie tief gebräunt im Studio. Allein. Wir waren mitten in der Arbeit, aber ich verkündete eine zehnminütige Pause und rannte zu ihr.

»Lola, bitte sag mir, dass du nicht mit leeren Händen kommst.«

»Nein, ich hab dir was mitgebracht«, sagte sie. Sie fasste in eine Tasche und zog eine Flasche spanischen Brandy und einen kleinen Strohesel hervor. »Ich dachte, der Esel würde sich auf dem Regal neben deinen ganzen Preisen gut machen.«

»Lass die Witze. Wo sind sie, verdammt noch mal?«

»Paul und Shaun? Sie haben unterwegs irgendeinen Producer

getroffen, den sie kennen, und halten noch schnell ein Schwätzchen.«

Ich hüpfte ein paar Minuten auf der Stelle, bis Pickel und Schweiß in Urlaubs-T-Shirts, riesigen Sombreros und noch tiefer gebräunt als Lola endlich die Bildfläche betraten. Eigentlich hätte ich überglücklich sein müssen, sie zu sehen, aber in Wirklichkeit hätte ich sie gern in den Boden gerammt und ein bisschen getreten.

»Wie viel?«, fragte ich Lola, als sie auf uns zukamen.

»Leider die volle Portion – fünfzig Prozent.«

»Diese Scheißer. Kein Wunder, dass sie so selbstzufrieden grinsen.«

Pickel trug eine schwarze Entwurfsmappe.

»Ist das ihr ganzes Gepäck aus Spanien?«, fragte ich.

»Nein, den Rest haben sie draußen gelassen. Es ist ihre Werbekampagne. Und du solltest sie mögen, egal, wie schlecht sie ist. Sie ist deine einzige Hoffnung.«

Ich begrüßte sie und sagte, das Ganze sei ein großes Missverständnis gewesen. Netterweise fragten sie nicht: »Und was genau an ›Ihr seid gefeuert!‹ haben wir missverstanden?«

Anschließend gingen wir ins Produktionsbüro und widmeten uns dem Geschäftlichen. Pickel öffnete die Mappe und machte wie immer die Präsentation. Ich wusste nicht, wie sie noch zum Fischen gekommen waren, denn sie hatten sich einen Haufen Arbeit gemacht. Es gab Layouts für Zeitungsanzeigen, Storyboards für Werbespots, Radioskripts, Verkaufsraumposter und Hängedisplays. Sie hatten Jingles geschrieben, Preise in auffallende Sterne gesetzt und einen griffigen Slogan erfunden: »Solche Sofas haben Sie noch nie gesehen!«

»Guck mal«, quietschte Lola, »da sitzt so ein hübsches Model auf dem Sofa.«

Ja, sie hatten auch die vertraglich festgelegte Blondine.

So eine ranzige Werbung sah ich zum ersten Mal seit – nun ja, seit ich zum letzten Mal mein neues Blackstock-Skript gelesen hatte.

»Fantastisch, Jungs – Topqualität wie üblich«, sagte ich. »Meint ihr, ihr könnt das bis Montag polieren?«

»Kein Problem«, versicherte Pickel. »Wir fahren jetzt ins Büro und arbeiten das Wochenende durch.«

Das kleine Produktionsbüro, in dem wir uns befanden, hatte keine Fenster, und die Klimaanlage funktionierte nicht. Es war unerträglich stickig. Als sie einpackten und gehen wollten, sah ich mir Schweiß genauer an. Er schwitzte. Er war immer ein Schwitz-Typ gewesen, deshalb war an sich nichts Besonderes daran, aber ich bemerkte die Bäche, die ihm den Hals runterliefen und orangefarbene Flecken auf seinem weißen Marbella-T-Shirt hinterließen.

Hör auf, Greg, sagte ich mir. Du hast jetzt deine Werbekampagne – denk nicht drüber nach.

NANCY STARK: Ich habe nicht ein einziges Mal behauptet, Paul und Shaun seien wirklich in Spanien, stimmt's? Ich sagte, ich *glaube*, sie sind da, und das war die Wahrheit. Als Olly del Monte mir den Tipp mailte, gab ich ihn an Greg weiter, und soweit es mich betraf, waren sie damals auch in Spanien.

Am Dienstagmorgen rief mich Paul an. Er und Shaun hatten ein langes Wochenende beim Wandern in Derbyshire verbracht. Die meisten Leute aus Gregs Kreativteams verbrachten das Wochenende im Bett oder unter Drogen oder wahrscheinlich beides. Paul und Shaun wanderten Hügel rauf und runter. Ich sagte doch schon, dass sie nicht ins Bild passten. Paul war gerade nach Hause gekommen und hatte meine Nachricht abgehört. Ich erzählte ihm, Greg wolle sie beide zurückholen und sei bereit, dies durch eine Gehaltserhöhung von fünfundzwanzig Prozent zu beweisen. »Weiß nicht, Nancy, muss mal mit Shaun reden«, murmelte Paul, aber ich merkte, dass er sich freute und dass die beiden zurückkommen würden. Ich wollte gerade Greg anrufen und aus seinem Elend erlösen, als er selbst anrief. Bevor ich zu Wort kam, sagte er, Max sitze ihm im Nacken – er habe ihn nur abwimmeln können, indem er ihm erzählte, ich sei schon auf dem Weg nach Spanien. Ich solle sofort los und die nächste Maschine nehmen, bevor Max einen Rundgang durchs Büro mache und mich an meinem Schreibtisch vorfinde.

Okay, du bist der Boss, dachte ich.

Also rief ich Paul an und fragte, was er davon halte, wenn ich die Erhöhung von fünfundzwanzig Prozent verdoppeln würde. Als er wieder vom Boden aufgestanden war, gab ich ihm seine Anweisungen.

»Versteckt euch bis Freitag. Geht nicht ans Telefon. Macht nicht mal die Tür auf, um die Milch reinzuholen. Rührt euch nicht und schreibt die größte, saftigste Universe-of-Sofas-Kampagne aller Zeiten. Ach so, und ruft mich nicht an – ich leg mich ein bisschen in die Sonne.«

Na schön, ich habe geschummelt, aber wem hat es geschadet? Greg bekam seine Werbekampagne, Paul und Shaun bekamen eine obszöne Gehaltserhöhung, und ich bekam ein bisschen Urlaub – den ich verdient hatte, weil ich verdammt hart gearbeitet *und* Gregs Arsch gerettet *und* Gott weiß wie oft für ihn gelogen hatte. Warum verteidige ich mich? Ich stehe hier doch nicht vor Gericht.

Jedenfalls kann man doch einen Schwindel nicht aufdecken, wenn er so brillant funktioniert, oder? Ich höre schon den Richter sagen: »Sie sind ein freches Ding, Nancy Stark. Besonders gefallen hat mir die kleine Idee, den Jungs für die Besprechung Souvenir-T-Shirts und Sombreros zu kaufen. Mit der falschen Bräune haben Sie's aber fast geschmissen – Sie hätten dran denken müssen, was für ein Schweißfußindianer ihr Komplize ist. Jetzt hauen Sie endlich ab und tun Sie's nie wieder.«

GREG FULLER: Pickel und Schweiß gingen weg, und ich fragte Lola: »Fährst du nicht mit ins Büro?«

»Ich bin total am Ende«, sagte sie. »Diese Geschäftsreisen machen einen völlig fertig, nicht? Ich behaupte nie wieder, du würdest dir den Jetlag bloß einbilden. Ich bleib noch ein bisschen hier, dann fahr ich nach Hause. Bring mich mal auf den neuesten Stand.«

»Also, gestern ist Rebecca …«

»Nicht mit den Dreharbeiten. Das kann ich in der Zeitung lesen. Ich will wissen, ob du die Dinge mit Carrie geklärt hast.«

»Nicht direkt«, sagte ich.

Carrie Fuller: Ich war entschlossen, am Freitag nicht ans Telefon zu gehen. Greg hinterließ drei flehentliche Nachrichten. Es täte ihm sehr Leid, natürlich, und wir müssten miteinander reden. Was mich betraf, konnte aber jedes Gespräch über unsere Anwälte stattfinden. Ich wollte mit niemandem reden. Baby spürte meine Stimmung und verzichtete weise darauf, mir Ratschläge zu erteilen.

Nach dem Lunch rief Nancy an. Ihre Nachricht lautete: »Carrie, ich bin's. Greg hat mir erzählt, was passiert ist. Keine Angst, ich will ihn nicht entschuldigen. Er ist ein dämlicher Mistkerl und verdient dich nicht. Wenn du mich als Zeugin bei der Scheidung oder als Assistentin bei der Kastration willst, helfe ich gern. Diesmal mach ich keine Witze. Wenn du irgendwas brauchst, ruf mich an, jederzeit. Ich denk an dich – tschüs.«

Zehn Minuten später klingelte das Telefon wieder. Der Anrufbeantworter ließ Gregs Stimme ertönen: »Hallo, wir sind nicht da. Sie wissen, was Sie tun müssen«, dann der Pfeifton. Dann kam: »Hallo, ich weiß nicht, ob Sie da sind, Carrie, aber wenn ja, gehen Sie bitte ran … Okay, Sie sind entweder weg oder wollen nicht reden. Ich ruf Sie spä …« Ich griff nach dem Hörer.

»Hallo, legen Sie nicht auf. Woher haben Sie denn meine Nummer gekriegt?«

»Ich bin ein Hollywood-Star. Ich kriege, was ich will. Außerdem war es einfach. Ich hab noch die Namensliste von den Dreharbeiten. Ihre Nummer steht drauf.«

»Was kann ich für Sie tun, Rebecca?«

»Ich habe mich gefragt, was ich für Sie tun kann.«

»Fliegen Sie nicht zurück in die Staaten?«

»Dann haben Sie's schon gehört?«

»Ich konnte es ja kaum verpassen – das Frühstücksfernsehen, jede Zeitung, sogar Radio Vier hat's gebracht. War das wirklich Ihre persönliche Assistentin in der *Mail*?«

»Ich hab mich noch nicht getraut, es zu lesen.«

»Es muss entsetzlich für Sie sein.«

»Ich hab so was befürchtet, seit ich damals den Film gemacht habe – aber jetzt, wo es passiert ist, fühle ich mich eher erleichtert. Jedenfalls ist meine Situation gar nichts im Vergleich zu Ihrer. Was Sie gestern gesehen haben, war schrecklich. Wie geht's Ihnen?«

Wir redeten fast eine Stunde über den Mistkerl.

»Er ist ein größerer Scheißkerl, als ich je für möglich gehalten hätte«, fasste ich zusammen, »und ich hab erst die Spitze des Eisbergs gesehen.«

»Reden Sie nicht von Eisbergen.«

»Tut mir Leid – der Film. Ich hab nicht dran gedacht.«

»Reden wir von was anderem. Von *Ihrem* Film.«

»Ach das. Ich hätte es gestern mitnehmen sollen.«

»Ich bin so froh, dass Sie's nicht getan haben. Kevin French kam gestern Abend zum Essen in mein Hotel. Ich hoffe, es macht Ihnen nichts aus, dass ich ihm Ihr Drehbuch gezeigt habe.«

»Mein Gott, das ist mir so peinlich.«

»Warum denn? Es gefällt ihm sehr.«

»Sie machen Witze.«

»Hören Sie, er ist vielleicht Engländer, aber jetzt ist er in Hollywood, deshalb weiß man nie, ob er es ernst meint oder nur Quatsch erzählt. Ich erzähl Ihnen aber wörtlich, was er zu mir gesagt hat: ›Rebecca, ich *muss* dieses verdammte Drehbuch verfilmen.‹«

»Sie machen Witze«, wiederholte ich kraftlos.

»Lassen Sie sich's nicht zu Kopf steigen. Es gibt nicht nur gute Nachrichten. Ihm gefällt der Titel nicht. Außerdem hat er gesagt, der dritte Akt wäre ›völliger Käse‹.«

»Ich hab Ihnen doch gesagt, es ist Mist.«

»Carrie, Sie schreiben keinen Mist. Ich mag zwar auch in Hollywood sitzen, aber ich erzähle Ihnen keinen Quatsch. Das klingt jetzt wirklich blöd – ich meine, das sagt doch jede ehrgeizige Schauspielerin zu jemandem, der eine Rolle zu vergeben hat –, aber Rebecca Edwards ähnelt mir so. Sie hat sogar meinen Namen. Das ist Schicksal.«

Nicht Schicksal, bloß Zufall, dachte ich.

Dann ging sie kurz weg und ich hörte aus der Ferne undeutliche Stimmen. Als sie zurückkam, sagte sie: »Tut mir Leid, Carrie, ich muss aufhören. Sie werden's nicht glauben, aber die Polizei will mit mir reden. Ich ruf Sie später noch mal an. Und denken Sie daran: Lassen Sie sich nicht von dem Mistkerl unterkriegen. Sie sind größer und talentierter, als er es je sein wird.«

Als ich auflegte, muss Baby meine bessere Laune gespürt haben, denn er murmelte: »Promigeiles Weib.«

Detective Sergeant Colin Parkin, Polizeirevier Hounslow: »Diese Befragung wird am Freitag, den 24. Mai, um 14 Uhr 30 aufgenommen. Ich befrage Tyrone Edwards, Bunny Wailer House 14 B, Bob-Marley-Siedlung, New Cross. Mr Edwards hat auf einen Anwalt verzichtet. Außerdem anwesend ist Detective Constable Lisa Henneberry ... Tyrone, Sie stecken ziemlich in der Klemme, nicht?«

»Ich hab das alles doch schon tausendmal erklärt. Ich hab nichts getan.«

»Natürlich nicht. Gehen wir noch mal Ihre Aussage durch und sehen, ob wir die Falten rausbügeln können. Sie behaupten, am Mittwochabend mit Ihrer Freundin Yvonne Garfield aus Ihrem Haus gekommen zu sein, als Sie Joe Shirer und seine Begleitung sahen, die Ärger mit ein paar Jugendlichen aus dem Viertel hatten.«

»Stimmt.«

»Danach haben Sie sich zuerst vergewissert, dass Ihre Freundin in sicherer Entfernung stand, bevor Sie eingriffen und Mr Shirer vor einer ›Abreibung‹ bewahrten.«

»Genau so.«

»Danach boten Sie Mr Shirer an, ihn zum Restaurant Chinese Elvis zu fahren. Sie wurden aber aufgehalten, als die Limousine versehentlich zwischen zwei Begrenzungspfosten stecken blieb.«

»Diese Karren sind breiter, als man denkt, Mann.«

»Es ist also absolut nichts dran an Mr Shirers Behauptung, Sie hätten seinen Wagen absichtlich eingeklemmt und ihn als Geisel festgehalten, während Sie auf Ihre Komplizen warteten.«

»Wie sollte ich ihn als Geisel festhalten, Mann? Wir waren bloß ich und Yvonne, und sie würde keiner Fliege was zuleide tun. Shirer hatte *sechs* Typen dabei.«

»Die alle verängstigt und desorientiert waren, nachdem sie sich in einem ihnen unbekannten Teil Londons hoffnungslos verirrt hatten.«

»Und einem verdammt ekligen Teil, Sir. In der Siedlung rieselt das Crack nur so von den Wänden.«

»Plastisch ausgedrückt, Henneberry. Kommen wir zu etwas Ernsterem, dem hier ... Ich zeige Mr Edwards jetzt einen Ring mit einem großen, in Platin gefassten Saphir.«

»Ich hab Ihnen doch schon gesagt, sie hat ihn mir geschenkt.«

»Natürlich. Diese berühmte Schauspielerin, die Sie noch nie gesehen hatte, hat Ihnen diesen verdammt großen und glitzernden Saphir in einer Platinfassung *›einfach gegeben‹*, der zufällig ... wie viel wert ist, Henneberry?«

»Seltener Kaschmir-Saphir, 3,41 Karat, Platin ...«

»Nur die Summe, bitte.«

»Versicherungssumme 98000 Pfund und ein paar Zerquetschte, Sir.«

»*98000 Pfund*, Tyrone ... Das Poltern ist das Geräusch von Mr Edwards, der vom Stuhl gefallen ist. Dies wurde nicht, ich wiederhole, *nicht* durch die Einwirkung von Detective Constable Henneberry oder mir verursacht. Ich unterbreche jetzt die Befragung, bis Mr Edwards sich erholt hat.«

Greg Fuller: Der zweite Höhepunkt des Tages war der Besuch von Max mit Mario Tigana, dem hocheleganten, urbanen und charismatischen italienischen Direktor der Gruppo Tigana. In Wirklichkeit war er klein, konnte kaum mehr als zwei Wörter unfallfrei aneinander reihen und war für einen Italiener erstaunlich gammelig – aber er war der Mann, der fette Bündel auf unsere Konten packen sollte. Der Besuch war seit Monaten geplant. Als Max ihn damals vorgeschlagen hatte, hatte ich das für eine hervorragende Idee gehalten – beeindrucke den Interessenten durch den exklusiven Blick auf den dynamischen Londoner Kreativdirektor, der schwer damit beschäftigt ist, einen Hollywood-Regisseur zu beaufsichtigen, während dieser ein ultrakreatives Skript mit internationalen Topstars verfilmt.

Detective Sergeant Colin Parkin: »Ich führe die Befragung von Tyrone Edwards weiter … Behaupten Sie immer noch, sie hätte Ihnen den Ring gegeben?«

»Würde ich mir so was ausdenken, Mann?«

»Natürlich nicht. So was passiert ja andauernd. Hat Henneberry Ihnen ihren Diamantanhänger mit passenden Ohrringen gezeigt? Lag vor ein paar Tagen in einem gepolsterten Umschlag vor ihrer Tür. Von Harrison Ford.«

»Sie hat ihn mir einfach gegeben, ehrlich, ich schwör's bei Gott.«

»Ich gebe zu Protokoll, dass Mr Edwards sich jetzt mehrmals bekreuzigt.«

»Ich hab Ihnen doch gesagt, ich und Extragroße-Ti … ich und Rebecca kannten uns. Ein bisschen. Wir sind uns auf dem Flugplatz begegnet.«

»Ach ja, als Sie auf dem Rückweg von Ihrem kleinen Urlaub in Jamaika waren. Ich würde ja zu gern mal Ihr Gepäck filzen, um zu sehen, was für süße Souvenirs Sie mitgebracht haben, aber dafür ist es jetzt wohl ein bisschen spät.«

»So kommen wir nicht weiter, Sergeant. Sollen wir ihm nicht einfach einen Klaps geben?«

»Nur Geduld, wir kriegen den Kerl schon noch weich.«

»Sie hat mir den Scheißring geschenkt, ich schwör's. Fragen Sie sie doch selber.«

»Keine Sorge, Tyrone. Ein Kollege stattet ihr gerade einen Besuch ab. So ein Glückspilz – er kriegt Rebecca Richards und ich krieg bloß so einen kleinen Scheißer.«

Greg Fuller: Ich hätte Tiganas Besuch nie zugestimmt, wenn ich gewusst hätte, dass die Dreharbeiten in eine solche Katastrophe ausarten würden.

Max war über alles informiert, aber er meinte, es sei zu spät für eine Absage. Er wusste noch nicht, wie grausig das neue Skript war, aber darüber machte ich mir wenig Gedanken. Mario konnte keine allzu hohen Ansprüche haben – haben Sie schon mal italienische Werbespots gesehen? Außerdem verstand er kaum Englisch und konnte von Glück reden, wenn er ein Wort von dem Ganzen mitbekam.

Als sie eintrafen, nahm ich Max beiseite und sagte ihm, unsere Universe-of-Sofa-Gebete seien erhört worden.

»Erzähl mir bloß keinen Mist, Greg.«

»Ich verspreche es. Paul und Shaun sind im Büro und arbeiten dran. Ich hab die Entwürfe gesehen. Es ist ein absoluter Hammer.«

»Große Preisangaben?«

»Riesig.«

»Sterne?«

»Man sieht kaum was anderes.«

»Blondinen?«

»Eine auf jedem Sofa.«

»Vielleicht wird diese Woche doch nicht so ein Reinfall«, seufzte er.

Ich setzte Max und Mario auf Regiestühle am Rand des Sets und machte mich wieder an die Arbeit. Als unverbesserlicher Optimist hoffte ich, die Tatsache, dass ich als Drehbuchautor auch (so halbwegs) Regie führen konnte, würde Marios Enttäuschung aufwiegen, dass die Dreharbeiten nicht ganz den Erwartungen entsprachen, die durch die Namen der Stars geweckt worden waren.

Ich hätte es eigentlich besser wissen müssen.

Tyrone Edwards: Der Bulle unterbricht das Verhör und lässt mich schmoren. Ich hasse Polizeireviere. Die meisten Leute hassen Krankenhäuser, aber ich glaube, das ist Gottes Strafe für die Sachen, bei denen ich nicht geschnappt wurde. Dann kommt der Detective Sergeant zurück und sagt: »Heute ist Ihr Glückstag, Tyrone. Anscheinend hat Mr Shirer sich's noch mal überlegt. Er zieht die Anzeige zurück. Meint wohl, es sieht nicht gerade nach Clint Eastwood aus, wie er im Auto gezittert hat.«

»Ja, aber da ist noch die Sache mit dem Ring«, sag ich. »Ich schwöre, sie hat ihn mir geschenkt.«

»Schwer zu glauben, aber sie schwört es auch.«

»Machen Sie Witze?«

»Ich wünschte, es wäre so, aber Sie dürfen aufhören, unsere wertvolle Zeit und das Geld der Steuerzahler zu vergeuden, und nach Hause gehen.«

Ich geh raus in die Sonne, und er ruft mir nach: »Haben Sie nicht was vergessen?« Ich dreh mich um und er hält den Ring hoch. »Das ist doch wohl Ihrer.«

Ich schnapp ihn und hau ab, bevor ihm was anderes einfällt, wofür er mich einbuchten kann. Dann bleib ich stehen und sehe ihn mir an. Ein Klunker für 98000 Riesen, und ich box in die Luft.

Dann denk ich, Scheiße, Yvonne. Wie erklär ich ihr das? Zuerst wird sie sagen, er ist geklaut, und dann bringt sie mich um. Aber wenn ich ihr erzähle, er ist von Extragroße-Titten-und-Blättchen, bringt sie mich erst recht um.

Greg Fuller: Joe und Greta hockten sich in den Dodge. Ich wollte gerade anfangen zu drehen, als es hinter mir unruhig wurde. Es klang italienisch. Ich drehte mich um und sah Mario heftig gestikulieren und auf seinen Dolmetscher einreden. Max kam rüber, und ich fragte, was los sei.

»Er hat gerade erst kapiert, dass Rebecca Richards weg ist.«

»Aber wir haben Greta Bastendorff.«

»Als er sie gesehen hat, wollte er wissen, wer diese dürre Ziege ist.«

Mario machte die weltweit verständliche Geste des Obstwiegens und ich bekam das Wort »*melones*« mit.

»O Gott«, sagte ich zu Max, als mir die Wahrheit dämmerte. »Er steht auf große Titten.«

»Volltreffer.«

Lola hatte sich draußen einen Kaffee geholt, aber ihre Antennen müssen gespürt haben, dass sich Ärger zusammenbraute. Sie kam wieder ins Studio und checkte die Situation. Dann ging sie auf Mario zu.

Als sie an mir vorbeiging, murmelte sie: »Ich weiß nicht, warum ich das tue. Du verdienst keine Hilfe von irgendwem.«

Ich wusste auch nicht, warum sie es tat, aber ich hoffte, dass sie einen Plan hatte.

NANCY STARK: Außer *Lasagne, Ciao* und *Paolo Maldini* konnte ich kein Wort Italienisch, aber nach drei Nächten mit Dieter, Dirk und Diego sprach ich fließend die internationale Sprache der Liebe. Mein Tank war randvoll mit Lockstoffen, ich trug meinen besten Push-up-BH und hatte einen schön gebräunten Ausschnitt.

Mario Tigana würde leichte Beute sein und ich setzte zum Sprung an. Während ich mit dem pummeligen italienischen Lustmolch flirtete, dachte ich daran, dass Greg mir eine dicke Prämie schuldete, wenn das Geschäft zustande kam.

GREG FULLER: Wir wurden mit dem Spot schneller fertig als geplant und ich verkündete zum letzten Mal in dieser Woche den Feierabend. Wieder ein Spot fertig zur Veröffentlichung.

Vorbei.
Fertig.
Finito.
Ein sehr langweiliger und paradiesisch ereignisloser Tag.
Ach ja, fast hätte ich's vergessen. Die Abschlussparty.

24

Kuchen, Kanapees, Cocktailwürstchen

NORMAN DER KOCH: Leben und leben lassen, das ist mein Motto. Ich mag fast jeden, und außer chinesischen Metabolismus-Kurpfuschern gibt es nur eine Sorte, die mir auf den Sack geht.

Produzenten.

Wissen Sie, was an denen faul ist? Die wissen alles am besten. Stimmt bloß nicht. Wenn's so wäre, hätten die uns nicht mit solchem Mist wie *Absolute Beginners* oder *Corellis* verdammter *Mandoline* angeödet.

Mit chinesischen Metabolismus-Kurpfuschern muss ich mich bloß alle Jubeljahre rumschlagen, Produzenten hab ich jeden Tag am Hals. Trotzdem muss ich die Klappe halten – schließlich entscheiden diese Penner, ob der Job an mich geht oder an einen anderen Typen mit einem Catering-Laster. Toddy Gluck war die Schlimmste von der Sorte. Vom ersten Tag an ging sie dem ganzen Team auf die Nerven. Doch mal abgesehen davon, dass ich zusehen musste, wie sie in meinem Salat rumstocherte, hatte ich nicht viel mit ihr zu tun.

Das änderte sich Freitagvormittag, als sie auf meinen Wagen zumarschierte und Torte wollte.

»Tee und Süßes gibt's um vier, wie immer, Schätzchen, aber Sie können eine Apfeltasche haben, wenn Sie's nicht weitersagen.«

»Nein, eine richtige Torte für die Abschlussparty.«

»Ich hätte gedacht, nach so einer Woche gibt's nicht viel Grund für ein rauschendes Fest.«

»Man dreht ja wohl nicht jeden Tag einen Werbespot mit Joe Shirer und Greta Bastendorff, oder?«

»Und man verliert nicht jeden Tag seinen Regisseur und seine Hauptdarstellerin«, gab ich zurück. »Aber was weiß ich denn schon? Ich dreh ja nur die Würstchen um.«

»Genau, und ich bin Producerin. Ich will eine Torte.«

Wie Sie sich denken können, war ich inzwischen ein kleines bisschen genervt, aber ich blieb ruhig. »Es kommt ein bisschen kurzfristig, aber ich könnte ein paar Obstkuchen machen.«

»Obstkuchen? Das ist wohl kaum angemessen. Wir reden schließlich von Joe Shirer. Ich dachte an eine leichte Biskuittorte – für vierzig Personen.«

»Bis heute Nachmittag? Sie machen wohl Witze.«

»Sehen Sie, das ist das Problem mit britischen Arbeitern«, sagte sie. »Klempner, Mechaniker, Filmleute, ihr seid alle gleich. Ihr kratzt euch am Kinn und sagt, es geht nicht. Aber es geht. Sie müssen aktiv werden, etwas Initiative entwickeln. Können Sie jetzt die Torte machen oder nicht?«

»Vielleicht noch mit Guss?«, fragte ich.

»Natürlich.«

»Ich hab nur Spaß gemacht.«

»Ich nicht. Ein Joe aus Fondant wäre perfekt. Noch besser, er und Greta. Können Sie mir bis mittags ein paar Entwürfe zeigen? Und machen Sie's geschmackvoll – kein Baustellenhumor.«

Dann war sie weg, um einen anderen armen Teufel zu schikanieren.

»Was ist der denn in den Arsch geflogen?«, fragte Wendy, während wir ihr hinterhersahen.

»Ich weiß nicht, aber wenn sie eine Torte will, geben wir ihr eine verdammte Torte. Haben wir Backpulver da?«

Greg Fuller: Von dem Augenblick an, als Toddy die Idee mit der Party hatte, war sie davon besessen. Das war ihre wahre Bestimmung – Partyplanerin. Ich sagte das zum Ersten und hörte ihn murmeln: »Warum verpisst sie sich dann nicht und wird Partyplanerin?«

Ich nahm sie beiseite und sagte: »Es war wohl keine Woche des Kinotriumphs, die mit *Gladiator* konkurrieren kann. Kannst du das nicht etwas bescheidener aufziehen?«

»Warum soll man eine Party machen, wenn sie bescheiden ist? Außerdem ist es nicht nur für Joe und Greta. Dein Kunde von Blackstock ist da, außerdem Max und Mario Tigana. Nur weil du dich verkriechen und so tun willst, als hätte es diese Woche nie gegeben, heißt das nicht, dass wir das auch wollen.«

Danach hielt ich den Mund und ließ sie Champagner, Kanapees und handgebackene Chips bestellen. Oder vielmehr anderen die Anweisungen dazu erteilen.

Norman der Koch: Kurz nach der Tortenszene kam Yasmin angelaufen. »Toddy möchte wissen, ob Sie dreihundert gemischte Kanapees machen können?«

»Jetzt schickt sie dich für ihre Schmutzarbeit, was? Sag der hochnäsigen Kuh, wenn sie Kanapees will, soll sie zum verdammten Marks and Spencer gehen. Von mir kriegt sie keinen beschissenen Hamburger mehr.«

»Gern. Soll ich das ›beschissen‹ auch ausrichten?«

Nancy Stark: Super-Mario und sein Dolmetscher klebten den ganzen Nachmittag wie Kletten an mir. Der Dolmetscher war offensichtlich eher an geschäftliche Situationen als an das Aufreißen von Mädchen gewöhnt – nachdem er die Anmachsprüche seines Chefs kapiert hatte, klangen sie wie Artikel auf einer Liste. Wenn Super-Mario mich je ins Bett gekriegt hätte (nicht in einer Million Jahren, das schwöre ich), hätte er ihn wahrscheinlich mitgebracht: »Signor Tigana möchte wissen, ob Sie ausreichend feucht für ein vollständiges Eindringen sind?«

Als Greg endlich »Feierabend!« rief, schuldete er mir mindestens zehn Prozent seiner sieben Millionen. Dann kam die Party und ich war erleichtert. Nicht, weil ich unbedingt feiern wollte; aber vielleicht half mir das Gewühle, Super-Mario abzuschütteln.

BOB BULL: Morton Newman und ich waren während der letzten Woche ein Team geworden, und sobald die Party losging, kam er zu mir.

»Wir haben's geschafft, Bob«, sagte er, und wir stießen mit unseren Pappbechern an.

»Ich hab's gewusst, Morty. Ich habe immer felsenfest daran geglaubt.«

»Das neue Skript ist sensationell.«

»Phänomenal, nicht? Die Arbeit mit Werbeagenturen ist wie Zähneziehen, aber schließlich haben wir sie doch so weit gekriegt. Mit dem innovativen Spot, den wir heute gedreht haben, beginnt ein neues Kapitel in der Geschichte der Automobilwerbung – denk an meine Worte.«

»Es ist ein Meilenstein, Bobby, auf jeden Fall. Hey, heute kommst du mir ein bisschen still vor. Alles klar mit Roger?«

»Absolut. Roger kümmert sich ums große Ganze, aber ich bin unverzichtbar, wenn es um die Schnittstelle zwischen Marke und Verbraucher geht. Ich hab mich heute etwas zurückgehalten, damit er das Gefühl hat, der Boss zu sein«, erklärte ich.

»Clever gemacht, Bobby. Man merkt, dass du im Haifischbecken der Chefetagen zu Hause bist. Blackstock hat Glück, dass du für sie arbeitest.«

»Danke, aber ich glaube, ich müsste mal was Neues machen. Ich finde, man soll umsatteln, wenn die Kurve nach oben zeigt.«

»Ich verstehe«, sagte Mort. »Wir sollten in Verbindung bleiben. L.A. würde dir gefallen. Ein kreativer Typ wie du würde da gut hinpassen.«

»Meinst du?«

»Keine Frage. Wenn du magst, rede ich mit ein paar Leuten und schau mal, ob ich ein paar Türen für dich eintreten kann.«

Als wir unserem Star zu seiner atemberaubenden Leistung gratulierten, dachte ich über das nach, was Morton gesagt hatte. Ich hatte das Gefühl, auf dem Reifensektor alles erreicht zu haben, und war bereit für einen Neuanfang. Morton hatte mir einige Anregungen gegeben, karrieremäßig gesehen. Ich stellte mir die Bull-Familie am Strand von Malibu vor – die Kids mit ihren Surfbrettern und Jane in einem hellroten Kostüm. Jedenfalls, wenn sie mich noch wollte. Ich hatte in den letzten vierundzwanzig Stunden viel nachgedacht und einen großen Entschluss gefasst, ehemäßig gesehen.

TIM LELYVELDT: Joe machte einen auf gleichgültig, aber in Wahrheit freute er sich über die Party. Das wäre wohl anders gewesen, wenn Rebecca noch da gewesen wäre und er den Ruhm hätte teilen müssen. Zwar hatte Greta heute neben ihm gespielt, aber in ihrer Beziehung saß er genauso am Steuer wie im Spot – es war Joes Party.

Sobald der erste Korken knallte, machten sich die beiden Blackstock-Typen an Joe ran, und die Anbetung nahm ihren Lauf. Knopf lobte mindestens zweimal sein »männliches, sauberes Image« und Bull redete mindestens genauso viel Bullshit.

GREG FULLER: Ich muss gestehen, dass ich mich in den mottenartigen Schwarm um Joe und Greta mischte. Wer flirtet nicht gern mit Prominenten? Joe erzählte uns ein paar Anekdoten über Jack Nicholson. Egal, wie berühmt man ist, es gibt immer noch jemand Berühmteren, dessen Privatnummer dem Adressbüchlein Glanz verleiht. Ich frage mich, wer das für Jack Nicholson ist. Wer ist der prominenteste Prominente? Wahrscheinlich der Papst. Seine Heiligkeit steht vielleicht nicht mehr ganz vorn auf der A-Liste, aber er ist nach wie vor der einzige echte Boss, der mit Gott auf Du und Du steht.

Tim Lelyveldt: Die Leute von Blackstock und der Agentur begannen Joe zu langweilen; er wollte den Kreis seiner Jünger erweitern. Seine Gelegenheit kam, als die Torte hereingerollt wurde.

Norman der Koch: Toddy kam rausgetrippelt, um einen letzten Blick auf ihre Torte zu werfen. In aller Bescheidenheit muss ich sagen, dass ich es toll hingekriegt hatte – vier dreißig Zentimeter hohe Biskuitkuchen nebeneinander und mit Zuckerguss bedeckt. Mich persönlich erinnern dekorierte Kuchen ein bisschen zu sehr an Jane-Asher-Torten, aber ich hatte Joe und Greta aus Fondant hinbekommen.

»Nicht schlecht«, sagte sie. Ich glaube, sie war sauer, dass es nichts dran rumzumeckern gab. »Nur Joes Nase …«

»Die ist genau richtig«, sagte ich. Ich gebe zu, sie ging in Richtung Jimmy Durante, aber sie war perfekt auf Gretas Möpse abgestimmt, die ebenfalls ein paar Nummern zu groß ausgefallen waren.

»Okay. Wollen wir sie reinbringen?«

»Ja, aber ich hab eine Idee, Süße.«

»Oh.« Sie blickte erschrocken drein.

»Ich hab mir gedacht, sei mal aktiv, zeig mal Initiative. Ich dachte, wir könnten ein Tischtuch drüberlegen, dann wird es eine Überraschung. Wenn Sie's wegziehen, werden die Leute begeistert sein.«

»Tolle Idee«, sagte sie.

Ich bedeckte die Torte, und als sie sie wegrollte, flüsterte Wendy: »Das kannst du nicht machen, Norm.«

»Pass mal auf«, flüsterte ich.

Yasmin Fish: Toddy rollte die Torte rein, als hätte sie sie selbst gebacken. Norman folgte ihr mit breitem Grinsen. Was hast du vor?, dachte ich. Als sie zu Joe kam, bat sie um Ruhe, und der kleine Strippenzieher rief: »Eine Rede! Eine Rede!«

Greg trat vor – entweder versuchte er ihr die Peinlichkeit zu ersparen, oder er meinte, als Regisseur dieses Tages sollte er selbst die Rede halten. Bevor er aber zu Wort kam, hatte sie schon losgelegt.

»Okay, okay, wenn's sein muss. Ich bin nicht so gut im Redenhalten, deshalb mach ich's kurz. Ich glaube, ich spreche für alle, wenn ich sage, dass es eine Woche voller Herausforderungen war.«

»Na, ich weiß nicht«, flüsterte der kleine Strippenzieher, »ich fand es ganz unterhaltsam.«

»Die Dinge haben sich in eine Richtung entwickelt, die niemand vorhergesehen hatte, aber Joe hat nie seine Professionalität verloren. Heute hat er mit Gretas Hilfe vorbildlichen Mut gezeigt und die Arbeit zu Ende geführt. Joe Shirer und Greta Bastendorff, ihr seid wahre Stars, und wir haben etwas für euch …«

Schwungvoll zog sie das Tuch von der Torte.

» … verdammter Mist, wo kommt das denn her?«

Norman der Koch: Wenn Sie wollen, dass Ihnen jemand ein Ei aus dem Ohr zaubert, bin ich Ihr Mann. Okay, ich bin kein David Copperfield, aber die Banane unter das Tischtuch zu stecken, als es über die Torte gelegt wurde, war ein Kinderspiel. Schwieriger war es, sie so hinzukriegen, dass ein Ende schön zwischen Joes Beinen steckte. Am Nachmittag hatte ich es so arrangieren wollen, dass die Fondant-Greta sich über das mächtige Ding beugte, aber Wendy ließ mich nicht.

Greg Fuller: Toddy erstarrte, den Mund vor Schreck weit geöffnet, und das direkt über der Torte. Dieses Bild brachte zusammen mit der Banane Erinnerungen zurück, die ich in diesem Moment nicht wieder durchleben wollte. Ich beobachtete die Menge, die zum größten Teil ekstatisch jubelte. Ich schaute zu Roger Knopf und wusste, dass wir von Glück sagen konnten, wenn wir bis zum Rohschnitt des Spots noch nicht gefeuert waren. Max hielt sich die Hand vor die Augen. Neben ihm stand Mario Tigana, der die Banane nicht bemerkt zu haben schien – er war zu sehr damit beschäftigt, Gretas Zuckerguss-*melones* anzustarren. Dann schaute ich zu Joe.

TIM LELYVELDT: Würde er das Richtige tun? Es war ganz knapp. Der Applaus des Teams trieb ihn auf einen *Letterman*-mäßigen Ausstieg zu, aber als Greta zu kichern anfing, überlegte er es sich noch mal. Er zwang sich ein Lächeln ab und klatschte ebenfalls. Gut gemacht, Joe, dachte ich, vielleicht hast du diese Woche ja was gelernt.

NORMAN DER KOCH: Toddy riss sich zusammen und stürmte auf mich los. Komm doch her, wenn du dich traust, dachte ich.

»Ich werde persönlich dafür sorgen, dass Sie nie, nie wieder bei einer Produktion von mir dabei sind.«

Genau das hatte ich hören wollen.

GREG FULLER: Als Joe die Torte anschnitt, kam Max zu mir. »Ich hatte gerade ein bizarres Gespräch mit Bob Bull«, sagte er. »Er hat gesagt, wir könnten mit dem Video machen, was wir wollen, weil er beschlossen hat, reinen Tisch zu machen und seiner Frau alles über – wie hat er's ausgedrückt? – ›die völlig harmlose Sache mit der BWL-Studentin im Tangaslip‹ zu erzählen. Hast du irgendeine Ahnung, wovon er redet?«

Ich schüttelte den Kopf.

»Na ja, er hat ganz schön Schampus getankt. Vielleicht hat er Wahnvorstellungen.«

Vom anderen Ende des Studios schoss Bob mir einen giftigen Blick zu, während er seinen Pappbecher leerte. Ich hatte schon längst verschwinden wollen. Jetzt wurde es höchste Zeit.

NANCY STARK: Ich hatte Super-Mario an der Torte abgeschüttelt. Er war so darauf aus, ein Stück mit Gretas Busen zu ergattern, dass er nicht mitbekam, wie ich mich dünnemachte. Ich ging Greg suchen.

»Ich verschwinde jetzt, Süße«, sagte er.

»Und wohin?«

»Ich muss versuchen, mit Carrie zu reden.«

»Knapp sechs Monate zu spät«, erwiderte ich. »Trotzdem viel Glück.«

Er küsste mich auf die Wange und sagte: »Danke für alles, was du diese Woche getan hast.«

»Oh, es war mir ein Vergnügen – zum größten Teil. Willst du den Häuptlingen nicht auf Wiedersehen sagen?«, fragte ich und nickte in Richtung der Blackstock-Kunden, die immer noch vor Joe und Greta auf dem Bauch krochen.

»Nein, die können mich mal.«

Es war gut, dass er ging, aber es war auch schade, weil er das Beste verpasste.

Yasmin Fish: Nach Normans Bananen-Nummer stand Joe im Mittelpunkt des Interesses. Plötzlich war er der Größte, nur weil er Spaß verstand. Ich hatte aber die Woche über genug von ihm gesehen, um zu wissen, dass er verwöhnt, egozentrisch und gehässig war. Die andern waren entweder zu dumm, um das zu kapieren, oder es war ihnen egal. Auf jeden Fall fand ich es widerlich.

Diese Promischleimer.

Der kleine Strippenzieher kam zu mir und fragte: »Was machst du denn als Nächstes?«

»Wahrscheinlich Homebase.«

»Wer führt Regie?«

»Kein Werbespot«, erklärte ich. »Die Filiale in Streatham.«

Nancy Stark: Joe hielt Hof, und es war wie eine dieser *Ein Abend mit …*-Sendungen, wo ein falscher Zuschauer eine Frage stellt und der Promi auf der Bühne antwortet, als wäre er nie drauf gekommen, dass jemand so was fragen könnte, und das Publikum lacht, als wär's die beste spontane Antwort, die ihm je zu Ohren gekommen war. Es dauerte nicht lange, bis der

Plausch auf das einzige Thema kam, das alle interessierte: *Body Matter.* Jemand fragte, ob es eine Fortsetzung geben würde.

Tim Lelyveldt: »Das Skript ist fast fertig und Kevin steht zu neunundneunzig Prozent als Regisseur fest«, sagte Joe. Ist das dasselbe Skript, das du zum Umschreiben zurückgeschickt hast, und derselbe Kevin, der gestern ausgestiegen ist?, fragte ich mich.

Dann erkundigte sich jemand nach den Stunts. Bitte nicht, Joe, dachte ich. Filmteams kommen in T-Shirts und Jacken der Filme auf den Set, an denen sie mitgearbeitet haben – sie tragen sie wie Kriegsveteranen ihre Medaillen. Im Lauf der Woche hatte ich alle neueren Bonds, ein paar *Gladiators* und mindestens einen *Soldat James Ryan* gesehen, alles Filme mit jeder Menge Stunts. Sie waren ein erfahrener Haufen, und ich hatte allen Grund dazu, Joe von dem Thema fern zu halten.

Zuerst spielte er den Bescheidenen und ging nicht auf Einzelheiten ein. Doch bei einem so andächtigen Publikum stieg sein Selbstbewusstsein in null Komma nichts in schwindelerregende Höhen und er verwandelte sich in Action Man.

In diesem Moment fragte die Botin, die ihm die Woche über das Mineralwasser geholt hatte: »Joe, warum zeigst du uns nicht mal einen Stunt?«

Er lachte und sagte: »Zeigt mir einen hundert Meter hohen Turm und einen Hubschrauber und ich zeig euch einen Stunt.«

Yasmin Fish: Ich hatte genug davon, mir seine schamlosen Lügen anzuhören. Als er versuchte, mit einem Witz davonzukommen, sagte ich: »Was ist mit einer von den anderen Nummern? Ich fand's toll, wie du von der Brücke gesprungen und in dem fahrenden Auto gelandet bist. *Absolut brillant.*«

»Hey, wir haben ja einen Wagen«, sagte der kleine Strippenzieher, ohne zu wissen, dass er mir half. »Sogar denselben. Du hast in *Body Matter* doch einen Dodge Viper gefahren, nicht, Joe?«

»Ja, aber …«

»Ach bitte, Joe … *biiiitte*«, bettelte ich, als wäre ich sechs Jahre alt.

»Ich würde ja gern, aber es geht nicht. Ihr müsst euch schon die DVD ausleihen«, sagte er, und ich dachte schon, es würde nichts draus.

TIM LELYVELDT: Er wäre damit davongekommen, wenn Greta nicht gewesen wäre. »Ich würde dich so gern mal in Aktion sehen. Es war so schade, dass ich nicht bei dir war, als du *BM* gedreht hast.« Sie klang wie die personifizierte Unschuld, aber in diesem Augenblick war ich überzeugt, dass es bloß gespielt war.

Das Team fing an, »Joe, Joe, Joe« zu rufen, und es war ein weiterer Hollywood-Moment – zwei in einer Woche.

»Tut mir Leid, keine Chance«, protestierte Joe, aber die Rufe wurden lauter, und er wurde schwach und begann, an sein eigenes Image zu glauben.

»Biiiitte!«, flehte die Botin.

»Joe, tu's für mich«, bettelte Greta.

»Joe, Joe, Joe, Joe«, jubelte die Menge.

»Okay. Aber keine Wiederholungen, wenn's nicht klappt.«

Joe Shirer, ein Mann, der sich nicht mal die Schuhe zubinden konnte, ohne einen Schwindelanfall zu riskieren, wollte einen mittel- bis hochgefährlichen Stunt hinlegen. Ich glaube an nichts, was auch nur entfernt Gott ähnelt, aber ich betete, es möge ein Wunder geschehen.

Das Team arbeitete schneller als die ganze letzte Woche, und es dauerte nicht lange, den Set aufzubauen. Sie bauten ein Gerüst in der Mitte des Studios – eine Brücke, unter der der Viper hindurchrollen sollte. Sie war vielleicht vier Meter hoch, halb so hoch wie die, von der sein Double in *BM* gesprungen war. Die Tischler bauten eine flache Rampe für den Wagen. Im Film war er fünfzig gefahren, hier mit Glück zehn.

Vielleicht schafft er es ja doch, dachte ich.

Als sie fertig waren, stand Joe am Fuß des Gerüsts und gab

den Leuten Anweisungen, als wäre er sein Leben lang Stuntman gewesen. »Lasst den Motor an, aber seht zu, dass er im Leerlauf rollt. Ich hau den Gang rein, wenn mein Arsch den Sitz berührt, und fahr ans andere Ende vom Studio. Und lasst den Wagen nicht losrollen, bevor ich das Signal gebe. Hier geht's um totale Konzentration, und ich muss da oben bereit sein.«

Er begann raufzuklettern, hielt aber sechzig Zentimeter über dem Boden inne. Ich sagte doch, ihm wurde schon schwindlig, wenn er sich nur die Schuhe zuband.

YASMIN FISH: »Er kriegt kalte Füße«, sagte der kleine Strippenzieher.

»Hoffentlich«, murmelte ich.

Aber er kriegte keine und kletterte nach ein paar Sekunden weiter. Er kam oben an und bewegte sich langsam auf die Mitte der Brücke zu. Als er nach unten guckte, war er kreidebleich – die ganze L. A.-Bräune mit einem Schlag auf und davon. Ich dachte, er kotzt gleich, und das wäre auch der bessere Schluss gewesen.

TIM LELYVELDT: Er hing vielleicht eine Minute da oben, obwohl es mir länger vorkam. Ich merkte, wie trocken sein Mund war, weil sein »Okay, los« kaum mehr als ein Krächzen war. Einer der Typen auf der Rampe fragte: »Hieß das ›Los‹?«

»Ja, verdammt«, rief ein anderer, und sie gaben dem Wagen einen Schubs. Ich drehte mich weg. Ich konnte es nicht mit ansehen.

YASMIN FISH: Die meisten Leute guckten auf das Auto, aber ich beobachtete ihn. Er verdrehte die Augen, und als der Wagen unter ihm war, wurde er ohnmächtig. Er fiel einfach runter wie ein Kartoffelsack – meine Eltern haben einen Gemüseladen, deshalb kenne ich mich mit Kartoffelsäcken aus. Er landete im Wagen und sein Kopf verschwand im Innern. Anscheinend hatte sein Körper die Gangschaltung getroffen, denn das Auto schoss wie eine Rakete auf das Studiotor zu.

NORMAN DER KOCH: Es heißt, in solchen Momenten zieht das ganze Leben rasend schnell an einem vorüber, aber ich hab stattdessen die Wiederholung des 81er Cup-Finales zwischen den Tottenham Hotspurs und Manchester City gesehen. Es war wie ein Traum. Eben steh ich noch im Laster und mach meinen Job, und im nächsten ist Ricky Villa wie ein Wiesel durch die City-Abwehr durch.

Ich weiß nicht mehr, was passiert ist, nachdem das Studiotor gesplittert war. Offensichtlich bin ich zur Seite gesprungen, denn als ich wieder zu mir kam, saß ich auf dem Asphalt, und in meinem Laster steckte ein Auto. Alle rannten raus, und Toddy Gluck kreischte: »O mein Gott, überall Blut!« Diese dumme Ziege – ein Karton Ketchup war draufgegangen. Und dann auch noch das von Heinz. Ich hätte das teure Zeug nicht für einen blöden Werbespot einkaufen sollen.

Ich rappelte mich auf und ging zu meinem armen, alten Laster. Der Wagen hatte ihn genau da getroffen, wo ich sonst stand. Da merkte ich, was für ein Glück ich gehabt hatte. Wendy auch – sie war aufs Klo gegangen. Dass ihre Blase nach einem Schluck Champagner auf die Größe einer Erbse schrumpft, war ihre Rettung gewesen. Der Blackstock-Idiot kam rübergewankt und stierte mit glasigen Augen auf den Trümmerhaufen. Voll wie eine Haubitze.

»Amerikanischer Wagen, amerikanische Reifen, Kumpel«, sagte ich. »Wären da englische Dunlops drauf gewesen, hätt's anders ausgesehen.«

»Joe Shirer saß da drin«, heulte er.

»Verdammt, warum sagt mir das keiner? Wir müssen den armen Teufel da rausholen!«

TIM LELYVELDT: Die Feuerwehr brauchte eine Stunde, um die Trümmer von seinem Körper zu heben. Der Kühlschrank war am schwierigsten; er lag genau über seinen Beinen. Als sie ihn endlich anhoben, war Joe von einer Paste aus Bolognese, saurer Sahne mit Anchovis, Ratatouille und Kartoffelbrei bedeckt. Ich sah auch Parmesankäse, Oliven und halbe Pfirsiche aus der Dose.

Nancy Stark: Ich stand am hinteren Rand der Menge, während die Feuerwehrleute Joe rausschnitten. Ich konnte nicht viel erkennen, aber es sah nicht gut aus. Ich spürte ein Klopfen auf der Schulter und drehte mich um. Ein verloren wirkender Mann stand mit seiner Frau, vier Kindern und einem anscheinend philippinischen Kindermädchen hinter mir. »Entschuldigen Sie, ich suche Joe Shirer«, sagte er. »Ich bin Stryker Queenan, sein Analytiker.«

»Er ist da drüben, aber er wird wohl mehr brauchen als eine Sitzung auf der Couch.«

Tim Lelyveldt: Als sie ihn auf die Bahre hoben, schrie Joe auf. Beide Beine waren gebrochen. Die Sanitäter mussten sie schienen, aber wegen der Schicht aus Lebensmitteln auf seinem Körper konnten sie nicht sehen, was sie taten.

»Wir müssen ihn aus den Jeans schneiden«, sagte einer.

Joe schob die Sauerstoffmaske weg und keuchte: »Bitte nicht.«

Sie hatten über vierhundert Dollar gekostet, aber es ging ihm nicht um die Jeans.

Yasmin Fish: Niemand sagte ein Wort, als sie seine Hose runterhatten. Außer Norman. Er war nicht sehr laut, aber ich hörte es, weil er direkt neben mir stand. »Scheiß die Wand an«, meinte er. »Ich habe schon Cocktailwürstchen gesehen, die größer waren.«

Epilog

TISH WILKIE: Ich war spät dran und musste wieder mal im Stehen frühstücken. Ich sauste in die Küche und schnappte mir einen Müsliriegel, ein Kit-Kat und eine große Tüte Cheese-and-Onion-Chips. Mum und Dad guckten Frühstücksfernsehen auf dem kleinen Apparat, und ich war *völlig* platt, wer da auf dem berühmten rosaroten Sofa saß: Joe Shirer! Er hatte zwei Jahre nicht mehr gearbeitet und war jetzt mutig nach England zurückgekehrt, um für seine tolle neue Benefizaktion zu werben. Da *musste* ich einfach hinsehen. Er sah anders aus – klüger und verletzlicher. Seine Krücken lagen neben ihm, eine herzzerreißende Erinnerung daran, wie nah die Welt vor dem Verlust eines ihrer größten jungen Stars gestanden hatte.

»Ich hab's damals gesagt und ich sag's immer noch«, murmelte Dad. »Der Wagen war eine Todesfalle. Wenn die auf mich gehört hätten, würde er heute …«

»Psst, Dad, ich will das sehen«, sagte ich. »Er ist ein richtiger Heiliger. Er hat unheimlich viel Geld für die Hinterbliebenen von Stuntleuten gesammelt.«

»Ach, das macht Stunt Aid?«, sagte meine Mum. »Ich dachte, es hätte was mit Dingsda-Verlängerung zu tun.«

»Nein, das war doch bloß dieser fiese Artikel in der *Sun*«, erklärte ich. Mein Gott, Eltern sind so *ähh.*

Endlich waren sie still, und ich konnte mich auf Joe konzentrieren. »Die letzten beiden Jahre waren eine wichtige Erfahrung«, sagte er mutig. »Ich bin menschlich gereift und sehe Hollywood jetzt realistischer. Mein großes Ziel ist es, wieder zu arbeiten, aber ich weiß, dass Ruhm sinnlos ist, wenn wir ihn nicht dazu benutzen, etwas als Menschen zu bewirken.«

»Scheint ein netter junger Mann zu sein«, sagte Mum.

»Er ist ein Dummkopf. Wenn er auf mich gehört hätte, hätte er jetzt noch zwei gesunde Beine«, sagte Dad.

»Weißt du, wie spät es ist, Tish?«, fragte Mum.

»Mein Gott, ich muss in einer halben Stunde da sein. Die Einweihung ist um zehn, und wenn ich zu spät komme, bringt Vanessa mich um.«

Ich schnappte meine Listen und stürzte aus dem Haus. Die *persönliche* Assistentin von Englands gefragtester (heterosexueller) Supermarkt-Eröffnerin zu sein war ein Nonstop-Job. Definitiv.

Tim Lelyveldt: Ein Bote führte Joe zurück in den Aufenthaltsraum, wo Morton und ich auf ihn warteten.

»Du warst klasse, Joe – ein sehr bewegendes Interview«, sagte Mort und klopfte ihm auf die Schulter.

Joe ignorierte ihn und knurrte: »Mit diesem Make-up sehe ich aus wie der verdammte George Hamilton. Warum habt ihr nicht meine eigene Make-up-Tussie rübergeholt?«

»Ich wusste nicht, wie wir das rechtfertigen sollten, Joe«, sagte Morton. »Die Shirer-Stiftung bezahlt die Reisekosten.«

»Wofür sind solche Stiftungen denn da, wenn ich nicht mal meine Leute da beschäftigen kann?«

»Wir müssen los«, unterbrach ich. »In weniger als einer Stunde müssen wir in der Great Ormond Street sein.«

»Ich bin zu gestresst, um mir verdammte sterbende Kids anzugucken. Ruf an und sag denen, ich bin krank – Migräne, Magen, irgendwas.«

Joe war wirklich gestresst. Bei der Ankunft hatten Morton und ich die Zeitungen im Warteraum nicht rechtzeitig versteckt. Bevor er ins Studio ging, sah Joe die Fotos von Tom Cruise. Joe hasste ihn. Der Anblick der Bilder, auf denen Cruise mit Greta Bastendorff im Arm einen karibischen Strand entlangging, muss ihn mächtig gewurmt haben.

YASMIN FISH: Ich hatte einen Riesenhunger und ging raus, um mir einen Big Mac zu holen. Ich verließ Homebase und ging am Universe of Sofas vorbei. Ein paar Filmlaster standen davor. Auf einem stand: CHECK THE PLATE. Ich ging über den Parkplatz und schaute hinein.

»Hi, Norman«, rief ich.

Er sah sich um und fragte: »Kenn ich dich, Schätzchen?«

»French Films. Blackstock Tyres. Vor zwei Jahren.«

»Na klar, du bist doch … du bist …«

»Yasmin, die Runnerin.«

»Yasmin, stimmt. Meine Fresse, du hast dich aber rausgemacht.«

»Ich bin fast zwanzig. Was machst du denn hier?«

»Die filmen da drin einen Werbespot. 'Ne Menge Mist mit Blondinen auf Sofas.«

»Ist das nicht die Agentur, die den Reifen-Spot gemacht hat?«

»Nein, das hier sind andere Arschlöcher. Für die ist es bergab gegangen. Die haben Universe of Sofas ungefähr zur gleichen Zeit verloren, als Blackstock sie gefeuert hat.« Er sah sich das Schildchen auf meiner Uniform an. »Trainee Manager – sehr schick. Also bist du weg vom Film?«

»Du hast es selbst gesagt, Norman. Zu viele Arschlöcher. Manchmal vermiss ich die Abwechslung, aber wenigstens komm ich über den Tag, ohne dass eine hochnäsige Schlampe mich wegen Mineralwasser anschreit.«

»Diese Toddy Gluck, nicht? Ich hab gehört, sie ist die Treppe raufgefallen.«

»Ich weiß, ich hab *Hello!* gesehen: ›Die führende Party-Planerin der Londoner Society zeigt uns ihr atemberaubendes Heim in Belgravia und erzählt uns von dem besonderen Mann in ihrem Leben, ihrem Übertritt zum Buddhismus und ihrer Hoffnung auf den Weltfrieden.‹ Ich hab fast gekotzt.«

»Du hast Recht, Yasmin – sei froh, dass du da raus bist.«

»Ich bin aber nicht ganz raus«, sagte ich. »Heute Abend bin ich zur Premiere von *Wer hätte das gedacht?* eingeladen.«

»Diesem Rebecca-Richards-Film?«

»Hattest du nicht gesagt, sie kommt wieder auf die Beine?«

»Wie hätte ich was anderes sagen sollen – so, wie die gebaut ist?«

CARRIE FULLER: Ich kam zurück ins Mondrian und schaute in den Badezimmerspiegel. Ich konnte nicht glauben, wie meine Haare aussahen. Die Leute bei Miramax würden mich für Ivana Trump halten und nicht für eine englische Mum mittleren Alters, die verzweifelt versucht, als Drehbuchautorin ernst genommen zu werden. Ich hatte eine halbe Stunde Zeit, bevor ich zu meinem Termin musste. Sie wollten über die Änderungen an meinem zweiten Drehbuch reden. Ich hatte es mal mit einer Komödie versucht, und zwar einer nur entfernt autobiographischen – der Arbeitstitel war *Promischleimer*. Ich wusste, der Titel würde geändert, wenn der Film je gedreht würde, und hatte mich damit abgefunden. Ich nahm mir fest vor, nicht wieder so geknickt zu sein wie damals, als Kevin French darauf bestand, *Rebecca Edwards* in *Wer hätte das gedacht?* zu ändern.

Bevor ich mich umzog, hörte ich meine Anrufe auf der Mailbox ab. Es waren zwei.

»Carrie, ich kann nicht glauben, dass ich hier bin und du in L. A. Heute Abend. Roter Teppich. Charles und Camilla. Odeon Leicester Square. Die England-Premiere deines ersten Films, und du bist nicht da. Ich hab die ganze Zeit Interviews gegeben. Die wollen bloß über das Übliche reden: Frisur/Liebesleben/Blablabla, aber ich hab ein paarmal die Drehbuchautorin erwähnt. Hoffentlich hat Veronica es nicht übertrieben – bei ihren *reiferen* Kundinnen zieht sie manchmal die Ivana-Nummer ab. Alles Liebe. Ruf mich an.«

Veronica D: Als Carrie weg war, fegte ich die Haare auf dem Badezimmerboden zusammen. Dann machte ich mir einen Kaffee, setzte mich aufs Bett und leerte den Müllsack voller Klamotten, die Rebecca mir geschenkt hatte, bevor sie nach London geflogen war. Einmal im Jahr räumte sie ihren Kleiderschrank und ließ ihre Freundinnen drin rumwühlen wie Modegeier. Es war nicht direkt Wohltätigkeit – mit dem, was ein Filmstar wie Rebecca ein einziges Mal trägt und dann wegwirft, könnte man einen Laden auf dem Rodeo Drive eröffnen. Das Erste, was ich sah, war eine himmlische Jeansjacke – Dior, voller Strass und Stickereien. Ich hatte sie von dem Augenblick an gewollt, als ich Beyoncé Knowles damit in der Sky Bar sah. Ich wusste nicht mal, dass Rebecca sie auch hatte. Ich zog sie an und stellte mich vor den Spiegel. »Veronica Dingoldongerson, du siehst einfach *spitze* aus«, sagte ich laut. Dann sah ich etwas aus der Brusttasche hervorgucken. Eine kleine Karte, wie an einem Blumenbukett. Ich zog sie heraus und las sie.

Rebecca – ich schulde dir was. Die Blumen sind bloß eine Anzahlung.
Erika

Es gab bestimmt Hunderte von Erikas in L.A., und ich hatte wirklich keine Ahnung, welche von ihnen Rebecca was schuldete. Es konnte unmöglich die Erika sein, die für den *Enquirer* schrieb und die Exklusivstory über den Shirer-Lümmel gebracht hatte.

Das konnte sie doch wohl *unmöglich* sein.

Carrie Fuller: Die zweite Nachricht kam ebenfalls aus London.

»Hallo, ich bin's bloß. Wollte dir nur Glück bei Miramax wünschen. Ich vermiss dich. Die Kinder auch. Ryan ist sauer, weil er gestern beim Spiel ausgewechselt wurde. Er gibt mir die Schuld, weil ich gesagt habe, er soll die Flanke decken. Ich hab keine Ahnung, was ›die Flanke decken‹ heißt, aber Alan Hansen hat so was mal im Fernsehen gesagt. Hope hat sich auf dem Spielplatz das Knie aufgeschlagen. Mach dir keine Sorgen, es sieht schlimmer aus, als es ist, und ich hab ihr im Krankenhaus eine Tetanusspritze geben lassen. Ruf mich mal an, wenn du Zeit hast. Ich liebe dich. Axel auch. Er singt jetzt ›Alle meine Entchen‹ ins Telefon. Ich hab's mir heute schon fünfzig Mal anhören müssen, da kannst du's wenigstens ein Mal ertragen … na komm, Axel … sing schön …«

Ich lauschte dem Gesang von Säugling-ehemals-Baby. Außer einem gewaltigen Rülpser mit vier Monaten hatte er sich nie wieder auch nur entfernt angehört wie Ben Kingsley in *Sexy Beast*.

GREG FULLER: Axel schaffte es bis zum Schluss der Strophe und ich setzte ihn vor den Kinderkanal. Die Erfahrung hatte mich gelehrt, dass er dann bis zu zwanzig Minuten still war und ich zum Arbeiten kam.

Allerdings nicht für Fuller Scheidt Advertising. Die Agentur existierte zwar noch, aber ich hatte auf schmerzhafte Weise erfahren, dass einen nicht mal der eigene Name über der Tür unverzichtbar macht. Carrie und ich hatten unsere Ehe gerettet, aber meine Ehe mit Max war gescheitert. Vielleicht hätten wir den Verlust von Blackstock und Universe of Sofas verkraftet, aber als unser italienischer Interessent mit seiner Knete verschwand, war die Scheidung unausweichlich. Es war keine gütliche Einigung. Max behandelte mich weit rachsüchtiger als Carrie.

Bevor Sie ihn aber als völlig herzlos abstempeln, muss ich erwähnen, dass ich einen der Jaguars behalten durfte, und zwar den, der an der Hyde Park Corner die Stoßstange verloren hatte. Als ich den Typen, der mir reingefahren war, zuletzt sah, erklärte er sich gerade großzügig bereit, der Polizei bei ihren Ermittlungen zu helfen. Manchmal frag ich mich, was aus ihm geworden ist.

Tyrone Edwards: Ich lieg am Strand von Ochy und denke, es ist das erste Mal, dass ich nicht geschäftlich auf Jamaika bin. Yvonne liegt neben mir, und alles ist wunderbar. Ich weiß, was du denkst, Mann: Du denkst, hör mal, Tyrone, welche Braut steht nicht drauf, wenn du deinen Hunderttausender-Klunker verscheuerst und ihr ein eigenes Nagelstudio und alle Kleider, Geschenke und Ferien in der Sonne kaufst, die sie will?

Aber so ist es nicht, ich schwör's. Ich und Yvonne, das ist die wahre Liebe. Wir sind Puffy und Naomi von New Cross, Mann.

»Hey, Baby, schmier mir mal was von dem Öl auf den Rücken«, sag ich und spür ihre liebevollen Hände. »Mmm … das ist gut … Aua, verdammt, was wird das denn? Willst du mir das Rückgrat brechen?«

»Du hast dich kein bisschen verändert, Tyrone Edwards«, sagt sie. »Glaubst du, ich seh nicht, wie du der weißen Schlampe auf die Titten schielst?«

»Ich kann nichts dafür, Yvonne. Wir sind am Strand. Überall, wo ich hingucke, sind Titten.«

Sie sagt nichts. Sie gibt mir bloß eine Kopfnuss. Okay, vielleicht sind wir mehr Ike und Tina von New Cross – natürlich mit Yvonne als Ike.

Greg Fuller: Nachdem Max mich abserviert hatte, kam ich schneller aus der Mode als Karottenhosen. Keine Agentur fasste mich auch nur mit der Kneifzange an. Es war ein doppelter Glücksfall, dass Carrie mich nicht nur behielt, sondern es sich auch leisten konnte. Zweistündige Spielfilme bringen noch mehr als Dreißig-Sekunden-Werbespots.

Nach ein paar Jahren in der Wüste war ich dabei, wieder etwas aufzubauen. Ich hatte Fuller Creative Consultants gegründet. Eigentlich hätte es Consultant heißen müssen – schließlich gab es nur mich. Ich hatte ein Büro in der Greek Street, aber da Carrie öfter weg war, arbeitete ich viel zu Hause. Wenn ich nicht im Büro war, kümmerte Lola sich darum –

allerdings bestand sie jetzt aus Gründen, die keiner Erklärung bedürfen, darauf, dass ich sie Nancy nenne.

Während ich auf Axel aufpasste, hatte ich den Tag von Carries Premiere mit einer neuen Geschäftsmethode verbracht. Ich rief alte Kunden an und tat so, als wären ihre Stimmen die schönste Musik auf Erden. Zwanzig Minuten saß ich am Schreibtisch und schleimte rum, bevor der Kinderkanal seine Macht verlor. Ich drehte das Rolodex, und es öffnete sich bei B: Barclays Bank, Bird's Eye, Blackstock – Bob Bulls Durchwahl. Natürlich war er nicht mehr da. Nachdem Blackstock ihn gefeuert hatte, war er nach L. A. gegangen. Wahrscheinlich suchte er da immer noch den Glanz der Stars.

Ich hatte aber keine Zeit, über ihn nachzudenken. Der Babysitter kam. Es war zwei Uhr und damit Zeit für meinen Termin beim Eheberater. Mit seiner Hilfe, Carries gutem Willen, Nancys unermüdlicher Wachsamkeit und gewaltiger Disziplin war es mir gelungen, meinen Schwanz zwei Jahre, drei Wochen, sechs Tage und vierzehn Stunden in der Hose zu behalten.

Reverend Robert G. Bull, Seniorvizegeneraldirektor Marketing, Promotion und Gebet, Gott-Ist-Die-Liebe-TV, Bakersfield, Kalifornien: Es wurde Zeit, dass ich bei der Organisation des Zwei-Jahres-Marketing-Plans für den am schnellsten expandierenden christlichen Kabelsender der Westküste eine Pause einlegte und ein wohlverdientes Sandwich am Schreibtisch zu mir nahm. Zuerst kniete ich jedoch nieder und verbrachte einen Augenblick mit dem Herrn.

»Vater im Himmel, ich danke Dir für die Möglichkeit, Deine Werke auf Erden zu vollbringen, so es Dir gefällt. Ich danke Dir auch für den dreiundzwanzigprozentigen Abonnentenzuwachs, den Du Gott-ist-die-Liebe-TV im letzten Steuerjahr beschert hast und mit dem wir unsere Konkurrenz bei Jesus-liebt-dich-TV abgehängt haben.

Ich bete für die Seele von Roger Knopf, gegen den ich keinen Groll hege, weil wir uns im Zuge einer sorgfältig geplanten

Restrukturierung einvernehmlich und freundschaftlich voneinander getrennt haben.

Ich bete für Greg Fuller. Möge Deine phänomenale Güte wie süßer Honig in sein Herz fließen und ihn von seinem sündigen Lebenswandel abbringen.

Ich bete für die Seele von Jane, jetzt Jane Fletcher – der Name ihres neuen Ehemanns, obwohl Du das in Deiner Allwissenheit natürlich schon weißt, Herr. Ich danke Dir dafür, dass sie mich völlig ausnahm, alimentemäßig gesehen, und mir so die Vergänglichkeit materieller Dinge zeigte.

Und ich bete für die Seele von Morton Newman, für den ich nur Liebe empfinde, obwohl er mir niemals den versprochenen Job in der Unterhaltungs- und/oder anderen Branchen besorgte.

Zum Schluss danke ich Dir für das schmackhafte und nahrhafte Sandwich, das ich gleich verspeisen werde.«

Nach dem kleinen Plausch mit dem Allmächtigen nahm ich einen Schluck Cola light und dachte darüber nach, dass Seine Wege wirklich unerforschlich waren. Hätte Er nicht Morton gesandt, der mich in Versuchung führte wie die Schlange Eva, hätte ich mich nie mit einer Flasche Whisky und einer gesperrten Kreditkarte in einem einsamen Zimmer ins Schlafschön-Motel zurückgezogen. Dort schaltete ich Gott-ist-die-Liebe-TV ein und erlebte das Wunder der Wiedergeburt.

Sie sollten Ihn wirklich kennen lernen – Er ist phänomenal, absolut phänomenal.

Dank

Ein dickes Danke an alle, die bei diesem Buch mitgeholfen haben: Susan Opie und Nick Sayers bei HarperCollins; Special Agent Lavinia Trevor; Bambos Stylianou (um nichts in der Welt würde ich mich in den Sandaletten eines anderen sehen lassen); Sarah Martin; Matt Weller; Caroline Natzler und Jean Hunt.

Vor allem danke ich Maria Beaumont, die zahllose Ideen beigesteuert hat – große, kleine und alles dazwischen. Auch auf den Titel ist sie gekommen. Da blieb mir eigentlich nicht mehr allzu viel zu tun. Eine Maria können nur wenige sein – aber wir sollten alle versuchen, uns eine zu besorgen.

Und schließlich danke an Wanda.

Und an Mr Matt Ryan.